国家出版基金项目
NATIONAL PUBLICATION FOUNDATION

1945—1949年东北解放区文学大系

总主编◎丛　坤

戏剧卷⑥

本卷主编◎宋喜坤

黑龙江大学出版社
哈尔滨

图书在版编目（CIP）数据

1945—1949 年东北解放区文学大系．戏剧卷 / 丛坤总主编；宋喜坤分册主编．-- 哈尔滨：黑龙江大学出版社，2021.10
ISBN 978-7-5686-0468-0

Ⅰ．①1… Ⅱ．①丛… ②宋… Ⅲ．①解放区文学－作品综合集－东北地区－1945-1949 ②戏剧文学－作品综合集－中国－1945-1949 Ⅳ．①I218.3

中国版本图书馆 CIP 数据核字（2021）第 101536 号

1945—1949 年东北解放区文学大系　戏剧卷
1945—1949 NIAN DONGBEI JIEFANGQU WENXUE DAXI XIJUJUAN
宋喜坤　主编

责任编辑　杨琳琳　魏　玲　高　媛　于　丹　宋丽丽　徐晓华　范丽丽　常宇琦
出版发行　黑龙江大学出版社
地　　址　哈尔滨市南岗区学府三道街 36 号
印　　刷　哈尔滨市石桥印务有限公司
开　　本　720 毫米 ×1000 毫米　1/16
印　　张　312
字　　数　3494 千
版　　次　2021 年 10 月第 1 版
印　　次　2021 年 10 月第 1 次印刷
书　　号　ISBN 978-7-5686-0468-0
定　　价　998.00 元（全十册）

出版说明

1945 年到 1949 年的东北解放区，社会风云变幻，文学繁荣发展。当时的文学创作者们以激昂向上的笔触，再现了波澜壮阔的解放战争和轰轰烈烈的土地改革，讴歌了人民军队可歌可泣的英雄事迹，描绘了劳动人民翻身后的喜悦心情，书写了时代的大主题。为了再现这段文学风貌，我们编辑出版了《1945—1949 年东北解放区文学大系》。

这套丛书大体以体裁分编，计小说卷（长篇、中篇、短篇）、散文卷、戏剧卷、诗歌卷、翻译文学卷、评论卷及史料卷七种，所收录作品以新文学为主。此阶段作品浩如烟海，而部分文字资料因时间久远或受当时技术所限出现严重缺损，考虑到丛书篇幅有限，故仅收入代表性较强的作品。对于因原始资料不全、不清晰而无法完整呈现，或受条件所限未收集到权威版本的篇目，则整理为存目，列于丛书卷末，以备读者参考。

丛书编辑过程中，多数篇目由原始版本辑录，首次收入文集，也有些篇目参照了此前出版的多种文集。原始文献若有个别字迹不清确不可考的，丛书中以□代替。

丛书收录作品以 1945 年 8 月至 1949 年 10 月为时间节点，个别作品的完成时间略有延伸。大部分作品结尾标注了写作时间，以及初次发表或结集出版的版本信息。作品编排大体以作者姓名笔画为序（特殊情况除外，如集体创作作品列于卷末）。

就筛选标准而言，所收主要为东北作家创作的主题作品，也有非东北籍作家创作的有关东北解放区的作品。除此之外，还有此时期公开发表的反映抗日战争题材的作品，以及在东北出版的反映其他解放区的、革命主题特色鲜明的作品。需要指出的是，在本丛书的史料卷中，还有一部分作品创作于新中国成立之后，但反映了解放战争时期东北解放区的文学发展面貌，或记述了一些典型事件、代表性人物，亦具珍贵的史料价值，为完整呈现当时的文学风貌，这部分作品亦收入丛书，以"节选"的方式呈现。

需要特别说明的是，此时期的个别作家受时代限制，思想表现出了一定的历史局限性，体现在文学创作方面可能表现为不同程度的瑕疵，这一群体的作品，只要总体导向是正面的、积极的，从保证史料全面性、完整性的角度考虑，我们也将其予以收录。个别作家在解放战争时期是积极追求进步的，但随着社会环境的变化，却出现思想动摇甚至走向错误道路，对于其作品，本丛书只选取其有代表性的、取向积极的篇目，对于其他时期该作家的不当言论、思想，我们不予认同。此外，在当时复杂的政治环境下，还有一些作品中的个别表述可能存在一些偏差，但只要其主题思想是积极进步的，则丛书亦予以收录。

丛书旨在突出东北解放区文学原貌，侧重文献整理，故此在编辑过程中，重点对作品中会影响读者理解的明显讹误进行了订正，对于字词、标点符号以及句法等，尊重原文的使用习惯，不予调改，以突出其史料价值。此外，由于此时期文学作品肩负宣传进步思想的重任，而读者对象大多文化程度较低，创作者亦水平不一，因此创作主旨以通俗易懂为要，一些篇目语言风格通俗、浅白，甚至个别篇目、细节存在一些俚语表达，为遵从原貌，丛书仅对不雅字、词、句加以处理，其余不予调改。本书选文除作者原注外，亦保留原文在初次出版时的编者注，供读者参考。

《1945—1949年东北解放区文学大系》

戏剧卷⑥

总序 …………………………………………………… 1

总导言 …………………………………………………… 1

戏剧卷导言 …………………………………………………… 1

雅俊

师徒关系 …………………………………………………… 1

鲁亚农

参军真光荣 …………………………………………………… 39

陈德山摸底 …………………………………………………… 51

买不动 …………………………………………………… 60

鲁琪

送公粮 …………………………………………………… 82

托底 …………………………………………………… 87

寒枫

骨肉相连 …………………………………………………… 121

谢力鸣

互助 …………………………………………………………………… 132
盼八路 ………………………………………………………………… 183

蓝澄

废铁炼成钢 ………………………………………………………… 235
刘桂兰捉奸 ………………………………………………………… 300

塞克

翻身的孩子 ………………………………………………………… 324

谭亿

赵福年生产 ………………………………………………………… 365

翟光

拥爱模范孙万富 …………………………………………………… 370

黎阳

阵地 …………………………………………………………………… 375

存目 ………………………………………………………………… 409
敬告 ………………………………………………………………… 415

总　　序

张福贵

从古至今，东北在中国历史与文化进程中，特别是近代以来都是决定中国社会政治发展走向的重要因素。当然，这种作用不单纯是东北自生的，更是多种因素叠加和交汇的结果。东北文化既是文化空间概念，同时更是历史时间概念，是不同空间、区域的多种历史文化的积累，是一种时空统一的文化复合体。值得注意的是，除了抗战时期的特殊因缘使"东北作家群"名噪一时外，作为东北历史文化和现实社会表征的东北文学特别是东北解放区文学，在相当长的时间里却未得到应有的关注。黑龙江大学出版社在对过去为数不多的东北文学史料进行整理的基础上出版的东北文艺史料集成——《1945—1949年东北解放区文学大系》，因而可以说是特别值得关注的。

《1945—1949年东北解放区文学大系》内容丰富，除了包括小说卷、诗歌卷、散文卷、戏剧卷之外，还包括评论卷、史料卷和翻译文学卷。这是一个前所未有的大工程，也是一件大善事。正如"总导言"中所说的那样，丛书注重发掘新资料，通过回归文学现场，复现了东北解放区文学的整体面貌。东北解放区文学处于东北现代文学快速繁荣发展的历史时期，在土改文学、工业文学、战争文学等方面代表了20世纪40年代解放区文学的成就，是对《在延安文艺座谈会上的讲话》所确立的文艺观念的全面实践。对东北解放区文学的系统研究有利于更全面地总结解放区文学的成就，有利于把握延安文艺传统与东北解放区文学的内在联系，以及解放区文学对新中国文学制度、观念、创作等方面的影响。以“历史视角”“时代视角”对东北解放区文学，尤其是解放战争时期的土改题材、工业题材的小说和戏剧进行分析，可以勾勒出政治意识形态对东北解放区文学运动、文学社团、文学形态、文学制度、文学风格、文学论争等产生的影响，有利于把握东北解放区文学的历史价值、认识价值、审美价值与当代意义，同时对于挖掘东北地区的文化历史和建设东北文化亦具有现实意义。东北解放区文学是基于延安文艺传统而创作的，对东北解放区文艺运动、文艺理论的全面审视具有重要的历史价值和理论意义。此外，对东北解放区文学进行深入研究，探寻人民文艺理论的历史源头，对于当代文艺创作、审美观念的引导亦具有一定的启示作用。但是，受地域因素、资料整理程度、研究者文化背景等条件的制约，东北解放区文学在中国当代文学史上的特殊地位与价值一直以来并未引起研究者的足够重视。

东北解放区文学无论是在中国大文学史中还是在东北文学和文化发展的历史中，都是具有特殊意义的存在。

虽然现代东北文学在新文学运动初期晚于也弱于关内文学的发展，但是1931年九一八事变发生，新起的东北文学及东北作家被国难推到了文坛中心，萧红、萧军等青年作家更是直接受到鲁迅的关注和扶持，迅速成为前沿作家。这一批流落到上海等都市的青年作家由此被称为“东北作家群”，他们奠定了东北文学在中国大文学史上的特殊地位。然而，正像全面抗战进入相持阶段之后，中国文坛也变得相对平静、舒缓一样，除了萧红、萧军等人外，东北文学和东北作家也逐渐失去了文坛的关注。应当承认，一些东北作家的文学成就和文坛名声之间并不完全相符，是时代造就了他们，提高了他们的文学史地位。然而，另一方面，我们对其中有些作家及作品的价值却又是认识不足的。对此，我自己也有一个认识转化的过程：过去单纯依据多数东北作家的创作进行判断，感觉某些艺术价值之外的因素在评价中发生了作用，其地位可能有些“虚高”；但是，对于20世纪的中国文学史来说，艺术之外的价值判断就是艺术判断本身，或者说，社会判断、政治判断就是中国文学史评价的根本性尺度。因为在中国作家或者说在知识分子的群体意识之中，政治的责任感和社会的使命感几乎是与生俱来的，而中国20世纪风云激荡的社会现实又为这种责任感和使命感提供了最好的生长环境。“悲愤出诗人”，“文章憎命达”，文学创作是与政治、思想、伦理等融为一体的，脱离了这一切，文艺也就失去了时代与大众。所以说，无论是具体的作品分析，还是文学史研究，没有了这些“外在因素”，也就偏离了其本质。“东北作家群”是时代的产物，也是时代文艺的产物，20世纪中国文学史中应该有他们浓墨重彩的一笔。作为后人，对历史做出评价往往是轻而易举的，但是这“轻而易举”往往会导致曲解甚至歪曲了历史，委屈了历史人物。“东北作家群”的价值和意义不是单一的，因为对中国现代文学史的评价从来就不是一种艺术史、学术史的评价，而是一种思想史和政治史的评价。正如鲁迅当年为萧军的成名作《八月的乡村》所作的序中所写的那样，“这《八月的乡村》，即是很好的一部，虽然有些近乎短篇的连续，结构和描写人物的手段，也不能比法捷耶夫的《毁灭》，然而严肃，紧张，作者的心血和失去的天空，土地，受难的人民，以至失去的茂草，高粱，蝈蝈，蚊子，搅成一团，鲜红地在读者眼前展开，显示着中国的一份和全部，现在和未来，死路与活路。凡有人心的读者，是看得完的，而且有所得的”。《八月的乡村》不仅是中国现代第一部抗日题材的长篇小说，也是世界反法西斯战争题材的第一部长篇小说，其意义和价值是特殊的、特有的，不可单单以艺术审美的标准来看待这部作品。“东北作家群”的存在及其创作的意义，不只是为20世纪30年代的中国文坛增添了特有的地域文化内容和东北文学特有的审美风格，更在于最早向全国和世界传达出中华民族抗敌御辱的英勇壮举，最早发出反法西斯的声音。此外，在抗战大历史观视域下，“东北作家群”的创作为十四年抗战史提供了真实的证据。特别是东北解放区的早期文学直书十四年历史的特殊性，这是十分可贵的和独特的。于毅夫的散文《青年们补上十四年这一课》，深刻而沉重地描写了十四年殖民统治下东北人的精神状态和文化演变：

> 这许多现象，说明了东北在十四年殖民统治的过程中，文化生活上是起了很大的变化。翻开伪满的《满语国民读本》一看，真是“协和语”连篇，如亚细亚竟写成アジヤ，俄罗斯竟写成ロシヤ，有的人一直到现在还把多少元写成多少円，这都是伪满“协和语”的残余，说明殖民统治残余的文化还在活着，还没有死去，这在今天不能不说是一件遗憾的事！仔细想来，这也难怪，因为日本的魔手，掌握了东北十四年，今天一旦解放，希望不着一点痕迹，这是完全做不到的，要从历史上来看，它切断了东北历史

十四年，这十四年的历史是很黯淡地被抹掉了，十四年来也的确是一个大变化，在这期间多少国家兴起了，多少国家衰落了，多少血泪的斗争、多少波浪的起伏，都被日本鬼子的魔手所遮断！我回到家乡接触到成千成百的青年，几乎都不大明了这十四年来的历史真相，有的连中国内部有多少省都不知道，连云南、贵州在哪里都不晓得。

难能可贵的是，作者较早地认识到在经历了十四年的奴化教育之后，对东北人民进行民族和民主意识的启蒙是至关重要的。“不过历史是不能停滞的，殖民统治残余的文化必须要肃清，法西斯毒化思想也必须要肃清，既然是日本鬼子切断了东北历史十四年，既然法西斯分子要篡改这一段历史，那我们就应该设法补足这十四年的历史！”“要做到这点，我想青年们今天的迫切要求，不是如何加紧去学习英文、代数、几何、物理、化学，读死书本事，争分数之短长，准备到社会上去找一个饭碗，而是如何加紧去学习新文化，如何加紧学习社会科学，如何去改造自己的思想，如何进一步地去改造这遭受法西斯思想威胁的半封建的半殖民地的社会！”“因此我向青年们提议要加强你们对于新文化的学习，加强对于社会科学的学习，特别是政治的学习，不要把自己圈在课堂里，圈在死书本子上。”“新青年要掌握着新文化，新思想，才能创造起新中国新东北！”（《东北日报》1946 年 10 月 13 日）

在一批最前沿的左翼作家流亡关内之后，东北文学经过了一段艰难而相对平静的发展阶段。在表面繁华而内在凶险的沦陷区文艺界，中国作家用各种文艺手段或明或暗地与侵略者进行抗争，并为此付出了血的代价。这种状况直到 1945 年光复之后才发生根本性转变,东北文艺创作者们一方面回顾过去的苦难,另一方面表现出对新生活的憧憬,这正是后来东北解放区文艺的心理基础,而日渐激烈的解放战争又为东北文艺的走向和解放区文艺的诞生提供了具体的现实基础。这与以萧军、罗烽、舒群、白朗、塞克、金人等人为代表的东北籍作家的返乡,以及在东北沦陷区留守的左翼作家关沫南、陈隄、山丁、李季风、王光逖等人的坚持,是分不开的。当然,随我党十几万军政人员一同出关的延安等地的众多文艺家,在东北文艺的创设中更是起到了引领和带头作用。这其中已经成名的有刘白羽、周立波、丁玲、草明、严文井、张庚、吴伯箫、华山、陆地、公木、方青、任钧、雷加、马加、陈学昭、西虹、颜一烟、林蓝、柳青、师田手、李克异、蔡天心等。

东北解放区文艺的创作直接继承了延安文艺特别是毛泽东《在延安文艺座谈会上的讲话》精神。在党的直接领导下,东北解放区先后创办了《东北日报》《中苏日报》《东北民报》《关东日报》《辽南日报》《西满日报》《大连日报》《松江日报》《合江日报》《吉林日报》《胜利报》等,这些报纸多为党的机关报,其文艺副刊发表了大量的文艺作品、理论文章及文艺动态。这些报纸副刊对于东北解放区文学的引导与建构起到了重要的作用。与此同时,《东北文学》《东北文化》《东北文艺》《文学战线》《人民戏剧》《白山》《戏剧与音乐》等文学杂志,以及东北书店、大众书店、光华书店等出版机构相继创办,这些文艺刊物和书店对解放区文艺的发展也起到了很大的推动作用。

革命的逻辑和阶级的理论是东北解放区文艺创作的普遍主题。这是一种革命的启蒙,与左翼文艺一脉相承,只不过东北的社会现实为这种主题提供了更为广泛而坚实的生活基础。抗战胜利后,为了开辟和巩固东北解放区，使之成为解放全中国的军事和经济基地，我党进军东北，抢占了战略制高点。可是，在东北，人民军队所处的环境与山东等老解放区完全不同，殖民统治因素加之国民党的宣传，使得我们的政治优势在最初未能完全发挥出来。正如李衍白在散文《黎明升起——巨大变化的东北一年间》中所写的那样："群众在犹豫中，岁月在艰苦里，这就是我们在东北土地上刚刚开始播种，还没有发芽开花时的现实遭遇。"随着革命形势的发展，革命军队传统的政治思想工作优势又体现了出来。我党在部队中开展了以"谁养活了谁"为主题的"诉苦运动"，这颠覆了中国东北乡村社会的封建伦理，提高了官兵的阶级觉悟，极大地增强了部队的战斗力。

这种革命的逻辑在土改题材的作品中表现得最为突出。方青的短篇小说《擦黑》讲述了这个朴素的道理：

"……像赵三爷那号人，把咱穷人的血喝干了，咱们才不得不去找口水喝饮饮嗓；他们喝干了咱们的血没有一点过，咱们找口水喝饮饮嗓子就犯了罪？旧社会就是这么不公平！他们还满口的仁义道德，呸！雇一个扛活的，一年就剥削好几十石粮食，还总是有理！穷人的孩子偷他个瓜吃，就叫犯罪，绑起来揍半天，这叫什么他妈的道德？咱们要讲新道德，咱们贫雇农的道德；就是用新道德来看咱们贫雇农；像上边说的那些犯了点毛病的，都不要紧，脸上有点黑，一擦就干净了，只要坦白出来，都是穷哥儿们好兄弟。一句话：只要是姓穷的就有理，穷就是理！金牌子上的灰一擦净，还是金牌子。家务事怎么都好办！”李政委讲的话刚一落音，大伙高兴地乱吵吵起来：“都亲哥儿兄弟么！”

除此之外，还有在“你给地主害死爹，我给地主害死娘……”的事实教育下，认识到了彼此都是阶级弟兄，大家都是穷苦人的“无敌三勇士”，他们从此“火线上生死抱团结”。（刘白羽《无敌三勇士》）

土地改革是东北解放区文艺最引人关注的问题。东北解放区文学作品中有许多极具写实性的“穷人翻身”故事，如周立波的《暴风骤雨》、马加的《江山村十日》、白朗的《孙宾和群力屯》、井岩盾的《瞎月工伸冤记》、李尔重的《第七班》、西虹的《英雄的父亲》等文艺经典作品。

方青的《土地还家》描述的就是这一历史巨变给贫苦农民带来的心理和生活的变化：

二十年了，郭长发又重新用自己的手来耕作自己的土地了。这是老人留下的命根，叫它长出粮食来养活后代的儿孙：可是二十年的光景，它被野狼吞了去，自己没有吃过它一颗粮食——他想到是旧社会把他的地抢走了。

现在呢？他又踏在这块地上铲草了。他感到自己已经离开家二十年，如今又回到母亲的怀里，亲切地叫着：“娘！我回来了。”——于是他又感到是：这是新社会把我的地要回来的。他这样想着，不由得拉长了声音跟儿子说：

“柱儿！想不到啊，盼了二十年，那时候你才三岁。多亏共产党……记住！可别忘了本啊！”

他直起腰来，两手拉着锄把，又沉重地重复着这句话：

“柱儿！记住，可别忘了本啊！”

佚名的《永北前线担架队速写》则写了老乡们在一天的时间里就组织起了八百余人的担架大队，作者经过和担架队员们的交谈，感受到了新解放区人民的觉悟。大队长问担架队员们：“你们这次出来抬担架，怕不怕？”大伙回答：“不怕！”大队长又问：“为什么不怕？”大伙答：“不怕，这是为了自己。”担架队员们相信唯有民主联军存在，他们才能活着。他们说：“胜利是我们的，土地才是我们的。”“赶走国民党反动派，保卫我们的土地和民主。”这与《白毛女》“旧社会使人变成鬼，新社会使鬼变成人”和《王贵与李香香》“要是不革命，穷人翻不了身，要是不革命，咱俩结不了婚”的主题是一样的。淮海战役的胜利是山东人民用手推车推出来的，而东北解放区的建立和辽沈战役的胜利又何尝不是如此！

战争书写是东北解放区文艺中最主要的内容，革命理想主义、革命集体主义和革命英雄主义精神，是东北文艺的思想主题，也是东北文艺的审美风尚。这种简单明了的思想、昂扬向上的精神本身就具有一种审美特质，它奠定了新中国文艺的审美基调。就东北解放区文艺而言，无论是描写抗日战争还是描写解放战争的作品，都普遍具有鲜明而朴素的阶级意识、粗犷而豪迈的革命情怀。

蔡天心的诗歌《仇恨的火焰》，描写了在觉醒的阶级意识支配下东北民主联军官兵的战斗情怀：

仇恨燃烧着，

像火一样烧灼着广阔的土地。

听啊——

大凌河在狂呼，

辽河在咆哮，

松花江在怒吼，

在许多城市和乡村里，

哪儿出现反动派的鬼影，

哪儿就堆成愤怒的山，

哪儿有敌人的迹蹄，

哪儿就燃起仇恨的火焰……

……

我们要

用剪刀剪断敌人的咽喉，

用斧头砍下他们的头颅，

用长矛刺穿他们的胸脯，

用棍棒打折他们的脚胫，

用地雷炸弹毁灭他们，

用从他们手里夺过来的武器，

打垮他们，

然后用铁镐把他们埋掉！

我们要用生命，用鲜血，

保卫这自由解放的土地，

不让反动派停留！

“赶走敌人啊，
赶快消灭它！”
让这充满着力量和胜利的声音，
随同捷报传播开去，
让千百万颗愤怒的心，
燃起
仇恨的火焰！

这种激情在东北解放区的散文、报告文学和战地通讯中表现得最为明显，如丁洪的《九勇士追缴榴弹炮》、马寒冰的《雪山和冰桥》、王向立的《插进敌人的心腹》、王焰的《钢铁英雄王德新》等。这些作品内容真实，情感深沉厚重，延续了抗战时期散文书写浪漫主义与现实主义相结合的审美特征。这些既有写实性又有抒情性的东北解放区散文作品在战争中凝聚人心，彰显力量，具有极大的宣传、鼓舞作用。

最为难得的是，面对东北发达的近代工业景观，作家们更多地描写了工人们的斗争和生活，这些作品成为东北文艺中最为独特而珍贵的展示，而且直接影响了新中国工业题材文学的创作。战争期间，沈阳、长春、大连等地的工业设施惨遭破坏。光复之后，为了保护工厂和恢复生产，工人们表现出了忘我的精神和高超的技术。这使得从未见过现代工业景象的文艺家们感动和激动，他们纷纷用笔来描写现代工业生产和城市新生活，从而给中国现代文学带来了前所未有的新气象。大连大众书店于 1948 年 8 月出版的

《“工农园地”选集》，就收录了城市工人拥护并融入新生活的历史片段，如袁玉湖《锉股的“火车头”》，郓景明、孙聚先《熔化炉的话》等。此外还有李衍白《工人的旗帜赵占魁》，草明《工人艺术里的爱和恨》，张望《老工友许万明》等。李衍白在散文《黎明升起——巨大变化的东北一年间》中，描写了东北现代工业的风貌和工人们的热情：

今日的城市也正在改变着一年以前的面貌，先看一看今天的哈尔滨，代表它新气象的是全部工业齿轮的旋转，是市中心区黑夜中的灯光如昼，是穿插在四条线路的廿五台电车和六条线路上卅台公共汽车，是一万五千吨自来水不停地输送给工厂、商店和住宅。这些数目字不仅超过了去年今日（蒋记大员们劫掠后所造成的混乱情况），而且有些超过了伪满。在紧张的战争中加速地恢复这些企业，同样不是依靠别的，而仅仅是由于工人的觉悟。你想一想，一个工人为了修理一个发电的锅炉，但又不能停止送电，于是就奋不顾身钻进可以熔化生铁、数百度的锅炉高热中，他穿着棉衣，外面的人用水龙朝他身上喷冷水，就这样工作一会熬不住了跑出来，再钻进去，来回好多次，最后，完成了任务。我们有好多这种感人的事例。

我们在这些描写工友的散文里，看到了解放区新生活带给城市工人的希望。他们积极上工，传授技术，加班加点，争着当劳动英雄。这在中国同时期其他地域的文学作品中是极少见的。

质朴单一的写实手法是东北文艺的普遍表现方式，这种质朴不单是一种审美风格，更是一种直面大众的话语策略。这一传统与近代"政治小说"、五四新文学、左翼文学和抗战文艺等都是一脉相承的。文艺作为一种宣传和斗争的工具，自然要承担起团结和争取最广大人民群众的历史任务。因此，质朴单一的写实手法、通俗易懂甚至有些粗俗的语言风格，成为东北解放区文艺的普遍表现形式。

鲁柏的诗歌《夸地照》用简朴的形式表达了翻身农民淳朴的感情：

一张地照领回家，
全家老少笑哈哈；
团团围住抢着看，
你一言我一语来把地照夸：

长方形，四个角，
宽有八寸长两拃；
雪白的纸上写黑字，
红穗绿叶把边插。

上边印着毛主席像，
四季农忙下边画；
地照本是政委会发，
鲜红的官印左边"卡"。

里面写着名和姓，

地亩多少填分明，
拿到地照心托底，
努力生产多收成。

这首诗歌不仅使用了农民的口语，而且用东北农村方言来直观地描摹地照的具体形状和细节，表达了翻身农民朴素的情感。这种描写和表现方式与中国古代民歌传统有直接的联系。

井岩盾的小说《瞎月工伸冤记》以一个雇农自述的方式讲述自己的悲苦经历和内心感受。当工作队员问他是否受地主老赵家的气，他说：“大伙吃他的肉也不解渴啊，都叫他给熊苦啦。”于是在工作队的启发和支持下，他“找大伙宣传去了”：“张大哥，李大兄弟啊，咱们都是祖祖辈辈受人欺负的人呀！这回来了八路军啦，八路军给咱们穷人做主呀！有话只管说呀！有八路军，咱们啥都不用怕呀！”这是东北解放区贫苦农民普遍具有的经历和感受，而这种质朴无华的语言也是地道的东北农民的日常语言，具有天然的亲和力。

邓家华的小说《打死我也不写信》从情节到语言都相当质朴，甚至有些幼稚，但是那种情感是真挚的。“我”被敌人抓去，遭到严酷的鞭打，“当时我痛得忍不住，皮肤里渗透出一条一条青的红的紫的血痕，可是打死我也不写信的，他们看到我昏过去了，也就走了。等我清醒过来时，浑身疼痛，我拼死命地弄坏了门逃了出来，可是不巧得很，又碰到了伪军，又把我抓起来了，他们还是逼迫我写信，我坚决地说：‘死了心吧！就是死了，我父亲会帮我报仇的。’救星来了，在繁星的晚上，忽然西面枪声不停地响着，新四军老部队来攻击了，伪军们都吓得屁滚尿流地逃走了，啊！新四军救出我了，我很快地到了家里，见了爸爸妈妈，心里真是高兴得流泪了”。

李纳的散文《深得民心》记叙了长春一个米面商人对民主联军和共产党的淳朴情感：“他已经将红旗展开，举到我的眼前，我看到七个大字：‘中国共产党万岁！’”“‘中国共产党万岁！’他重复着这七个字，从眼镜里透露出兴奋的眼睛。这脸，比先前更可爱更慈祥了：‘我喜欢这七个字，所以我选择了它。’”“大会开始了，人们都向着会场移动，老先生也站起来要走，临走时他问我在什么地方工作，我告诉了他，他高兴地说：‘好，都是民主联军。深得民心，深得民心。’”抛开其内容不论，作品文字风格的朴素也显露出解放区文艺在艺术层面幼稚和不甚精致的弱点，而这弱点又可能是许多新生艺术的共有问题。也许，正因为幼稚，它才有更广阔的发展空间。

形式的多样性特别是短小化是东北解放区文艺创作的普遍特点，短篇小说、墙头诗、快板诗、散文、战地通讯、说唱文学等成为最常见的艺术形式。战争的环境、急剧变化的生活和读者的接受水平与习惯等，决定了人们需要并且适应这种短平快的表达方式，而这也是延安文艺和抗战文艺形式的延续。天意的《县长也要路条》描写了两个一丝不苟的儿童团员在放哨时不放过民主政府的县长，硬是把他和警卫员带到乡长那里查证的故事。其篇幅短小，不到400字，但是内容蕴意深刻，语言风趣自然，简直就是一篇微型小说。

小区区的短诗《一心一意要当兵》，将人物的关系、思想、表情和语言都生动形象地表现出来，极具说服力和感染力：

葫芦屯有个小莲青，

一心一意要当兵——
他爹说：
“你去吧。”
他娘说：
“你等一等！……”
他老婆说：
“哪能行?！……”
忸忸怩怩来扯腿；
哭哭啼啼不放松：
“你去当兵啥时还?
为老为少撇家中！”
小莲青，
脸一红：
“小青他娘，
你醒醒：
八路同志千千万，
哪个不是老百姓?！
我去当兵打蒋贼，
咱们才能享太平。”

当然，东北解放区文艺中也有许多保留了浓郁的文人气息的作品，这些作品与五四新文学的“纯文艺”审美风格有明显的承续性。例如大宇的诗歌《琴音》：

一个琴师

把琴音遗失在幽谷里
滑落在幽谷的谷缝里了

琴音栽培了心原上的一棵草儿
琴音赞咏了艺术的生命
一支灿烂的强烈的光焰

我就永住在这琴音里了
就仿佛身陷于一片梦的缘边
仿佛浴着一片无际的云海
无垠的生旅无限的生涯
何处呀
我摸索到何处呀
琴音丢在幽谷里
滑落在幽谷的谷缝里了

十分明显,这不是东北解放区文艺创作的主流。

《1945—1949 年东北解放区文学大系》的编者耗费了大量精力来做这样一项浩大的地域性文学工程,这不只是对东北文艺的巨大贡献,更是对新中国文艺的巨大贡献。在此之后,东北文艺研究将迈上一个新台阶。

总导言

丛 坤

从1945年抗战胜利到1949年新中国成立这个时期，对于东北而言是极为特殊的。抗战胜利后，中共中央发布了《建立巩固的东北根据地》的指示，迅速成立了以彭真为书记的东北局，抽调了四分之一的中央委员、两万名党政干部、十三万主力部队赶赴东北，与国民党反动派展开激烈的斗争。在广大人民群众的支持下，中国共产党及其领导的军队从最初的战略防御转为战略反攻。1948年11月，辽沈战役胜利，全东北获得解放。在解放战争时期，在中国共产党的领导下，东北人民反奸除霸，建立民主政府，消灭土匪，进行土地改革，在政治上、经济上翻身做了主人。东北的政治、经济、文化、教育等各个领域都发生了翻天覆地的变化，尤其是在文学创作方面，东北地区取得了不可低估的成就，文学创作出现了前所未有的发展和繁荣的局面。

“东北作家群”的回归、党中央选派的文化宣传干部的到来、文学新人的成长使得解放战争时期东北地区的创作队伍不断壮大。在东北沦陷后从东北去往关内的进步作家中，除萧红病逝于香港、姜椿芳在上海从事党的地下工作外，塞克（即陈凝秋）、舒群、萧军、罗烽、白朗、金人等都积极响应党的号召，陆续返回东北。1945年9月至11月，党中央从陕甘宁边区和各个解放区抽调一大批优秀的文化工作者到东北解放区。据不完全统计，这一时期来到东北解放区的文化工作者有刘白羽、陈沂、周立波、草明、严文井、张庚、吴伯箫、华山、西虹、陆地、李之华、胡零、颜一烟、公木、林蓝、江帆、李纳、魏东明、夏葵、常工、方青、任钧、李则蓝、煌颖、侯唯动、李熏风、雷加、马加、袁犀、蔡天心、鲁琪、李北开等。① 中共中央东北局宣传部与东北文艺协会在“土地还家”口号的基础上，提出了“文艺还家”的口号，号召广大文艺工作者在与农民同吃、同住、同劳动的同时，领导农民群众参加土地改革运动，帮助农民成立夜校、学习文化、办黑板报、成立文艺宣传队，提高他们的写作能力与文艺欣赏能力，在农民、工人等基层劳动者中培养了一大批“文学新人”。创作队伍的空前壮大为东北解放区文学的繁荣奠定了坚实的基础。

东北解放区文学的繁荣也与当时出版事业的空前繁荣密不可分。东北局宣传部将建立思想宣传阵地（即报刊、出版机构）、改造思想、建构意识形态话语权确定为首要任务。进入东北不久，东北局于1945年11月在沈阳创办了机关报《东北日报》（1946年5月28日由沈阳迁至哈尔滨，1948年12月12日搬回沈阳）。该报面向东北全境的党政军发行，是东北解放区发行量最大的报纸。之后，东北解放区创办、发行的报纸近百种。据《黑龙江省志·报

---

① 彭放：《黑龙江文学通史（第二卷）》，北方文艺出版社2002年版，第354页。

业志》的统计，当时黑龙江地区（5 省 1 市）的每个省市不仅有党政机关报，而且有人民团体和大行业的专业报纸，有些县也出版油印小报。仅哈尔滨出版的大报就有《哈尔滨日报》《哈尔滨公报》《哈尔滨工商日报》《大众白话报》《午报》《自卫报》《北光日报》《新民日报》《民主新报》《学生导报》《文化报》等。这一时期的报纸，无论设没设副刊，都或多或少地发表过文学作品。

东北局还出资创办了东北书店、光华书店、大连大众书店、辽东建国书店、兆麟书店、吉东书店、辽西书店等众多的图书出版机构。其中，东北书店是东北解放区规模最大、贡献最大的书店，在东北全境建有 201 个分店，发行网点遍布东北全境。除出版、发行图书外，东北书店还创办了《知识》《东北文学》《东北画报》《东北教育》等期刊。这些出版机构大量出版政治读物、教材和文学书籍，促进了东北解放区出版业的发展。仅以东北书店为例，从 1946 年到 1948 年，东北书店总共出版图书杂志 760 种、各类图书 1 520 余万册。[①] 东北解放区纸张和印刷质量上乘的大量出版物不仅发行于东北各地，还随着东北野战军入关和南下，成为陆续解放的北平、天津、武汉等地人民群众急需的读物。历史上一向“文风不盛”的东北第一次有大量的出版物输送到关内文化发达之地，这成为一时之盛事。

此外，东北解放区先后创办的文学类期刊的数量是惊人的。如 1945 年至 1947 年创办的文学期刊有《热风》（半月刊）、《文学》（月刊）、《文艺》（周刊）、《文艺工作》（旬刊）、《文艺导报》（月

① 逄增玉：《东北解放区文学制度生成及其对当代文学制度的预制》，载《文学评论》2017 年第 4 期。

刊)、《东北文艺》(月刊)。1947年以后创刊的大型专业期刊有《部队文艺》、《文学战线》(周立波主编)、《人民戏剧》(张庚、塞克主编),综合性期刊有《东北文化》(吴伯箫主编)、《知识》(舒群主编)等。其中,《东北文化》与《东北文艺》的影响最为突出。《东北文化》的主要任务是协同东北文化界,从政治上、思想上启发广大的东北青年和文化工作者,提高他们的自觉性,激发他们的革命热情、积极性和创造性,使他们在东北人民解放的伟大事业中发挥应有的作用。《东北文艺》是纯文艺性的刊物,刊载小说、戏剧、散文、诗歌、漫画、速写、报告文学、杂文、书刊评价,以及文学理论、有关文艺运动史的论著等。《东北文艺》聚集了一大批优秀的作者,如周立波、赵树理、罗烽、公木、萧军、塞克、舒群、白朗、严文井、刘白羽、西虹、范政、宋之的、金人、马加、雷加等。在他们的影响下,《东北文艺》还不断提携文学新人,这成为该刊的传统。从创刊到终结,《东北文艺》在新中国成立前后产生了很大的影响,20世纪50年代成长起来的许多作家、诗人是从这里起步的。可以说,《东北文艺》在解放战争和革命胜利后对新中国文学新人的培养起到了重要的作用。报纸、文学期刊、综合性期刊和出版机构的大量涌现,为东北解放区文学的发展创造了良好的条件。

与此同时,为了更好地团结广大文艺工作者,东北局于1946年在黑龙江佳木斯成立了东北文化工作委员会,成员有张闻天、吕骥、张庚、塞克等。此后,若干文艺与文化团体陆续成立,其中最有影响的是1946年10月19日由全国文协的老会员萧军、舒群、罗烽、金人、白朗、草明6人在哈尔滨发起筹备的"中华全国文艺协会东北总分会"。这个文艺团体表面上是由文人自由结社,实际上主体是来自延安、具有干部身份的文化人,其中不少人是党员或东北文艺界的领导干部。“中华全国文艺协会东北总分会”对东北解放区文学的发展起到了不可忽视的作用。此外，中苏文化协会、鲁迅文艺研究会等文艺社团相继成立。1948 年 3 月，中共东北局宣传部首次召开了由文学、戏剧、音乐、美术、电影等部门的 150 余名文艺工作者参加的文艺工作者会议。会议对抗战胜利以来的东北解放区文艺工作进行了总结，并制订了随后一段时间的文艺工作计划。此外，中共中央东北局宣传部内部成立了文艺工作委员会，吕骥、舒群、刘白羽、张庚、罗烽、何世德、严文井、袁牧之、朱丹、王曼硕、华君武、白华、向隅、田方、沙蒙、吴印咸任委员，负责指导东北解放区的文艺工作。

1946 年秋，已迁至哈尔滨的原延安鲁迅艺术学院，按照东北局的指示北撤至佳木斯，并入东北大学，更名为鲁艺文学院。同年 12 月，东北局又决定让鲁艺脱离东北大学，组建东北鲁艺文工团。1948 年秋冬之际，随着沈阳的解放，东北鲁艺文工团在经历了三年多艰苦卓绝的转战与工作后进入沈阳，随后正式复名为鲁迅艺术学院，恢复了延安鲁迅艺术学院的学校建制。文艺团体的纷纷建立为东北解放区文学创作队伍的培养提供了组织保证。

为了纪念解放东北这段革命岁月，为了展现东北解放区文学的勃兴与繁荣，我们编辑出版了《1945—1949 年东北解放区文学大系》，分别从小说、散文、戏剧、诗歌、翻译文学、评论、史料等体裁角度进行整理、收录。

二

抗战胜利后的东北解放区文学是延安文艺的延伸与发展，东北解放区四年所发生的巨大变化，都生动、形象地展现在东北解放区的小说创作中。东北解放区小说充分展示了当时的社会生活，塑造了形形色色的人物形象，给人们留下了时代的缩影与历史的印迹。

东北解放区小说创作大体可以分为两个阶段。第一个阶段是从1945年日本投降到1946年中共东北局通过“七七”决议，第二个阶段是从1946年通过“七七”决议到1949年新中国成立。在当时的局势下，中国共产党要最广泛地发动群众，进入东北的文艺工作者便肩负了与武装部队同样重要的“文化部队”的任务。他们用文学作品教育、引导群众，积极参与了粉碎旧的国家机器和意识形态的过程。在党的文艺方针政策的指引下，东北解放区的作家们广泛深入到农村土地改革、前方战斗生活和工厂建设之中，亲身体验群众生活。这使得东北解放区的小说能够迅速地反映生产、生活、军事等各个领域的变化与东北人民精神世界的变化。

从1931年日本发动九一八事变到1945年日本投降，十四年的沦陷历史构成了东北文学不可磨灭的创痛记忆。对沦陷时期东北社会生活的回忆，是这一时期小说的一个重要题材。而抗战题材小说则是对异族侵略者铁蹄下民生困难的真实记录，也是对战争年代民族精神的热情颂扬。但娣的《血族》、陆地的《生死斗争》、范政的《夏红秋》、骆宾基的《混沌——姜步畏家史》等都是这方面的代表作品。

土改斗争是东北解放区小说三大题材的重中之重。在那场深刻改变了中国农村政治、经济关系的运动中，东北解放区作家将强烈的政治使命感与巨大的创作热情相融合，创作出了大量的优秀作品，周立波的《暴风骤雨》、马加的《江山村十日》、安危的《土地底儿女们》等至今仍被读者反复阅读。

小说创作需要一个孕育的过程，相对来说，中长篇小说需要更长的时间来构思和写作，而短篇小说则完成得较快。在复杂、激烈的土改运动中，东北解放区作家们努力笔耕，迅速创作出大量的短篇小说。在这些小说中，我们可以看到东北农民在土改运动中的精神变化，农民经历了几千年的封建压迫，他们身上的枷锁不仅是物质上的，更是精神上的，从奴隶到主人的蜕变需要一个心灵的搏击历程。

反映前线战争是东北解放区小说的另一个重要题材，这些小说真实地体现了军民的鱼水情谊。西虹的《英雄的父亲》、纪云龙的《伤兵的母亲》等都是当时影响较大的作品。1947 年至 1948 年是解放战争中我党从防御转为反攻的时期，随着战事的推进，中国人民解放军（1948 年 1 月 1 日，东北民主联军改称为东北人民解放军，同年 11 月 13 日改称为中国人民解放军）的队伍急剧壮大，部队官兵的成分因而趋于复杂化。为此，部队采用诉苦的办法对广大指战员进行阶级教育，提高他们的政治觉悟和思想觉悟。诉苦教育消除了战士之间的隔阂，为解放战争的胜利打下了坚实的思想基础。刘白羽的短篇小说集《战火纷飞》、李尔重的中篇小说《第七班》等反映了这一主题。

除上述三大题材外，解放战争时期东北涌现出来的工业题材小说，亦可视为中国现代工业题材小说的发端，这也从一个方面证明了东北解放区小说的文学史价值和文化价值。

东北解放区的工业在新中国发展史上占有非常重要的地位。在这一方面，影响最大的是女作家草明的中篇小说《原动力》。这篇小说虽然存在粗糙和简单等不足之处，但作为新中国成立前描写工业生产和工人思想的作品，是值得关注和肯定的。此外，李纳的《出路》、鲁琪的《炉》、韶华的《荣誉》、张德裕的《红花还得绿叶扶》等作品也广受好评。这些小说充分展现了东北解放区工业蓬勃发展的景象，展现了工业生产对人的改造，也开创了新中国工业文学的先河。

东北解放区的相当一批小说，强调小说的政治价值，强调创作为工农兵服务，大多通俗易懂，而缺乏对心理深度和史诗境界的发掘。然而，东北解放区小说明朗新鲜，创造性地继承了延安文艺精神，反映了东北解放区的历史巨变和社会变革中诸多的社会问题，为新中国成立后的十七年文学开辟了道路。

二

散文卷在本丛书中占有重要的分量，真实地记录了解放战争中东北解放区人民的巨大贡献，独特的作品体例亦标示出其在新中国散文创作史中的独特地位。

解放战争时期东北战区的胜利，不仅是军事史上的奇迹，更是人民意志创造历史的丰碑。许多作者都以醒目而直接的题目记录了解放军普通战士勇敢战斗、不畏牺牲的英雄事迹，以真挚的情感，突出了普通战士大无畏的战斗精神和取得战斗胜利的信心。这些作品表现了同一个主题：解放军是人民的军队，中国共产党是全心全意为人民服务的。这也是新中国强大的根基体现。

散文卷中还有一部分作品，叙述了悲壮的抗联斗争的事迹，如纪云龙的《伟大民族英雄杨靖宇事略》、菽沅的《老杨——人民口中的杨靖宇将军》、陈堤的《悼念李兆麟将军》等。英勇不屈的民族气节是抗联英雄所具的崇高品质，也是抗联精神最真实的写照。而东北书店于 1948 年 6 月出版的《集中营》，以革命者的亲身经历叙述了大义凛然、为真理献身的革命志士的事迹，让后人真正理解了“头可断血可流，革命意志不能丢”的气节，“永不叛党”是英烈们用鲜血和生命刻写在党章之中的。

从1946年到1948年，尽管国民党军队在东北重要城市盘踞并负隅顽抗，但是东北农村却发生了翻天覆地的变化。中国共产党在根据地开展土改运动，领导农民推翻了地方统治势力，领导农民斗地主、分田地，农民欢欣鼓舞，迎来了新生活。强大的后方农村根据地为部队供给提供了保障，同时，许多年轻的子弟为了保护胜利果实自愿参加了解放军，这改变了国共双方在东北的兵力布局。《永北前线担架队速写》等作品反映了这一主题。

此外，解放区散文作家的笔下还洋溢着新生活的喜悦，如严文井的《乡间两月见闻》。除了乡村，对于那些在战后重新回到人民手中的城市，我党也开始接管，并进行初步的恢复性建设。在作家们的笔下，新生活带来了新气象。大连大众书店于1948年8月出版的《“工农园地”选集》，就收录了描写城市工人拥护和融入新生活的散文。在这些描写工厂、工友的散文里，我们可以看到解放区的新生活给城市工人带来了希望。

这些散文作品大多短小精悍，有迅速性、敏捷性和战斗性等特点，具有独特的艺术特征。这与当时许多作家的出身密切相关。如刘白羽、草明、白朗、华山、西虹等作家对战争环境和百姓生活有着敏锐的观察力和真实的体验，他们的作品使得东北解放区1945年至1949年的散文创作呈现出独特的风格，表现出纪实性和文学性相结合的特点。此外，由众多从延安来到东北的文艺干部组成的随军记者，以大量的新闻报道反击了国民党的舆论污蔑，记录了解放军战士不畏艰险、顽强抗敌的英雄事迹，同时表现了后方人民在解放区土改过程中翻身解放、分得土地的喜悦心情。

散文作家记录这些真人真事的报道在东北解放战争中起到了巨大的宣传作用，成为鼓舞人心的强大的精神力量。东北解放区散文也因为内容真实、情感真实而呈现出历久弥新的生命力，往往给读者带来身临其境的感受，也让人忽略了作品本身的艺术特质。实际上，这些散文正是在真实的基础上，以生动与丰富的细节给读者留下了深刻的印象，在真实性的基础上呈现出文学性。华山的《松花江畔的南国情书》就是代表作品之一。

细节的生动亦使东北解放区散文具有鲜明的文学性。东北解放区散文将我军战士的大无畏精神写得非常真实、感人。在展示解放区新生活、新风尚方面，许多拥军爱民的片段写得细腻、真实。

东北解放区散文在主题内容上具有很高的价值，大量的散文颂扬了东北人民解放军的集体主义精神和英雄主义精神，表现了我军指战员的英勇气概，体现了战士们浩气长存的革命豪情。因此，东北解放区散文具有较高的文学价值，其明朗的表现方式恰恰是后来共和国文学明确表达和高度肯定的。题材广泛、内容真实和情感深厚的纪实性文学，使得东北解放区散文在战争时期凝聚了强大的精神力量。反映中国人民解放军不畏艰险、英勇战斗的长篇报告文学，在风格上激情澎湃，体现出解放军崇高的革命乐观主义精神。这一时期的散文把东北解放历史进程的全貌和战士们的英勇壮举再现了出来，东北解放区散文也因此具有了军事史和共和国历史的资料留存价值。东北解放区散文在创作上因为具有纪实性与文学性相结合的特点，为军旅散文创作提供了新的美学范式。

三

在东北解放区文学中，戏剧具有内容丰富、种类繁多、通俗明了、利于传播等特点，兼之创作群体庞大，故而获得了巨大的丰收，这成为东北解放区文学繁荣的重要标志之一。东北解放区的戏剧具有鲜明的启蒙性、宣传性和战斗性等特征，对生产建设、围剿土匪、土改运动和解放战争发挥着不可替代的宣传作用。

东北解放区戏剧的繁荣首先得益于东北解放区报刊对戏剧的支持。例如，《东北日报》刊发的剧作涉及歌唱新生活、感恩共产党、批判美蒋、拥军劳军、参军保家、歌颂劳模等多方面的内容。1947 年 5 月 4 日创刊的《文化报》则是东北解放区第一份纯文艺性质的报纸，主要刊载一些文学常识、短文、小诗、书评、剧报等。此外，《前进报》《北光日报》《合江日报》等都刊发了大量的戏剧作品。而从刊载量来看，期刊对戏剧的支持力度更大。在众多的文艺期刊中，对戏剧传播影响较大的是《东北文学》《东北文化》《东北文艺》《文学战线》《知识》和《人民戏剧》等。

从 1945 年年底开始，东北解放区以各家出版社为依托陆续出版了许多戏剧作品，这是解放区戏剧传播的重要途径。较有影响的是东北书店和人民戏剧社等。在解放战争期间，东北书店出版的各类戏剧作品和理论书籍近百种，形式包括话剧（独幕话剧、多幕话剧）、京剧、评剧、二人转、歌舞剧（广场歌舞剧、儿童歌舞剧）、歌剧、新歌剧、小歌剧、道情剧、活报剧、秧歌剧、小喜剧、小调剧、皮影戏等。其中，秧歌剧超过一半。

文艺团体的迅猛发展是解放区戏剧广泛传播的最终体现。1945 年 11 月以后，东北文工团等数十个文艺团体在东北局宣传部的领导下先后成立。这些文艺团体以《在延安文艺座谈会上的讲话》为指导，坚持走文艺大众化的道路，活跃在东北城市和乡村，战斗在前线和后方。他们创作、表演了一系列以支援前线、土地改革、翻身当家为主题的作品，这些作品受到人民群众的好评。

从内容方面来看，歌颂工人阶级是东北解放区戏剧的一个重要内容。东北光复后，作为解放全中国的大本营，哈尔滨、沈阳等工业城市的作用得以凸显，工人阶级成为时代的主角。从剧作内容来看，第一种是反映工人生活的剧作，如王大化、颜一烟创作的《东北人民大翻身》；第二种是歌颂先进个人无私支援解放区建设、帮助工厂恢复生产的剧作，较有影响的有《献器材》《十个滚珠》《一条皮带》《刘桂兰捉奸》；第三种是歌颂党的政策的剧作，代表作品有《比有儿子还强》和《唱"劳保"》。工业题材戏剧的大量创作，极大地拓宽了解放区戏剧的创作领域，为新中国工业题材戏剧的发展奠定了坚实的基础。

东北解放区戏剧中描写农民翻身解放、分得土地的农村题材的戏剧的比重最大。第一类是反映东北农民翻身解放，通过新旧对比来歌颂新农村、新生活的剧作。第二类是反映粉碎各类阴谋、同复辟分子做斗争的剧作，代表剧作有《反"翻把"斗争》等。第三类是反映改造后进、互助合作，表现农民积极开展大生产运动的剧作，如《二流子转变》。第四类是描写劳动妇女反抗封建婚姻、争取民主权利、积极参加劳动生产的剧作，如《邹大姐翻身》。

东北解放后，群众的思想还比较保守，革命启蒙的任务十分重要，尤其是要帮助东北人民认同和接受中国共产党及其领导的人民军队。在描写军队的戏剧中，既有表现人民军队英勇战争、不怕牺牲、勇于献身的剧作，也有以军民互助、拥军支前为主要内容的剧作，这类剧作完整地再现了东北人民从最初的误解民主联军到后来积极送子参军、送夫参军、拥军支前的全过程。前者的代表作有《老耿赶队》《鞋》《两个战士》等，后者的代表作有《透亮了》《收割》《支援前线》等。

在艺术特点上，虽然东北解放区戏剧的整体水平不是最高的，但是其庞大的作者群体、巨大的创作数量、伟大的历史功绩，使得解放区戏剧创作达到了巅峰状态。东北解放区戏剧因对传统戏剧和西方舶来戏剧的融合而具有现代性，在这种融合的过程中实现了本土化，并形成了民族化、大众化、乡土化的特征。东北解放区戏剧的民族化特征源于延安时期戏剧的“中国化”。而其大众化特征是指具有广泛的群众基础，且创作群体亦十分大众化。东北解放区戏剧的乡土化则主要表现在地域特色上。

在创作方法上，东北解放区戏剧继承了延安戏剧的传统，剧作家们用现实主义的方法把自己身边刚发生或正在发生的事情通过戏剧的形式真实地反映出来，集中表现工、农、兵的日常生活。东北解放区戏剧起到了鼓舞斗志、颂扬先进、宣传政策、支援前线的作用。

在戏剧结构上，东北解放区戏剧的戏剧冲突尖锐而集中，叙事模式多元，表现方式多样。在人物塑造上，剧作塑造了一个个爱憎分明、个性突出、敢作敢为的人物形象。这些人物形象生动丰满、有血有肉，为观众熟悉和喜爱。

东北解放区戏剧在取得较高的艺术成就和发挥重要的宣传作用的同时，也存在一定的不足。然而瑕不掩瑜，民族化、大众化、乡土化的特征，使得戏剧的宣传性、教育性、战斗性的作用得以充分发挥出来。东北解放区戏剧对光复后进行的民众文化启蒙、文化宣传具有不可替代的作用，对解放区的土地改革和解放战争做出了不可磨灭的贡献。

四

东北解放区诗歌秉承了我国诗歌的优秀传统，具有红色革命基因。它一方面与伪满时期的诗歌做了彻底的割裂，另一方面又延续了东北抗联诗歌的革命精神和爱国主义情怀，集中书写了山河易色、异族入侵带给东北人民的苦难和屈辱，书写了受难的人民在共产党领导下的觉醒与反抗，书写了东北人民在艰苦的自然环境与战争环境中形成的坚韧、乐观、幽默的性格。

东北解放区诗歌是中国解放区诗歌的重要组成部分，与其他解放区诗歌保持着一致性和连续性。它之所以能复制延安解放区的文学模式，主要是因为其创作队伍中的很大一部分是来自延安解放区的革命文艺工作者，故在文学制度和文学政策上与全国其他解放区能保持一致。东北解放区诗歌的作者主要有四种身份：一是中共中央派驻到东北的文艺工作者；二是抗战时期流亡到关内的“东北作家群”（在抗战结束后返回东北）；三是虽然本人不在东北解放区，但是其作品在东北解放区的重要报刊上发表过并产生了一定影响的诗人；四是来自各行各业的业余诗人。《东北日报》文艺副刊曾陆续发表过很多业余诗人的作品，这些业余诗人中既有宣传干部，又有工人、农民、战士、学生（其中有许多人使用笔名，甚至使用多个笔名，今天有些作者的真实姓名已很难核实）。有一些诗人并不在东北解放区工作，但是其作品在东北解放区的重要报刊上发表过，并对全国解放区的文学发展产生过重要影响，如艾青、田间等。东北解放区的代表诗人有公木、方冰、马加、严文井、鲁琪、冈夫、天蓝、韦长明、刘和民、李北开、彤剑、侯唯动、胡昭、李沅、夏葵、林耘、顾世学、萧群、蔡天心、杜易白、西虹、师田手、白刃、白拓方、叶乃芬、丁耶、孙滨、阮铿等。

从内容上看，东北解放区诗歌主要是反映当时东北解放区的经济建设、军事斗争、农村工作和城市建设等，具有现实性、时代性。从艺术形式上看，诗歌谣曲化、大众化、民间化的特点突出。抒情诗、叙事诗、街头诗、朗诵诗、歌谣、童谣等成为当时最常见的诗歌体裁。东北解放区诗歌具有以下几个显著特点：

第一，诗歌内容具革命性且高度政治化。东北解放区文学是为中国共产党解放东北和建设东北的政治任务服务的，其主要功能和目的是紧密贴近和配合解放区的主流政治运动。很多诗歌是为满足当时的政治需要而作的，充分体现了《在延安文艺座谈会上的讲话》在诗歌创作方面的实践成绩。东北解放区诗歌与中国解放区诗歌在题材选择、审美价值上保持着一致性，并具有东北解放区特有的地域性特点。揭露、批判、颂扬是东北解放区诗歌的三大主旋律，诗人们以工人、农民、士兵、英雄人物、劳动模范等为书写对象，歌颂英雄人物，记录战争风云，赞美新农民，抒发家国情怀。

第二，具有鲜明的战争文学特点。东北经历了十四年艰苦卓绝的抗日战争，接着又经历了五年的解放战争，近二十年间，始终处于战争状态。诗歌也呈现出战时文学特质，记录了艰苦卓绝的战争场景与生活现实。对于重大战役的抒写与记录，英雄主义、乐观精神、必胜信念的情感基调，加之大东北茫茫雪原、天寒地冻的地域特点，使得东北解放区诗歌具有鲜明的东北地域特色。

第三，农村题材也是东北解放区诗歌的重头戏。东北经过十四年的抗日战争，土地荒废，农民思想落后。抗日战争结束后，解放军入驻东北，一方面做农民的思想工作，进行思想启蒙，另一方面在农村贯彻党的土改政策，进行土地革命，让农民成为土地真正的主人。因此，在东北解放区，启蒙农民思想、反映土改运动、揭露地主阶级剥削农民的本质、塑造新农民形象成为农村题材诗歌的主要内容。

第四，工业题材诗歌在东北解放区诗歌中独领风骚。《文学战线》等报刊还专门设立了工人专栏，如《文学战线》专辟“工人创作特辑”，作者均来自生产第一线。工业题材诗歌丰富了东北解放区诗歌的样态，也成为东北解放区诗歌的重要组成部分。

第五，叙事诗是东北解放区诗歌的主要体裁。长篇叙事诗体量大，便于完整地呈现人物或事件的变化过程，便于刻画生动、饱满的艺术形象，因此很受东北解放区诗人的青睐。在《东北文艺》《文学战线》等杂志和个人诗集中，带有浓郁的东北民间话语特色，反映土改运动、翻身农民踊跃参军等内容的长篇叙事诗一时间大量出现。

第六，诗歌审美倡导大众化、通俗化。在解放战争时期，文学要担负着团结人民、教育人民、打击敌人的任务，因此，战时诗歌不能一味地追求高雅的诗意，它既要通俗易懂，便于启蒙民众，又要迎合普通大众的审美需求，适应战争时期的宣传需要。东北解放区诗歌的谣曲化倾向突出，诗作大多出自部队宣传干部、战士、工人、农民之笔，以社会现象为题材，具有相当强的时效性，普遍具有语言通俗易懂、直抒胸臆、为群众所熟悉和易于接受等特点，真正达到了为工农兵服务的目的。

东北解放区诗歌也存在一些不足。由于过于强调宣传性、鼓动性和战斗性，重内容而轻艺术，艺术水准较低，东北解放区诗歌未能达到思想性和艺术性相结合的高度。

五

东北翻译文学兴起于20世纪20年代末，当时的《北国》《关外》等文学期刊上都登载过翻译作品，对俄苏、英、美、日等国家的民族文学作品，以及批判现实主义、“普罗文学”等文艺理论均有译介。但这种生动、活跃的局面随着1931年九一八事变的发生而不复存在。1931年至1945年，在长达十四年的沦陷时期，东北翻译文学出现了两块文学阵地：一个是以沈阳、大连为中心的“南满文学”阵地，另一个是以哈尔滨为中心的“北满文学”阵地。辽南文坛在九一八事变以后出现了一股译介欧美和日本文学及其理论的潮流，主要刊发、翻译消极的浪漫主义、自然主义的文艺作品和理论，只刊发少量的俄苏文学。相对而言，北满文坛对俄苏现实主义文学作品及其理论的翻译有着更重要的意义。

解放战争时期的东北解放区文学的传播模式主要是“延安模式”。在翻译文学方面，东北解放区文艺工作者侧重译介的目的性和计划性。从目前了解到的情况来看，当时很多期刊都设有翻译栏目，其中《东北日报》《东北文艺》《前进报》《群众文艺》《知识》等都设立了介绍苏联文学的专栏，经常发表苏联社会主义建设时期和卫国战争时期的作品。此外，侧重刊发翻译文学的报纸、期刊还有《文学战线》《文化报》《知识》《东北文化》等。文学观念是文学创作的潜在基础，规范和支配着这个时代的文学创作。解放区的作家们译介了大量的苏俄作品，其中大部分是社会主义现实主义作品。除报刊外，东北解放区翻译文学的出版途径还有书店。由书店、期刊、报纸构成的媒介场，有效地促进了东北作家与世界文艺思潮的交流，尤其是苏联所倡导的革命现实主义文学创作思想对东北的文艺运动发挥了指导作用。

《东北日报》的译介主要集中在俄苏文艺思想、作家作品方面，其中刊发爱伦堡、法捷耶夫等文艺理论家的作品的数量最多，产生的影响也最为深刻。这些作品极大地开阔了东北知识分子的视野。《东北文艺》每期都对俄苏文学作品、作家进行介绍，较有代表性的是 1947 年曾连载过的金人翻译的苏联作家华西莱芙斯卡娅的中篇小说《只不过是爱情》。《文化报》介绍了大批的俄苏作家，刊载了一些文艺评论、文学作品等。《文学战线》在刊发原创作品的同时，则侧重于介绍俄苏文学作品和翻译俄苏文艺理论。

东北书店出版了大量的翻译过来的苏联文艺论著和苏俄文学作品，目前搜集到的翻译文艺论著的种类达 110 余种。其翻译出版的俄苏文学作品具有丰富的题材，包括电影文学剧本、报告文学、游记、书信集、诗歌、小说等。辽东建国书社、大连大众书店、光华书店等也是翻译作品重要的出版机构。

翻译文学的发展有助于文学创作的繁荣与文艺理念的更新，但东北解放区译介作品的内容较为单一，翻译的作品几乎全都来自苏联，俄苏文艺思想、文艺理论和文艺作品得到高度关注，成为文坛的主流。其原因有如下几个方面：

首先，从地缘因素来看，东北与苏联有着天然的地缘关系。东北地区与苏联的东西伯利亚地区有着相似的自然环境，都处于高纬度寒带地区，气候寒冷，地广人稀。自然环境和原始文化的相似为思想的交流提供了基本契合点。

其次，从政治因素来看，俄苏文学在中国的兴衰与中俄之间的政治文化交流有着密切的关系。当时的文人也希望通过译介苏联文学作品来改造和影响人们的思想意识，以及树立新民主主义革命的奋斗目标和未来社会主义的奋斗目标。

最后，从社会现实来看，东北解放区的沈阳、大连等地在中国人民解放军进驻之前已经驻有苏联红军，而且在经济、文化等方面与苏联交往密切，苏联文学作品的翻译、出版自然丰富。

1942 年之后，延安文艺工作者主要是对苏联等少数社会主义国家的文学作品进行译介。对于与苏联接壤的东北解放区来说，由于与外界接触困难，能获得的外国文学作品更少，在建设新文学方面，除了以五四新文学和老解放区文学为资源外，苏联文学便是重要的资源。苏联文学对建设中的东北解放区文学具有不同寻常的意义。

六

东北解放区建立后，文学创作繁荣一时。然而，文学创作在繁荣的背后也存在着一些问题，其中一个突出的问题就是创作者的背景复杂，其中有来自抗日根据地的，也有来自关内国统区的，还有本土的。不同的思想意识、价值取向、艺术趣味掺杂在各类作品中，部分作品的创作倾向出现了偏差。这些问题引起了文艺界的关注。东北解放区的主要报刊和杂志纷纷开辟评论专栏，采用编者按、读者来信、短评、述评、观后感等形式开展文艺批评，为确立正确的文艺路线提供思想保障。

初到东北的文艺工作者首先感受到的是新老解放区之间政治环境和文化环境的差异。自清朝灭亡到抗战胜利的三十多年间，东北民众饱受战乱的痛苦。抗战胜利后，虽然旧的社会结构和文化体制已经解体，但旧的意识形态还残留在一些人的头脑中，东北民众与新政权之间存在着一定的隔膜。刚刚到达东北的大多数文艺工作者对东北特殊的历史环境认识不足，尚未做好相应的思想准备，仍然延续过去的创作方法和思维方式，脱离群众和实际。以什么样的形式和内容来服务刚刚从殖民者的铁蹄下解放出来的人民，是当时文艺工作迫切需要解决的问题。

文艺争鸣与文艺批评既是抗日根据地文艺工作的优良传统，也是党指导文艺工作的重要手段。毛泽东同志在《在延安文艺座谈会上的讲话》中指出，文艺界的主要的斗争方法之一，是文艺批评。此时，东北文艺工作者的首要任务就是对旧的意识形态进行批判和改造，从而构建与延安解放区主体同构的新的意识形态场域。因此，在本地区文艺界开展一场广泛的文艺批评运动就显得十分迫切和必要。1945 年 11 月，陈云同志在《对满洲工作的几点意见》中提出了党在东北的几项重要任务："扫荡反动武装和土匪，肃清汉奸力量，放手发动群众，扩大部队，改造政权，以建立三大城市外围及长春铁路干线两旁的广大的巩固根据地。"这既是党在东北的中心工作，也是东北文艺界所面临的主要任务。东北解放区的文艺队伍自觉地将创作与政治任务结合起来，坚持为人民服务的创作方向，以《在延安文艺座谈会上的讲话》为指导来进行创作。东北这块古老而又年轻的土地上结出了丰硕的艺术成果。这些作品在内容上贴近当时东北的现实生活，在形式上生动活泼，富有浓郁的地方乡土气息，在教育人民、鼓舞人民、组织人民、团结人民、打击敌人方面发挥了重要作用。东北解放区文艺作为革命文艺版图中的一个独立板块开始形成，它既是"延安文艺"的派生，又具备地域文化品格。它不是由内而外自发产生的，而是在改造和清除原有旧文化的基础上通过外部输入逐步确立的。

与“延安文艺”相比，东北解放区文艺自身也出现了一些新的特质，特别是在文艺批评方面，文艺工作者表现出了强烈的自觉性。他们坚持无产阶级和人民大众立场，从不同层面和角度开展文艺界的批评与自我批评，引导东北解放区文艺朝着正确的方向发展。

东北解放区文艺的根本任务与延安文艺的根本任务保持着高度一致，但又具有特殊性。如果简单地照搬、照抄延安文艺的经验，那么东北解放区文艺很难适应革命发展的需要。东北解放区文艺首先具有启蒙的意义，它不仅具有文化启蒙的意义，也具有政治启蒙的意义。为此，东北解放区的文艺工作者以《在延安文艺座谈会上的讲话》精神为指导，树立起无产阶级的文艺大旗，以新文化来改造旧社会，重塑民众的国家意识、民族意识和政治意识，把东北建设成为中国革命的战略大后方。

在延安文艺旗帜的指引下，东北文艺界通过理论探讨和思想整风，统一了广大文艺工作者对革命文学根本属性的认识，东北的文艺工作焕然一新。广大文艺工作者在理论和实践两个方面取得了很大的成就，既继承和发扬了延安文艺思想，也将《在延安文艺座谈会上的讲话》精神与具体实践结合起来。夏征农、蔡天心、铁汉、甦旅、萧军、胥树人等知名的文艺界人士都对这个问题做了深入研究，产生了较大的影响。

与延安文艺相比，这个时期的东北文艺作品主题更丰富，创作者以切身的生命体验为基础，再现了解放战争时期东北所发生的波澜壮阔的革命斗争，以及在这个过程中东北人民的生活与精神面貌。

东北解放区的文艺发展也不是一帆风顺的，它也走了一些弯路。但是，在毛泽东《在延安文艺座谈会上的讲话》的指引下，文艺工作者不仅投身到创作之中，也开展了广泛的文艺批评，营造了一个宽松的舆论环境，作家们畅所欲言，在批评他人的同时也开展自我批评。这为创作的繁荣奠定了理论基础，也为新中国的文艺创作和文艺批评积累了资源和经验。

七

史料卷是大系的综合卷，其编撰初衷是反映东北解放区文学创作的初始背景，呈现当时的政策和文学创作的大环境，通过对资料的梳理，为弘扬东北解放区文学创作的优良传统提供第一手的基础资料。史料卷共分为七大部分。

一是文艺工作政策方针。文艺工作的政策方针是党根据一定历史时期的总路线和总任务确立的文艺指导原则，反映了一定时期文艺创作的总体规划、部署和要求。史料卷旨在呈现东北解放区创作繁荣的大背景下中国共产党对文艺工作的总体规划和实施情况。史料卷主要收录了与东北解放区相关的宣传文件，以及部分会议发言和讲话等内容，其中有出版、通讯、写作的相关规定，也有重要领导对文艺工作的指示要求，同时还收录了部分重要会议成果。

二是重要报纸、期刊。报纸、期刊大量创办是文艺繁荣的重要标志之一。报纸、期刊直接促进了文学事业整体的发展和繁荣，使优秀作品产生了广泛的社会影响。1945 年 11 月《东北日报》创办后，东北解放区先后创办、发行的报纸近百种。此外，在东北局宣传部的统一领导下，地方与军队也创办了数十种文学与文化类刊物。从成人刊物到儿童刊物，从高雅刊物到面向大众的通俗刊物，从文学到艺术,靡不具备。诸多的文艺报刊为文学作品的生产提供了园地,成为东北解放区文学创作的先锋阵地。

三是文艺团体、机构。在东北解放区,多个文艺团体和机构活跃在文艺创作和宣传的第一线,对东北解放区文艺事业的发展发挥了重要作用。东北局先后出资创办了东北书店等众多的图书出版机构,使得东北解放区报刊出版和传媒得到快速发展。1946年,东北局在佳木斯成立了东北文化工作委员会,此后,中苏文化协会、鲁迅文艺研究会等文艺社团也相继成立。东北文艺工作团等文艺团体也迅速发展。在组建大量的文艺团体和文工团之际,军队与地方政府和宣传部门还非常重视文艺人才的培养和文学教育体系的建立,在演出之余,也招收和培养文艺人才。在短短的四年间,东北解放区建立了众多的文艺工作团体与人才培养学校。这体现了我党对教育人民、教育部队和动员人民参与革命的重视。

四是作家及创作书目。从延安来到东北的革命文艺工作者数以百计,此外,20 世纪 30 年代从哈尔滨流亡到关内各地的东北作家群成员也陆续返回东北。这些文化工作者云集黑龙江,办报纸,办杂志,从事广泛的文化艺术活动,使得东北解放区文学艺术以全新的姿态向共和国迈进。史料卷收录了活跃在东北解放区的多位作家的生平和创作情况,当然,由于这一历史时期具有特殊性,作家区域性流动较为频繁,对作家的遴选和掌握主要以创作活动的轨迹和作品发表的区域为依据。

五是东北解放区文学回忆与纪念。为了弥补现有资料不足的缺憾,史料卷特别收录了部分文学界前辈及其家人的回忆与纪念文章,其中既有参加文艺团体的亲历感受,也有对文艺创作细节的点滴回忆。由于年代久远,这些资料的某些细节无法准确、翔实地体现出来，但这些资料记录了东北解放区文艺工作者的亲历感受，对补充和完善史料卷的内容大有裨益。

六是大事记。为了对解放区文学创作资料进行细致整理，进而为读者提供一个简明的、提纲挈领式的线索，史料卷呈现了大事记。大事记旨在将反映文学活动和文艺创作的各种资料予以浓缩，按照时间线索对史料进行编排。大事记简明扼要地记述了1945年9月至1949年9月东北解放区文学方面的大事、要事，涵盖了部分文艺作品创作、文艺团体成立的时间节点，有助于读者了解东北解放区文学的发展脉络。

七是索引。鉴于东北解放区文学总体呈现出体裁广泛、内容丰富等特点，史料卷以作者为线索，将分散在小说卷、散文卷、诗歌卷、戏剧卷、评论卷、翻译文学卷中的作品整理出来，形成丛书索引。索引以作者为基点，将作者在各卷中的作品情况（作品名称、所在卷册、页数）逐一列出，可以在一定程度上呈现出东北解放区文学的整体情况，亦可以体现出作者的创作风格和特点，进而从不同角度展示出东北解放区文学发展的脉络和趋势。

随着军事上的胜利和东北解放区的形成，东北的政治面貌、经济面貌发生了根本性的变化，特别是文化呈现出前所未有的发展和繁荣的局面。东北解放区在政策制定、政策实施、新闻出版、文艺社团、文艺教育体制、作家培养等涉及文艺发展与繁荣的各个方面，继承、发展和完善了延安文艺体制，对当代文学和文艺制度产生了重要和深远的影响。

尽管东北解放区文学得到前所未有的发展和繁荣，但这份珍贵的文化资料始终没有得到系统整理，有关资料分散在哈尔滨、齐齐哈尔、牡丹江、佳木斯、长春、沈阳、大连等地，加上年代久远，这给编选工作带来了很大的困难。一方面,区域性的文学史料不易引起一般研究者的重视,文学史料的保留和整理工作在通常情况下很不理想,尽管编选者在前期已有一定的资料积累,但是很多工作还需要从头开始。另一方面,由于年代久远,加之当时的出版印刷技术有限,许多资料的保存和整理已经成为一大难题。许多珍贵的文学资料甚至已经出现严重的、不可恢复的缺损,因此,整理和出版东北解放区的文学史料,对东北解放区文学和中国现代文学的研究具有重要意义,同时,对人们了解和认识东北解放区这段历史也具有重要意义。

东北解放区文学创作距今已有七十年的历史,从20世纪80年代开始,东北解放区文学作为中国现代文学的一部分开始进入研究者的视野,搜集、整理与研究工作逐渐深入,一大批有分量的成果随之产生。其中,具有代表性的成果有两项,一项是林默涵主编的《中国解放区文学书系》(重庆出版社,1992年出版),另一项是张毓茂主编的《东北现代文学大系》(沈阳出版社,1996年出版)。这两部著作以文学价值作为侧重点,对东北解放区文学进行了很好的梳理。此外,黑龙江、辽宁与吉林三省的社会科学院文学研究所通力编辑出版的《东北现代文学史料》(共九辑),其价值亦不可低估,当时资料的提供者或为亲历者,或为亲历者之亲友,这从文献抢救的角度来看可谓及时。尽管《中国解放区文学书系》和《东北现代文学大系》对东北解放区文学进行了较大规模的搜集与整理,但由于编辑侧重点不同,这两部著作对东北解放区文学作品只是有选择性地收录,东北解放区文学作品分散在各地图书馆与散落在民间的态势并未改变。进入21世纪后,随着时间的流逝,承载东北解放区文学作品的旧报、旧刊、旧图书流失和损毁的情况日益严重，对东北解放区文学进行进一步搜集与整理的必要性在中国现代文学界达成共识。2008 年，东北现代文学研究者、黑龙江省社会科学院文学研究所研究员彭放在主编完成《黑龙江文学通史》（北方文艺出版社，2002 年出版）之后，提出了编辑出版《东北解放区文学大系》的建议，这一建议得到了认可。事隔十年，2018 年，由黑龙江省社会科学院文学研究所与黑龙江大学出版社联合策划的《1945—1949 年东北解放区文学大系》荣获国家出版基金资助出版，这完成了老一代东北现代文学研究者的夙愿。

《1945—1949 年东北解放区文学大系》的编者，力求完整地体现东北解放区文学的整体风貌，在文学价值之外，亦注重作品的文献价值，以文学性与文献性并重作为搜集、整理工作的出发点。

《1945—1949 年东北解放区文学大系》的篇目编选工作，由黑龙江省社会科学院发起，联合黑龙江大学、哈尔滨师范大学、哈尔滨学院等黑龙江省多所高校共同开展。为了保证学术性，本丛书特聘请多位东北现代文学领域的专家组成编委会，各卷主编均为中国现代文学方面学养深厚的研究者。本丛书的篇目编选工作得到了北京、吉林、辽宁等地多家相关单位的支持。东北现代文学界德高望重的老一代学者亦给予大力支持，刘中树、张毓茂与冯毓云三位先生欣然允诺担任本丛书的学术顾问，本丛书的姊妹著作《1931—1945 年东北抗日文学大系》的总主编张中良先生亦为学术顾问。特别应提及的是，张毓茂先生在允诺担任本丛书学术顾问不久后就溘然离世，完成这部著作就是对先生最好的悼念。

本丛书的资料搜集工作，除得到东北三省各家图书馆的支持外，还得到了中国现代文学馆、黑龙江省浩源地方文献博物馆的大力支持。东北红色文献收藏人胡继东、华东师范大学历史系博士崔龙浩，以及华东师范大学历史系高铭阳、雷宇飞等人为本丛书的集成提供了大量珍贵而稀缺的第一手资料。对于他们的无私奉献，在此表示诚挚的感谢！此外，黑龙江大学文学院、哈尔滨师范大学文学院许多在读的博士生、硕士生和本科生也参与了资料搜集工作，在此，请恕不一一列名。

《1945—1949年东北解放区文学大系》除入选2019年度国家出版基金资助项目之外，还被列入黑龙江历史文化研究工程项目，在此谨致谢忱。

戏剧卷导言

东北解放区戏剧创作导论

宋喜坤

东北解放区文学是东北解放战争时期的文学,“抗战胜利后的东北解放区文学,则是延安文艺的延伸与发展”①。随着哈尔滨的解放,已完成伟大历史使命的东北抗日文学在延安文学的指导和改造下,带着余热迅速转型为东北解放区文学。1945 年至 1949 年,来自延安和各沦陷区的知识分子,以及东北地区的革命群众在中国共产党的领导下,创作了大量的东北抗战文学作品。② 戏剧具有内容丰富、种类繁多、通俗易懂、利于传播等特点,获得了创作上的巨大丰收,这成为东北解放区文学大繁荣的重要标志之一。东

① 张毓茂、阎志宏:《东北现代文学史论》,载《社会科学辑刊》1994 年第 2 期。

② 东北解放区的戏剧创作数量颇丰,据统计,各类剧目约有 332 种,已查找到剧目 234 个。

北解放区戏剧是中国共产党领导下的群众性戏剧，具有启蒙性、宣传性和战斗性等特点。在中国共产党领导下的东北解放区，戏剧对生产建设、围剿土匪、土改运动和解放战争发挥着不可替代的宣传作用。

一

1946年春天，延安的革命文化机构和文艺团体集中转移到佳木斯，佳木斯成为指导东北文化的中心，被称为东北“小延安”①。在中国共产党的领导下，哈尔滨、佳木斯、齐齐哈尔、大连、沈阳等地的文化运动蓬勃开展起来。东北解放区戏剧种类繁多，内容和题材丰富，创作群体庞大，因此东北解放区开展了大规模的群众戏剧运动，这促进了东北解放区文学的繁荣。

东北解放区戏剧的生成是政治文化和民间文化糅合的结果，这主要表现为党的组织领导得力、多元文化交融、作家阵容强大。组织领导得力是指在党的领导下建立了各级“文艺协会”来领导和指导东北文艺工作。1945年9月15日，中共中央东北局成立，在宣传部部长凯丰（何克全）的领导下，东北解放区的文化工作如火如荼地开展起来。1946年10月19日，“中华全国文艺协会东北总分会”筹备会在哈尔滨召开。1946年11月24日，“中华全国文艺协会佳木斯分会”成立。1947年6月15日，“关东文化协会”成立。随着革命文化工作的迅速开展，哈尔滨、佳木斯、齐齐哈尔、长春、沈阳、大连等城市都成立了“文艺协会”等文化组织。这些“文

① 王建中、任惜时、李春林等：《东北解放区文学史》，辽宁大学出版社1995年版，第63页。

艺协会”的成立符合当时东北文化的发展状况，这些“文艺协会”所提出的开展“民主的科学的文化运动”与新启蒙思想相吻合。“文艺协会”作为东北文艺的领导组织对东北解放区戏剧的发展做出了不可磨灭的贡献。

东北地域文化的成分复杂，悠久的关外本土文化融合了中原儒家文化，形成了既粗犷又细腻、既豪放又婉约的关东文化。随着中国革命文化大军战略目标的转移，东北文化又融入了先进的延安文化，经延安文化改造后，发展为融政治话语和民间话语为一体的东北解放区文化。东北解放区戏剧文化是党的主流政治文化，兼容了东北民间文化。东北解放区戏剧在内容上以政治话语为核心，在艺术形式上以民间话语为依托，以改造后的东北民间舞蹈、东北大秧歌、北方萨满神舞、民间莲花落子、鼓书等为载体，以东北方言为基础。东北解放区戏剧实现了“旧瓶装新酒”。

东北解放区拥有一支经验丰富的戏剧创作队伍。1946 年，有着光荣的革命传统和文化传统的哈尔滨汇集了从延安来的各路文艺工作者。知名的戏剧作家丁玲、萧军、端木蕻良、塞克、宋之的、刘白羽、阿英、草明、骆宾基、严文井、颜一烟、王大化、张庚等，加之陈隄等原东北作家，以及青年学生、部队文艺工作者、工人作者群、农民作者群，形成了一支文化经验丰富、创作热情高涨的规模宏大的创作队伍。这为东北解放区戏剧的发展和繁荣做好了准备。在革命文化指导下生成的革命戏剧，必然要反映时代生活，并为革命政治服务。民间话语和政治话语的融合，以及民间文化和政治文化的糅合，共同促进了东北解放区戏剧的发展和繁荣。

专业剧作者和工农兵群众创作的戏剧由报刊刊载和书店发行后，经专业戏剧团体演出后与观众见面，发挥着宣传、教育和启蒙的作用，促进了东北解放区戏剧的快速传播。

1945年11月1日，中共中央东北局的机关报《东北日报》创刊，其宗旨是"通过宣传报道，打破当时在部分人中存在的和平幻想，揭露美蒋制造中国内战的阴谋"①。《东北日报》刊载的文学作品中不乏戏剧作品。据不完全统计，该报副刊从1946年7月9日至1949年10月13日共刊载话剧、广场剧、秧歌戏、快板、鼓词、二人转、小演唱等各类剧作38个。这些剧作涉及歌唱新生活、感恩共产党、批判美蒋、拥军劳军、参军保家、歌颂英雄模范等内容，如《支援前线》《唱"劳保"》《军民拜年》《十二个月秧歌调》等群众性作品。1947年5月4日，由萧军任主编的《文化报》在哈尔滨创刊，该报是东北解放区第一份纯文艺性质的报纸，刊载一些文化常识、短文、小诗、书评、剧报等。其中有评剧（如《武王伐纣》）、说唱（如《李桂花的故事》），以及一些喜剧评论。除《东北日报》和《文化报》外，《前进报》《合江日报》《牡丹江日报》《关东日报》《大连日报》《西满日报》《哈尔滨日报》《辽南日报》《安东日报》等都刊载了大量的戏剧作品。这些报纸有力地配合《东北日报》宣传马列主义和党的政策方针，对东北解放区的文化启蒙做出了应有的贡献，产生了广泛的影响。

虽然东北解放区的期刊数量没有报纸多，但是其戏剧的刊载量却比较大。在众多的文艺期刊中，对戏剧传播产生较大影响的是《东北文学》《东北文化》《东北文艺》《文学战线》《知识》《人民戏剧》《生活知识》等。1945年12月创刊的《东北文学》以刊载小

---

① 哈尔滨市地方志编纂委员会：《哈尔滨市志·报业广播电视》，黑龙江人民出版社1994年版，第88页。

说、诗歌、散文为主，偶尔也刊载戏剧作品，如由言的《各怀心腹事》等。1946年5月，《知识》在长春创刊，王大化、颜一烟等都在《知识》上发表过作品，其中较有影响的作品有颜一烟的《徐老三转变》、雪立的《揭底》、李熏风的《把红旗插遍全中国》、田川的《一个解放战士》等。1946年10月创刊的《东北文化》的主要任务就是"协同整个东北文化界，从政治上思想上启发广大的东北知识青年、知识分子以及文化工作者，提高他们的自觉性，鼓舞他们的革命热情，与为人民服务而斗争的积极性、创造性，使之在东北人民解放的光荣伟大事业中发挥应有的作用"①。《东北文化》刊载的戏剧作品不多，较有影响的是塞克的《翻身的孩子》。1946年12月创刊的《东北文艺》是纯文艺性刊物，刊载小说、戏剧、散文、诗歌、翻译作品、漫画、速写、报告文学、杂文、书刊评价作品等。《东北文艺》与"东北文协"同时诞生，它的作家阵容强大，其刊载的戏剧作品有冯金方等人的《透亮了》、张绍杰等人的《人民的英雄》、鲁亚农的《买不动》、莎蕻的《拥军碗》、李熏风的《农会为人民》等。这些剧作具有多样化的形式和多元化的题材，具有宣传性和战斗性，充分发挥了东北解放区文学的"武器"作用。1946年12月，《人民戏剧》在佳木斯创刊，其宗旨是帮助解决一部分剧本的问题，提供一些理论和技术材料。在两年多的时间里，鲁艺文工团的创作组和群众作者在《人民戏剧》上发表秧歌剧、独幕剧、儿童剧、歌剧、历史剧等多种形式的剧作20多篇，如《参军》《缴公粮》《打黄狼》等。另外，《人民戏剧》还翻译、刊载了《白衣天使》（苏联）、《茀劳伦丝》（美国）等国外戏剧，促进了中外戏剧的交流，显

① 《发刊词》，载《东北文化》（创刊号），1946年第1卷第1期。

示出了编者们的国际视野。周立波主编的《文学战线》主要刊载文艺论文、小说、戏剧、诗歌、报告文学、人物传记、散文、速写、日记、民间故事、翻译作品和书报评介等。《文学战线》刊载了不少优秀剧作，如田川的《一个解放战士》、李熏风的《把红旗插遍全中国》等。《文学战线》刊载的剧作主要反映人民群众的斗争和生活。

东北解放区在1945年底开始以各级出版社为依托陆续出版戏剧作品，这是东北解放区戏剧传播的重要途径。戏剧作品的出版单位主要是各类书店，较有名气的书店有东北书店、人民戏剧社、哈尔滨光华书店、新华书店、大连新中国书局、大连大众书店、辽东建国书店等。在诸多书店中，东北书店是东北解放区影响最大、规模最大、出版贡献最大的书店。东北书店在东北全境有201个分店，《知识》《东北文学》《东北画报》《东北教育》等都是东北书店发行的刊物。在解放战争期间，东北书店出版各类戏剧作品和理论书籍，发行数十万册。戏剧形式包括话剧（独幕话剧、多幕话剧）、京剧、评剧、二人转、歌舞剧（广场歌舞剧、儿童歌舞剧）、歌剧、新歌剧、小歌剧、道情剧、活报剧、秧歌剧、小喜剧、小调剧、皮影戏等。其中，秧歌剧超过一半。东北书店不仅出版了戏剧作品，还出版了不少有关戏剧理论和戏剧经验的著作，如贾霁的《编剧知识》等。

文艺团体的迅猛发展是东北解放区戏剧传播的最终体现。1945年11月2日，东北文工团在东北局宣传部的领导下成立。后来，东北三省相继成立了数十个文艺工作团体，其中较有影响的有东北文工一团、东北文工二团、总政文工团、东北鲁艺文工团、东北文协文工团、东北炮兵文工团、东北军政治部文工团、东北军政大学文工团、兆麟文工团、黑龙江省文工团、齐齐哈尔文工团、旅大文工团等。这些文艺团体以《在延安文艺座谈会上的讲话》为指导，坚持走文艺大众化的道路，坚持文艺为工农兵服务的原则，活跃在东北城乡，战斗在前线和后方，开展各种文艺活动，宣传革命文艺思想，教育和争取人民群众。这些文艺团体表演了《我们的乡村》《军民一家》《东北人民大翻身》《血泪仇》《二流子转变》等剧作。这些作品以支援前线、土地改革、翻身当家为主题，具有积极的教育意义，在组织群众、支援前线、开展土改运动、发展生产等方面起到了巨大的作用，取得了良好的启蒙效果，受到了人民群众的好评。

二

时代呼唤着文学，文学紧跟着时代，文学是时代的映像。毛泽东在 1942 年的《在延安文艺座谈会上的讲话》中指出："所以我们的文艺，第一是为工人的，这是领导革命的阶级。第二是为农民的，他们是革命中最广大最坚决的同盟军。第三是为武装起来了的工人农民即八路军、新四军和其他人民武装队伍的，这是革命战争的主力。第四是为城市小资产阶级劳动群众和知识分子的，他们也是革命的同盟者，他们是能够长期地和我们合作的。"①有关戏剧的文艺批评是政治和艺术的统一、内容和形式的统一，要符合政治标准。受到《在延安文艺座谈会上的讲话》的影响，加之作者主要来自延安解放区，东北解放区的戏剧创作从一开始就是为主流政治服务的，东北解放区戏剧成为革命宣传的"武器"。东北解

① 毛泽东：《在延安文艺座谈会上的讲话》，见《毛泽东选集》第 3 卷，人民出版社 1991 年版，第 855 页。

放区戏剧的服务对象以工农兵和城市市民为主，剧作内容集中体现了人民群众在东北光复后的喜悦心情和对党的歌颂，展现了工人积极参加生产斗争、农民积极参加土改斗争、军人奋勇参加解放战争等一系列革命政治生活面貌。

歌颂工人阶级是解放区戏剧的一个重要内容。东北光复后，作为老工业基地的哈尔滨、沈阳等工业城市的作用得以凸显，工人阶级成为时代的主角。获得新生的工人阶级当家做主，以百倍、千倍的热情投入到新中国的建设中，谱写了一曲曲拥军爱民、积极生产、支援前线的动人乐章。

从剧作内容来看，第一种是反映工人生活的剧作。例如，王大化、颜一烟创作的《东北人民大翻身》生动地再现了东北工人阶级翻身后的喜悦，反映了东北人民的生活和历史变迁。《二毛立功》是大连锻造工厂工人王水亭以自己为原型自编、自导、自演的一部秧歌剧，集中展现了工友二毛“后进变先进”的思想转变过程，展现了工人自己的新生活。正如罗烽所说：“但它所走的是生活结合艺术、艺术结合生产、工人结合知识分子的道路，它就一定能逐渐完美起来。”①这类描写工人思想转变或描写劳动英雄的戏剧还有《立功》《不泄气》《红花还得绿叶扶》《取长补短》《师徒关系》等。

第二种是歌颂先进个人无私支援解放区建设、帮助工厂恢复生产的剧作。其中，较有影响的有《献器材》《十个滚珠》《一条皮带》和《刘桂兰捉奸》。《献器材》《十个滚珠》《一条皮带》反映的是东北解放后，为了实现早日开工的目标，工厂组织工人捐献生产器材，使得人们明白“献器材，争模范”的道理。独幕话剧《刘桂兰

① 王水亭：《二毛立功》，东北书店1949年版，第2页。

捉奸》描写的是在刘老汉将两箱机器皮带献给工厂的过程中，女儿刘桂兰和李大嫂发觉工厂里有潜伏的特务，最终机智地将特务李德福抓获。这些剧作均是以工人无私捐献物品为主线，展现了家人从反对、不理解到支持捐献的思想转变过程。这些剧作虽然有些程式化，但是贴近生活，比较真实。

第三种是歌颂党的劳保政策的剧作。代表作品有《比有儿子还强》和《唱“劳保”》。独幕话剧《比有儿子还强》写的是铁路机务段工人高大爷在新社会有了“劳保”，这被大家比喻成多个“儿子”。《唱“劳保”》则是通过写老纪老婆“猫下了”（生孩子）和张大哥工伤这两件事来体现新旧劳保制度的不同。这两部剧作通过比较新旧社会，歌颂了共产党和毛主席，指出了解放区政府和工会是工人真正的靠山，从而激发了工人努力生产、争当劳动模范的热情。在延安解放区戏剧中，工业题材戏剧的数量较少。工业题材戏剧的大量创作，极大地拓宽了东北解放区戏剧的创作领域，为新中国工业题材戏剧的发展奠定了坚实的基础。

在东北解放区戏剧中，描写农民翻身解放、分得土地的农村题材的戏剧所占的比重最大。1946 年 5 月 4 日，中共中央发出了《五四指示》①，开展土地改革运动，调动农民的积极性，加快东北解放战争的进程。为了配合土地改革运动和加强对农民的思想改造，文艺工作者创作了大量的反映农民翻身的戏剧。这主要表现在以下四个方面。

① 即《中共中央关于土地问题的指示》，通称《五四指示》。日本投降以后，中共中央根据农民对土地的迫切需求，决定改变党在抗日战争时期的土地政策，由减租减息改为没收地主土地分配给农民。《五四指示》的制定就体现了这种转变。

第一方面是反映东北农民翻身解放，通过新旧对比来歌颂新农村、新生活的剧作。在这类剧作中，秧歌剧《血泪仇》是最具代表性的一部作品。《血泪仇》讲述了国统区农民王东才被保长迫害，最终逃到解放区获得解放的故事。在剧作中，这种父子相残、妻离子散的故事真实地再现了旧社会农民的苦难生活，通过对比解放区的幸福生活，鲜明地表达了广大农民对翻身解放的渴望。通过描述地主对农民的剥削事件来突出地主阶级的罪恶，借以引起农民对地主阶级的仇恨，从而引发农民对新生活的向往。秧歌剧《土地还家》描写了群众在土改运动中存在的各种问题，农民最终彻底觉悟。剧作告诉人们，共产党、八路军才是农民的救星，封建压迫必须要肃清。除上述作品外，这类剧作还有《老姜头翻身》《永安屯翻身》等。

第二方面是粉碎各类阴谋、同复辟分子做斗争的剧作。《反“翻把”斗争》以东北解放区为背景，讲述了农民群众面对地主阶级的翻把挖掉坏根的故事，凸显了广大农民谋求翻身和解放的迫切心情。《一张地照》围绕土地的“身份证”——“地照”展开叙述，通过对比“中央军”与共产党对土地截然不同的态度，指出只有共产党才能帮助农民实现“土地还家”的愿望。《捉鬼》是一部批判封建迷信的优秀剧作，旨在告诉人们封建迷信是不可信的，要相信共产党，只有共产党才能真正救穷人。值得注意的是，在这些同地主、坏分子做斗争的剧作中，很多作品都设置了这样的情节：地主利用子女与贫苦农民联姻或用金钱收买农民，企图逃避制裁和划分成分。在主题思想方面，这方面的剧作既写出了农民在土地改革后的团结，又写出了被推翻的地主阶级的翻把；既写出了劳动人民的思想觉悟，又写出了反动阶级的阴险和毒辣。这方面的剧作塑造了许多真实的、有血有肉的人物形象。在解放区的戏剧中，地主阶级的伎俩从未得逞。

第三方面是反映改造后进、互助合作、积极进行大生产的剧作。解放区农村题材的戏剧在改造后进、互助合作、积极进行大生产方面起到了抓典型和介绍经验的作用，加速了土地改革的进程，为土地改革提供了政策保障和经验保障。在东北解放后，农村在土地改革的过程中经历了“开拓地”“煮夹生饭”“砍挖运动”“平分土地”这四个阶段。农民当家做主，分得土地，真正成为土地的主人。但在土地改革初期，个别农民思想落后，仍然存在不少问题。《二流子转变》讲述的是“二流子”李万金在生产小组长于大哥等人的帮助和教育下幡然悔悟，最终改掉恶习、投入到“安家底”的生产建设中的故事。《焕然一新》讲述的是要钱鬼、懒汉子方新生由消极变积极，最后当上区劳动模范的故事。同样成为模范的还有李万生①，李万生说服父亲和家人参与生产劳动，为前线作战的战士提供优质的物资，他最终成为解放区的生产模范。互助组具有重要作用，参加互助组的组员之间的合作态度直接影响春耕的速度和质量。《换工插犋》《互助》《大家办合作》等剧作指出，互助组组员之间的积极合作能调动农民的生产积极性，有利于促进农业生产，有利于提高生产效率和农民的生活质量。

第四方面是劳动妇女反抗封建婚姻、争取民主权利、积极参加生产劳动的剧作。东北解放区妇女解放主要体现在妇女翻身、婚姻自由和男女平等上。《邹大姐翻身》通过讲述邹大姐翻身上学的经历，突出了解放时期劳动妇女打倒地主、反对剥削、翻身解放、追

① 刘林：《生产小组长》，东北书店 1948 年版。

求平等的观念。在《新编杨桂香鼓词》中，杨桂香的父母被媒婆欺骗，迫于压力将女儿许配给老地主，杨桂香依靠民主政府成功退婚，成为识字队长，后来与劳动模范订婚，并鼓励爱人积极参军。韩起祥编写的《刘巧团圆》后来被改编成评剧《刘巧儿》。巧儿的父亲刘彦贵为了卖女儿撕毁了与赵家柱儿的婚约，后来巧儿和柱儿自由恋爱，经政府审判，一对劳动模范终于走到一起。这些剧作主题鲜明，虽然情节简单，但却将反抗封建婚姻、追求恋爱自由的民主观念根植到解放区人民群众的心中。在东北解放区戏剧中，批判重男轻女、提倡男女平等的作品也颇受欢迎。例如，《儿女英雄》表达了转变落后思想、争取劳动权利、倡导男女平等的观念；《干活好》讲述了妇女分得田地，受到平等对待，在提升地位后成为生产活动的参与者；《夫妻比赛》和《赶上他》通过讲述夫妻进行劳动比赛来表达男女平等、同工同酬的愿望；《一朵红花》《姐妹比赛》讲述了妇女积极参加生产劳动。在这些剧作中，妇女成为生产活动的主要参与者，不再受到歧视，甚至当上了劳动模范，成为美好家园的缔造者和新社会的主人。

在东北光复后，人民群众的思想还比较落后和保守，部分青年人甚至在光复前都不知道自己是中国人。这表明，“在东北青年学生中还有很大一部分没有摆脱敌伪的奴化教育和蒋党的愚民教育的影响，依然还是盲目正统观念，反人民思想在他们头脑中占统治地位”①。因此，对东北解放区人民进行革命启蒙就显得尤为重要。在启蒙的过程中，最重要的就是帮助东北人民认同和接受中国共产党及其领导的人民军队。在东北解放区戏剧中，描写军队

① 《尽量办好中学》，载《东北日报》1947 年 9 月 4 日。

的戏剧既有英勇作战的壮烈场面，又有拥军优属的动人场景，完整地再现了东北人民从最初误解民主联军到后来积极送子参军、送夫参军和拥军支前的全过程。

第一类是表现人民军队英勇斗争、不怕牺牲、为解放中国勇于献身的剧作。《阵地》通过描写连长分配战斗任务和战士们争当爆破队员的场面，歌颂了解放军战士为了争取革命胜利不畏牺牲的精神。除了描写战斗场面以外，部分剧作还注重描写部队生活，表现战士们在艰苦的斗争生活中团结互助的精神，如《老耿赶队》《鞋》《两个战士》等。值得一提的是，在以战斗生活为主的军队题材的剧作中，出现了以后方医院的女护士照顾伤兵为情节的作品，小型歌舞剧《我们的医院》为充满硝烟的军队题材的剧作增添了色彩。这些剧作主题鲜明，塑造了各类英雄形象：既有孤胆英雄老丁，又有不怕误解、为伤员献血的护士和医生；既有“后进变先进”的杨勇①，又有教导新兵立大功的马德全②。自萧军的“中国现代文坛上第一部正面描写满洲抗日革命战争的小说”③《八月的乡村》后，经抗日战争阶段的完善和发展，战争题材的戏剧作品在东北解放区得到丰富和补充。这为后来新中国同类题材的戏剧创作积累了不可或缺的宝贵经验。

第二类是以军民互助、拥军支前为主要内容的剧作。在东北解放初期，部分群众对共产党、八路军不了解，甚至有误解。因此，

---

① 一鸣等：《杨勇立功》，东北书店 1948 年版。

② 黎蒙：《马德全立功》，东北书店 1949 年版。

③ 乔木在《八月的乡村》这篇文章中写道：“中国文坛上也有许多作品写过革命的战争，却不曾有一部从正面写，像这本书的样子。这本书使我们看到了在满洲的革命战争的真实图画：人民革命军是和平的美丽的幻想，进一步认识出自由的必需的代价，认识出为自由而战的战士们的英雄精神。”

拥军题材的剧作在情节上也表现了从误解到拥护再到踊跃参军、奋勇支前的过程。《透亮了》将“天亮了”和“透亮了”呼应起来，预示劳苦大众迎来了解放，同时预示这种“透亮了”是老百姓精神和肉体的双重解放。《三担水》讲述的是刘大娘对民主联军从最初有戒心到最后拥护的过程，通过比较“中央军”和民主联军，老百姓终于认可了民主联军。《军民一家》描写了人民群众由猜疑、误会解放军到后来拥戴解放军的情景。在误解消除后，人民群众开展了轰轰烈烈的拥军活动。老百姓为部队送军鞋、送公粮，慰问部队。这表现出老百姓对解放军解放东北的渴望与感激。在拥军题材的剧作中，较有影响的是莎蕻的《拥军碗》，作品从战士和群众两个方面表现了军民鱼水情，体现了军民一家亲。《女运粮》则是从妇女能顶半边天这个视角出发，表现妇女在支援前线工作中的重要性。除上述剧作外，拥军题材的剧作还有《劳军鞋》《缴公粮》等。老百姓不仅拥军，而且积极送亲人参军。于是，剧作中出现了“老姜头送子参军”①和“四妯娌争相送丈夫参军”②等感人场景。这些剧作表现了老百姓的参军热情，表现了老百姓对前线解放军的积极支持，突出了人民要将革命进行到底的决心。东北解放区戏剧中也有军爱民、民拥军的戏剧。《军爱民、民拥军》讲述了王二一家代表村民们慰问八路军，为八路军送年货，表达对八路军的感激之情和拥护之心。《收割》讲述了战士帮助农户收割，却不接受农户给予的物品和福利，体现了人民解放军铁一般的纪律和为人民服务的优良传统。《支援前线》表现了老百姓听闻长春、沈阳

① 朱漪：《送子入关》，东北书店 1949 年版。

② 力鸣、兴中：《妯娌争光》，光华书店 1948 年版。

解放时的激动心情，在歌颂解放军的同时也体现了军民之间的团结。此外，《骨肉相联》《都是一家人》等作品也都表现了军民鱼水情，表现了人民与解放军一条心，表现了解放军一心一意为人民服务。

东北解放区戏剧以反映工农兵生活为主，很少以知识分子为主题。在现已收集到的剧作中，只有独幕剧《晚春》描写了城市知识女性与旧家庭的斗争。此外，儿童歌舞剧《老虎妈子的故事》采用童话的形式，批判了“老虎”象征的“中央军”反动势力。该剧作与童话《小红帽》相似，既有模仿，又有独创，显示出当时东北解放区文学与世界文学的紧密联系。

三

虽然东北解放区戏剧的整体艺术水平不是很高，但是其庞大的作者群体、巨大的创作数量、伟大的历史功绩，使得东北解放区戏剧创作达到了巅峰状态。中国现代戏剧诞生于新文化运动之中，到延安时期已经比较成熟。东北解放区戏剧继承延安戏剧传统，自然而然地完成了自身的现代化转变。东北解放区戏剧的现代性源于中国传统戏剧和西方戏剧的融合。在这种融合的过程中，东北解放区戏剧实现了本土化，形成了民族化、大众化、乡土化的特征。

东北解放区戏剧具有民族化特征，这种民族化源于延安时期戏剧的“中国化”。毛泽东曾谈道：“使马克思主义在中国具体化，使之在其每一表现中带着必须有的中国的特性……教条主义必须休息，而代之以新鲜活泼的、为中国老百姓所喜闻乐见的中国作风和中国气派。”①这段讲话既点明了马克思主义要实现中国化，又指出了文化和文学也要实现中国化，这在文学领域引发了解放区和国统区关于“民族形式”的讨论。对于民族形式问题，周扬也表明了自己对民族形式的看法，认为民族形式就是民间形式，指出必须对民间形式进行改造。在周扬看来，中国文艺理论没有得到建构的原因就是文艺工作者盲目地追逐西方文艺潮流。文艺的民族化实际上就是文艺的中国化。毛泽东和周扬的观点概括起来就是：文艺要实现中国化，中国化的表现形式就是民族形式，民族形式就是民间形式，旧的民间形式要进行改造。

东北解放区戏剧形式多样，种类繁多。其中既有由西方传入的“文明戏”（话剧），又有传统国粹京剧和评剧；既传承了本土固有的莲花落、大鼓、蹦蹦戏（二人转），又改造了歌剧和秧歌戏。话剧作为一种舶来的戏剧形式，是不同于中国传统戏曲的剧种。话剧在实现本土化的过程中，尤其是在毛泽东《在延安文艺座谈会上的讲话》发表后率先实现了民族化。这种民族化表现在以下几个方面。首先是对戏曲进行改编。如崔牧将传统戏曲与话剧融合在一起，将梆子戏《九件衣》改编成话剧。“虽然多少受了那出老戏的启发，但所表现的人和事，却完全是重起炉灶新创作的。”②虽然《九件衣》是由旧剧改编成的，但是它着眼于地主和农民的剥削关系，因此在进行农村阶级教育方面是有一定意义的。其次是继承传统戏剧的优秀遗产。《老虎妈子的故事》是将三姐妹、老虎和猎人的唱词连接在一起的儿童歌舞剧。整部歌舞剧具有较强的象征

① 人民教育出版社编：《毛泽东同志论教育工作》，人民教育出版社 1992 年版，第 46 页。

② 崔牧：《九件衣》，东北书店 1948 年版。

意义：三姐妹象征着底层百姓，是“待宰的羔羊”；老虎象征着“中央军”，是“吃人的魔王”；猎人象征着人民子弟兵，以消灭“吃人的野兽”为己任。三个象征使整个戏剧具有超出戏剧本身的意味：解放军为人民伸张正义，消灭“中央军”，解放东北。《老虎妈子的故事》将“大灰狼和小白兔”“老虎和小女孩”“小红帽”等中国民间故事糅合在一起，以歌舞剧的形式表现出来，凸显出民族化的特征。除话剧、歌剧外，京剧、评剧、秧歌戏、大鼓、落子、二人转、快板、活报剧等本身就是民族戏剧（戏曲），其民族化、中国化主要表现在对旧戏的改造和“旧瓶装新酒”上。这类剧作有很多，如鲁艺根据评剧曲调改编的歌剧《两个胡子》。经过内容和形式的改造，东北解放区戏剧实现了民族化。

东北解放区戏剧具有大众化的特征，这种大众化指的是戏剧具有广泛的群众性。东北解放区戏剧涵盖的剧种较多，不同的剧种所面对的观众群体不同。话剧和歌剧的观众以青年学生、城镇市民、知识分子为主，改造后的京剧、评剧的观众以城乡老派民众为主，地方戏曲为普通工农大众所喜爱，而秧歌剧和新歌剧则受到新派市民的喜爱。在毛泽东《在延安文艺座谈会上的讲话》精神的指引下，东北解放区戏剧创作呈现出全面为工农兵服务的态势，剧作内容主要反映东北土地改革、剿灭土匪、解放战争等一系列革命政治事件。受到当时政治文化语境的影响，东北解放区戏剧创作者的主体意识减弱，非主体意识增强，因此各个剧种的主题和内容自觉地统一了。统一为工农兵题材的东北解放区戏剧得到了各个剧种观众的认可，从而实现了大众化。翻身后的东北解放区人民不只做戏剧的观众，还踊跃参演他们喜爱的戏剧。秧歌剧早在陕甘宁边区时期就已经发展成熟。有着丰富的创作经验的鲁艺文艺工作者到达东北后，将东北旧秧歌中的色情成分剔除，在剧作中加入了反映社会生产、生活的新内容。源于对东北地方舞蹈——大秧歌的喜爱，东北人民非常喜欢这种融民间音乐、民间舞蹈和狂野表演于一体的秧歌剧。在秧歌剧的演出过程中，东北人民被剧作感染，踊跃参加演出活动，"这些节目的演出，增强了东北人民当家作主的自觉性"①。东北秧歌剧具有贴近大众、对演出场地要求不高、适合露天表演等特点，因此这种大众参与、自娱自乐的形式很快就成为东北解放区的重要剧种。在东北解放区，秧歌剧种类繁多：有翻身秧歌剧，如《欢天喜地》《农家乐》等；有生产秧歌剧，如《二流子转变》《十个滚珠》《献器材》等；有锄奸惩恶秧歌剧，如《挖坏根》《买不动》《揭底》等；有拥军秧歌剧，如《拥军碗》《妯娌争光》等；有部队秧歌剧，如《荣誉》《斗争》《谁养活谁》等②。除秧歌剧外，快板、落子等剧种的大众化程度也很高。

东北解放区戏剧的大众化还表现为创作上的大众化，即作者的大众化。东北解放区戏剧的作者阵容庞大：既有来自陕甘宁边区的戏剧作者，又有东北本土的戏剧爱好者；既有文工团的文艺工作者，又有各行各业的普通劳动者；既有成熟的老作家，又有初出茅庐的学生。而各行各业的劳动者创作的戏剧，成为东北解放区戏剧的亮点。工人很爱话剧（包括秧歌剧），很爱从事戏剧活动，工人还善于迅速地把自己的新生活、新问题反映到戏剧创作里

---

① 弘毁：《生气勃勃　丰富多彩——解放战争时期东北解放区的文艺工作》，载《党史纵横》1997 年第 8 期。

② 任惜时：《东北解放区的新秧歌剧创作》，载《辽宁大学学报》1995 年第 1 期。

去。[①] 群众创作的戏剧有很多，如《二毛立功》就是大连锻造工厂工人王水亭根据自己的经历创作的。除了工人参与戏剧创作以外，东北解放区还出现了农民创作的戏剧。这类工农群众直接参与创作的作品反映的是工厂、农村、部队的真实生活，塑造的形象是他们身边熟悉的人物，戏剧的语言是大众化的群众语言。东北解放区戏剧真正实现了文艺为工农兵服务的目标，成为《在延安文艺座谈会上的讲话》精神在东北解放区得以全面贯彻的典范。

东北解放区戏剧的乡土化特征主要表现在地域文化特色上。1946 年，延安的革命文艺团体集中转移到东北，延安文学和东北地域文学在哈尔滨交汇。以《在延安文艺座谈会上的讲话》作为指导的延安文学比东北地域文学更具革命性，这就使得延安文学具有无可争议的合理性和正统地位。根据东北革命文化的发展需要，文艺工作者对东北地方曲艺的各剧种进行了整合和改造，并将其纳入新的革命文艺体系中。在对民间艺术进行改造的过程中，东北大秧歌和二人转是最早被改造的。改造前的东北大秧歌以娱乐为目的，舞蹈多，说唱少，色情成分多，教育意义小，舞蹈多为东北民间舞蹈，音乐多为东北民歌和二人转小调。改造后的秧歌剧加大了情节和台词的比重，内容以劳动生产、拥军优属、参军保家、肃清敌特为主，如《三担水》《参军保家》等。二人转在东北地区拥有大量的观众，民间有“宁舍一顿饭，不舍二人转”的说法。正因如此，二人转的宣传作用非常大。“蹦蹦又名二人转，亦称双玩意儿，流行于东北农村中（俗称蹦蹦戏，其实戏剧的意味较少），流行的戏有《蓝桥》《红娘下书》《卖钱》《华容道》《古城》《王员外休

① 草明：《翻身工人的创作》，载《东北文艺》1947 年第 2 卷第 3 期。

妻》等。演唱时一人饰包头（即花旦），手中拿一块红手帕，一人饰丑，用板胡和呱啦板伴奏，演员一面轮流歌唱，一面扭各种秧歌舞。舞蹈内容，主要是以逗情逗笑热闹为目的，与唱词往往无关。"①对二人转、拉场戏的改造与对秧歌的改造相同，主要是内容上的改造。二人转歌唱的内容大多源自民间故事或历史传说，如《干活好》就用了两个秧歌调子和一段评戏，其他都是蹦蹦戏。改造后的二人转减少了封建迷信内容和黄色故事情节，净化了语言，增加了拥军、生产等新内容，如《支援前线》《陈德山摸底》等。对东北大秧歌、二人转和拉场戏的改造集中表现在内容方面，而艺术上的改革力度并不大。秧歌继续"扭"和"浪"，演员仍然"逗"和"唱"，角色还是分为"旦"和"丑"，样式还是耍龙灯、跑旱船、踩高跷，步法始终离不了"编蒜辫""十字花""九道湾"。秧歌道具有所改变，红绸子、手绢、大红花、红灯笼的使用多了起来。在音乐方面，二人转的改变不大，音乐仍然是文武咳咳、胡胡腔、快流水、四平调等传统曲牌。秧歌剧的音乐还是以东北民歌和二人转曲牌为主。例如，《自卫队捉胡子》采用了东北民歌曲调"寒江调""锔大缸调""绣荷包调"；《光荣夫妻》采用了"花棍调"；《姑嫂劳军》《一朵红花》等秧歌剧还采用了二人转的文武咳咳、那咳等曲牌。东北有秧歌剧和二人转等表演形式，它们被东北人民认同，已经打上了乡土文化的烙印，其乡土化特征极其显著。

此外，东北解放区戏剧的乡土化特征，还离不开原汁原味的东北方言的运用。东北解放区戏剧"语言的运用都达到了当时话剧

① 肖龙等：《干活好》，东北书店 1948 年版。

创作的高水平”①，尤其是东北方言的运用。受到东北戏剧大众化的影响，原汁原味的东北方言的运用是戏剧被观众接纳和喜爱的重要因素，如嗯哪、老鼻子、下晚儿、眼巴巴、磨不开、个色、胡嘞嘞、膈应、猫下、不大离儿、拾掇、整、自个儿、消停、不着调、疙瘩、硌叽、重茬、唠扯、差不离儿、麻溜、急歪、昨儿个。此外，东北民间谚语和歇后语的运用也不容忽视。在这些剧作中，东北方言土语、民间谚语随处可见，使东北人民感到亲切和乐于接受，拉近了剧作和观众的距离，加强了宣传的效果。

四

东北解放区戏剧是中国现代戏剧的重要组成部分，具有承前启后的作用。它忠实而客观地记录了东北解放战争时期的历史风云，在戏剧史、革命史和社会史方面都具有重要的参考价值。东北解放区戏剧在民族化、大众化、乡土化和革命化的进程中，积累了丰富的经验，形成了鲜明的艺术特色，实现了从现代戏剧到当代戏剧的过渡。

在创作方法上，东北解放区戏剧继承了延安戏剧的传统，除《老虎妈子的故事》运用了象征手法外，其余剧作皆采用现实主义创作方法。剧作家们运用现实主义的方法，通过戏剧的形式把刚发生或正在发生的事情真实地反映出来。这些剧作集中描写了工农兵的日常生活，起到了鼓舞斗志、颂扬先进、宣传政策、支援前线的作用。在戏剧结构上，戏剧冲突尖锐而集中，叙事模式多元：劝诫模式的剧作有《二流子转变》，成长模式的剧作有《杨勇立功》

① 柏彬：《中国话剧史稿》，上海翻译出版公司1991年版，第307页。

《刘巧团圆》,误会模式的剧作有《三担水》《比有儿子还强》等。东北解放区戏剧具有多种表现方式,既有多幕剧,又有独幕剧。在人物塑造上,东北解放区戏剧作品塑造了一个个爱憎分明、个性突出、敢作敢为的人物形象,如《好班长》中的刘振标、《二毛立功》中的二毛、《买不动》中的王广生等。这些人物形象生动丰满,有血有肉,观众熟悉并易于接受。

东北解放区戏剧在取得较高的艺术成就和起到重大宣传作用的同时,也存在着不足。第一,东北解放区文学是典型的“革命文学”,东北解放区戏剧是典型的“革命戏剧”。导致这种状况出现的原因有两个:一方面,文学具有反映时代的使命,这是文艺的功用;另一方面,受到政治的影响,剧作家创作的自主意识弱化了,而政治意识强化了。《在延安文艺座谈会上的讲话》要求文艺为政治服务,这就使得戏剧创作出现了公式化、概念化的倾向。第二,不少剧作都是因宣传需要而创作的,是应时应事之作,因此创作时间短,艺术水准不高。此外,工人、农民、学生也参与创作,因此一些作品粗糙,质量不高。从整体上来看,专业作者要好于业余作者,鼓词、话剧等剧种要强于秧歌剧,多幕剧要优于独幕剧。第三,反动人物被类型化和丑化,语言也存在粗鄙、不干净的问题,脏话较多。不少剧作对“中央军”、地主阶级、特务等反动对象较多地使用脏话。这类语言的使用者多为革命的工农兵人物,针对的多为反动军队或地主阶级等对立的角色,因此这些粗鄙的语言被作者美化、合理化和合法化,这降低了戏剧语言的纯净度。

虽然东北解放区戏剧有以上不足之处,然而瑕不掩瑜,其民族化、大众化、乡土化的特征,使得戏剧的启蒙性、宣传性、教育性、战斗性的作用得以充分发挥。东北解放区戏剧对光复后东北人民进行的文化启蒙、拥军优属、动员参军、生产建设等具有重要意义，对解放区的土地改革和解放战争做出了不可磨灭的贡献。

（作者系哈尔滨师范大学教授）

◇雅　俊

师徒关系

《师徒关系》剧情介绍

本剧是描写旅大地区某工厂中，虎钳工杨忠诚，在立功运动中带三个徒弟——孙立友、李金贵、王福德。虽然经过许多波折，但他仍全心全意把徒弟带好。

徒弟孙立友，调皮捣蛋，要弄小聪明，个人英雄主义，事事想站在人家头前。一天杨师傅教孙立友干“涨圈”，一向依靠自己聪明的孙立友，并没细心听取师傅的话，把活儿干错了。当杨师傅批评他时，他不但不接受意见，反而借口说赵师傅（同场干活儿的）不教他做，并迁怒赵师傅在工作上暗地使坏，把赵师傅鼻子打出血；接二连三地损坏工具，一波未平一波又起，逼得杨忠诚发了态度。当天下班在工厂里，师徒开了个检讨会。会上定出记功记过的计划，杨忠诚想利用“责任”绑缚孙立友，就动员他那两个徒弟，选孙做小组长。自此孙立友不但不改变旧习气，反而成天装腔作势表现自己“认真负责，大公无私”：师傅的孩子病了，他不叫回家去看看，又以小组长的地位垄断工作，叫王福德、李金贵去干杂活，自己去干“轴瓦”。一会儿杨忠诚家里打电话来告诉小孩儿死掉的消息。此时孙立友正在搬动“轴瓦”，不小心从案上掉下把腿打断了。外边下着大雨，杨忠诚不顾一切地把他背到病院去，并经常到病院去看他，又忏悔自己把徒弟选上小组长，没能纠正他的缺点，反而发展了缺点，结果使徒弟受到严重的伤害。

一个半月后，孙立友已能走路了，这时他感到师傅杨忠诚对他有说不出的温暖，但他又疑心，师傅因小孩儿的死而会永久忌恨他，于是就跑到师傅家去赎罪。师傅并没有一点儿怨恨他的意思，倒给他无限的安慰，感动得他流出泪来，又见到李金贵、王福德有计划地在下班后到师傅家学习，并学会了画图样，又从师傅口中知道他俩都升了一级，还立上了大小功，他悔恨要死。当时师傅给了他一番鼓励，他决心等待出院后用努力工作来报答师傅。他又默默惋惜师傅没能评上功，便和李金贵、王福德约定日期到报功委员处给师傅去报功。

李金贵、王福德各都立上了功，杨忠诚更没想到他带徒弟也立上了大功。庆功大会那天又是杨忠诚的生日，当天晚上杨忠诚请他三个徒弟到自己家中来欢乐一番，更密切了他们师徒的关系。

时间：一九四八年八九月中。（工厂立功运动中）

地点：在××工厂中的仕上职场。

人物：杨忠诚——师傅，年四十五岁。

孙立友——其徒弟，年二十岁。

李金贵——其徒弟，年二十岁。

王福德——其徒弟，年十八岁。

张桂香——女工友，年十八岁。

赵大虎——师傅，年三十多岁。

司仪人——（庆功会场）一名。

拉弦人——工友。

妇人——（即杨忠诚妻）年四十岁。

医师——一名。

看护——一名。

第一幕

第一场

场启：是在工友食堂正午吃饭时，杨师傅、赵师傅、王福德，刚吃完饭都坐在凳子上，孙立友拉着李金贵的耳朵，和他要刚才两个人划拳输的"伙食"，李金贵在哎哟地叫唤。

孙：你给不给快点儿拿出来。（又使力气拉着他耳朵）

李：好……你别挣耳朵，我给你……

（把手里的"伙食"给孙立友，才放了手，全场大笑）

孙：你早拿出来不就完了吗！（得意地吃着"伙食"）

李：（不服气的）来！还干！（又把"伙食"分了一半放在桌子上）

孙：干就干！还在乎你呀。（也拨下一块"伙食"放在一起）

李：不行，不行！你的伙食小！（孙很大方地又添上一点儿，两个人划起拳来李又输一次，全体大笑，李磨不开地最后把伙食全拿出）来！反正我叫你熊着了，我豁上了。（还要干）

孙：（看他把伙食全拿出，他也大胆的）来！他妈的，我这次输了也够本，这回赢三拳的。

李:不行!就是一拳,干脆痛快一点儿!

孙:那我就不干了!(拿伙食欲走)

李:好好干干!反正伙食不是你吃就是我吃,来!(两人把伙食拿出来放在桌子上,孙很奸滑地划,第一拳孙胜,第二拳李胜,第三拳还是李胜,第四次转为孙胜,最末一次总归于孙胜!李看事不好,瞅机会抢着伙食就跑,这时孙把自己伙食拿起就追李,李把伙食放到口里,孙拉着拤着他脖子,从他口里挣出来才完事,大家全笑)

孙:你钻到鳖窝里我也给你拖出来。(一边吃伙食一边气他)

李:×养的,勿怪昨天就熊我说什么"咱们生活应当改善一顿,买伙食吃",一早晨来了,就想熊趟又叫我下"五子"赢伙食吃,又叫我划拳赢伙食吃,弄来弄去地给你自己改了善啦!

孙:这是凭着划拳赢来的,不是抢你的。

赵:小李!这下没捞着改善生活还不说,反倒肚子里唱空城计了。(大家哄笑)

李:我愿意呀!你管不着。(恼羞成怒)

杨:(刚吃完饭,拿烟卷)哪,李金贵!抽根烟卷吧!(孙也笑嘻嘻地过来要)

赵:还是自己的师傅可怜你,给一根烟卷充充肚子。(李拿白眼翻弄赵)

王:(给自己的师傅倒一碗水,自己也倒了一碗在喝)

孙:(看王福德"献殷勤"不顺眼地拿过壶来自己刚倒完水)

赵:孙立友!我来碗水!(把碗伸给孙)

孙:我不会献那份"殷勤",再说你也不是我的师傅。(不给倒水)

王:(看不好意思的,就把壶拿起来,又给赵师傅倒一碗水)

杨：孙立友！你不能这样说！什么叫献殷勤呀！谁给谁倒一碗水就不好了么，你愿给赵师傅倒就倒一碗，不愿意倒，就拉倒，怎么还分出你的师傅我的师傅？

孙：好了！别师傅师傅的了，我知道你们都够师傅的资格，我是跟你们学徒，不是成天来给你们倒水的。

（摆手叫李，二人耳语，表示不愿听师傅的话，李又拿碗出去）

杨：你看你说的，就像你不知都给谁倒过多少水似的。

孙：我也没说给谁倒过多少水，我孙立友向来不会那一套！

王：（其间在擦桌子，把自己的和师傅的饭盒子拿去洗，又转身给赵师傅饭盒子，一块儿拿下去洗）赵师傅！我顺便给你一块儿拿去刷刷去。（下）

赵：行啊，我自己刷吧！

李：（拿茶碗上，里面装的咸盐水）赵师傅！别生气了，老孙和你闹着玩，我给你倒一碗水，你看够不够面子。

赵：谢谢，我刚才已经喝过了。

孙：（激将的）你算哪一套，给人家倒水，你给人家提鞋都嫌你手指头粗，倒水还得分人来，人家摆你吗？！

李：（有意激赵喝这碗盐水）真他妈丧气，好心赚个驴肝肺，算咱小子没有人味吧。

赵：（中了李计，拿起就喝，结果一口吐了出来，李和孙大笑起来，李欲跑，赵追近，一碗打在李的头上，李抱着头一声不响站在一旁，孙大笑，赵大怒去追李）

杨：（看这般光景，莫明其妙地一把拉住赵）这是怎么回事呀？

赵：这小子我非揍他不可。（欲想挣脱杨去抓李，孙又笑起来）

杨：到底是怎么回事呀？你说呀！

赵：这小子熊我喝了一碗盐水。（直吐）

孙：啊！一碗咸盐水。（大笑而特笑，一边用手指着李）

李：（摸着自己被赵用碗打的伤处，又看孙在笑的态度，生气的）去你妈的。

孙：（越发笑起来，在抱着肚子笑）

（这时王福德把饭盒子一个个刷好都包起来，又在给赵包饭盒子）

赵：（一把给自己饭盒子拿走，向李）小×养的，等我抓着你能捏死你。（转身下）

杨：赵大虎，赵大虎！（赵不理下）（向李）李金贵！你这是干什么呀，你说？（李低头不语）

王：师傅，已经到时候了，我们快去学习吧！

杨：好，走吧！（下）

王：（去拉李）走！去学习吧。孙立友！快走吧！（又向孙）

孙：我不去啦，今天我肚子痛（说着躺在凳子上）。李金贵，你来！（这时王和李刚要下，李听孙叫他，就站住，孙起来）你过来，我有话对你说。（王看李也不去就自己下）

孙：（看王下）哪，我还有一半伙食给你吃了吧？（李一巴掌打掉不吃，孙又捡起来自己吃）

李：（摸着被赵打的伤处气上心来）你这小子顶熊了，闯了祸你就不管了。

孙：哎！你说这话就怪了，我闯了什么祸不管了。

李：你刚才叫我去熊老赵，他过来揍我，你这小子在看热闹。

孙：我叫你把水吐上唾沫，叫他吃个哑巴亏，谁叫你往里搁咸盐了，他喝出不揍你，你怪谁呀？

李:你这小子尽借刀杀人,我叫你熊的饿着肚子不说,挨打又挨叱。

孙:(厉声)你将就倒点儿霉吧!

李:你倒霉!(你一言我一语地打起来了)

杨:(上)你们干什么?(给拉开,王随上)

(幕急落)

第二场

场启:当天下午在仕上场里工作,王福德、李金贵、孙立友都在埋头干活儿,孙立友干来干去对工作不明白有些疑问,这时他停止工作,注意到王福德在一个劲儿地干,再注意李金贵,他两人正四个眼对在一起,但李马上把眼转到工作,表示不愿理他,孙就走到李眼前。

孙:哎!老李你怎么还这样对待人呀,刚才师傅叫咱俩交换意见,你嘴里说得比谁都漂亮,看看你现在的态度。

李:我怎么了,我态度哪点不好了!我又没和你打,和你闹就不好了是不是?

孙:好悬哪,咱不是说再不打闹了,可是我刚才看你就好像不愿和我近乎似的。

李:怎么算和你近乎,抱你亲个嘴就算近乎了。

孙:你这说些什么,好了,好了!咱们干活儿要紧,哎!你看这涨圈口两个都是一顺割么?

李:你就痛痛快快问问得了呗,还他妈必得来那么一套开场锣。

孙:好了,好了!接着咱就书归正传,你看看怎么干的。

李:(看了半天)我也不知怎么干,哎!师傅不是告诉你了吗?

孙:你管师傅告不告诉干什么,你说你不会干就拉倒,你装那份蒜头干什么？（把李推走）王福德你看这涨圈口是不是一顺割？

王：（走过来看了一看）大概是向左开一个口，再向右开一个口，不一定对，你还是去问问师傅吧！

孙：怎么还能向左开一个，向右开一个，你说，你也不会。干脆你也别装那份二大爷。（拿起铁锯就割起来）

王：孙立友，你别割错了，先去问问师傅吧！

孙：找师傅，我自己会找，你别操这份心思。（拿出卷烟吸）（王拿自己活儿下）

赵：（过来在量工作尺码，也拿出烟来，孙看急忙跑过来）

孙：赵师傅我有火。

赵：（不好意思卷他，就和他对上火）谢谢你！（冷脸地转身欲走）

孙：哎！赵师傅我打听打听你看这怎么干的？

赵：（想起晌午不给倒水的气，还没消）你别称我师傅，我也不会干。（转身就走和王碰头）

王：赵师傅！俺师傅他不在那儿，请你看看我提的“削巢”正不正当？

赵：（看王干的活儿）提得挺好，大概是铲子不快，有点儿不干净。

王：你再看孙立友，他那涨圈口，不知是怎么割，你告诉他吧！

赵：我为什么告诉他，他也不是我的徒弟，我也不是他的师傅。（转身就走下）

孙：姓赵的小子不用咋呼，我从来还没栽过跟头，叫你师傅是给你高帽戴，我根本就没把你瞧在眼里，骑驴看唱本走着瞧！（回过身来割涨圈完后走出，后李也跟出去）

杨：（上看王福德的活儿，王福德在磨铲子走过来）

王：师傅，你看这活儿是不是……

杨：提得很正当，就是有点儿不干净，定规铲子没磨好。

王:刚才赵师傅也是这样告诉我的。

杨:王福德呀,你从跟我干活儿什么活儿也没干错一回,都很细心地干,我看你有时候就是不敢大胆地放手干,总怕自己干错了,这样你学手艺就不会很快地学成。

王:有时候我看你干的活儿,心想自己也能干,想和你要过来干吧,又恐怕自己弄错了。

杨:你不要这么想,只要看你能干的活儿,就要着干,不明白的地方,就勤快地打听,你能干也不跟我要,这样一方面给工厂少干活,一方面对你学手艺是有妨碍的。

王:师傅,今后只要我能干的活儿,我就和你要着干就是了。

杨:(看李和孙没在)孙立友和李金贵到哪儿去了?

王:他们俩刚才出去,孙立友刚才不知涨圈口怎样开的,也许去找你了。

杨:(看孙的涨圈)完了,完了!干错了一个。(看李上)你到哪儿去了?

李:我……刚才到便所去了。

杨:孙立友呢?

李:他就来了。(孙上)

孙:(又向后面望,好像解了他心头恨似的)

杨:孙立友,谁告诉你两个口都一顺地开,告诉你向左开一个口,向右开一个口,你也不听明白,还说:"这点活儿,我再不会干得了。"亏得是这点儿活儿,都叫你给弄错了。

孙:(片刻)怎么都干错了,那一个还干错了吗?

(不耐烦)

杨:你这个家伙,错了一根还不够受的。

孙:(索性顶上两句)我要管什么都会干,一点儿错处没有,我就不跟你学徒了,我也当师傅了。

杨:像这样活儿,只要你一打听,那还能干错了,每逢叫你干一样活儿,你总是不细心听,你看你干错的不都是些冤活儿吗?

孙:我为什么不冤,你怎么知道我没有打听,我问老赵那个×养的他不告诉我,我怎么不冤。

杨:这时你想求人家了,怎不想想你晌午,你是怎样对人家呢?!就是他不告诉你,你怎么不去问问我呀?(拿起另一个涨圈)这个口,你锉的是半"米厘"吗?

孙:怎么半"米厘"……啊!对了锉了半"米厘"……

杨:(拿去量一量)孙立友你说你该怎么办?!你看你锉去了几个半"米厘"。

赵:(赵满鼻子是血急跑过来,上前打了孙立友一拳头)小兔崽子,你想要找死是不是?(还想去揍孙,让杨给拉开)

杨:你们这是怎么了?

孙:×你祖宗,你为什么打我,我怎惹你了。(也疯狂地要打赵,杨给他们拉住)

赵:你他妈装得还挺像的,你心眼儿里还不明白吗?!你寻思我就不知道是你了。(要打孙)

杨:哎!哎!你怎么好打人呀?你对我说怎么回事呀?

赵:我在那锉锉活儿到便所小便去了,他过去把我的活儿给卸下来,又轻轻地紧上,我使力一锉,一下子把活儿压掀过来,正打在我鼻子上,你看把我鼻子打的!

孙:你怎么知道是我弄的,你看见了么,你看见了么?(厉声的)

赵:你这小子还嘴硬,我徒弟在那头亲眼看你在那鬼鬼祟祟的,不是

你捣的鬼还有谁?(又向李)还有你一个呢,站那看着他使坏。(欲想揍他)我今天和你们没有完。(又被杨拉住)

李:怎么又照我来了!(怕事的)我也没动,没怎么的……我又倒了血霉了。

杨:你们别说了,孙立友!你们俩去给那些水门收拾收拾去吧。(他二人借机会溜走)

赵:不行,我问问他到底为什么来熊我。(欲去挡住李和王的去路)

杨:你就看我的面子,抬抬手放过他这一次吧。

赵:这小子真够熊的了,今天要不看你的面子,晌午我就……

杨:好了,那我就该谢谢你了。

赵:他妈的,真把我气坏了!

杨:我说赵大虎呀,我想和你说几句话!你能不能不生气?

赵:杨大哥,你放心吧,就是我脾气不好,可是咱哥儿俩向来没红过脸、发过态度,今天实在叫我上火,你说他们气不气人?

杨:我很知道,是他们不好,不过你要这样想他们都很年轻,不知好歹,咱们不能和他们一般见识,再说我觉得咱们当师傅的,也应当检讨检讨自己的。

赵:(料想不到杨对他谈这些不满的)我知道今儿个这样对待你的徒弟,你从心眼儿不愿意,你叫我检讨什么,你说吧!

杨:你看你,我还没说什么你就来火了,就是咱哥儿俩不错,我才要和你说,你要是这样,我就不说了。(向王)王福德,我头根拿"把鲁布"(水门)你叫孙立友给锉平了,你告诉他快点儿干等着要。(王下)

赵:(觉着自己刚才态度不好,又和蔼的)你看你吧!我还没怎么的,你倒先火起来了,大哥你说吧!我再发火就不是爹妈养的,你看怎么样?

杨:你不要说这些,我要说的就是刚才孙立友问问你活儿怎么干,你不应该不告诉他,你这一下不告诉倒不要紧,这个损失有多大。(给赵涨圈看)给咱们工厂废了材料、废了工,他还恨你在心里,想法来熊你,他再想出别的道道来,说一句不好听的话给你送了命,你说怎么办,细细想想算计算计这有多大损失!

赵:(沉思一会儿)他头先问我就是这个涨圈么?

杨:可不是怎么的,他问你口怎开的,你也没告诉他,两个都叫他干错了。

赵:(半晌)大哥我们成天日里想着怎样能提高生产,废物利用,这一下子倒废了材料,你要不和我说这些道理,我还想不到这些错误,我真得检讨自己。

杨:他问你活儿,你为什么不告诉他?

赵:我就为了吃晌饭时,他不给我倒水倒不要紧,他又挑拨小李倒了一碗咸盐水给我喝,你说叫不叫人生气。

杨:这也是咱们当师傅的错,有些旧师傅的作风,喜欢支使徒弟,徒弟不好,应当耐心地劝说,教育他们,今天你没这样做,还不说,反倒想打他们,住在民主地区,哪能随便动手打人,你又犯了一个大错误。

赵:大哥,你说我有旧师傅作风,我可真冤死了,我也不是从心眼儿里想像过去的师傅那样去支使他……你说我打他!这这,他们也太气人!这……(急躁的)

杨:你不要急,不管你心里怎样想,你是不是支使他们?是不是要打他们?……

赵:照你这样说,今后再干活儿,就不敢支使徒弟了?……

杨:话不是这样说的,干活儿支使他们,就是他们满心不愿意,他也说不出别的来,你没听他说么:“我是跟你们学徒来的,不是给你们倒水来的。”就是叫他们倒水也没有什么,你看看他是什么样的徒弟,你也没叫王福德倒水,他怎么能自动地给你倒水呀?

赵:(片刻,想开的)大哥!你说这些话我都明白了,我再也没有话可说了,不过我就觉得有些冤得慌,这些事情,我真不是从心眼儿里做出来的,他们不知道我,咱哥儿俩在一起好多日子了,你还不知道我吗?

杨:我很知道你,我是为你好,为他们好,若是咱全场工友都这样下去,咱们也不用干活儿了。

赵:大哥,你看我今后应该……

杨:今晚上我有工夫好好劝劝他,你以后和这样人就得顺毛摸索着,要戗着毛对他,他更不听你那一套,再说他也是个人,只要你对他好,早晚是一定能好的!

赵:好,我一定照你的话去做!杨大哥,我的脾气叫你一点儿一点儿就给我改过来了,耽误老半天我要去干活儿去了。(杨笑了笑看赵下,他也从右下)

暗场:(杨声,“谁告诉你叫你这样干的”,和李上)

杨:(气哼哼地对王)王福德!告诉你叫孙立友干,你怎么交给他了。

王:我没交给他呀,我叫孙立友干了。

李:孙立友叫我干的。

杨:他叫你干,你就拿金刚砂在平台上磨么,你看看把这个也废了,平台也磨成大流子,你们今天,这是怎么的了,你去叫孙立友来。(李下)活活能气死个人,(孙、李上)叫你干,你为什么给他干?

孙:我寻思先给涨圈干出来,我就把这个交给他了。

杨：你叫他干不要紧，怎么好叫他拿金刚砂在平台上磨呢，你看磨得平台也坏了，活儿也废了。

孙：我没叫他拿金刚砂在平台上磨，我说师傅等着要，让他快点儿干出来。

李：他说师傅等着要，我看刮刀很慢，我就想起拿金刚砂磨起来了，（向孙）师傅叫你干，你为什么熊我说师傅叫我干？

孙：我怎么熊你了，你图省事拿金刚砂磨坏了，你找谁呀！

杨：孙立友，你看你今天惹了多少祸，你倒想怎么的，你说！你就这样到时候学不着手艺是怨你是怨我？（发火的）

孙：你说怨谁，我还没看见这样师傅，动不动就发态度，这不是小鼻子那时候了，我才不听那一套，你问我想怎么的不是么！！我想不干怎么的，我到哪儿也能找到师傅学手艺。（下）

（杨站台上呆住）

（幕落）

第三场

地点：同第一场。

时间：下午五六点下班后，师徒在开检讨会。

杨：咱们检讨也完了，订计划也完了，我想在你们三人里头应当选出来一个小组长，来记功记过，总得找一个专门人，你们说好不好？

王：对啦！应当选一个小组长。

李：我也同意，我选王福德怎么样？

王：我不同意，我们不能马马虎虎的，我知道我不行，我看叫孙立友干，再不叫李金贵干。

李：不行！不行！我更不行！

杨：这样吧，就叫孙立友干吧。他比你们大几岁，又多念几年书，脑子还挺好使唤的，他能想些办法，你们看怎么样？

王：对！我同意。（杨和王都鼓掌，只有李没表示态度，杨使眼色暗示李叫他通过）

李：（想开的）对，对，我也通过！

孙：我也不行啊！我看还是让师傅来给咱们当小组长吧。（假意推辞）

李：师傅哪能给咱们当小组长？

孙：那没有办法，就得我干了，我也不推辞了，还得你们俩来帮忙才行。

杨：现在叫小组长把计划表念一下，咱们看看有漏的地方补充一下。（全体同意）

孙：（拿表在念）"第一条：不偷懒，不耍滑，不闹意见，听师傅的话，不管你我的师傅，都要一样地尊敬，比自己技术高的，都要和师傅一样看待，违犯者，一次说服教育，二次警告，三次开会自动检讨。第二条：工作要记功记过。'记功'：半月不出错记一小功，一月不出错记一大功，能积极能带头，和有特别工作成绩，记一特功。'记过'：做反手活记一小过，故意损害工具、机器和废了材料，记一大过。第三条：每个礼拜六下班后开一次师徒检讨会，互相批评，自我检讨，总结在技术学习中得到哪些经验，从中记功记过。"完了。怎么样还有哪些补充吗？

杨：我也参加里面来上一条，好不好？

全体：（同意）我们欢迎！

杨：好！我说，孙立友你写上"师傅不藏奸，要耐心教给徒弟爱护徒弟，工作以外不随便支使徒弟"……还有……

孙:“徒弟怎么不好,不许师傅动态度。”怎么样这一条?

杨:对对对,决不许发态度,应当“说服教育”,你写上孙立友!

孙:违犯了怎么办?

杨:违犯了,你们三次开会,我一次就开会自动检讨。

李:不通过,我看也是三次。

孙:哎,哎!对师傅应当严厉一点儿。

王:两次吧!怎么样?

李:好!两次吧!

孙:好!两次就两次。(写上)

杨:还有没有补充?

李:我再提出一条,就是:“谁要推翻了这个计划,咱们召集全厂工友开大会处理,通过不通过?!”(只有孙立友不放声)

王:孙立友!你同意不同意?

孙:同意!同意。

杨:有意见就提呀!别以后不合适,就不好了。

孙:没有意见!没有意见!正当的事情,怎么还不同意呢?(往上写)

杨:还有没有了?以后再有,咱们随时补充。

王:对!一下子也想不出来那么些。

李:今晚开这个检讨会,比以前大有成绩,不但开了检讨会,又定出计划来了。

杨:时候不早了,好回去了,咱们从下班就开到现在,来!(拿出烟给李和孙一人一支,孙把洋火划着自己想点,又想起师傅)哪!师傅你先点。

杨:你先点吧!

孙:行啊！谁先点不一样,(给师傅点着,又要给李点,有意骗他)你等会儿吧！(又不给点自己点着才给李点,但一把又给李烟从嘴里抢在手里)怎么不快点儿！把我手烧坏了！(假装摸手)

李:你干什么你呀。你想要几根呀?(大声的)

孙:(看师傅在看他,马上又把话转过来)小头鬼架子,我是要给你对着,看把你吓得那个样(把李烟对着后,怕不够本使力吸了两口),给你！(扔给他)

李:你拿谁的洋火?

孙:你管拿谁的洋火干什么?(照李头打一巴掌)

李:刚开完检讨会,你怎么还打人呀?

孙:今天不算,从明天才开始不是吗?

王:师傅,你现在不走吗?

杨:我还有点儿事情,你们先走吧。

王:(拿水壶下)

李:再见！师傅！

孙:(欲走又回来)明天见！师傅！

杨:再见！(李、王下。杨一个人呆住出神)我为什么要和他发态度?这能起什么作用?唉！只怪我没有办法。自从我选上模范以后,工厂号召带徒弟,接着三个徒弟任务在我身上。孙立友又调皮又捣蛋,这样徒弟我也不怕他,只要我费点儿劲儿自己不犯错误,也能把他带起来。今天事情也凑巧,一回一回祸事逼我发了态度,左思右想还是自己错,就去找徒弟来认错,借着这个机会,给他们订了个计划,今后决不怪徒弟不好,只有多用心研究,对病给他来下药,不怕他们不好。

王:(提壶上)

杨：你怎么还没走呀！

王：没走，我知道，你又想干什么活儿吧？！

杨：我想给你们的计划表画出来，再画一张记功、记过表，明天咱就贴在墙上。（王给师傅倒水）

杨：你刚才烫水去啦？

王：这是晌午剩下的开水，我刚才热一热。（拿水给师傅）师傅！我要回去！

杨：王福德！刚才我提议选孙立友当小组长，你有什么意见？

王：我怎么会有意见啦？

杨：我看孙立友有些小英雄主义，给他弄个小组长，他心里一高兴，就要负责任的，这样绑着他，他就再不能胡闹了，你说对不对？

王：他要不管那一套怎么办？

杨：我们不是有那么一条吗？他要犯错误咱们开会批评，他要犯大错误推翻了计划，就开全体会叫他检讨。

王：对了，对了！这样他一定会好的。

杨：好了！只要你能明白我的意思就行了，等明天有工夫再和李金贵说说，你就回去吧。

王：师傅！你再不用什么东西？

杨：我什么也不用，一会儿我就回去，你先走吧！

王：明天见，师傅！

杨：明天见。（王下）唉！像这样徒弟，我应当怎样才能对得起他。（目送王下，在自语地）

（幕落）

第二幕

第一场

地点：同第一幕，第二场。

时间：一个星期后的一天早晨。外边下着小雨。孙立友进来，看一个人没有来，急忙进去换上衣服（工作服），又出来把工具拿出来，坐着吸烟。

李金贵、王福德声："好到钟点了吧?!""差不多，快换衣裳吧！"

孙：（听声，马上起来干活儿）

（李、王，一前一后地进来）

王：你来啦？

孙：我早就来啦！

李：你这人真怪，下雨天，你倒特别来早啦！（杨忠诚进来，已换好衣服）师傅来啦！

杨：差不点儿就来晚了，雨下得不大，就是腻耐人。

李、王：师傅！你小孩儿病怎么样？

杨：不要紧！我昨晚抱他到病院治好了……

孙：先不要谈这些，咱们三个人，应当趁这个工夫开个会。

王：开什么会？

孙：我看这两天，咱们对工作有些懈松，没有刻苦心，五分钟的热劲儿。就拿今早晨来说吧，平日你们俩比谁都来得早，今天就显了原形了，下那么点儿雨，差不点儿就来晚！这就看出来你们没有坚决心，拿革命来说，就是："站不稳立场，见了危险就要妥协。"我虽然平常没早来过，可也没有晚过，始终一贯到底，我们应当

检讨一下。(装腔的)

杨:对!孙立友说得不错,我今天头一个应当检讨。(工作时间的笛响)

王:我们接受错误,今后我一定改过。

李:(心中有些不满,似有辩驳)因为今天……

孙:(马上接住)好啦!已经到钟点了,我们快干活儿吧。(拿起工具在锉活儿)

王:师傅!你小孩儿是什么病?(一边问,一边在收拾工具)

杨:起"嗓扼"(白喉病),昨天差不一点儿就憋死了。到病院打一针才好,医生告诉叫今天早晨再去一趟,我看不要紧!我也没去。

李:你为什么不去呀,有病这不是别的!

杨:不要紧,下班再去治也不晚,哎!你们看见黑板报没有?

李、王、孙:没有呀!什么事?

杨:(指李、王)你们昨天给旋盘组的床子修理好,在表扬你们哪,昨天下班,就贴出来啦!(孙听有些嫉妒,拿活儿下去)

李:哎,我去看一下,就回来!

王:快干活儿吧,等会儿再去看吧。(李不听跑下)

杨:孙立友!孙立友!

孙:(后台,"干什么?")干什么?(进来)

杨:咱们水门都干完了,"运搬"一时倒不出工夫,我看咱们自己抬吧!

孙:(不满欲下)

杨:还下来一套轴瓦,等把水门抬完,今天看看你们把它干出来。

李:(跑进来)杨师傅家里来电话了。

杨:家里来电话?!(下)

李:嗯!

孙:咱们把工作分配一下,你们俩去抬水门吧,我去干轴瓦。(说着向右边下)

李:我看他这几天自怎么尽支嘴,好活儿自己干,打零杂找着咱俩,就像昨天人家求咱把床子修理修理,师傅让他去,他硬说东推西地不去干。

王:谁干不一样,反正都是给工厂干的,你看他从当上小组长,才一个多礼拜,毛病改了多少,还常来给咱师傅提意见,咱师傅夸奖他不爱面子,大公无私地认真负责,他能改成这样,真是难得。

李:大公无私,我看对别人大公无私,对自己尽自私自利,那轴瓦明明他一个人不能干,他非要自己先去干,时常在师傅面前"骗弄",他这么能、那么能的,这是什么思想……

孙:(上)你们俩先帮我把轴瓦,抬案子上好不好?

杨:(上)小孩儿又犯了病了,我想请假回家去,再抱他到病院去看看。

孙:师傅!我给你提意见,活儿这么忙,你不能走,大婶不是在家里么,让大婶去得了呗!

王:外边下着雨,一个女人家,又要抱一个病孩子,我看非得师傅回去不可。

杨:下雨倒不要紧,她不认识病院,叫他去找吧,又怕一半时找不到,这病很厉害,晚一时就很危险!

李:你们也太有些干什么啦,人家小孩儿病得这样,还不让人家回去,我看这简直是要人命。(有些发火的)

孙:你这是什么态度?我不过这么提提,其实回不回去,与我有什么相干,也不是给我干的,这个纪律是你们补充的,大家伙儿订的,当师傅的就应当起带头，做个样子看看，上梁不正下梁歪，就这样自私自利地往下搞（厉声的）准能整好？！

杨：好啦，好啦！不要为这些事吵吵，叫人家听见这像什么，都怪我，我不回去啦，快干活儿吧！（拍着孙立友肩膀）

李：师傅你快回去吧！小孩儿有病，不是闹着玩的。

孙：（硬起来）好啦，小组长我也不干了，咱们就算推翻这个计划，（欲下，又回来）咱们不是有那么一条么？！谁要推翻这个计划就要开全厂大会处理。（欲下）

李：孙立友，咱们怎么推翻计划啦？谁推翻计划啦，你说！

杨：嗐！你少说几句吧！

孙：好！就算我推翻的，待会儿斗争我好不好？！不过咱们也讲民主不是么？也许我在台上讲话吧！到那时咱们再把道理说明白，不能马马虎虎的。（下）

（远处雷声闪电）

声：（杨师傅家来电话啦）

李：（焦急的）师傅你快回去吧，不要紧，还翻了天啦！

杨：我不回去啦，你去听电话就说活儿忙等下班再回去。

李：师傅你这人……（不理的）

杨：王福德，你去告诉一声（王福德犹豫的）快去呀！

（王才下）

李：这就显出原形了，这叫什么积极呀，干活儿尽想闹独立，就像他一下子能立上大功，怕别人沾他的光，一身风头，英雄主义，你再捧他几句，简直他不知天多高、地多厚，连师傅徒弟都分不开啦；你再惯他几天，就好骑在你头上拉屎了。

杨：这些事情，我都知道，我自有办法，你得一点儿一点儿来！不过今天说千道万，是怪我不好，不应为自己的孩子……

王：（急跑进）师傅，你小孩儿已经死了，叫你快回去。

杨：（呆住）

李：真的怎么的？（王点头）（外边的大雨、风、闪、雷的交加声，舞台阴暗）

杨：（悲痛地叫着小孩儿名字）小柱！小柱！（跑下去，王随跑下，外边雷雨接连不断地响）（舞台阴气沉沉）

李：×他妈的，没有个好。（拿起锉刀猛干，舞台沉默片刻，王上）师傅呢？

王：回家去了。（片刻杨忠诚满面泪水上）师傅，你怎么又回来啦？

杨：现在我回去也活不了，吃晌饭回去也不晚。（精神的）咱们赶快干活儿吧，老半天没干一点活儿。（向左下）

（忽听后台右边"噗通"一声——"哎呀我的妈呀！"后台人声吵闹王与李齐跑下，片刻李气哼哼地又出来干活儿，雷雨声更大）

王：（急跑上）师傅！师傅！不好啦！不好啦！

（杨声："怎么啦？"王奔左边下，"孙立友搬轴瓦，轴瓦从案子掉下来把腿打断了"！）

杨：（上）啊！你们怎么让他自己干这活儿。（急跑下）

王：他偏要自己干不可。（随跑下）（舞台雷雨闪风的声不断，阴气逼人，只见李金贵一个劲儿在猛干活儿，后台吵闹杂乱声——"快去叫咱们工厂汽车来，赶快拉到病院去吧。"——"真不凑巧我刚才去车都出去了，不在厂里。"——"这怎么办呀？"——"到外边雇吧！"——"下这么大的雨外边也不能有车。"——杨忠诚背着孙立友出来，孙立友左腿用木板夹着、绑着，王福德在后边抱着孙立友的腿）

杨：不要紧，我背他到病院去！

（向左下）

（李金贵仍是一个劲儿猛在锉活儿，连看一眼都不看，雷雨声随幕落）

第二场

地点：一个病院的外科室内。

时间：紧接第一场。

幕启：医师刚完手术在洗手，孙立友躺在床上，腿上包着石膏绷带，护士在收拾医务用具。

护：（探头向门外）好啦，请进来吧！（杨忠诚和王福德进来，王跑到孙立友床前）

杨：（焦急地）先生他的腿……

医：不要紧，前胫骨打坏了，有一个月就可以动弹。

杨：养一个月就能干活儿么？！（转喜地问）

医：在这一个月当中，只能这样老老实实地躺着，一点儿不能动，过一个月后才能动弹。要想干活儿！嗯，还得一个月，怎么的也得两个月才能全好利索。（下）

杨：（过来在看孙立友）

孙：师傅，我太对不起你了，你快回家去看看小孩儿吧，我！我……

护：他流血太多啦，你们不要和他说话太多。（下）

杨：（听孙提起小孩儿，心中发酸，把脸转到外边）

王：师傅小孩儿已经死了……

杨：（急转过身来递眼色，意思是怪王福德不应告诉他）

孙：（突然瞪着眼睛）怎么，小孩儿已经死了！师傅，我！我……（挣

扎欲起来,杨把他按住)

杨:哎呀！你不能动,他说“小孩儿医生治了”我不用家去啦！

孙:吓我一跳,我听说“小孩儿已经死了”,师傅,你回去看看小孩儿吧！(向王)你也回去干活儿吧。

王:好,我们一会儿就回去,你闭上眼睛,睡觉吧。

孙:(点头,无力地,慢慢闭上眼睛)

(室外有女人咽咽的哭声,由远而近——“先生你行行好吧,俺这孩子什么病没有,就是嗓子坏了,活活给憋死了。”)

王:这不是……(欲往外跑)

杨:(一把拉住王福德在静听)

(医师声——“大娘不行呀,这小孩儿已经死过去啦,现在是治不活啦,昨天晚上我告诉叫今天早晨来,现在已经死了抱来有什么用”,男声——“大婶快回去吧,我说来也是不行,你偏来”,女声——“姑娘,我求求你费心好好跟先生说说……”)(哭啼的)

护:(上,脸向外)不行啊,这屋里有病人,你不要在这哭。(收拾东西下)

(男声——“大婶快回去吧,你说也,是多余。”)

妇:(随着进来,抱着有五六岁的孩子,用毛子包的)好好,我不哭,姑娘,你看我这孩子什么病也没有,就是……(看看孩子,又啼哭起来)

王:(急躁地看看师傅,又看这妇人)

杨:(悲痛,呆住脸转一旁)

护:哎呀！你快出去别在这吵吵,人家这病挺厉害的。[随手指床上孙立友,妇人也随便向床看,正和她丈夫(即杨忠诚)四眼相对瞪视了半天]啊！你你怎么……

杨:(再也忍不下,扑过去抱着小孩)小柱! 小柱(哭)

孙:(已惊醒,清楚的)师傅,这都是我害了你,师傅我! 我! ……

护:不行啊,你们不能在这里哭呀,你们这倒是怎么回事呀?

(幕急落)

第三幕

第一场

地点:在杨忠诚家中外屋。

时间:一个半月后,一天晚上八点多钟。

幕启:屋内左边有写字台及里角通里屋,写字台上挂着黑板,舞台正面靠里有床,右边通外门,王福德、李金贵趴在写字台上学习,画图样。杨忠诚从里屋出。

王:师傅! 我怎么越想越二虎,你快说给我听是怎么回事?

杨:好! 想不出来就搁一搁,一个劲儿死想,对你脑子是有害的,你们休息一会儿吧! 明天早晨,我再告诉你。(李仍在画)李金贵,你们休息一会儿吧!

李:我不玩了,再住会儿天就黑了,赶快学习一会儿好回家。

杨:不要紧,你们愿学习今晚就在这睡吧! 学习时间长了,给脑子弄二虎虎的还不容易记住,这不是学习别的。

李:好! 那我们今晚上就在这睡好不好?(向王)

王:师傅! 我们一动学习晚了就要在这睡,大婶不嫌乎麻烦吗?

杨:麻烦什么! 你们也不是三岁两岁小孩子,也用不着她侍候。

李:好,那咱们到外边去玩一会儿。(二人走出门外,杨忠诚回到里屋去)哎! 我还有一百块钱,咱们到小铺买苹果吃。(右下)

孙：（拄着拐棍，包着腿，一瘸一瘸地上，看片刻，敲门）杨师傅在家吗？

杨：（从里屋上）谁呀？（开门）哎呀！你怎么这么晚出来啦？（扶他进来坐下）

孙：我在病院请假回家去。

杨：还没养好伤，回家干什么？

孙：（片刻的）俺爹从我坏了腿，他就去看了我一趟，再老也没去，我也不知道是怎么回事，我心想回家去看看，谁知道！（悲痛的）

杨：嗐，就你们爷儿俩过日子，你病了，家里你爹一个人大概他忙，不能来看你，你不要难过，等会儿我送你家去。

孙：我已经家去，刚才从家里出来。

杨：你家去？怎么这么晚，还出来呀？（孙不语，低下头）你爹不在家吗？

孙：在家里。（低声低气的）

杨：你怎么不在家住一宿再走？

孙：（眼泪在眼边直转，不语，低着头）

杨：怎么你爹不痛快吗？

孙：（抬头）没有。

杨：那你到底怎么了？（孙不语）你快说呀！（沉默片刻）

孙：我回家去，（哭起来）我……爹不理我了！

杨：他怎么不理你啦？

孙：（沉默一会儿）我家去的时候，我爹在那吃饭，我说："爹！你才吃饭呀！"他把头扭过去不看我。我又说："爹！你怎么不买点儿菜吃！光吃咸萝卜？"他恨恨瞪了我一眼，拿腿就走出去，我等他老半天回来手里拿着大伙食。（孙露笑容的）我乐着说："爹！我在

病院，已经吃了饭，你还买‘伙食’干什么？”他才对我说一句话。（难过）

杨：买伙食给你吃还不好吗，他对你说句什么话呀？

孙：他说我……不要脸！（苦痛地低下头）

杨：他为什么说你不要脸呀？

孙：他买伙食不是给我吃的。

杨：不是给你吃的？！

孙：不是！他拿着伙食自己坐在那儿吃，这时我就受不住了，我往外走，我寻思他能留我，我说：“爹，我要走了。”我一直走出门外，我回头望望他，连看我都不看，师傅！我的亲爹都不理我。（大哭起来）

杨：他这是为什么的呀？

孙：邻居告诉我说，我在工厂闹的事情，他都知道了，大概就是因为这个。（沉默片刻）

杨：不要紧，等你出院以后，好好干活儿，把手艺学好，到那时不怕你爹不理你，你有没有这个决心？

孙：师傅！你现在叫我说什么好！

杨：好，你不要难过……

孙：师傅！你……恨我吧？！

杨：嗐，你怎么又说出这种话来啦，我不是早已和你说了么？我那小孩儿起初我看他就不能好，就是那天到病院去治也不会好的，他该死，你放心吧，我绝对不会恨你。

孙：师傅！你说的真话吗？你会不恨我吗？！

杨：这些日子工厂活儿挺忙的，你的腿也快好啦，所以我这些日子没大去看你，我若是恨你，我就不去看你啦。

孙:师傅！我……(欲跪但腿疼跪不下)

杨:快别这样,(扶孙)小心腿呀。(孙扑杨怀里哭起来)

孙:师傅！现在就你能理我,别人他们一定都在骂我恨我。

杨:你快不要说这些,别人谁也没骂你、恨你,王福德、李金贵！他们都时常打听你,这一半天他们说还要去看你呢！

孙:他们俩都挺好的吧！

杨:你看(指桌上的图样)这刚才学习完,才出去,他们俩在工厂都升了一级。

孙:(拿起图样看)这是他们俩画的么?！

杨:他们早就会画了,他们在研究道理！

孙:他们天天晚上来学习吗?

杨:不！礼拜二、礼拜四、礼拜六,一个礼拜学习三天,有时晚了就在我这儿睡。

孙:(自语)他们晚上到这儿来学习,这个也都早会画了,(看图纸)他们在工厂又都升了一级,我！我……

杨:他们这些日子还立上了功。

孙:还立上了功?师傅！你也立上了功吧！

杨:我没有。(笑)

孙:没立上功?！(片刻)我要回病院去。(悲愁的)

杨:孙立友我知道你很难过,不要紧,只要你下决心,我保证你不会落后,今天时候不早啦,你不要走啦,等会儿王福德和李金贵回来,咱们一起好好谈谈。

孙:怎么他们今晚还回来?！

杨:还回来学习,他们今晚上不走啦。

孙:我一定回去,因为我在病院告诉说今晚一定回去的。(起来

就走）

杨：这么晚你不能走。

孙：不行，怎么的也得回去，医生叫我一定回去的。

杨：医生叫你回去，那……好！我送你到电车站。

孙：不用，我自己能走。

杨：你可得小心点儿腿呀！

孙：（下，又回来）师傅！你，你！……你告诉王福德和李金贵，明后天有工夫一定叫他们到病院去一趟好不好？

杨：好，我一定叫他们去。（孙下）唉！年轻人就是这样，不受打击是不知道厉害的，大概这回可把他教训过来了。（走进屋内）（王和李上）

王：他爷儿俩怎么打吧，孙立友是他亲生养的，当爹娘的也不能拿自己儿女当仇人。

李：对，就拿咱们师傅来说吧！他的小柱死了，他嘴里说不痛，那两天干活儿有时眼泪吧嗒吧嗒直掉！他心里还不知怎么难受呢！（王忙堵住李的嘴，用手指屋里意思是怕师傅听见）（二人笑进内）

杨：你们到哪儿去了？才回来呀？

李：师傅！你不知道，我们今天真丧气，想去看孙立友，转了一大圈，也没见他的影子。

杨：你们到哪儿去看他呀。（笑）

王：到医院去了呗！看护说他请假回家去啦！我们急忙坐电车赶回来到他家去，他爹又说刚才走。

李：他爹还给我们一千块钱叫我们捎给他。

杨：他爹还给他一千块钱？

李：看他爹那样子，大概孙立友回家又和他吵架了，叫我们告诉孙立友，就说这一千块钱是工厂借给他的零花钱，不让说是他给的。

杨：还是亲生骨肉，刚才孙立友到这儿来直哭说他爹不理他了。

王：怎么，他到这儿来啦？

李：他还哭，在家时常和他爹打嘴仗，从来也没看他哭过。

杨：嗐！事情没临到自己的头上你是觉不出来，你们青年人都是这样，平常好模好样倒挺"硬棒"的，有点儿小病就不是那样了，心里就发焦，再加他腿伤那么重，是免不了要哭的。

李：师傅！这一千块钱你给捎去吧。

杨：哎！我想起来啦，他临走的时候，叫我告诉你们说明天也好，后天也好有工夫叫你们一定去一趟，你们顺便给捎去吧。

李、王：好，咱们一块儿去看看。

李：（拿苹果）师傅！我们买五个苹果想捎给孙立友吃，他也没有这个口头福，俺俩走道一家吃了一个，还有三个你吃了吧，师傅！

杨：你们都吃了就是啦，还留给我干什么，来！咱们三人一家一个。

（幕落）

第二场

地址：同一场。

时间：当天晚间，已十一点多钟。

王：（躺在床上偷偷摸摸地翻弄图样）。

李：（坐在凳子上趴在桌子上在学习，已困得不得支持，不住在那打盹。时时勉强睁开眼睛在学习）

王：（把师傅出的问题看明白，得意忘形怪叫一声，把李吓一跳，王怕露相，马上又装睡）

李：（刚惊醒的睡眼望一下王，看他已睡着又强打精神，研究学习片刻又在打盹）

杨：（拿茶壶从里屋上）喝点儿水睡觉吧！别熬夜了，有今天没有明天啦？（刷茶碗倒水拿过来）来！喝点儿水睡觉吧！别趴那儿受罪了，怎么？睡着了，这是何苦的李金贵！李金贵快点儿躺下睡吧！（扶李到床上）

杨：（指王）这一个睡得像个死猪似的，还等着睡一会儿起来学习呢，趁早我也不叫你，煮你的猪头吧。（把王德福的被拉过来一半，想给李盖上一半，但被小，又到内屋去拿被）

王：（偷看师傅走，轻轻下地拿着图，又看黑板的图微笑，又在写字台研究画）

杨：（抱被上，看王）怎么你又起来了？

王：本来我就不愿睡，李金贵非逼我先睡不可，亏着我没有睡，要是睡啦可吃大亏……

杨：怎么回事呀？

王：就在这一点儿没睡觉的工夫，你问我的道理我全明白。

杨：你明白了？！好！你说我听听……

王：（拿"圆规"对着黑板量给师傅看）

杨：对了，这回你全明白了吧？！

王：我全明白了，起先你告诉我，我老是不知道为什么要这么画，若是另换一个不一样的尺码，再叫我画，大概我就算不出来了，这回呀，管什么样尺码我也能算出来。

杨：什么都是一样，光是死读书、死记，不研究明白道理是没有用的，就是死记一样半样的，也不能活用还不说，过些日子一忘是一点儿也想不起来，这样你再弄明明白白的，又能活用还不说，还不容易忘啦！已经十二点多了，你快睡吧！

王：你先去睡吧，师傅，我想再好好研究一下，再练习画几个。

杨：我看你要给自己找病！（生气地）

王：为什么？

杨：听你爹说你在家时常学习半拉多夜，天长日久这样下去，你就会累成病的。

王：我也不觉累呀！

杨：等你觉出来累，病就上身了，一个人的身子是最大的本钱。我们应当休息就休息，应当学习就学习，应当干活儿就干活儿，老像你这样熬夜把身子弄坏了，你就是天大的手艺也完了！你说对不对呀？！

王：我妈看我晚上有时就咳嗽也是叫我早点儿睡觉，我嘴里答应……

杨：你要听我的话，以后最晚到十点半就睡觉。

王：好——（看师傅脸）

杨：现在你就去睡觉吧！

王：（点头感动地看看师傅，师傅直看他走到床前）

（幕落）

第四幕

第一场

地点：在奖模大会会场上。

时间：半个月后，下午五点多钟。

幕启：舞台中间有一张桌子，一个凳子，会场正在进行庆功会最后一项娱乐节目，司仪手拿节目表上。

司：进行庆功大会第五个娱乐节目，是由虎钳场出演大鼓，由张桂香工友唱，刘福堂工友拉弦，（自己鼓掌半刻不出人跑下把张桂香推出来）你怕什么呀？

张：有些外来的同志，我不敢唱。

司：没有外来的同志。（骗她）

张：怎么没有，（不相信走大舞台边看）您看！有的是，（手指台下）我唱的不好给咱们自己工友们看还凑付！给别处同志看多"寒碜"，我不唱了。（回身欲走，司仪一把拉住她）

司：还是这么一回事，快别客气啦，人家在底下等着，好着急了。（急忙下把鼓拿出来）

张：（不得已地准备要唱，拉弦出来）我这是初学乍练，唱的是，虎钳场：《杨忠诚在立功运动中带徒弟》，各位要是不嫌弃的话，那就听我慢慢地道来。（打鼓唱）诸位落座雅声静听，我唱的是杨忠诚带徒弟的事情，自从他带了三个徒弟后，一个徒弟工作不小心打伤了腿。（道白）话说"杨忠诚自从徒弟孙立友打伤了腿以后，下班就到病院去安慰他，进行教育，他又检讨自己带徒弟疏忽大意，见到徒弟有缺点，没有即时纠正，使徒弟受了重伤，以后他就时时刻刻不离开徒弟跟前，拿出他全身的手艺，按着徒弟的特点传授技术，一个多月的工夫，他两个徒弟都能顶上一般的工友"。（唱）嘿！两个徒弟好似猛虎下了山，就在这个时期立下了大小功，他们的功绩我不表，主要的我讲的是师徒关系。有一天徒弟们对师傅说，（道白）"师傅！你光为了我们成天忙着，你看别的师傅都忙着要立功"。（唱）师傅一听这句话，急忙向徒弟说分明，立功运动，不是为了立功去争功，而是为了推动全体工友们的积极性，建立新的劳动态度，提高生产，改进工作，提高质量，减低成本来完成并超过任务，从上到下发动大家去立功。（道白）徒弟们："我若是只顾自己去立功，把你们甩在一旁手艺学不成，技术不能提高，工作也不能推进，我自己不见得就能立上功；我一个人为了你们俩的手艺学成，技术提高工作能推进；您们现在又立下了功，这不是一举两得的吗！比我一个人立上功，还要光荣得多。"（唱）有一天王福德、李金贵到病院找到了孙立友合计好，定要给师傅去报功，一天他们三人来见报功委员，把他师傅带徒弟的过程报告一番，只有那孙立友说起没有完，当他说到半截，他的眼泪已流满面，报功的委员，一篇一篇地记下来。光阴如箭来得快，在评功的当日，王福德、李金贵都评上了大小功臣，嘿！杨忠诚，更没想到他带徒弟有成绩，也评上了大功臣，说到这里，就算完了，说得不好请各位同志们多加批评。（下）

司：（上）杨忠诚带徒弟大鼓唱完！最后的一个节目是放演电影请各位同志稍等一会儿。

（幕落）

第二场

地点：杨忠诚的家门外。

时间：当天晚上七点多钟。

幕启：杨忠诚换上新衣服从屋内出。

杨：今天是工厂的庆功大会，又是我老汉的生日，我活这么大小岁数，像今天过的生日，还是头一回，我老汉乐得心花开放！屁股朝了天，现在我家里什么都准备好，单等我三个徒弟来，今晚欢乐一番。

（王福德戴着二等功臣花，李金贵戴着三等功臣花，手里各拿一个纸包上）

杨：你们怎么才来呀？怎么孙立友呢？

王：他没来吗？

李：我们到病院去，说他请假出去啦，我们寻思他来啦。

杨：（想一会儿）大概是他顺便家去看看他爹爹吧！

李：对啦，要不他晚上能到哪儿去。

杨：好吧！咱们先回去等他吧！

王：师傅！你怎么没把功臣花戴上呀？

杨：我老了戴个大红花像个什么样子，您们年轻小伙子戴上，有不知道的就寻思你们在娶媳妇。

李：其实我们比娶媳妇都乐。

王：师傅！你看这是什么？（拿出大红带子）

李：师傅！你再看这是什么？（拿出大红花，花中间粘一个“寿”字）

杨：您们弄这东西干什么？

王：给师傅戴呗！干什么？（上前给绑上十字花）

杨：这……是干什么？

李：给师傅戴呗！干什么？（上前给师傅戴上大红花）

杨：在大街上快别这样，人家看见了，多么难看呀！（两个徒弟不理他，一个戴花，一个绑带子）

李：师傅！你太光荣了，怎么还难看呀？！

杨：这多么不像话，在大街上。（很难为情的）

李：师傅！你戴上了大红花呀！

王：师傅！你配上大红带了呀！

李：师傅！你乐不乐呀？

王:师傅!你美不美呀?

杨:(看看自己身上红花红带的,又看看徒弟)徒弟们!

王、李:师傅!

杨:(又看自己身上不由大笑起来)哈……(进屋里)

(王和李看师傅这般光景,他二人互相对看一下,也大笑随着师傅进去,在这过程中,王福德的功臣花掉在地上)(孙立友看他们进去才拄拐棍出来听,他们屋又是笑又是唱。)

杨:(唱)徒弟们!你们这样热情又虚心地对待我。

王、李:(唱)师傅!是你的热情,虚心换来的呀。

杨:(唱)徒弟们!你们在工作中,是那样地耐心钻研技术。

李、王:(唱)师傅!为了建设新旅大呀!

杨:(唱)徒弟们!有这样志愿我必尽我所能所知都教给你们!

王、李:(唱)师傅!保证学好技术!继承你的任务。

杨:(唱)徒弟们!技术是劳动人民的,我还要传给劳动人民!

王、李:(唱)师傅!俺再不接受,对不起你,又怎么对得起领导我们当主人的毛主席。(唱完全笑)

孙:(听屋里这样欢乐,自己喘口粗气低下头在想什么似的,突然发现地下有一个功臣花,他知道,一定是他们掉的,他想尽了办法,也没拿起这花,最后咬着牙关,气得把两个拐棍摔一旁,自己倒在地下把花拿到手中,向自己身上比量一下,露出他有希望的面容,又看自己的腿伤,心里难过,把旁边的拐棍拿起又摔老远,把花挂在门边,挣扎地一瘸一瘸地下,王福德出来找花看见地上有拐棍)

王:(向屋内)哎!你们出来看看,(杨、李都出来)这不是孙立友的拐棍吗?(把拐棍捡起来)

李：奇怪！他到哪儿去啦？（向右边望着）

杨：哎！你看看那不是他吗？（向右边指着，全跑下，“孙立友！孙立友”唤着）

（幕落）

一九四九年四月二日

大连东北书店 1949 年 6 月初版

◇鲁亚农

参军真光荣

时间：冬天。

地点：永安屯。

人物：周春江——二十二岁。

其妻——同年。

其爹——四十多岁。

小贵（其弟）——十五岁。

农会会长——二十多岁。

邻妇甲——四十多岁。

乙——二十多岁。

自卫队员——二十来岁。

吹打鼓乐群众若干。

（锣鼓声中，周妻愉快地上场）

妻：（唱）夜黑过了天放亮，撂倒大树见太阳，穷人沾了太阳光，有吃有穿日子强……（曲一）（揭锅盖）

（唱）揭开锅盖热气高，苞米楂子已熬好，掌柜开会还没回，我到门外瞭一瞭。（曲一）（向右看）

（唱）跨出门来抬头看，那还来了个庄稼汉，胸前戴朵大红花，是娶媳妇是干啥……（曲一）

（白）这是个新姑爷？（又看）

（唱）头上他戴个兔皮帽，身上穿件黑棉袄，走道胳膊甩得高，大大嘴巴露牙笑……（曲一）

（白）这不是咱当家的回来了？（奇怪，又细看）

（白）对了。

（唱）不是别人正是他，是咱掌柜回了家，我要紧忙问问他，为啥戴朵大红花……（曲一）

（周春江欣然走来）

周：（唱）胸前戴朵英雄花，人人见了都爱它，个个都把咱来夸，夸咱参军志气大……（曲二）（周妻赶忙上前问）

妻：你……你开了这大半晌会，还戴上这么红的一朵红花干啥？你不嫌乎害臊。

周：今天开的是参军动员大会，这会开得好，嘿，开得太带劲儿了，你猜猜，我怎么能戴上这朵红花的？

妻：我知道了还问你。

周：我在会上报名参军了，你知道吗？

妻：看你今天怎的啦，虎拉巴叽的，我也没去开会，我怎知道？你说你去干啥了？

周：你听我慢慢地给你唠来。（唱）今天农会开大会，农会会员都来到，合计参军去上队，道理讲得不老少……（曲二）会长讲得更透亮，乐坏了听讲的周春江，为了保国保家乡，决心报名把队

上……(曲二)

妻:(惊)怎的,你要当兵去?

周:(没理她,继续唱)会长办事真圆全,他怕我爹不情愿,我说我爹心眼儿宽,回去一说准心愿……(曲二)

(白)我还没说完,高家大叔就嚷嚷了说周春江他爹,玻璃脑筋,透亮,只要众人赞成,他个人是没说的,就怕是他媳妇不乐意,这就难整,我紧忙说:

(唱)媳妇她也没问题,跟咱心眼儿一般齐,我去参军我欢喜,她也一完能乐意……(曲二)

(白)大伙儿听我这一说,巴掌拍得呱呱响,会长把这朵花给我戴上,他说这叫英雄花。嘿,咱这领头一参加,小伙子都吵吵了半晌午工夫,咱屯出来了九个,你看,咱永安屯不赖吧,嘿,你说说,你说我当众人说得相当不相当,你定准认可吧。

妻:(一时不知怎么说才好,不语)

周:(自语)哎呀,她不吱声,她要不同我的意,我不就当众夸下海口,这不白瞎了,这叫我的脸往哪儿搁呀。真是船头上放马,急得我走投无路。这怎整?(突然想出办法)我媳妇平日脑筋挺通,我拿话砢碜砢碜她。

(唱)平日你倒心挺灵,话说半句你就明,今日为啥直发愣,可见心眼儿有毛病……(曲三)

妻:你别砢碜人,我倒要问问你。

周:(巴不得她开口)要问啥,你说。

妻:依我寻思,"满洲国"荒了,日本小鬼早蹽远了,自打来了工作团,咱们也翻身了,吃饱穿暖,日子过得挺消停,为啥还去当兵不解,这去打谁,谁还能不叫咱过消停日月?

（唱）好铁不把钉来打，好男不把兵来当，三十六行数庄稼强，你去当兵为哪桩……（曲三）

周：这话倒也问得对，你听我给你演说演说。

（唱）十四年的亡国苦，为啥落在咱身上……（曲三）

（白）就他一道命令，坑咱当了十四年亡国奴，这事还没打他算呢，嘿，填不满的无底洞，喂不饱的白脸狼，他倒又打上门来了。

（白）这回当兵是打国民党，你明白了吗？

妻：照这么说打国民党倒该，那不去参也能行呀。

周：这倒个别，不参军怎能打国民党？

妻：这邻近不是说有“中央”胡子，“中央”胡子也打国民党合吗？咱自卫队就是保屯邻打胡子的，你说在屯里自卫队上不也就是打国民党吗？

周：（唱）千枝万叶从根长，挖掉树根不发芽，杀掉国民党的贼脑瓜，胡子不打他自己垮……（曲三）

妻：（唱）等到国民党到眼前，那阵当兵也赶趟儿，现下在家管种地，那阵打仗保家乡……（曲三）

周：看你说的，常言道，养兵千日，用在一时。（唱）打仗不像种庄稼，未曾打仗先练兵，进攻战斗学得精，才能阵阵打得赢……（曲三）

妻：（唱）一辈子你没出过门，如今上队去当兵，没亲没友无熟人，叫我心里怎放心……（曲三）

周：这你怎还不放心？头些日子，你没见民主联军一连人扎在咱屯里，成天练武唱歌，快快活活的，他们早先谁认识谁啦？一到队上，就跟一大家子人一样，亲亲热热，我倒怕在队上比在家强多啦。（想起）说起家，我倒记起一件事儿来了，咳，我看你呀，准是惦着这件事，才不叫我去参军。

妻:我惦着啥,你别瞎说。

周:我说你惦着的呀,是我走了以后啊,(唱)打柴挑水并种地,割地拉地靠哪个,干活儿人手少一个。家里日子怎么过……(曲三)(白)是不是惦着这件事?这你别发愁,会长早把话说在头里啦,谁家有人参军了,家里缺啥短啥,有啥困难,都有农会负责……

妻:我倒也没大惦着这事。

周:(着急)那你倒是同意不同意呀,我是男子汉大丈夫,说了就算,绝不改口,就看你吧。

妻:你别吵吵,叫我好好寻思寻思。

周:这还有啥寻思的,现下咱跟前摆着两条道,一条道是参加民主联军打国民党,战胜他们,就辈辈代代子子孙孙都过太平日子;另一条道,是光顾眼前过好日子,贪生怕死,完了他们打来了,当上二茬亡国奴。你看应该走哪条道?

妻:看你的话说不完啦,叨叨不绝,你就不让我各个儿寻思寻思。

周:好,好,现下讲民主,讲一个心服口服,别说我拿压力派来压迫你,你就按着我说的两条道寻思去吧。(去一边抽烟)

妻:(边想着,慢慢地数说)他们来了,要叫咱当上二茬亡国奴,唉,这罪哪是人受的,工作团刚把咱从泥坑里拉起来,他们又要把咱推下去,那是规定不能叫他们来;不叫他们来,咱就得要打倒他们,打他们就得有队伍,有队伍就得有人去当兵,还要是好人,要敢打头阵,胆大心细,才能打胜仗,这咱掌柜他倒也不大离。

周:(抽着烟)她各个儿在叨咕些啥,我过去听听。(悄悄走在她后边听)

妻:民主联军弟兄们,和和气气,像一大家子人,我也亲眼见过,是不大离……

周:(大声)是啊,那你还有啥不放心的。

妻:(吓了一跳)谁让你来啥听啦?

周:好,只要你同我的意,不叫听就不听,(离妻远些蹲下)我就蹲在这疙拉,行了吧。

妻:他才刚说,他走了,农会应承帮咱干活儿,缺啥没啥他们管,这跟早先当兵吃粮不一样了,还戴上这么红的英……英雄花,才刚我还当是谁家的新姑爷哩。(自觉得好笑)照这么说,还有啥不同意的呢,我桂兰不是扯后腿的那号人,只要道理说明啦,干啥都行。(唱)桂兰我前思又后想,掌柜当兵理应当,打了胜仗回家来,咱们全家都沾光……(曲一)

周:怎的,还没寻思好?

妻:寻思好啦。

周:你同意还是不同意?

妻:(笑)你倒猜猜。

周:才刚是愁眉苦脸,这会儿喜笑眉开,准是同意啦。

妻:算你猜对了。

周:(高兴地)那快给我拾掇拾掇,咱屯九个参军的,明儿前晌就要动身到区上集合去。

妻:怎,明儿就走?

周:看,又不乐意啦。

妻:谁说不乐意?(停一下)你要明儿走,那我有几句话要跟你说。

周:嗯哪,你说,我好好地听着。

妻:才刚我没挽开这会儿当兵是为个啥,你说了这些道理,我好好寻思寻思,脑筋就开啦,常言说马善有人骑,人老实了有人欺,咱说啥也不能当上二茬亡国奴,我就同意你去队上,在队上别丢人,好好干才行。

周:那还用你说,咱要干就干到底。

妻:对。

(唱)我年纪轻来身板儿壮,二人活计能一人当,侍候爹爹我留意,一切不用挂心上……(曲一)

周:……(唱)这会儿我去把兵当,实心实意学打仗,冲锋杀敌我先上,件件事儿做榜样……(曲一)

周、妻:(合)为了子孙不受罪,

妻:(唱)我在家里勤做活,

周:(唱)我在队上多杀敌,

周、妻:(合)咱们二人齐努力……(曲一)

(邻妇甲抱着一只母鸡上)

妇甲:春江啊,我听你大爷说,今儿个他报名要到队上去打老蒋头,他叫蒋……蒋……蒋个啥?

妻:叫蒋介石。

妇甲:对了,对了,我上了年岁,记性不好使了,就是这老蒋,说是他看咱翻身,日子过好了,就急眼啦,嘿,我要见了,倒要问问他:"这么大年纪了,为啥不做点儿好事?"这回你去打他,给我狠狠地打得他四脚朝天,出出气,你走了,我家也没啥好东西,特意把这老抱子给你家送来了。

(唱)说起这老抱子命真大,胡子来了三茬都没打上它……(曲四)今儿个你要去参加,我乐乐意意送你家……(曲四)拿起枪杆你想起它,保咱屯邻保大家……(曲四)

周:大娘,你放心,我是豁出命来跟老蒋干上了。

(邻妇乙拿着几颗鸡蛋上)

妇乙：嫂子，听我多说，春江哥要上队当民主联军，我撂下活儿跑来了，把我这几个鸡蛋送给春江哥吃，好叫春江哥多打死几个“中央军”，不让“中央军”过来。明年，我家小鸡下蛋，我一个一个攒起来，等春江哥打了胜仗回来吃。

妇甲：你家没老抱子，叫我家那个老抱子给你抱小鸡，小鸡长大了又下蛋，这样鸡下蛋，蛋抱鸡，鸡又下蛋，蛋又抱鸡，那你们家院子里，站都不站下了。

妇乙：对，这么行。

（唱）一颗鸡蛋一片心，我送春江哥去参军……（曲四）一粒子子打一个，枪枪打上“中央军”……（曲四）等你打仗回家来，鸡蛋白面迎进门……（曲四）

周：我准应下你的话，一枪打他一个“中央军”。

（自卫队员背一捆柴上）

自：二哥，这柴是咱自卫队送来给你们家的。

（唱）你去参军人人敬，家里的事情别操心……（曲四）缺柴没水大伙儿送，咱俩已经有决定……（曲四）你家就是咱们的家，一定齐心来照应……（曲四）

（白）二哥，你去参军打老蒋，兄弟我在自卫队上操心放哨不漏岗，捉特务，打胡子，定规不让坏人来侵害咱们围子。今年我分到的小麦刚打下，你到我家去吃顿烙饼，喝个离别酒。

妇甲：看你说的，眼看着他明儿个就走了，小两口儿说话都不赶趟儿，恨不得，鸡不叫，天不亮，多叙一阵，哪有闲心吃烙饼。

自：现在夜长天短，下晚儿还不够两个人唠的，走，二哥。

（正欲拉他下，小贵手里拿根鞭子跑来，嘴里直嚷着）

贵：哥哥。

（唱）刘家大叔对我说，你去当兵打老蒋，猪倌我也不干了，哥儿俩一块儿去扛枪……（曲五）

妇乙：这么小不点儿，还能当兵啊。

贵：小不点儿，你比我大，你还不够格哪。

周：你的个儿还没枪高，背枪的劲儿都没有，怎能行啊。

贵：我背不动大枪，我背小枪也行啊。

自：参军要走长道，你能行吗？

贵：我不能走，我咬着牙跟在后边不就解了。

妇甲：那哪行呢，你哥儿俩都走了，你爹谁照应啊？

贵：家里有我嫂子在啊。

妇甲：你嫂子一个人，炕上炕下，屋里屋外，一个人也照应不过来啊，再说，你年岁还小。

贵：我小，我都十五啦，还有十来天过大年，我就十六了，还嫌乎小啊。

周：你在家里帮你嫂子做点儿零星活，来年也不用当猪倌了，咱家原先有两垧地，秋里工作团来工作，分给咱们两垧地，来年你跟爹好好在地里侍候地。

贵：不够味。

（唱）你去参加你光荣，我去参加我光荣，哥儿俩一块儿去参军，咱们全家都光荣……（曲五）

（父亲上）

父：啊，你们都在这儿。（向春江）我打街集回来，说是你报名参加队伍了。

周：是的，爹。

妇甲：春江上队的事还没了呢，你来做下主吧。

父:(向媳)怎咧?

妻:小贵要跟他哥参军去,大伙儿怎么说,他一式儿地不听。

贵:爹,我也参军去,拿着大盖对准反动派,“嗖”的一枪,削了他们的脑瓜盖。

父:好啊。

(唱)二人都要去参军,叫我老汉喜在心,养儿一场没白养,都愿为国出力量……(曲五)

(白)我说,你们兄弟俩不能都去,只能走一个。

周:爹,不能叫小贵去,他年岁小,吃不下苦。

父:你媳妇认可你去了?

周:嗯哪。

妻:爹,我认可了。

贵:爹,让我去,让我去,我哥有嫂子在家,我没挂心的事,说走就走,多利索啊。

父:你们说得都有理,我给你们说出个决断来,谁也不用争了。

(唱)春江身强力又壮,前去参军正应当,老二人小留在家,明年跟爹种庄稼……(曲五)

自:对,大叔想得周全。

周:小贵,你听爹说了吧,你留在家里。

贵:爹,我……

妻:你不用说了,让你哥一个人去得了。

父:(向小贵)你要去参军也行,过两年等你长大了,爹送你上队。

妇甲:那就这么的了,你们哥儿俩别争了。

贵:哥,爹说了,等两年我也上队,你可别把“中央军”打完了,留下几个给我打。

父:春江,你听爹说。

(唱)你去当兵爹欢喜,一干就要干到底,大小事情别记挂,打败国民党才回家……(曲五)

周:爹,你老人家的嘱咐,我一定忘不了,现下家里不愁吃不愁穿,又有人帮着干活儿,我还掂挂个啥。(农会会长,扛着包白面上)

众:会长来了,会长来了。

会长:(向父)大叔,春江兄弟去参加民主联军,你家是军属了,这是农会优待你家的白面,往后你家有啥困难,农会一定给想办法,虽说不能天天吃肉吃面,可也让你家吃饱穿暖,来年耕地人手少不赶趟儿,农会发起大伙儿给帮忙,蹚地,铲地,割地,尽先给军属先干,咱农会要办到“参加民主联军的,一家不叫受穷”。这是块“光荣牌”,钉在你家院门口,让外屯的人打门口过,都知道春江兄弟参军了。

众:哈哈,这一人参军,咱全家都光荣了。

会长:是啊,明儿个李老四他们还扮秧歌来欢送。

自:咱围子有人参军,这还不好好地踩踩街。

会长:今儿农会备了三桌酒,请参军家的坐席,你一家都去吧。

自:那我烙的饼不就白瞎了。

妇乙:明儿个你给春江哥带上,在路上当干粮不就得了。

会长:对。

(齐把秧歌唱)

千年古树开了花,老百姓翻身掌印把,民主江山万年长,栽葫芦,要靠墙,养儿养女全靠娘,唉哎嗨啊,穷人全靠共产党……

(曲六)

民主联军人人夸,保护大众为国家,披星戴月功劳大,好军队,

齐参加，保家乡打老蒋，唉哎嗨啊，打得美国退出中华。建设民主新国家……（曲六）

（上来一群人，有吹喇叭、打锣、打鼓、打钹的，欢迎周春江去坐席）

会长：你们看，大伙儿打着鼓乐来欢迎了，咱们快走吧。

（众人兴高采烈地扭着秧歌下）

东北书店 1947 年 2 月

陈德山摸底

时间：正月。

地点：北满解放区。

人物：刘玉全（简称刘）。

陈德山（简称陈）。

（刘玉全出门唱文咳咳）

刘：顺手推开门一扇

刘玉全来到院当间

我这里抬头把天来望

三星晌午在正南

迈开脚步往前走

马圈不远在面前

（马嘶）（转五字锦）

红马你别叫

我给你把草添

马不吃夜草

想肥难上难

我添上三遍草

马肚子吃溜圆

拍拍脑袋门

吃饱了好上山

草料添完全

去找陈德山

迈步往前走

来到他的门前

（叫）老陈，陈德山，套车上山了。

（陈德山上场唱小天台）

陈：昨下晚儿农民大会开到夜深

春耕大事讨论完全

大伙儿在会上都说了话

我好比徐庶进曹营不发一言

只因我心里不摸底

哪有心情提意见

回家来倒在炕头睡大觉

又听小组长在门外喊连天

不用人说我知道了

定规是套车要上山

我有心不把柴来打

又怕烧柴有困难

我有心跟着打柴去

心情不安懒得上山

左也难来右也难

难坏了不自在的陈德山

（出门，转文咳咳）

刘：叫声陈德山快把干粮带

“麻溜儿”赶车好上山

陈：谢谢组长多关照

干粮早已预备全

我媳妇拉下了苞米面

蒸上了窝窝头带在身边

刘：（白）咱们套车吧。

（两人套车，唱五字锦）

陈：我把缰绳解呀

刘：我把红马牵

陈：带上套包子

刘：塞进辕里边

陈：放上马鞍子

刘：搭腰搭上边

陈：后鞧往上提

刘：铁钩挂铁环

陈：伸伸外短套

刘：白马套外边

陈：我把夹板扣

刘：我把肚带拴

陈：大车套完毕

刘:草料带齐全

（二人上车,转小翻车调）

刘:咱俩同把大车上

陈:甩起鞭子赶得欢

刘:马蹄子踏地嗒嗒响

陈:出了屯子拐向南

刘:只因为今年春脖子短

陈:化雪就在二月天

刘:赶着现在道还没化

陈:紧忙打柴去上山

（转武咳咳）

刘:咱们农会领导得好

件件事情想周全

生产小组定计划

上山打柴在头前

咱屯有大车八十辆

天天半夜都上山

这几天屯里看不见闲车一辆

也不见老爷们有空闲

人马大车山上去

打柴拉木头都争先

只因为今年翻身翻彻底

千百年的想头都如愿

人有精神马也跑得快

转眼东方亮了天

陈：陈德山坐在大车上
心里有事细盘算
这个疙瘩要是不解开
哪能安心种庄田
开口我把玉全兄弟叫
我有句话儿对你言
你常去县上开大会
道理懂得比我全
我现在有点儿蒙门转向
不知道东西南北在哪边
咱俩在大车上没有啥事
我把心情对你言
我的心情对你讲
你也别把我来瞒
（转小天台）
刘：刘玉全闻听这句话
叫声二哥你听言
你有啥心情只管讲
我一定能给你解决困难
陈：花怕狂风草怕霜
太阳怕得乌云遮满天
一个人做事不托底
叫他哪能把心安
刘：风吹乌云亮了天
一轮红日半空悬

但不知你的心情是怎样
我听你一句句对我说周全
（转洛子）
陈：葫芦蔓上不结大西瓜
桃花不开在柳树尖
你们是贫雇农我是中农
平摊土地没有咱
大会小会不让咱参加
把咱拦在会外边
那时候咱们不摸底
也不知道分咱不分咱
小日子过得真散心
就怕是斗争轮上咱
虽说是现在又让入了会
这些底细摸不全
刘：井水不把河水犯
早先你没有压迫咱
咱们的对头是封建
打倒封建彻底把身翻
你们也受过地主的气
跟咱过的日子也差不了一二三
打封建你们没参加
咱们的工作做得不周全
你们本是咱们的亲兄弟
亲兄弟要膀靠膀来肩靠肩

往后的日子要过好
贫雇中农合伙来生产
你帮我来我帮你
抱起团体种庄田
换工合作做得好
还要多多开荒田
受苦挨饿的日子再不会有
到头来吃得好穿得好
念书识字管理国家掌大权
（转武咳咳）
陈：你说这话我明白
就是有块心病心不安
我的心情不自在
刘：那是什么妖魔鬼怪把你缠
（转文咳咳）
陈：怕的是今年把地侍弄好
明年又要分了咱
（转武咳咳）
刘：不分不分不分了
你尽管放心把活儿干
这回分地是最后一茬
定下了章程谁也不能推翻
谁种的土地归谁有
他还可以一辈一辈往下传
（转文咳咳）

陈：又怕是今年发了家

把咱当老财一样看

（转板调）

刘：你仗着两手来干活儿

哪能把你看成老财一般

县里开了代表会

件件事情讨论全

有一条叫作“劳动发家”

今年咱要大生产

公家的铁工厂打铧子打犁

咱要没钱就借贷给咱

县政府还预备小麦种

照头年一样放给咱

从今再不斗争了

安下富根做模范

政府还要奖励咱

（转武咳咳）

陈：你说的这话可实在

刘：没有一句瞎话对你言

陈：你说这话可不掺假

刘：咱们说话没有谎言

（转文咳咳）

陈：刘玉全说的话打动了我的心

提醒了梦里的陈德山

这一下我算摸到了底

今年的生产我一定好好干

（转喇叭调）

刘：过了立春到雨水

陈：紧忙打柴去上山

刘：拉回了木头劈木样

陈：又当柴火又能卖钱

刘：卖钱买回来草料豆饼

陈：喂牛喂马不用为难

刘：等到惊蛰乌鸦叫

陈：赶忙送粪到地边

刘：二月清明忙种麦

陈：到了谷雨种大田

合：贫雇中农合伙生产

劳动发家干得欢

后记：演出时，可另选曲调，不按剧中曲调唱。

一月二十日于佳木斯

选自《东北日报》，1948 年 3 月 29 日

买不动

人物表：王广生、王媳、老白、牛文、老关、老陈头、张老四、董妻。

第一场

（董妻拿着一块红绸子上）

董妻：（快板）吃不穷，穿不穷，算计不到一世穷，我的男人算计道儿高，吃的穿的样样好，产业挣的也不少。

“满洲国”，我家掌柜当屯长，攀上官相常来往，警察特务交了一大帮，远近几十里，数咱掌柜最吃香。

咱掌柜，势力大，人人见了都害怕。抓劳工，要出荷。克扣配给品，整得穷户没穿没戴没吃喝。众人都有气，谁敢说一说，常言树大好遮阴，趁着势大咱们也把家产挣。收地租，七五层，小斗出来大斗进，高利贷，利滚本，利上加利驴打滚。穷户滚得他干干净，咱家光景就一天一天往上升，房子盖了十来间，堆下的粮食吃不完，骡马浮物站满院，置下了大地二百垧，荒沿草边都不算。佳木斯，立字号，孩子念书进学校，这才是，人兴财发福满门。

自打头年毛子来，“满洲国”一家伙倒了台，我掌柜，他心眼儿开，想出办法更奇怪，拿了地照到处飞，这里盖，那里盖，东盖西盖大地盖了五十几垧来，你看这笔洋财发得额外不额外。

谁知道，好梦做不长，西街来了共产党，派下工作班，到处帮助穷人把身翻，开大会，要清算，穷人稀里哗啦就闹翻天。要报仇，要申冤，警察特务完了蛋。粮户们劈家产，说是什么穷人翻身，耕地的汉子自己要有田。

头几天，咱们围子来了工作班。看着咱粮户不顺眼，这一来，穷户可就笑开脸。开大会，清算崔警长，那个说他对待穷人心太狠，这个说他逼死人命不应该，斗得老崔开不了口，在大伙儿面前连头也不敢抬。亏下众人债，要他拿出产业来。三方大地劈去了一百垧，骡马浮物一顺带。

今天吃罢了晌午饭，张老四前来把话传，说是小户开了会，要跟咱家把账算，听了他的话，掌柜的作忙又发愁。思在前，想在后，叫我去到王家走一走。拉拢拉拢老王头，不要来把咱家斗。

（白）今儿个扛活的张老四到我家来报信：说是农会主任王广生，领着小户开了会，要跟咱掌柜的董万才算账，咱掌柜一听，急得个不行，听说老王头儿媳妇生了孩子没奶吃，就定下一个计，叫我给他家去送点儿钱，我就捎上一块红绸子给孩子做衣服。老王家穷，见了钱就开眼，他儿媳妇见了这块绸子，心里一定喜欢，就不怕他不收。事不宜迟，咱这说走就走。

（唱）脸上装着好人样，有个鬼胎心里藏，送了绸子又送钱，刁买人心叫他来上当。

转个弯儿来得快，眼前就是王家在，走上前来叫一声，叫声老王快快把门开。（曲一）

老王，开门哪。

（王媳抱着刚满月的孩子上）

王媳：（唱）孩子缺奶心发烦，忽听门外有人唤，不知又是哪一个，来到咱家院。（曲二）

（白）谁呀？

董妻：是我，老王。

王媳：你是谁？

董妻：怎连我的声音都听不出来啦？

王媳：咦，这声音像是董万才屋里的。怪了，她从来不上穷人家门的，今天到我家来干啥？

董妻：怎还不开门哪？

王媳：来了，来了。

（王媳开门，董妻进）

董妻：啊呀，现在你爹办事了，咱连门都攀不上了。

王媳：不是的，我爹没在家。

董妻：哟，看你说的，你爹没有在家怕个啥，我又不是胡子贼跑你家来抢了。

（王媳在一边不理她，她朝屋内看看，故意地）

董妻：你爹又出去了？

王媳：（冷冷地）嗯。

董妻：他到什么地方去了？

王媳：不知道。

董妻:没告诉你?

王媳:没。

董妻:是不是上工作团去了?

王媳:(不肯定地)是吧。

董妻:看你说的,上工作团就上工作团是了,还说不知道呢。

(王媳不语,略顿,董妻端详孩子,故意地)

董妻:看这孩子长得多俊啊,眼睛大大的,眉毛细细的,就活像他爹一样。(逗孩子)哈哈,还笑呢,快满月了吧。

王媳:早就过了。

董妻:(假装的)早就过了,怎没告诉我一声。

王媳:穷人家孩子满月,告诉你干啥?

董妻:看你说的,(唱)你说这话不中听,孩子满月是大事情,为啥不对我说一声,简直是拿我当外人。(曲一)

(白)你们太把我见外了,要论起辈分来,他还该叫我一声姑奶奶呢,噢,不,该叫我声姨姥姥,怎就不让我知道。

王媳:啊呀,咱们可不敢攀这门亲。

(唱)自古鹿马不成群,贫富从来不沾亲,穷人堆里找穷人,不敢乱攀亲。(曲二)

董妻:咦,这是什么话,不是你家攀亲,是我来认亲哪。

王媳:哎呀,咱们可不配。

董妻:你听我说么,你娘家哥哥不是娶的前街老赵家闺女做媳妇?

王媳:是啊。

董妻:老赵有个舅舅叫李得富,你听说了吧?

王媳:嗯。

董妻:李得富的二兄弟叫李得财。

王媳:(茫茫地)李得财?

董妻:就是那个瘦高的洋烟鬼,后来他兄弟俩分开了,他搬到前屯落了家。

(这以后,董妻越说,王媳越糊涂,不爱听,有时只冷冷地哼一声,有时根本不理她)

李得财在分家的第二年娶了个小的,娘家姓钱,这钱家老头有个干女儿嫁给侯家了,噢,提起这事,我也记起了,他两家这门亲,还是我保的媒呢。

(孩子哭)

董妻:孩子哭了,快哄哄他,怕是要睡觉了。

(王媳走到一边去哄孩子)

董妻:侯家有个姑姑嫁给西街开烧锅的牛掌柜,牛掌柜又跟李得财是叩头兄弟。牛掌柜屋里的,是我妈的表妹,是她姑姑的三闺女嫁给广生,照这么算起来,他不是该叫我姨姥姥了。

王媳:得了,你越说我越糊涂了。

董妻:本来么,这也怪不了你,这些事,你爹跟你娘也没告诉你,要不是我记性好,也早八辈子就忘了。

(孩子哭)

王媳:(对孩子)你怎么还哭,真是要命。

董妻:哎,孩子就要让他哭,越哭越长,越长越快。

(王媳不理她)

董妻:你看你看,认了这半天亲,我倒把正事给忘了,来,把这块红绸子给我这小外孙子做衣服,就算是我姨姥姥的见面礼。(唱)叫上一声小外孙,别嫌姨姥姥太寒碜,一块红绸做新袄,大红新袄穿在身。(曲一)

（把红绸子伏在孩子身上）

王媳：不，咱们不要。

董妻：看你说的，现在都是一家人了，还分什么咱们你们的，不怕你骂我，你还得叫我声姨姨呢。

王媳：我没有这命。

董妻：什么命不命的，是姨姨就是姨姨，快给孩子收下。

王媳：不不。

董妻：（唱）外甥女儿你不懂事，为啥不收红绸子，今天不把它收下，你看我姨姨要生气。（曲一）

（王媳避她，董妻强把绸子盖在孩子身上）

董妻：看，（唱）多漂亮来多漂亮，孩子生来有福相，人靠衣衫佛靠金，长大成人把官当。（曲一）

你看，你看，又笑了。

王媳：穷人家的孩子，祖宗可没葬官坟，将来不受有钱人家的气就够好的了。

董妻：你不能这么说，现在咱们穷人翻身了，他爷爷又是农民会的主任，他长大了还不做个……做，哼哼，将来啊，他要记住我这姨姥姥，我还靠他养老呢。

王媳：要生在“满洲国”，他长大了还不是跟他爹一样出劳工。

董妻：现在是“中华国”，穷人都翻身了，还出什么劳工，就说在“满洲国”吧，有我这姨姥姥，他姨爷还不保他当个区长。

王媳：（送还绸子）你还是拿回去吧，穷人家孩子只配穿破衣烂衫的……

董妻：快别说了，你再说，姨姨我真要生气了，你看，你看，姨姨生气了。（装生气样子）

（王媳不理她，董妻又嬉皮笑脸地把绸子披在孩子身上）

董妻：（哄孩子）好宝贝，（唱）穿上这件新红袄，永远记住姨姥姥，往后等你快长大，再把那年轻的媳妇讨。（曲一）

（故作惊讶地）啊呀，孩子怎这么瘦啊，你没有奶吗？

王媳：嗯。

董妻：看你这孩子，怎不早说呢，咱们现在是一家人了，还有什么见外的，（从口袋里掏出一卷票子）快把这钱拿上，买些鸡啊什么的吃了好发发奶。

王媳：咱们不要。

董妻：又是咱们咱们的。你受了半辈子穷，还能叫孩子跟你受罪。

王媳：穷人的孩子就是命里该受罪。

董妻：什么命不命的，我就不信这套，快拿上。

王媳：不要，（把绸子也还给她）我爹说了，他不在家，谁家东西都不收，你拿回去吧。

董妻：不收别家的我不说话，不收我的还行？

王媳：这有啥不行的。

董妻：咱们是亲家啊，还有连亲都不要了。

王媳：那等咱爹回来再说吧。

董妻：你先收下，回头再跟你爹说还不是一样。

王媳：不。

董妻：一定要收下。

（二人正在你推我让时，张老四从外面进来）

张：哎，你们两个在争什么呀？

董妻：好，张老四来了，你说这该收不该收，我小外孙子满月几天了，今儿个我送了块绸子给孩子做衣服穿，她就死活不要。

张：就是这块绸子啊。

王媳：不，还有钱呢。

董妻：让我说，她生了孩子，没啥好吃的，没有奶，把个孩子饿得瘦巴巴的，我看了就心痛。老王头家境也不好，我给了些钱，要她买上些好吃的发奶，她就是不收。

张：（对王媳）那你就不对了，老董家好心好意送钱来，怎能不收呢？

董妻：我跟老王家还沾亲呢，她就管我叫姨姨。

张：这就更不对了，亲家总得有个来往么，统统收下吧。

王媳：不。

张：得了，收下吧。

王媳：不。

张：怎么，我的话也不听了？

王媳：我爹说了，谁家送东西来也不收。

张：我说了收那就得收。

王媳：咦，你这是什么话？

张：我的话就是你爹的话，我叫你收了，就是你爹叫你收了。

董妻：对啊。

王媳：你别胡说八道，什么你的话就是我爹的话。

张：当然啊，你爹对我说了，叫你收下老董家的钱。我的话不就是你爹的话。

王媳：我爹还不知道呢。

张：你在家里怎么知道他不知道，老董家给你送钱来，我就跟你爹说了，他在工作团忙得离不开身，才叫我来告诉你的。

董妻：那就没说的了，拿去吧。

张：（向董妻）老王说了，要我代他谢谢你。（代收钱）

王媳:(疑惑地)不……

张:还有什么不的,我还会糊弄你。(代为张罗)老董家的,麻烦你了,就在老王家吃了晚饭再回吧。(向董妻使眼色)

董妻:不啦,我回去了,咱家离这儿也不远,再说老王家也怪困难的。

张:嘿,看你说的,困难还在这一顿上。(向王媳)你看你,连客都不留一下,你家里有什么菜?

王媳:就是土豆子。

张:那还像话,老董家也难得上你家来一回,总得做两样菜啊。

董妻:哎,这倒不用了,随便吃什么都行。

张:那哪能呢,要我小嘎儿到街上馆子里叫个菜来,(欲下)噢,还得打点儿酒啊。

董妻:这不是太费钱了吗?

张:这一点儿算不了什么。(向王媳)我把老董家送来的钱先带上一百元走,回头再跟馆子里算账。

董妻:老四,你不要多用钱啊。

张:一斤白酒两个菜,用不了多少钱。你们先到屋里坐一会儿,待会儿我家小嘎儿送酒菜来,你们先吃着,我邀了老王来,咱们再慢慢讲吧。(把钱塞给王媳)

董妻:咱们先进屋里去吧。

(二人同下)

张:对,这一下就行了。

(下)

第二场

(老白和牛文同上)

白:(唱)小户们开罢了翻身的会,

牛:(唱)一个个倒出了多年苦水,

白:(唱)在会上大伙儿做了决定,

牛:(唱)要清算董万才这害人的恶鬼。(曲三)

白:(唱)董万才做事真狠心,害苦了咱们老百姓,一心把钱搂,大秤小斗驴打滚,滚得咱穷人不能活命。(曲四)

牛:(唱)自打头年事变起,想出了更多坏主意,一手想遮天,地照到处飞,穷户的土地归他自已。(曲四)

(合)这一下咱们翻了身,工作团一心为穷人,组织农民会,团子抱得紧,王主任他是咱们头行人。(曲四)

张:今天的小会开得真好,大家都把苦水倒了,明天真够董万才受的了。

白:大伙儿这么一诉苦,他的家产不劈完,我看也差不离了。

牛:就连老陈头都说话了,那回斗争崔警长他就尽眯着,就像没他的事一样。

白:我看老陈头这人不实在。

(老陈头、老关和张老四同上,一路议论着)

陈:他妈的,那年董万才他当屯长,我走他门口过,给他看见了,他就栽我偷东西,不由分说地就打了我两巴掌,那时候咱们也不敢说话,这口气在肚子里憋了好几年了,哼,明天咱也照样打还他,出出气。

关:你也给他来个驴打滚,一个嘴巴要三倍利钱,连本带利打他个十来下。

陈:没说的,不多打也消不了我的恨啊。

白:(向牛)你看,老陈头说得多带劲儿,咱们逗一逗他。(向陈)老陈头，你们商量着要打谁啊？

陈：打谁？打董万才呗。

牛：你不怕他啦？

陈：怕啥，这下是咱们穷人的天下了，还怕他干啥。

白：看你说得倒容易，不怕，人家有钱有势的，你穷得还有啥？

陈：嘿，这会儿有咱们农民会啦。

牛：你这会儿也说农民会啦，上回斗争崔警长，你尽在一边眯着，要你说话，死也不说一句。

陈：唉，黄毛丫头还有十八变哩，咱就不变啦，那时候咱脑筋摸不开，现在透亮啦。

牛：对，有你说的。

白：看你胡子都那么长了，还是个黄毛丫头呢。

陈：你别闹笑了。

张：怎，你们真的要斗争老董啊？

白：当然，说了斗争就要斗争么。

牛：老四，明天也把老董扣你劳金的事说一说。

张：啊呀，咱不说，要斗你们去斗吧，咱可不敢。

陈：我都敢打他，你连话都不敢说。

张：人家老董势头大么，咱说了怕将来吃亏。

牛：现在是穷人说话算话，还怕他什么势头。

张：看你说的倒比唱的好听，他大儿在新京“中央军”当差，咱们要斗了老董，“中央军”来了还受得了。

白：“中央军”他就不用想来，还没等他来，咱们自卫队就先收拾他。

张：哎呀，看你说得多容易，人家“中央军”有枪有炮，来了就杀穷头，你还行啦。

牛：他要杀穷头，咱就买焊药焊上，他有枪有炮打不死我，我就拿枪打死他。

白：再说还有咱们军队在前边打他，“中央军”就是长了翅膀也飞不到这儿来。

关：对，老张，你不用怕。

张：怕不怕咱都没什么，这个会明天再怎么说都是开不成了。

陈：为啥开不成？

张：开不成就开不成了呗。

陈：总得有个道理啊。

张：还有啥道理，咱们农会主任已经跟老董认下了亲，他们是一家人了，明天这会还能开啊？

陈：你别瞎说了。

张：我瞎说什么，不信你去问问看。

牛：（问白）我看张老四在造黑言哩。

白：咱们盘问盘问他。（向张）老四，你怎知道老王跟老董认亲了？

张：嘿，我亲眼看见的呗。

牛：你看见什么了？

张：我看见老董家的到老王家去唠嗑，一说起来，老董家的还是老王头儿媳妇的姨姨，老王朝他诉了一阵苦，老董家的就给了他一卷老绵羊。

陈：老王要了没有？

张：看你说的，老王又不是木头，见了钱还有不要的。

白：我不信，老王决不是这号人。

牛：你说老王要了钱干啥？

张：啊呀，看你说的，要了钱还会没用处，老王儿媳妇养了孩子没奶吃，这你们也知道的，那一卷老绵羊就是给老王赎补赎补家用，买上些好吃的给他儿媳妇发奶，还说往后有啥困难就去找她。

陈：这么一说，那是真情了。

张：嘿，我说了半天还在说笑话啊，你不信到老王家去看看，他正请老董家吃饭哩，还叫我家小嘎儿给打酒叫菜哩。

牛：你这话不可靠，开会的时候老王还跟咱们在一起哩。

张：你说不可靠就算了呗，信不信由你，说不说由我。

牛：哎，你要说的是黑言，就由不了你。

关：我看这事也难说，老四说得有头有尾的。

白：我就不信。

张：你不信就算了呗，咱还不是为了大伙儿好才来告诉一声，免得将来吃亏，你们把咱好心比成狗屎蛋，真是岂有此理。（说着说着，气愤愤地下场）

牛：我看这狗肏的就没安好心眼儿。

白：准是他妈扒底沟的，老董的狗腿子。

陈：（向关）你看，老张的话要是真的可怎办？

牛：你真信他的话？也不看看他是什么人。

白：你连这一点都信不了老王？

陈：不是我信不了，我是怕将来吃亏。

关：这么一来，我看你明天的嘴巴也打不成了。

陈：会都开不成了，还打谁的嘴巴。

牛：你们这是怎么回事？坏人还没打倒，自己就分心了。

白：我说你们真是瞎子，好人坏人也分不清，也不看看张老四是个什么人，随随便便就信他的话了。

陈：黄河水无风不起浪，他看见了还能不信。

牛:狗嘴里吐不出象牙来,我看压根儿就不会有这事。

白:准是他放黑言,破坏咱农会哩。

陈:得了,有没有这回事咱也不管了,反正咱明天也不去开会了。

白:你这是什么话?

陈:什么话,人家都跟老董串成一气了,还有咱穷人说话的必要。

牛:看你这耳根子软的,一句话就把你的劲头打掉了。

关:依我看,咱们到工作团把老王告了。

陈:告不告还不是那么回事。

关:这你就不对了,要真有这事,工作团一定会给咱们做主,把老王翻了,另寻个公正的人当主任啊。

陈:哎,这也是个道道,咱走走看。

牛:我看你们先别忙告老王。

关:为啥?

牛:事情还没闹清楚就告人家,要没这回事,不就上了张老四的当了。

关:依你说怎办呢?

牛:依我说,咱们先到老王家去试探试探,要真有这回事,别说你们告他,咱们农会的人都不依他的。

关:对,那咱们就到老王家去看看。

（众人下）

第三场

（王广生上场）

王:（唱）自从来了工作团,扶帮穷人把身翻,又分房子又分地,清算恶霸与汉奸。往年的日子不能提,家家老小哭啼啼,披线挂片光了腚，瓮里没有隔日的米。如今吃穿都不愁，苦难总算熬到头。饮水思源不忘本，共产党把咱们来搭救。毛主席政策真可亲，处处为了苦难人，永生永世跟上了你，咱们一定要谢恩情。（曲五）

（白）我，王广生，自从上边来了工作团，扶帮咱穷人翻身，跟活阎王崔警长算账，把他家的房子、地、浮物劈得光光的，这一下，咱穷人才有了房子有了地，抱起个团子，众人看我为人忠厚，办事公正，就举我当了农会主任，咱就一直寻思，给穷人办事，要一办到底，翻身就要翻得利索。咱围子里还有个大粮户董万才，“满洲国”年代当过屯长，害得咱们吃穿不上，我就跟工作团参考了一下，要跟他算账，团长说咱们算董万才，要有理才行。我就找小户开了个会，大家把过去受了他的气，全都说出来了，定下明天开大会，跟他斗一斗。

（唱）为穷人办事要认真，里里外外看个清，坏人一个也不留，斩草除根整干净。一路走来一路想，两个世界两个样，“满洲国”咱们做牛马，如今穷人把家当。王广生心里真高兴，十四年冤债要算清，行行走走来得快，眼前到了自家门。（曲五）

（进门）

王：大锁他媳妇。

（王媳闻声出）

王媳：爹！你回来了。

王：嗯，孩子呢？

王媳：才睡了。

王：我出去了，有人来寻我没有？

王媳：没人寻你，就是老董家的来了。

王：（奇怪地）老董家的来干什么？

王媳:给咱送钱来的。

王:什么,她给咱送钱来的?

王媳:嗯。

王:你收了没有?

王媳:收了。

王:怎么,你把老董家的钱收了,我不是告诉过你,不管谁家给咱送东西都不要吗?

王媳:不是我要收的。

王:那是谁叫你收的?

王媳:是张老四。

王:你为什么听他的话呢?

王媳:他说是爹告诉他叫我收下的。

王:我什么时候这么说了,这事情我连知都不知道。

王媳:咦,他说已经对爹说了,是爹要他告诉我的。

王:活见鬼,别说我今天没见他,就是他把这事对我说了,我也不会要啊,这明明是定下诡计来祸害我。

(唱)听说是大锁家错把钱收,不由我王广生急上心头,老董家、张老四定下诡计,葫芦里卖啥药我早已猜透。(曲四)

王媳:爹,怎么是中了老董的计算?

王:你知道她为啥给咱送钱?

王媳:说是我奶缺,孩子也跟着受罪,叫我买上些好吃的发奶。

王:唉!

(唱)叫一声儿媳妇你听仔细,董万才不是东西。他送钱为的是想把我害,你把他狗狼心认作了好意。(曲四)

王媳:爹,你说这是怎么回事?

王：（唱）他早先做下了坏事满天，知道咱农民会要把他清算，使心劲儿用钱财挑拨离间，他好到四处去乱放流言。（曲四）

他说咱王广生被他收买，见钱财红了眼黑了良心，大伙儿摸不清这个底细，不全信也还要疑心三分。（曲四）

疑心咱王广生抱了粗腿，给穷人办事情心里有鬼，你传我我传你人人知道，大家伙儿分了心事难挽回。（曲四）

这么一来，咱们抱的团子被他拆散了，农会也被他破坏了，都不敢找他算账，穷人翻不了身，他还照样地压在咱们头上欺侮咱，当他的粮户，咱受咱的罪，你说，咱们穷人怎么还能翻身呢。

王媳：哎呀，（唱）适才间听爹爹说个详细，不小心我中了奸人诡计，恨只恨张老四把我哄骗，倒叫我一时间没了主意。（曲四）

爹，你说这事该怎办呢？

（这时，张老四从外面进来）

张：噢，老王，你回来了，看我到处找你都没找着。

王：张老四，我问你一件事。

张：什么事？

王：你今天对我儿媳妇说了什么事？

张：我没说什么。

王媳：你怎么没说，老董家送钱来……

张：（抢着说）噢，原来是这桩事情，回头再说吧，老王，走走走。

王：到哪里去？

张：今天我请你到馆子里喝酒去。

王：谢谢你，我不去。

张：去嘛，咱哥儿俩也难得在块儿吃顿饭的，走。

（上前欲拉他）

王：别别别，你先把刚才的事说清楚了。

张：那事咱们到馆子里去慢慢唠吧，你急什么？

王媳：咦，你不是已经打了酒到家来，说是请老董家的，还请我爹吗？

王：什么？

张：没有的事。老董家是老董家。

王媳：（向王）老董家送钱来，老四就留在咱家吃饭，上街做了两个菜，打了一斤酒，叫他小嘎儿送来的。

王：怎么，老董家的在我屋里。

（董妻听见王广生回来了，就躲在里面偷偷地听话，提到了她，才不得不出来，故意的）

董妻：老王头，你回来了，快到屋里吃饭吧。

王：（怒视张）老四，你这是捣的什么鬼？

（四人相视，不语）

（老白等人上场）

关：到了，咱们进去看看。

陈：别进去，先在门外听一听。

董妻：（见这情形知道下不去了，故作调和地）好了，老王，咱们到屋里去一边吃一边谈吧。

张：（解围地）对对对，老王你别生气了。

王：你还不值得我生气呢。（向董妻）你为啥给咱送钱来？

董妻：说起来话也长啦，我跟秀英唠了一阵，原来咱们还是亲家呢。

陈：（在外）咦，老王跟老董真有亲啊。

关：（阻止他）别说话。

王：咱们有什么亲啊，我老王可不敢高攀。

董妻：你怎么也忘了，真是贵人健忘啊。你听我说，秀英娘家哥哥不是娶的前街老赵家闺女吗，老赵有个舅舅叫李得富，他兄弟李得财……

王：什么李得财、李得富的，尽是些要钱的人。

牛：（在外）他妈的，这扯到哪里去了。

董妻：你听我说么。

王：得了得了你别说了。

张：你快说吧，不要耽误了吃饭。

董妻：对，那我就抄近说吧，论起来，秀英这孩子管我叫姨姨，咱们不是亲家还是啥。

王：啊呀，我老王一辈子也没想到会有这门亲。

张：这也难怪，说起来，弯儿也拐得太多了，我听了也记不住。

王：好啊！我老王为难的时候也没有个亲戚，现在给穷人办事了，也有有钱的来认亲了。

董妻：咱两家往年没来往，事也过去了，也不用提了。前些日子听说秀英缺奶，孩子也跟着遭罪，我这姨姥姥还能说不管。

张：对，这是人之常情。

董妻：话也难说，场面上看起来，咱也算个大人家，这几年也穷得不行了，也没啥好东西送，才送了些钱来。

陈：（在外）你听！老董家真的送钱来了。

王：你别在我面前哭穷了，在一个围子里住，谁家有多大底子，谁还不知道。

董妻：你还不信，我这是实在话，自打头年事变，你也记得胡子到咱围子来了三次。

王：胡子来抢的尽是小户，你家连根猪毛都没动，谁知道你老董跟胡子是怎么一回事。

关：（在外）对，老王这话说得对。

董妻：啊呀！这真是一家不知一家事，第二回来胡子，在咱家翻箱倒柜的，把什么值钱的都拿走了。

王：得了，你这话只能哄三岁小孩儿，你家穷，遭胡子抢了，你听我说说，头年一事变，你们就抢了一大车军用大衣，藏在西街老张家，你当我不知道？咱围子的积谷粮，你家老董就拉了两大车囤在字号里，放得快沤了，都不散给小户吃。飞照盖了人家五十来垧地，十月里，又买了三支大枪，还有零零碎碎捡的洋捞儿，你们以为我不知道，告诉你吧，这些事你瞒得住别人，就瞒不住我姓王的。

白：（在外）对，老王这话带劲儿。

王：你知道咱们农会要跟老董算账，天扯地拉地到我家里来认亲、送钱。"满洲国"的时候，咱穷得没吃没穿的，怎不上咱这穷门认亲啊，你还当我不知道你们的诡计，我对你说，你看错人了，别以为我穷，我这副穷骨头不是你拿钱买得动的，你以为你这几个臭钱会动了我的心，给你家抱粗腿，你就是把全部家产都赔上，我王广生连瞅都不会瞅你一眼。

白、牛、关、陈：（在外同时）对，老王说得对，咱们是人穷志不穷。

王：（向媳）把钱还给她！咱们不要。

王媳：爹！钱已经给张老四用了一百了。

张：不不，才用了一半，还剩五十元。（忙把钱给王广生）

王：不要紧，我还有些钱。（凑成一百元）

王：拿去，谢谢你的好意。

董妻：不要，不要就算了，真是狗咬吕洞宾，不识好人心。

陈：（在外）他妈的，这不要脸的娘儿们。

王媳：这块红绸子也拿去。

董妻：拿来！拿来！看，一块新绸子给弄埋汰了，哪还拿得出手啊。

（老陈头听了，愤愤地撞进去，众人跟进）

陈：（抢过绸子）（唱）你这臭娘们儿真不要脸，老子赔你新绸子，你敢再到王家来，打得你稀巴烂。

（狠狠地把绸子扔在地上，踏了几脚）

董妻：啊呀，我的新绸子，张老四，你还不给我捡起来。

（张老四上前捡绸子）

陈：不准动。

张：老陈头，你何必跟娘儿们赌气呢。

陈：走你的。

董妻：老陈头，你为啥踏我的绸子，快还给我。

陈：拿去。（一脚把绸子踢得远远的）

董妻：（拣起绸子）踩得这么埋汰，我要你赔。

张：（上前）掌柜家的，算了，你先回去吧，留着我……

董妻：我先回去，你没把事情办好，绸子倒给踩埋汰了，告诉你，一垧青苗，六百块钱不给你了。（说着，赌气跑下）

陈：（冲着她后影）我肏你姥姥，死不要脸的。

王：张老四，你也是个穷人，为什么向着粮户，骗我儿媳妇，做出这种事来，这叫大伙儿要我说王广生是什么人？

陈：他妈的，我险忽儿也信了你的黑言，好，你向粮户去，认他们做干老子，靠他们去吧，咱们农会不要你这扒底沟的。

张：老王，这也怨我一时糊涂，受了老董的骗，这下我明白了。

关：你受了他们什么骗？

张：工作团来的时候，老董说咱们扛活的一年忙到头，太苦啦，要给咱添劳金，本来今春上说好的两垧青苗，给咱添了一垧，高粱、苞米由咱们挑，工价一千四百元也凑成两千元。

牛：一垧青苗六百块钱就够你吃一辈子，连身也不翻啦。

张：现在我认清了，粮户家都是没好心的，事情没办成，老董家的就不给那垧青苗跟六百块钱了，妈的，明天开大会，我一定把这事说出来，向大家认错，也要大家知道知道老董的鬼心劲儿。

陈：好，明天看你说得不到底，咱农会就不要你，要说到底了，给你个候补期考查考查，要不合格，咱农会还是不要你。

张：对，你们往后看吧，我张老四也是条汉子。

王：好，你们都听我说一句话，咱们穷人要三股绳往一块儿捻，只有大伙儿齐心抱团，才能翻身，董万才想花钱来破坏咱们，今天咱们撕破了他那副鬼脸，往后，咱们农会的人都要做到哄不了、吓不住、拆不散、买不动。

众：对，老王说得对。

齐唱：买不动，买不动，买不动，买不动，咱们人穷志不穷。

哄不了，拉不倒，拆不散，吓不跑，穷棒子结伙一块儿抱。

共产党，子弟兵，老百姓，老百姓，三股绳子往一块儿拧。

抓汉奸，斗恶霸，挖穷根，挖穷根，天下的穷人大翻身。

立农会，拿武装，掌印把，掌印把，咱们穷人坐天下。

（曲五）

东北书店 1946 年 12 月

◇鲁　琪

送公粮

人物：甲、乙。

开场：锣鼓声中甲、乙碎步上场。（乐声停）

甲：平平的场院光又光，

乙：光光的场院打场忙，

甲：套上滚子铺上场，

乙：抡起胳膊鞭子响。

甲：滚子压来叉子翻，

簸箕簸来木锨扬，

乙：耙子扫帚搂又□，

格□乱草堆一旁。

合：人逢喜事精神爽，

庄稼丰收粮满仓；

　粮满仓啊精神爽，
　日子过得喜洋洋。

甲：红红的高粱大又亮，
乙：圆圆的大豆亮又黄。
甲：样样庄稼上的成，
乙：劳动果实进了仓。

甲：园子满来兜子装，
　装不尽呵往外淌。
乙：仔细装来仔细藏，
　一滴汗水一粒粮。

合：乐丰年呵来歌唱，
　家家户户有余粮；
　有余粮呵来欢唱，
　兴家立业日子强。
　（走场，加重锣鼓，换调）
甲：后方百姓庆丰年，
乙：全凭队伍保护咱；
甲：前方队伍打胜仗，
乙：全凭百姓来支援。

甲：胜仗打了千千万，
　送好公粮上前线。

乙：挑又挑来选又选，
　　套上大马把车赶。

合：嘴里喊来手扬鞭，
　　“我我驾驾”赶得欢；
　　赶得欢呵手扬鞭，
　　一气赶到火车站。

甲：车站公粮堆成山，
乙：装火车呀不得闲，
甲：火车“门妈”一声叫，
乙：大小轱辘一齐转。

甲：火车跑起一溜烟，
　　走起路来不犯难。
乙：前方给养运得足，
　　粮食好比大炮弹。

合：队伍吃饱穿得暖，
　　不怕冷来不怕寒；
　　不怕寒呵穿得暖，
　　要把蒋匪消灭完。
　　（走场，加重锣鼓，换调）
甲：蒋匪心毒狼一般，
乙：做的罪恶没有边，

甲：人人骂来人人恨，
乙：咬牙切齿恨不完。

甲：人民队伍英雄汉，
　　消灭蒋匪来救难。
乙：人民队伍人民养，
　　纳上公粮理当然。

合：不愁吃来不愁穿，
　　翻身日子看长远；
　　不愁吃穿看长远，
　　选好公粮保家园。

甲：大炮机枪响成片，
乙：前方杀贼杀得欢。
甲：男女老少齐动员，
乙：后方展开大生产。

甲：东北蒋匪消灭完，
　　关里连把胜仗传。
乙：听到胜仗心欢喜，
　　咱们百姓乐翻天。

合：快交公粮送前方，
　　送咱队伍打进关，

消灭全部蒋匪军，

中国彻底得解放。

注：调可随便配东北小调，演唱时可加舞蹈。

选自《东北日报》，1948 年 11 月 29 日

托　　底

前　言

为了密切联系群众，及时宣传当前的各种政策，提高群众思想觉悟，使政策迅速为群众所掌握，所以决定编印实验戏剧丛刊。

实验戏剧丛刊与实验戏剧团的任务是一致的，是发动群众性的戏剧运动的两个方面：一是增强组织的力量，一是供应“武器、弹药”。

在初期打算主要供给中学、完小和一般市镇业余剧团用，以后，希望也能逐渐供给群众剧团用；在初期，只能编选少数职业工作者的作品，以后希望能够搜集编选些群众自己的创作。

因为要求及时、迅速，艺术成品难免有粗糙简陋的地方，我们希望作者们努力，也希望大家多提意见多批评，使我们的艺术创作与群众的戏剧活动共同前进。

嫩江省文协筹备会

时间：一九四八年蹚头遍地时。

地点：西满嫩江省某农村。

人物：高文成——三十三岁，生产小组长，真正的扛活劳动农民。

高妻——二十五六岁。

李顺——三十岁上下，吃过斗争饭，发懒，阶级观念模糊，耍奸头，高文成小组组员。

刘四——二十八岁，高文成小组组员。

周生——二十七八岁，性子火，高文成小组组员。

王新——三十上下岁，劳动农民，高文成小组组员。

张二棍——四十上下岁，地主，不托底造谣，不愿生产，高文成小组组员。

工作队——孙同志。

群众——甲乙丙丁戊……

第一场

出场人物：张二棍、李顺、高文成。

时间、地点：一个傍晚，村子里的路上。

（地主张二棍鬼头鬼脑背着一袋米，提着一块肉上）

张二棍：（下简称张）

（唱）今天我得空上街里，偷偷摸摸买来肉和米，趁着黑天背回家，吃吃喝喝管它怎的？（一曲）

（白）咱们张二也算解放啦，政府说有底产也不斗，叫拿出来解决生产困难，那我！可不干，糊弄谁呀？不如吃了它算得了。生产哪！倒是个好事，可是生拉产我得个鸡巴毛？

（唱）分给咱那几垧地，也不定规是谁的，糊弄一天算一天，生不生产能咋的？

(那边有人过来)哎呀！来人啦！

(李顺上)

李顺:(下简称李)

(唱)今白天,工作队,又来咱这乡,

下傍晚,找大伙儿,准是又开什么生产会。

生产会,从春起,一个劲儿地开不断。

左一个会,右一个会,开得人人都心发烦。(二曲)

(白)工作队又来啦！开会,开会,一开会就是生产,把人都开絮烦啦！光生产,生了产说不定秋后还得归大堆！

张:(见是李顺坦然一点儿)李顺,还是你啊！干啥去？

李:到学堂开会去。不是又来工作队啦吗？真腻歪人！

张:听说这回来的,不是那个姓杨的了！

李:嗯！姓孙,新打街上来的。(瞅见米袋)你背的什么？

张:(撒谎)呵！米！(忙打岔小声的)这两天街上乱哄哄的你还不知道吗？

李:什么事？

张:(心想一下)吃大堆啦！

李:真的？

张:你看,咱哥儿俩,我还糊弄你吗？

(唱)街上到处乱吵吵,拉平补齐要实行了,不分阶级不分等,谁家有来谁糟糕。(一曲)

(白)今天在街上就听人讲究,说北边什么地方都拉平啦！

李:真有这码事？怪不得前些日子就有这个风。

张:可不,八路就是拉平补齐呵！打八路一来就没住手地斗呵、分呵、挖呵，我算摸透它的底啦！

李：那倒好，都拉平啦，还省操心。

张：可不是咋的，以后都一样啦！底根我是地主，你是贫雇农，以后咱们也是一家人啦。

李：（赞成的）对啦！

张：（忽然想起）这件事可不能说呵！

李：怎么的？

张：你想，咱们要先说出来，人家有粮的，有东西的，还不得折腾啦？！光咱俩知道就行啦！（小声的）有东西可拾掇呵拾掇！可别吃亏！

李：对！

张：说起来高文成可真算四六不懂，领着头硬干，不怕碰破了脑袋，找不到膏药，你想：

（唱）

使上牛劲儿干它一年，

秋天收成还不一样归大家，

为什么田里滚来地里爬，

干来干去还不是白搭。（一曲）

（白）干来干去还不是人家的，有啥奔头？

李：谁不说，你看去年冬，咱没粮也没饿着，还不是吃的大伙儿，连公粮都是王新给上的。

张：这个年头呵！心眼儿灵机点儿就不能吃亏！

李：咱们这不知道多咱下来命令？

张：也出不了几天啦吧！（有人过来，张忙说）有人来啦！（忙走）

李：忙啥？

张:(忽又站住不放心的)李顺,归大堆的命令没下来,可别漏风呀!(下)

(李看张急下瞅住)(高上)

高文成:(下简称高)

(唱)

这几天,咱村中,瞎乱哄哄,

说什么到上秋要归大堆,又要拉平,

分房地,分牛马,没发地照,

大家伙儿都说是,摸不透彻八路心情。(三曲 A)

(白)我说这都是瞎扯淡吗,他们就不信,偏说八路一来就挖呀!斗呀!今年上秋有了谁保准不分哪,这些糊涂脑袋,真没治!

(唱)组里人,不摸底,是活儿懒干,

闹得我,高文成心里发烦,

一个个,好像是,丢掉三魂,

政府里工作队,说破了嘴,也是枉然。(三曲 A)

(白)这一瞎哄哄,把咱老高也闹没章程啦,这生产真难整,咱这小组长将其是要背黑锅。(遇见李顺)你不去开会呀?

李:就去!

高:才刚走的那个人是谁?

李:张二棍。

高:他干啥?

李:没干啥。

高:(疑惑)张二棍这家伙鬼鬼道可多,小心点儿!

李:小心啥,这么咱人家也解放啦!

高:怎么说他也是地主呵,究竟两个心眼儿。

李:(故意打岔)得啦,快去吧,"祥"开会晚啦!(忙下)

高:(怔了一下瞅李下)这些家伙和地主狗扯羊皮早晚要吃亏!(停一下)去他妈,开会去!(下)

(第一场终)

第二场

出场人物:高文成、李顺、张二棍、王新、周生、工作队。

时间、地点:第二天上午,地里。

(高文成小组在地里铲地,开始铲头遍地不久)

李:(唱)

手拿锄头心里烦,想来想去打算盘,

一切拉平有大伙儿,何必苦苦把活儿干?(二曲)

(把锄头向地上一扔,坐下)

(白)他妈的累死人!

周:你还没铲上半根垄就累得哼啦?

李:可你没合计合计,草根死硬的,谁有那么大劲儿?

周:老高还没歇着哪!

李:谁管他呢?!

周:都这么干,多咱能铲完哪!

王:(有点儿气)老周,你管得了人家?

李:(不耐烦的)你们有劲儿,你们多干点儿怕啥?

周:(气)这他妈叫干活儿吗?真是磨洋工不要饭钱!(气得使劲儿铲几下地)

王:我看今儿个这个活儿又够干的。(跟着铲下去不管李)

李：（自语）累死上哪找棺材去？

高：（看见李顺坐下了）又他妈歇上啦，白天去浪荡晚上补裤裆这套号可咋办？

（唱）

生来就是有点儿懒，信了谣言更不干，

火上房子不着急，这套号可怎么办？（三曲B）

（叫李顺）快铲吧！（李瞅一下没吱声）

周：（一边铲越想越有气）（唱）

一样干活儿我干你不干，一样垄台我铲你不铲，

这么干可真叫人憋气，哪里是累分明是占便宜。（四曲）

（白）（没好声地对李）怎么还歇着呵？

李：忙的啥？天狗吃日头啦？

周：（气急）就你各个儿拔尖呵？

李：我怎么拔尖，累了还不行歇歇？谁也不是老牛托生的。

王：那你还能歇到明儿个呵？

李：（赌气）那也没准！

王：光你会歇，你当别人不会怎的？（唱）

土地归谁不定规，我又何必苦受累，

你要歇着咱也歇，谁还不会怎么的？（五曲）

（扔锄坐下）

周：老王你也不干啦？（停锄问）

王：人家会歇"子"，咱就不会歇"子"？

李：这就对啦！（没人理他）（唱）

这个年头就得活动点儿，撑死精灵饿死实心眼儿，

你要是不歇你就干，累死没有哪个来可怜。（二曲）

周：这都是怎么的啦！你们还等着天上掉馅饼呵？

（李与王气不吱声）

高：（过来）这是干什么？天快晌午啦！

李：（抱怨的）下雨下的，一点儿也不好铲。

高：草都连片啦，不快铲这谷子不得混沌哪？

李：不歇子我算呛不住！

高：（气）我看你们真是锅底坑燎青稞，有福不道怎么享啦，翻了两天身把姓都翻忘啦！

周：这个活非记工不可，什么团结不团结，都是胡扯淡，我看就是借溜不干活儿。

王：记工又能怎么的！

高：你们就信那些谣言吧，吃大堆告诉你就别想那个好事。

李：（有把握的）哼！瞅着吧！

周：瞅着挨饿吧！

李：（自语）过河有矮小子，天塌有大个子，挨饿也不是我个人！饿不死人哪！

高：打耗子还得下个油纸捻呢，都想坐着吃呵？（气急）这个小组我算整不好，张二棍半天晌午也不来，刘四又上街啦，一说嘛，可倒好，都有事，真，真难整！（别人不吱声，地主张二棍倒扛着个锄头，晃晃荡荡地上来）

张：（唱）一觉醒来天半晌，扛起锄头来装相，

不叫倒霉互助组，我才不摸这锄杠。（一曲）

（走到地里看大家在歇着）你们都在歇着哪！

高：（气）张二棍，你怎么又才来？

张：（嬉笑）别提啦，今儿个我真是起个大早赶个晚集，一清早咱那个

小死毛驴不知怎么网绳开了，跑甸子上去了，咱怕叫狼掏了，撵了一早晨才把它牵回来，小死驴还挺尿性哪！

周：哪回都有你说的，没叫驴咬着？

高：你老不愿意干活儿，再不干，咱们就大会解决。

张：怎么不干？零零碎碎的谁家还没有点儿事？（低声）这个年头呵！干多干少……哼，就是这码事！

高：（追问）咋码事？你说！

张：（忙改口）好、好，你们歇着，我来晚了我先干。（用锄慢慢锄草）

周：（气得骂）胡他妈扯！

王：（想起李顺借他的粮）哎！老李！你借我的粮多少还不还点儿？我家都没有吃的啦！

李：可你没合计合计我哪来的粮？

王：多少掂对点儿呗！

李：你真是吃灯草灰长大的，把话说得这么轻巧，掂对，上哪掂对去？

王：那多少也得给点儿呀！

李：可你没合计合计我有粮吗？

周：（听气不愤）今早晨不知道哪个鳖犊子还吃干饭了？

李：（因周揭底火）你他妈打什么家伙的？

周：你管我打什么家伙的？你说你吃没吃吧？

李：（更火站起来）我就是吃了，你他妈能把我咋的？

（李与周刚想大吵起来，工作队从那边走来，高、王看工作队来忙站起来拿锄头）

高、王：工作队来啦，工作队来了。

（李与周停吵，拿起锄头干活儿）（工作队上）

工作队：到这村子两天了，昨晚开了个会，看生产好像没大有劲儿，

今天到地里瞅瞅。(唱)

到这村里两天整,好像生产不大行,

咱到地里走一走,看看到底行不行?(六曲)

(白)前面地里有个小组铲地,看着干得倒有劲儿。

(到地里站下)

高:(停锄)孙同志来啦?

工:呵!来啦!

李:孙同志你看咱的地怎么样?

工:(看苗)苗倒挺柱壮,就是草多点儿。

李:(忙掩饰)孙同志,可你没合计合计,前些日子净下雨啦,也不得铲!

张:孙同志!你老别看草多,咱们加点儿劲儿,干净点儿铲,日头一晒,小苗还不得奔奔长呵!

工:对啦!咱们都能加点儿劲儿干,到秋就不愁啦!

张:(得意)如今都翻身啦,干活儿哪有没劲儿的?

周:(听了有气)有劲儿?别老找小毛驴就好啦!

(张瞪了周一眼没吱声)

工:(疑问张)什么毛驴呀?

张:(急掩饰)没啥,没啥。

工:(疑惑问张)你是什么农呵?

张:(没想到这一问慌张)我……我是地主,(窘态的)我,我也解放啦!

工:你是地主呵,你能干活儿吗?

张:怎么不能?别看把我斗了,又不是光我各个儿,那没关系咱一点儿也不灰心。孙同志,咱生来就是服苦底呵!

工:好呵,能干活儿就行! 以后不愁再发财!

张:(惊异的)发财?!(张有些不懂,没有吱声)

高:孙同志。(想说什么又没说)

工:(没注意蹲在地上用手扒拉谷子苗)你们这谷苗没叫虫子咬呵?

高:还没理会哪!

工:(站起来)别耽误你们干活儿啦,我到那边看看。(走下)(工作队走远了)

张:(白)斗了我还叫我发财,简直是糊弄小孩儿,我才不上这个当。(扔锄坐下)

李:(停锄)(唱)

工作队你来把地查,走来走去你知道啥?

刚刚歇点我没歇够,你走了我再坐下。(二曲)

(白)刚刚歇点,工作队又来啦,走啦我再坐下。(扔锄坐下)

王:(停锄)(唱)

家中没有下锅米,李顺狡赖太没理,

这件事情怎么办,叫我心中没有底。(五曲)

(白)家里还没有米哪,怎么干?(扔锄坐下)

周:(停锄,看他们又坐下气)(唱)

干了一气你们歇两气,

拿着干活儿不当一回事儿,

若是不干不如就趁早,

省得大伙儿耽误事。(四曲)

(白)今天这个地铲得就别扭,不想干,我看就趁早……

李:什么饭,什么活儿,喝稀粥,打仰嗝!

周:喝什么稀粥? 装相!

李:(因周又揭他的底火)×你妈,周生子。

周:李顺,你凭啥骂人?(狠狠说一句)二流子。

李:(站起来)谁是二流子?你他妈走南窗户碰北窗户,有什么能耐?

周:(火了)你就是!你凭啥该人家粮不给?

李:我愿意,你管得着吗?

王:(没等周接话也气说)李顺,你这话就不对了,为什么你愿意?

李:可你没合计合计我有没有呵?

周:你那两个肥猪养着干啥?

李:(火)我看你他妈真是癞蛤蟆上脚面,成心"硌硬"人,你管得着吗?

高:(瞅着一塌糊涂的情形气坏了)得啦得啦!你们还想打起来怎的?(停一下对李)你到底打算不打算给?

李:我没有,再说借那阵也没讲还哪!

高:好,你们别打唧唧晚上咱们大会解决。

李:解决就解决。

张:(装好人)都是一家人,讲的是团结嘛!借点儿粮还什么?

周:(听了气)谁和你一家人,你少说这些话。

张:和我来哪阵子风,不一家人就拉倒呗!

高:你们到底还想铲不想铲啦?

李:(憋气的)不铲啦!(扛锄就走)

周:愿意铲不铲!

李:(更火回头)咱们各人想各人的章程呵!散伙!

王:(看李走)散伙就散伙,谁还怕谁?咱也不铲他妈的,回家。(扛锄走)

张:(又装好人)这点儿小事还打吵子,不都是自找的对象吗?

周：谁和你是对象？

张：得、得，你算我的老爹。

高：（气得半天没说出话来）真，真难整。我这个小组长当个屁，下晚儿讨论讨论不干啦，（瞅瞅周说）走！回家。（唱四曲）

这个小组真难整，干起活儿来净毛病。

周：（接唱）我看他们要捣蛋，就得大会办一办。

（二人没理张二棍同下）

张：（唱）

走的走来吵的吵，你越不干我越好，

乐得老张回家去，舒舒服服倒一倒。（一曲）

（白）走！回家去，这个年头呵……（扛锄下）

（工作队随即上）

工：（唱六曲）

方才走到地那边，看几个小组干得不大欢。

高文成小组干得还不错，走回来再找他们谈一谈。

（来到地里一看没有一个人，奇怪）

（白）喂，人都哪去啦？怪事，怎么一会儿都没啦？

（看看他们铲的地）哎呀！铲地也是糊弄事，一定有问题。

（唱六曲）

这件事情有些糟，好像是发生了什么争吵，

为什么不干活儿都回家去，下半晌找组长详细唠一唠。

（白）看样子也出了问题，得找组长谈谈。

（唱）

这个村子问题真不少，

不搞清楚真是不得了。(六曲)

(下)

(第二场终)

第三场

出场人物:高文成、高妻、王新、村民、工作队。

时间:与前场同日晚饭后,高文成家里。

妻:(从外面喂了鸡鹅上来)

(唱)

刚打外面喂完了鸡,

想起来一事心里好着急,

这些天村里家家不大安,

听说又要闹什么拉平补齐。

拉平补齐又说吃大堆,

这个国策有点儿不大对,

走进屋里跟他去商量,

藏一藏咱们的粮和米。(七曲)

(白)听说要闹吃大堆,这个事可不大好,咱家有点儿得跟他合计合计藏起来点儿,(进屋见高文成)下半晌怎没铲地?

高:(头晌气未消)不铲啦!

妻:听说又要闹什么吃大堆啦?

高:(没好声的)嗯!

妻:吃大堆可不大好!

高:(有点儿烦)嗯!

妻:你听没听说呀?

高:(不耐烦的)你怎么也跟着瞎哄哄!

妻:怎么瞎哄哄,人家都说来,(停一下)叫我看把咱那粮藏一藏。

高:藏它干什么?

妻:再不就卖点儿。

高:卖它干什么?

妻:(也有点儿气)干什么? 留着?

高:留着!

妻:留着干什么?

高:(火)留着就留着呗,看你这黏道劲儿。

妻:留给大伙儿吃啊! 你傻啦! 去年费劲八势地打了那么点儿粮,凭什么白给他们吃?

(唱)

费劲巴力打了那么一点儿粮,

二流懒蛋吃了合不上,

精灵人家听说不藏就是卖,

咱家我看不卖也得藏。(三曲 B)

(白)你不藏,我藏!

高:你藏什么?

(唱)

村里都是瞎闹腾,

什么大堆和拉平,

完全没有这码事,

上边开会讲得清。(三曲 B)

(白)再往后你少听他们的谣言!

妻:那可不保准,头年冬天还不是咱们替老何家拿的公粮啊! 你还不知道外面风声可大啦，说哈尔滨开什么万国会齐啦！又是那个，又是这个的……（停一下）前儿个李二老婆偷着当我说，他们还背出二斗米卖了——

高：他们是他们，该咱们什么事？

妻：你看你，今天不咋的啦，一说话就叽叽歪歪！

高：（更不耐烦）得啦，得啦！

妻：（气）得啦！你不藏，我藏，我偏……

（话未说完，王新气冲冲地上，妻忙止）（高与妻一怔）

王：组长。

高：又是什么事？

王：刘四把马牵街上去卖了！

高：哎！卖了，回来了吗？

王：还没回来！

高：那你怎么知道？

王：马没啦，他老婆说的！

妻：（接上）你看，头遍地还没蹚就卖马，糟不糟践人？

高：（急歪）得啦！

妻：（气）得啦就得啦！你吃枪药啦？（转身进屋）

王：刘四凭啥卖马？

高：（左一事又一事闹得心焦）我知道凭啥卖马呀？

王：当组长你不管？

高：我知道他卖马吗？（停一下气）我真成了他妈敲猪割耳朵两头受罪！

王：（气）妈的，都要奸头，谁心里还不明白，卖就卖，当谁还不敢呢！

高：你也要卖？

王：兴他卖就兴我卖，我家没有一点儿吃的，李顺该粮也不给。

高：（急）都卖啦！地不完蛋啦？架头拱呀？一垄地还没蹚呢！

（大吵）

王：那，李顺凭啥不给粮？

高：我没说等大会解决吗？

王：那我的马就不兴卖呀？

高：不兴卖！

（唱）

千行万行就数庄稼强，

卖了牲口还有啥指望？

刘四卖了加上你再卖，

咱们那地你说蹚不蹚？（三曲B）

（又好声地说）千方百计不如种地，王新你卖啦马还指望啥呀？

王：就兴刘四卖呀？

（唱）

为什么就行刘四卖马，

我要卖马为啥就不行？

种地也不光我自己个儿，

愿意荒地咱就叫它荒。（唱五曲）

（白）荒就荒，地荒啦都不怕，我怕？

高：那就不干啦？

王：你看这个样还干个啥劲儿？

高：反正不兴你卖，要卖也得大会讨论讨论！

王：为啥刘四就不讨论？

高：谁知道他卖马呀？

王：谁还不知道，你说哪家没有个勾勾心眼儿，你卖马，他卖粮，我看哪，谁也不用说谁！

高：（好声的）你怎么也信那些谣言？吃什么大堆？打不下粮，还不是自己挨饿！

王：都那么办我也办！

高：（气急）你们都他妈的鬼迷心窍啦？

王：（赌气）迷就迷，我去找李顺，他若不给粮明天我也卖他妈的！（把门使劲儿一带出去）（下）

高：（追上一步刚说）哎！你……（看王没听走了，气极伤心）完蛋啦！（唱）

各顾各人谁都怕吃亏，

卖粮卖马就怕吃大堆，

谁家都藏一个奸心眼儿，

干起活儿来一动就吵嘴。（三曲 B）

（白）又是卖马又是卖粮，干活儿就打架，这……唉！

妻：（由里屋出来）走啦！（指王新）

高：嗯！

妻：我看还是把米藏起点儿吧！

高：（吵）我说不藏就不藏！

妻：再不卖点儿！

高：不卖，不卖，叨叨什么？

妻：（气唱）

傻瓜、傻瓜，你这傻瓜，

人家杀猪藏粮又卖马，

你为什么不卖也不藏？

也不想想这是什么国家？（唱三曲B）

（白）你就是拧一条道跑到黑，一点儿弯也不会拐！

高：你还有头没头啦？

妻：没头，（又接说）人家张三麻子把老母猪都杀卖啦，你就一窍不开？

高：就不开窍！（气唱）

卖也不卖来藏也不藏，臭老娘们儿瞎道什么腔？

告诉你大堆小堆都胡扯，为什么不信偏来瞎嚷嚷？（三曲B）

（白）不卖！（停一下狠狠的）不藏！

妻：（气急）你不藏我偏藏，我偏……（藏字没说出来，工作队一步迈进来）

工：（对妻）你偏什么？

妻：（窘态）噢！同志来啦，请坐吧！（出去）

高：孙同志，坐下吧！

工：（瞅妻出去）我上这串门来了，（坐在炕沿上）你们打吵子了？

高：没有！

工：（停了一下）地怎么样啦？

高：不大离！（迟疑的）

工：小组有什么问题吗？

高：可也没什么！

工：干活儿都挺积极吗？

高：（没法说）嗯！

工：（疑惑的）都挺有劲儿吗？

高：可也有劲儿。

工：小组里是不是有问题？（更疑惑）

高:(苦笑)孙同志……

工:怎么的?

高:没有什么。

工:有话你就说吧!

高:(决心想说)唉!孙同志,我讨论讨论,我这小组长不干了,

工:为什么?

高:我整不好!

工:(刚想追根)

(外面传来"老高!老高!"急叫声,声近,一个人闯进来)

村民:老高!(一看工作队也在)孙同志你也在这啦!

高:什么事?(一惊)

村民:你们快去看看吧!李顺和王新干起来了,谁说也不行,又动刀动枪的。

工:(忙问)怎么打起来的?

村:我也不大彻底,反正要粮的事,老高、孙同志你们快点儿去吧,呆一会儿"祥"出人命!

工:好,咱们先去看看,有空再唠。(忙下)

高:唉!完蛋啦,完蛋啦!这个小组,真,真……

工:(在窗外叫)老高快去吧!

高:(答应)哎!(忙跨门槛碰见高妻进)

妻:快去看看吧,听说打破脑袋啦!

高:(不耐烦)得啦!(下)

妻:(看高去了自言自语的)唉!你不让藏,我偏藏,我偏藏。(狠狠地说)

(幕落)

(第三场终)

第四场

登场人物：高文成、李顺、王新、张二棍、周生、刘四、工作队、群众甲、乙、丙、丁。

时间：比前场晚一些。

地点：李顺门口。

（李顺脑盖上有一条血迹，他和王新各被一群人扯着，两人对吵）

李：（吵）你若把我媳妇霸去了是有夺妻之恨，我若把你爹杀了是有杀父之仇，咱俩一无恨二无仇，你凭啥要砸我锅？

王：（气呼呼）砸你锅我还卖铁哪！

李：你敢！卖吧！就怕你小子没能耐！

王：（嘴说不过，李气更厉害）你说今天给不给粮吧？

李：没有！

张二棍：（和事佬似的）别吵吵，都是一家人，这点儿小事伤了和气犯不上。

王：（对群众）不用拉着我，我不和他打架，（停一下）这不大伙儿都在这，今天这个事给评论评论！

（唱）

给他交了公粮四斗半，

跟他要点儿死也不想还，

我家没米两天没揭锅，

他还蹲在家里吃干饭。（五曲）

天下哪有这个理，（唱五曲后两句）

大伙儿评评这事怎么办？

李：（气狠狠）没有！（唱）

我家也是没有啥，

为了什么给他家？

借粮那阵没讲还，

为啥这回又找咱？（二曲）

（白）借那阵没讲还，为啥这阵又跟咱要？

群众乙：这个事我看得还人家的粮！

周生：有借有还，凭啥不还？

张二棍：我这拙嘴笨腮也不会说啥，依我看贫雇农都是一家人，那点儿粮还个啥劲儿？讲的是团结嘛！

群丁：对啦！我看这个粮也不能还，去年那阵也没讲还哪！

群甲：还啥团结啦吧！都是一家人，将其还不是一样！

周生：一样啥？谁没有谁饿着！该粮就得要！

张：这不叫破坏团结吗？

李：（有理的）对呀！

（唱）

天下穷人是一家，

借点儿公粮算什么？

讲的咱们大团结，

你的我的还分啥？（二曲）

（白）大伙儿说对不对，要团结那点儿粮还应当要？

王：凭啥呀？（唱）

什么一家不一家，

不团我来光团他，

你家有来我没有，

你是为啥不给咱？（五曲）

（白）团结光团结你呀？

周：对呀！团结，光往你家团哪？

李：怎么往我家团？可你没合计合计一家人还分什么你家我家的？

丁：斗争那阵怎么讲团结来，得啦，拉倒吧，我看不用还！

张：贫雇家借点儿粮还讲还！真叫人笑掉牙，就比如我吧，现在已解放了，和雇贫农也算一家人了，若是借谁点儿粮，也不值当还哪！（对群众）对不对？

周：（气的）呸！张二棍，我看你不要脸！

张：哎！周生你怎么张口就骂人哪?！

周：骂你怎么的，我瞅你就不顺眼！

群众乙：得啦，你们俩又凑什么热闹？

张：（气自语）顺眼？哼，哪那么顺眼的？

丙：咱们光这么呛呛，怎么解决呵？主席也不在家。

周：（看这个事不能解决，气得骂）妈的！谁管这些穷事，来给你们算豆芽账啦！（转身就走）

（群众瞅他走去）

张：（骂）倔拉巴叽的熊色！

王：大伙儿倒给评评呵?！（着急的）

丁：我看拉倒吧！

甲：对！拉倒吧，一家人要粮打叽叽多“砢碜”！

王：拉倒可不行，这个事得找工作队来解决。

张：工作队还不是大伙儿说了算，哼！这年头啊！不还就不还呗！

王：你呆着，谁叫你地主来评理！

张：不用拉倒！

（周生走，遇工作队又回来，工作队上）

周：工作队来啦！

群众：孙同志来啦，孙同志来啦！

工：怎么回事？

群众乙：要粮打吵子。

工：（见李顺头上血迹）脑袋打破啦？

王：（忙说）不是打的，他自己碰门框上啦。

李：嗯！

工：（问王）你跟李顺要粮来？

王：（摸不清工作队底，不大敢说）我没吃的，叫他给折腾点儿！

李：（得理）怎么没要？跟着腚，逼着非给不可！

王：谁逼你来？

工：（停一下问王与李）贫雇农是不是一家人？

李、王：是一家人。（李更得意）

工：贫雇农是不是讲团结？

李、王：讲团结。（王泄气了）

工：（对大伙儿）大伙儿说贫雇农讲团结，一家人借的粮应不应该还？

丁：不用还！

甲：讲的是团结那么真齐干啥？

（许多人泄劲儿了不吱声）

张：（抢先）孙同志说得真对，贫雇农讲团结嘛！

李：（得意扬扬的）咱们讲的就是团结，呆几天还得吃大堆哪！别的地方都下令啦！（问）工作队，孙同志，咱这多咱下呀？

工：（没理他）大伙儿说不还对吗？

周：（忍不住了）为啥不还？

高：（刚想说）孙同志……

工：我看这个账不还就不应该，大伙儿看对不对？

（这一下群众愣住了，张二棍刚张口想说什么，听了立刻咽回去）

（群众不吱声）

工：咱们要讲团结，互相帮助，得谁也不吃亏才行，咱们是一家人，一家人谁也不兴压迫谁呀？谁也不行剥削谁呀？（问）咱们八路军兴压迫人剥削人吗？

群：不兴！

工：那么该人家的粮不还，不是要奸头剥削人吗？

群：是呀！是呀！

高：不给粮就是想剥削人！

周：借粮不给还想动武算干啥的？

工：那么大伙儿说李顺该的粮应不应该还哪？

群：（明白了，齐声）应该！应该！

乙：有借有还再借不难哪！

工：对啦！粮也不是偷来的，也不是摸来的，也不是剥削人来的，凭咱们自己挣来的，为什么不兴要哇？凭啥给人白吃呵？

周：竟他妈二流子才想白吃人家！

李：（茫然的）八路军不是拉平吗？

高：（气的）别做你那梦啦！

工：（对群众）现在大伙儿明白了吧！吃大堆不是共产党的国策，土地改革完了，再也不会斗啦！共产党讲的是劳动，谁干活儿就有吃的，谁挣来就是谁的，这叫“私有”，政府保护它，能干活儿的不干活儿净想吃闲饭，就是剥削思想，共产党八路军就反对这样人，该人家的一定得还给人家，小组欠工的要还工，不兴借着团结啦占人家的便宜，谁想打赖也不行，政府要不让他。

（群众情绪顿高）

高：我早就说你们偏不信，怎么样？

（有的点头）

丁：（明白了）闹了一溜十三遭还是谁有归谁呀？

我说呢！吃大堆谁还干活儿呀？

甲：（对丁）你看，咱们小组就没记工，这回可不能吃哑巴亏了，非记清不可！

周：（对高）这回咱们非得记工不可，省得懒鬼净捣蛋，"团结呀！团结"的。

高：对！

丁：妈的，先前净瞎团结啦！

高：（问李）李顺你还王新的粮吧！

李：（失意）咱也没粮呵！

周：把猪卖了还人家，人家还没吃的哪！

群众：就这么解决吧！

（李顺无奈默认了）

高：（忽想起）李顺，你才刚说哪个地方吃大堆下令了？

李：（瞪眼迟疑一下）我……是都下令了嘛！

高：谁说的？

李：横是有人说！（瞅张二棍直往人后缩）

工：（对大伙儿）共产党就是一个政策呀！哪个地方下令吃大堆来？

王：快说，哪个地方吃大堆啦？

周：（追根）李顺，听谁说的？

李:反正有人说。(瞅张,张想溜走)

群众:(急)快说!

李:(无奈)是,是张二棍说的!

高:(一听火了直冲张)张二棍,你造什么谣?

张:(害怕的)我,我造什么谣来?

高:(对李)你说!

李:(没法只好对张)你忘啦?昨儿个晚上你当我说的呀!说别的地方下令了,也不分阶级,吃大堆啦!

高:(对张)怎么样?还屈你吗?

王:张二棍,你瞎造谣,真叫你挑离个够呛!

甲:你造谣!你造谣!

张:我就说这么两句话呀!在街上听人说的。

周:这不叫造谣叫什么?

张:(慌神)这,这还犯条律吗?

高:你凭啥瞎造谣?

张:我,我说话就是到头不到两的……我也没寻思是造谣呵?

丙:(忽想起)哎呀!张二棍,今儿个在家还吃粉条猪肉精米饭哪!

张:(忙辩)谁说的?

周:(追问)张二棍,你哪来的?

张:(更慌)我,我没吃呵!

丙:你没吃!我到你家去找李二,你正大吃大喝,你老婆鸭子腿一拧坐在炕上,看我进来赶忙把饭盆塞到桌子底下,寻思我没看见哪!

张:(软了)这,这……

甲:妈的,斗!

高:快说! 哪来的?

甲:快说!

张:(惊慌失措)这……我买来的!

甲:(惊)买来的?

高:哪来的钱?

张:我,我(更难说出口)我哪来的钱?

周:(气不是笑不是)谁知道你哪来的钱?

乙:你挨斗还不够呀?

张:不,不,这是我的底产,你们不是说拿出来不斗吗?(擦汗)

高:(火了)(唱)

张二棍你滑脑又滑头,

想必斗你斗得还不够,

留着底产不去干生产,

吃喝玩乐为的是哪般?(三曲 B)

周:(指张接唱)

张二棍你干活儿不干懒瘫瘫,

为啥你造谣偏造得这么欢?

解放解得你反觉得是难受,

故意捣蛋存心破坏大生产。(四曲)

李:(接唱)

怨我糊涂受了你的骗,

不该听信你那臭谣言,

如今我也算是摸了底,(八曲)

大堆小堆完全是扯淡。(忽然想起什么的回身进屋)

(张二棍瞅瞅大伙儿,想说什么,又没说出来,低头熊了)

（高妻和几个妇女上）

高妻：（看情形）怎么啦？

高：你瞅瞅吧，你也明白明白，开开你的脑筋！

妇甲：（不明白）老高大嫂怎么回事？

高妻：（也不明白）怎么回事？

王新：（告诉高妻）吃大堆呀，都是扯淡，张二棍子净瞎造谣呀！

高妻：（惊）吃大堆是扯淡呀？

周生：净张二棍子造的谣！

妇乙：底根我就寻思是造谣，吃大堆，那还叫个玩意儿啦？

高：（对妻特意的）你还藏！藏粮啦？

高妻：（不好意思）去你的吧！这都是李二媳妇告诉我的。

李妻：（忙打人群出来辩解）这底根可不是咱说的，是张二棍子老婆告诉咱的。

高：净张二棍子一个人鼓捣的！

高妻：（问周）是张二棍子造谣吗？

周：可不是。

高妻：我结为这个还跟我当家的吵了一架，差点儿上了当！

丙：真可恨，有底产不拿出生产，还瞎造谣！

乙：真该斗他一盘！

（又有群众说挖他的底产，又有说“挖！斗！斗！”）

张：（失措）不，不，不斗了！（语无伦次）

（工作队看情形制止群众吵）

工：（对张）张二棍你为啥不好好干活儿？

张：我……（不敢说）

甲：快说！

张:我寻思……

周:你寻思什么?

张:我寻思不吃早晚还不是归大伙儿呀?

工:归什么大伙儿,以后再不斗你啦,怕什么?

张:真的!(惊)分的地呢?

工:分的地也是归你呗!

张:哎呀,同志!我寻思错了,我寻思是糊弄我干活儿呢!(对大伙儿)我,我寻思错了!

高:寻思错了就瞎造谣?

张:不,不,我真寻思错了,要不结我哪能?

工:得啦!(止住群众吵,"你们对张二棍想怎么办?")

群:处理他!

工:对!怎么处理呢?

(许多人说:"斗!斗!非揍他一顿不可!""现在不打人送区上去吧!")

工:从前压迫剥削穷人,咱们把他斗过了,现如今有了错,大伙儿该批评他,叫他改,不改就叫政府办!

周:那么就交政府办吧!

工:这点儿事何必送政府呢?

丁:(忽然抢一句)我看叫他游游街!

乙:你呆着吧!

张:(害怕斗,慢腾腾地掏出三块银元往工作队手送)

我实不相瞒,对大伙儿说说吧!我还有五块大洋底产,我昨天上街卖了两块,买了猪肉、大米,我就吃啦!还剩三块,孙同志,你给大伙儿分分吧!

工：（不要）张二棍你还没明。

（唱）

你的脑筋还没开，

政府的政策你还没明白，

说过不斗就不斗，

你的底产还是收起来。（六曲）

（白）政府说不斗就不斗，只要你不大吃大喝，用它解决生产困难，政府就不干涉你，你拿回去吧！

张：（茫然地拿着银元）这……

工：现如今的事生产重要，张二棍成天不干活儿能行不能行？

群：那不行！

工：对了，那么咱们就叫他干活儿，他的底产咱们说过不斗，那就不斗，也不挖，他要不拿出来生产，解决困难，地种不好，咱们可不能让他，大伙儿说行不行？

丁：真这么办？

工：政府多咱说过假话？

丁：哪能说假话，我们问问呗！

王：（对丁）你看地主的东西都不分啦，哪能分贫雇农和中农呢？先前真是瞎子摸灯胡猜。

周：这太便宜张二棍子了。

高：（对张）张二棍，你以后能不能好好干活儿？

张：（喜出望外）能，能，一定能！

以后大伙儿看着我，我不干活儿，大伙儿怎么罚我怎么领。

李：（背米从屋出来往王新跟前一放，很不好意思的）老王大哥，过去的事你可别介意呀！都怨我糊涂，咱家现在米也不多，先还你二斗，（表示坚决）老王大哥你先吃着，剩下那二斗半到秋我一定加利还上，行不行？

王：（想起方才有点儿不好意思）行，行，我若不是揭不开锅盖，也不能这么急跟着你要啊！

李：（对高）组长，你也原谅原谅我，（说不出来啥，道歉的）唉！反正我是有点儿懒脾气，又加上糊涂，以后一定好好干活儿就是啦！

高：能改正就不算啥毛病！

（这时高文成小组组员刘四忙上）

刘：怎么回事？你们都在这啦？（见工作队）孙同志！你快看看这报咋码事？

（回手向袋里掏，一边掏一边说）我今天上街，到区上人家都看这张报，叨咕什么地照地照的，我就揣来啦！（把报拿出给工作队）你看！你看！

甲：（惊）地照！刘四怎么回事？

（工作队把报接过来，群众急了嚷“孙同志咋码事！念念！”）

工：（看报）发地照啦！

甲：地照？

工：下来令啦！

甲：（喜急）孙同志！孙同志快念道念道！（嚷）

工：好，大伙儿别吵，我念念。（念）

“东北行政委员会土地执照颁发令

东北解放区大多数地区土地改革业已完成，为保障个人土地所有权特由本会颁发土地执照，由土地所有者存执，其所有权任何人不得侵犯！”

大伙儿懂没懂？

王：懂啦！

周：你懂个啥？孙同志你给讲讲吧！讲讲吧！

（群众："孙同志，讲讲吧！"）

工：好，这是东北行政委员会下的令，说现在咱们这块土地改革已经完了，为了保护咱们分的地，发给地照，打这以后，谁也不行侵占，这就叫"私有"啦！

乙：噢！这回可明白啦！

（群众："这回可明白啦！"）

李：咱这回也算真有地照啦！

王：在早先地主的地照，干不楞是用它剥削穷人的！

高：这可不是剥削人，是用它保护咱们土地的！

周：这也叫地照还家呵！

王：（感触的）共产党真是说啥算啥呵！

李：（忽然的）东北行政委员会是干啥的？

高：这还不懂，那是在东北给咱老百姓办事最大的官项，说话可当事啦！

李：这回可算真托底啦！

甲：这回可算是托底啦！……

王：（忽问刘）你是上街卖马去了吗？

刘：（脸红）牵回来了！

王：怎么没卖？

刘：（不太好意思的）从前谁道怎么事，瞎哄哄！我寻思有马还不是吃亏的事，到街上又听说放地照，一寻思放地照地就是各个儿的啦！没马能行吗？我就又牵回来啦！

高：（对大伙儿）这回大伙儿可托底了吧？

众:(笑)嗯哪!这回可算有底啦!

众:(齐唱)

咱们心里明白了,咱们心里明白了,
谁不干活儿谁遭罪,谁要劳动谁享福。

指望人家都是假,自己跌倒自己爬,
土地归了咱,发下地照保护它。

咱们心里托了底,生产劳动来发家,
心里托底来发家呵,
什么谣言也不怕,
什么谣言也不怕。(九曲)

(幕落反复唱"什么谣言也不怕"……)

齐齐哈尔东北书店 1948 年 8 月

◇寒　枫

骨肉相连

地点：孤山县某村。

时间：一九四八年九月中旬。

人物：老大娘——五十二岁。

战士甲——二十岁。

乙——二十岁。

丙——二十三岁。

丁——二十九岁。

戊——二十五岁。

己——二十一岁。

庚——二十岁。

辛——二十一岁。

壬——十七岁。

小牛——十四岁。

第一场

（李老大娘拿着鞋底快活地上）

（唱第一曲）

1. 太阳红又红，到处闪金光，自从来了共产党，受苦的穷人翻了身。

2. 瓜儿离不了秧，孩儿离不了娘，老百姓离不了共产党，好比咱们的爹娘。

3. 饮水思源不忘本，翻身不忘共产党，纳好鞋底送前方同志们穿上，打老蒋。

我，李老大娘，在从前咱家房无一间，地无一垄的，自从共产党来了，咱分了房子又分了土地，今天的日子和过去大不相同了。我大儿子又去参了军，农会对咱们也太好了，一年到头帮着咱们种，帮助咱们铲，平日还帮着干零活儿，这些恩情我一辈子也忘不了啊。刚才我在闾长家拿来了两双鞋底，把它好好地纳一纳，纳得它结结实实的，送给前方的同志们穿上，好打老蒋，把老蒋早一天打倒，咱老百姓永远过太平日子。（坐下纳起鞋底来，唱第三段）

喝水不忘挖井人，翻身不忘共产党，纳好鞋底送前方，同志们穿上打老蒋。

甲：到这一家看一看！

乙：好！

甲：（叩门）老乡！老乡！

老大娘：到屋里坐吧！同志！有什么事情吗？

甲：老大娘！我们部队从这儿路过，你老人家有没有房子，我们住几天。

老大娘：哎！同志咱里屋有一间房子，同志你看一看能不能住，就是太“埋汰”！

甲：（看房子拿背包量一量炕）好吧！老人家那就谢谢你。

老大娘：这还用谢什么呀，若不是你们“把”这儿路过，请还请不到呢！咱们同志们没有别的，倒一间破房子住，那还有什么呢！哈哈……

甲：老人家你太好了！（向乙）你去把同志们领来吧！

（乙下）

甲：老人家你家里几口人啊？

老大娘：就我和两个儿子，大儿子去年我就叫他参加了咱们解放军打老蒋，二儿子有病。（同志们这时背着背包上）（老大娘忙着接同志们的背包，同志们不让老大娘拿，自己拿，接那个不给接这个不给，把老大娘弄得眼着急，很为难，同时还夹杂着“谢谢你老人家”“我来吧，一样……”的声音，另有一番军民亲密一家人的盛况）

小牛：老李家大娘，农会开会讨论怎么样帮助军属秋收，会长叫我来找你，快走吧！

老大娘：哎！同志们我要去开会啦，不能帮助同志们安排，同志们可别见怪啊！

乙：老人家哪的话，你就去吧，老人家。

老大娘：对，哈哈哈哈哈。（下）

乙：同志们！你看老大娘对我们有多么亲热，我们要很好地帮助老大娘。

战士：（异口同音地）对！对！

甲：同志们，我们住的这家是军属，他大儿子也和我们一样去年参加了我们的军队，老大娘也就是我们的母亲，要很好地帮助老大娘，要真正实现我们临出发前每个同志下的决心。

战士：对！对！我们一定能做得到！

丁：我去挑水去。

辛：咱们去挑。

丙：我去劈柴。

壬：我扫地。

己：我扫院子。

（大家愉快地，一面劳动着，一面在唱着歌）

（唱第二曲）

我们是人民的军队，要为人民来服务，遵守群众的纪律，爱护群众如父母，军爱民民拥军，军民团结一条心。

（老大娘上，忙着去夺战士丙的斧头，不给）

老大娘：同志们，我来劈吧！

丙：老大娘我劈吧！（又抢，但始终没有夺去，又去夺战士己手中的扫帚，又没夺去）

老大娘：同志们才来，歇一歇吧！

战士：不累，老人家。（又干起来）

老大娘：（感激得不知说什么好）就是我儿子在家里也没有这样好！

战士：（异口同音地）老大娘我们就是你儿子。（号响）

乙：同志们集合了。

（大家停止劳动，整理整理军装下）

老大娘：（看看同志们的背影）唉！

（唱第三曲）

如今世道大转变，军队百姓一家人，鱼和水不能分，骨肉相连，亲又亲。

我到今年，活了五十多岁，这样的事，在早别说是看见过，就是连听也没有听见过，来了不大一会儿，院子扫得干干净净，水缸挑得满满的，柴火劈得那么一老大堆，哎！世道真变了，唉，同志们都走去了，我抽着这个空，弄把柴火，把炕给同志们烧得热乎乎的，等同志们回来好好地睡上一觉，还有一些生花生也给同志们炒一炒，等同志回来好吃。（下）

第二场

［战士们一边说着一面笑着很愉快地走上，夹杂着丙的声音：我们一定响应上级的号召！（壬）我和你比赛！］

丙：老刘你对刚才教导员讲的话有什么意见没有？

己：没有，我一定响应上级的号召，决不做孬种，一定帮助老乡好好地工作。（大家一面说着，一面坐在炕沿儿上）

乙：哎！炕怎么还热？（大家都伸手摸炕）

老大娘：（端着一个瓢上）同志们回来啦！

战士：老大娘来了，请坐吧！

乙：老大娘这炕是大娘烧的吗？

老大娘：是吗，我看同志们的被怪薄的，我怕你们睡不惯我就给你们添了一把柴火，哈哈哈哈。

战士：你老太好啦，谢谢你老人家。

老大娘：哎！这还用谢什么呀！我给同志们干别的不行，烧烧炕还能行的，哈哈哈哈。同志们，我家也没有什么好东西，这还是去年剩下的一些陈花生，我把它炒好了，同志们吃吧。

战士:老大娘,你别费这个心啦,我们不能吃的。

老大娘:哎!你们到了这,给大娘我干了不少活儿,自打你们来了,我老婆子,没有挑过水,没有扫过地,没有劈过柴火,又不吃大娘的,又不喝大娘的,就吃大娘几个花生,算得了什么。

乙:老大娘,我们是一家人,你儿子也当八路军,我们也是你老人家的儿子,干点儿活儿算得什么。

老大娘:你们是我的儿子,更应该吃我的东西。

甲:我们上级有命令,不许吃老乡的东西。

老大娘:我去和你们上级请求去。(说着要走)

乙:(拦住老大娘)老大娘,无论怎样,我们是不能吃的。

老大娘:你们吃了吧,反正你们上级也看不见,就是你们上级看见了,大娘给你们做主。

战士:谢谢你老人家,我们不吃啊。

老大娘:管你们吃不吃!(把瓢硬搁乙的手中,下)

乙:老大娘,老大娘。(拿着瓢下)

丙:老大娘可也太好啦。

甲:是吗,现在的群众与去年可大不相同啦。

老大娘声:同志拿去吃吧。

乙声:老大娘留着你自己吃吧!

丙:给老大娘送回去啦吗?

乙:我撵上老大娘给她,说什么也不要,我给她扔在炕上就跑回来了。

战士:哈哈对,对!

第三场

(战壬一边在整理着内务,同时嘴里吭吭着:我们八路军出身是

老百姓……拿起军装，在缝着自己的军装）

老大娘：（上来一看战士壬在缝军衣，急忙地跑去把战士的衣服抢过去）小同志，大娘给你补吧！

壬：行，大娘让我自己来补吧！

老大娘：还是让大娘来给你补吧！你一个男孩子家，怎么会补衣裳呢？

壬：一样，大娘我们常补。

老大娘：唉！还是让大娘来给你补吧，大娘我干别的不行，给同志们补补连连还行。同志们有要洗的衣裳，或者是要洗补的衣裳，就拿给大娘我，我保管给你们做得熨熨帖帖的。

壬：不用啦！大娘你儿子得的什么病啊？

老大娘：前天去割庄稼，回来身上就发烧，有的时候还发冷，我找了一个医生来看了看，他说是发疟子，抓一服药得三万元，大娘没有钱也没扎咕。

壬：老大娘你等一等啊。（说着从纸里拿出两包药来）老大娘这两包药，是我早发疟子时候，卫生员给我的，疟子好了没有吃，老大娘你就弄点儿开水给大哥喝下去吧！

老大娘：（感谢得说不出话来）这……叫你大娘我说什么呀！

壬：嗐！大娘这还用说什么呀！我们都是一家人，八路军就是为了老百姓，百姓有困难一定要帮助的，因为我们也是穷人出身，我们不能忘本，我们要保护穷人，为穷人打天下。

老大娘：哈，哈，哈，对，我这就给他吃下去。（下）

壬：（拿起衣服又补起来）唉！老大娘真是太好啦，就是我亲生的母亲也没有对我这样好。

老大娘：（很不高兴）你怎么又自己补起来了，快给大娘，大娘给补吧。

壬:我自己补一样,大娘。

老大娘:同志们回来了,你看这个小同志真犟,他的衣裳破,大娘要给他补一补,说什么他也不让,这真是……

乙:唉!大娘你老人家上了年纪啦,眼睛又不太好,还是让他自己来补吧!(开饭号响)

甲:开饭了。(战士们忙着打饭,准备自己的碗,预备吃饭,老大娘看看同志们笑了笑,下)

丙:什么饭?

丁:什么菜?

乙:小豆腐!

战士:咱们好好吃上一顿。

老大娘:(一手拿一碗饺子,一手拿着一碗鱼上)同志,我家也没有什么好吃的,剩下了点儿面,大娘给你们包几个饺子,你们别嫌乎少啊!

乙:不,大娘留着你们自己吃吧!我们吃这个更好。

老大娘:什么更好,你们吃的倒不错,不过你们可不常吃饺子,你们就吃了吧!

丙:大娘,我们不能吃大娘的东西。

丁:我们有纪律,不能吃大娘的东西。

老大娘:什么纪律不纪律,你们的“症候”也多。(说着把碗往战士怀中搁,哪个战士都没有要,很生气的)上回给你们花生,你们不吃,给你们鱼你们也不吃,今天说什么也得吃。(趁同志们没有注意,把饺子倒在盆里、鱼倒在菜桶里)看你们吃不吃!(战士很着急的)这可怎么……

甲：唉！老大娘你这叫我……

老大娘：不管你们怎么的，吃了就行！

（唱第四曲）

（老）水流千里归大海，（战士）军民本是一家人，（老）骨连着肉。

战士：肉连着骨，

老：好比鱼儿离不了水，

合：骨肉相连亲又亲，

战士：我们干革命，

老：我们要翻身，

合：军民团结一条心。

丙：你老太好了，真像我们自己的母亲一样。

乙：你还不知道哪，上次我工作回来，有点儿累，我就躺在炕上睡着了，大娘还以为我病了，就把大娘自己的被给我盖上啦，我醒了一看，我身上盖着一床大花被，我就知道是大娘给盖的，我母亲也没有这样关心我。

老大娘：同志们！不瞒你们说，我拿着你们就当我自己的亲儿子一样，哈，哈……

甲：大娘你老就在这吃饭吧！

战士：对，对！

老大娘：大娘我可不能吃你们的饭，因为你们是按人数领的饭！

甲：我们吃不了，大娘在一块儿吃吧！就只当你儿子回来了，我们娘儿们吃顿团圆饭。

战士：对，对！（齐给大娘盛饭）

老大娘：（乐得合不上嘴）哈，哈哈……

第四场

（紧接着第三场的第二天，拂晓，战士们在轻快的音乐声中收拾自己的东西，乙、丙挑水从外边回来，老大娘拿两盏豆油灯上）

老大娘：同志呵……

乙：大娘！你拿油灯干什么呀？

老大娘：大娘怕你们看不见，给你们拿来两盏豆油灯，好照个亮。

战士：大娘！我们能看见哪！

老大娘：看不见哪！天还黑乎乎的，别落下东西。

战士：大娘，落不下东西的，就是落在大娘家，也不要紧呀！

老大娘：这没有什么，你们到大娘家可受了“憋屈”了，要什么没有什么。

（丙挑水上）

唉！你们怎么还挑水？！

丙：大娘！我们今天要走啦！以后再也捞不着给大娘挑水喽！给大娘挑满了缸再走，哈哈……

战士：哈哈哈……

老大娘：（感激地说不出话来）咳！同志……

（唱第五曲）

我老婆子活了半辈子，没见到军队这样亲。

同志们对咱这样好，这样的恩情怎样报。

（白）你们对大娘这样好，叫大娘怎样报答你们的恩情呢？

战士：大娘！我们就是你老人家的儿子，这算不了什么。

老大娘：（自语的）天老爷呀！快下雨吧！

乙：下雨我们就不能走了。

战士：大娘你真是的……（同志忙着背背包，大娘给那个整理整理衣服，给这个整理整理背包）大娘！我们要走了，以后再见吧！

老大娘：（同志们往外走，给老大娘敬个礼，但老大娘不知怎样好）大娘送一送你们。

战士：大娘我们再来一定来看你。

（大娘再三要送，同志们不让送，最后大娘无可奈何地站在那里，两眼直勾勾地看着同志的背影，这时歌声由强而弱、由近而远）

（唱第六曲）

群众是我们的父母，群众是我们的靠山。

只要有了群众，我们就能打胜仗。

昨天我们打败了日本帝国主义，

今天我们要打败美帝国主义的走狗。

老大娘：小刘小刘……（向战士的去处叫）

战士：干什么，大娘！

老大娘：这个馒头你带着吃！

战士：谢谢！老大娘！我不要。

老大娘：拿着吧！走在道上好吃！

战士：不，大娘！（给大娘敬礼，跑下）

老大娘：（望着同志们的背影掉了几滴眼泪）唉！真是骨肉相连！

（完）

一九四八年十一月八日初稿

选自《新年文娱》，1948年第1期

◇谢力鸣

互　　助

人物：老胡头。

胡福来——老胡头的儿子。

福来媳妇。

老姜头——福来的丈人。

姜兴义——老姜头的儿子。

老姜太太——姜兴义的妈。

小凤——老姜太太的小姑娘。

徐德玉——参加互助组的青年农民。

老姚太太——参加互助组的孤老。

周宗满。

胡福全——互助组的组长。

第一场

（老胡头上。老胡头中等身材，腰上扎着一个旧围裙，戴了顶破

旧的古铜色毡帽，鸭蛋形脸庞，两眼一笑眯成两道缝。虽然他年近五十，却依然是那样健壮，不露衰老的痕迹。唱一曲）

一本皇历巧安排，雨水一过大雁来，
到了惊蛰乌鸦叫，清明一到把树栽。
老头我活了五十整，年年都要过清明，
多少个清明都一样，只有今年不相同。

（对内问）福来媳妇！俺们那大乳牛牵出放去了么？

（内应）小凤早就把牛牵出放去了。

胡：（独白）庄稼佬，庄稼佬，我老头当了几十年庄稼佬，哪年也没有今年好。（笑）哈哈！今年是“老牛老马回旧圈，旧物旧产归原主”啊，从今以后再不给人家踢门槛子了。过清明那个夹当，区上的工作员下来开会演讲，号召俺们插犋互助，人家那话可真说得透亮，成立互助组，人多手齐，干活儿快登，这点儿道理，哪个在外头长年踢门槛子的不知道呢？开罢会，俺们五家一插对，就把个互助小组给立起来了。俺们插对到一块儿的，竟是亲戚邻居，熟人熟手，所以不管干什么活儿都一包在内，不分你我，有活儿就一齐干，还不记工不写账，省了笔墨，又不用找写字先生，（问观众）你看好不好？（大声问）啊？

（胡福来上，和他爹的高矮相近，但看起来却小巧得多，上着白布衫，下穿破洞的灰色西服裤子，光头，脸色较白）

福：爹！爹！

胡：那么大嗓门叫爹干什么？你爹也没叫狼叼去，晌午饭早吃过了，你还不上山种地去？

福：（唱二曲）叫声爹爹你听着，有件心事对你告，

娘娘庙会到眼前，

我要上海走一遭。

胡：福来！我说你也不是个彪子，正忙着种地呢，你上海去干什么？

福：（唱二曲）

想起庙会我动了心，有心要去走一程，

海上买点儿牛毛菜，本小利大把钱挣。

胡：买卖，买卖，从前没有地种的时节，叫你跑了两年小买卖，你就一辈子忘不了那玩意儿啦。老言古语说得好，“千买卖，万买卖，都不如在家搬土拉块”。眼时俺们分了四亩多好地，你就给我老老实实地在家种地吧，别他妈巴子成天价买卖买卖的老不离口，一心想躲懒哪！

福：看你老人家说的，你儿子是那样奸懒馋滑的人吗？你看！（指着囤子叫老胡头来看）你看囤子里的苞米！（唱二曲）

去年的收成太不好，眼看苞米吃完了，

种地打粮要到秋，哪赶做点儿买卖好。

胡：可不是，囤子底已经朝上了，这点儿苞米顶多再够吃十来天，做点儿买卖倒是来财快。

福：我就是瞅准了这个节骨眼儿，打算趁着庙会的夹当，抓他一把，挣点儿钱来家好买苞米吃哪！

胡：你去了能把钱挣来家么？不能赔了？

福：南面的牛毛菜三千六一斤，这边至少要卖四千，弄他百儿八十的过来，挣钱买点儿苞米，怎么也接救个十来八天的。

胡：若能弄点儿苞米接救几天，那敢情好。可是哪来这么多本钱呵？

福：去找我大姑爷啊，他在海上专门倒腾海货。只要他吱个声，赊个百儿八十斤牛毛菜是不用犯愁。

胡：行倒行，可是就是人家……

福：你看，又不用本，空手摸白鱼，这一把要是不抓那才叫彪呢。

胡：那就去走一趟吧。

福：（对内叫媳妇）哎！你把帽子给我拿来！

（福来媳妇拿了一个小檐的破礼帽，并拿了一把锄头上）

媳：给！（福来接了帽子）给！（她又把锄头递过来，但福来不接）给！快去吧！他们八成早就上山了。

福：你给我那玩意儿干什么？

媳：你不是上山种地去吗？

福：老娘儿们心眼儿真笨！

媳：那么你是……

福：你少管老爷们儿的事，爹！我走了，明天就赶回来。（走了两步又转回）可是我这一走，回头互助组的人来问，可不能说我办货去了啊！（做推自行车的姿势）就是我丈人问起来，也不能告诉他真情实话。（唱二曲）

自行车用脚踩，一脚一脚跑得快，

急急忙忙往前走，上海去买牛毛菜。（推车下）

胡：福来媳妇！回头你娘家爹若是问到你男人上哪场去了，你怎么说？

媳：怎么说？做买卖去了呗！

胡：咦！种地的时候大家伙儿都得下地，谁也不允许干别的，这是俺们互助组的条律。你若说你男人跑买卖去了，那俺们不就犯条律了吗？

媳：把自己的活儿撂给别人，叫别人吃亏，自己占便宜，那本来就犯了互助组的条律了嘛。

胡：再说那条律是你公公我亲嘴在互助组上提倡的，你男人的事若是叫别人知道了，那我不成了说话不算话打自己嘴巴子吗？

媳：知道缺理，怎么还叫你儿子去跑买卖呢，真缺德！！

胡：他妈巴子你这个媳妇真彪，当着老公公能这么讲话吗，杂种！你给我滚后屋待着去！（媳慌张下）

胡：（对内高声）你别寻思互助组里有你娘家人，你就相情他们说话，你来到我家就是我家的人了，你男人出去跑买卖，挣钱回来买苞米你不吃么？真他妈胳膊肘朝外拐，吃里爬外，不是好老娘们儿，我非揍你不可，（脱了鞋，拿在手中）我真想揍你一顿，你给我滚出来！（媳慌张上）

胡：（把鞋穿上，边说边穿）我若不看你是个新媳妇，非叫你尝尝我这鞋底不可！

媳：管谁问我，我不那么说就得啦呗！

胡：那你怎么说？

媳：我说——我就说……不知道。

胡：外头人出门子去了，屋里人说不知道，人家信吗？

媳：那就说……我真不知道怎么说好，爹！你教给我吧！

胡：（悄声）你就说他有病了。

媳：什么病呢？

胡：漏肠外带伤风。

媳：他出门在外，俺在家咒念他有病，那不嫌忌讳吗？

胡：没法子，为了挣钱就讲不了那个啦！你回屋去吧！今儿个后半晌，不该我扶犁杖，我到河沿去看看俺们那个大乳牛放得怎么样了（自语），她不给俺们好好放！这几天，光干活儿吃不饱，把牛瘦坏了！唉！（二人分头下）

第二场

（周宗满上）

（周宗满穿了个破夹袄，细长个子、瓜子脸、大眼睛，年岁三十七八，光着脚板，挎了个粪筐）

周：（快板）草发芽，地土暄，眼看“芒种”到眼前。

树换皮，人穿单，如今天下大改变。

大地主他吃上香，出大力的露了脸，

老周我本来有点儿地，均地又均了几亩田，几亩田。

自己种，自己管，不和别人胡绞缠，

互助小组我不参加，稀里糊涂我不干。

可是我只有一条驴，独木难行为了难，为了难。

左也难，右也难，心里暗暗打算盘，

互助组有个徐德玉，俺们两家紧相连，

我若和他来插犋，犁杖牛犋都齐全，

主意拿定往前走，去找德玉把话谈。

（老胡头在外头喊了几声小凤，然后跑上）

胡：（唱第一曲）

河边没有我的牛，急急忙忙往前走。（喊小凤）

喊了声小凤唤声牛，连人带牛全没有。

周：（唱一曲）

远看那边一个人，近看原来是老胡头，

刚才我看见他的牛，有心跟他说根由。

胡：（唱）原来这是周宗满，你可看见我那牛？

周：（接唱）老胡头你来得巧，我果然看见了那条牛。

胡:(唱)你在哪场看见它,是在南山是北沟?

周:(接唱)不在南来不在北,四面八方乱转游。

胡:(白)你既看见了我的牛,就看见了那个放牛的小凤了吧?

周:我光看着牛了,没看见什么小雀小凤的。

胡:老姜家那个小凤,你不认识么?

周:唔!原来说的是你亲家那个小闺女啊!见啦!不见她我还不生气!

胡:你见她可生的什么气?那小闺女又精又灵,又能剜菜,又能放牛,还不比谁家的小闺女都强么!

周:可别提那又精又灵了!

胡:她怎么的啦?

周:她可把你那大牛……我不稀说了。

胡:周宗满,俺们两家可不错,你见了什么,就该跟我实说,可别吞吞吐吐的,叫人听了纳闷儿!

周:那你就听我说:(唱一曲)

小凤那个丫头真是巧,放牛的地场找得好,

东边那个山底下,河里有水岸上有草。

胡:(白)你看可不是,小孩儿的心眼儿真灵巧。

周:(唱)

果然人小心灵巧,往里巧来不往外巧,

他自家的大牛吃好草,你那黄牛吃不着。

胡;(白)啊!光给她家的牛吃好草,让我家的牛吃不济的!

周:我就看见了这么点儿小事儿,再没有了,我得走了。

胡:(拉住周)不行,你肚子里还有话,你得全说出来。

周:没有啦。

胡:有,你说吧!

周:那你就听我往下说:(唱)

去年的收成不大好,家家牲口都缺草,

放牛的小孩儿那样多,甸子里的野草那样少,

河边的青草那样少,牛若多了吃不饱,

小凤那孩子真机灵,光让她家的牛吃草。

胡:(白)我的牛,一点儿吃不着吗?

周:那我就不知道了,你放我走吧! 我有急事。

胡:你有什么急事?

周:我得赶快想法子把地种上啊! 你看,我家只有一条毛驴,到这么咱地还没有种上,眼看大后天就"芒种"了,这两天若是种不上,今年不就把地扔了嘛! 再说,这两天闷糊糊的,八成是要下雨,真若是一场大雨下来,误了庄稼,赶明年可吃什么呢?

胡:要打算种得快,你就听大叔我的话,参加俺们互助小组,你那点儿地半天就能种上,保险误不了。

周:得啦! 两家养船必漏,两家养马必瘦,你就是说得天花乱坠,我也不参加你们的互助小组。(欲走)

胡:不参加拉倒,可是你得把刚才的话跟我说完哪!

周:那么我说完了你千万别上火,小凤是个小孩儿,你可别跟她一般见识啊!

胡:你说吧! 我的牛当真一点儿草也吃不着吗?

周:(唱)

吃不着草倒罢了,还把你的牛赶跑。

一鞭一鞭打得狠,打得那牛满地跑。

胡:哎呀!

周：（唱）

你那黄牛饿狠了，跑去跑回奔青草，

小凤使劲儿用鞭打，打得老牛直掉毛。

胡：（激怒）小凤小凤！我把你这个小必养的呀！（唱三曲）

听罢了周宗满讲说一遍，一股火冲上头心似油煎，

骂一声小丫头心眼儿太坏，骂一声小丫头做事太偏，

我老头儿一辈子没养过牛，到而今翻了身才把牛拴，

牛受饿我心痛火花上冒，跺跺脚去找你要把账算。

周：（拉住胡）老胡大叔！你可别价！

（胡一挣跑下）

周：（白）互助组"糊涂组"，我早就说那玩意儿不行，三心二意非打吵子不可，他们偏不信服我，看看这回还是我的话应验了吧。

（外小凤哭声）：妈！妈！他打我啦！

（外胡声）：小必养的，叫你尝尝我的老拳头。

（接着又是小凤的叫哭声）

周：老头儿和小丫头打起架来了，这倒也不错，可是那小凤的妈不是个好惹的，老胡头……（着急）他若把小孩儿打坏了，以后我这传话的，还得担过呢！哎呀！这可怎么整？哎呀！这可怎么整？（想了一下）有了。（跑圈）（紧张）（唱一曲）

有了有了有有了，我上胡家把信报，

以后没有我的错，阿弥陀佛好好好。

（叫）福来媳妇！你公公打你娘家妹妹了。（下）

第三场

（福来媳妇急上）

媳:(唱二曲)

周宗满来把信送,说我公公打小凤,

白胡子老头儿打小孩儿,真是少见这事情。

(往前跑)(唱二曲)

我妹妹今年才十三,是俺妈妈的宝贝蛋,

假若公公打坏了她,妈妈知道可要麻烦。

(急下)

(老牛"哞哞"叫了两声,老胡头气喘吁吁地牵牛舞上)

胡:(做牵牛的动作)(唱一曲)

小凤打牛我打她,打得那丫头直叫妈,

你妈在家听不见,我又给你个大耳瓜。

(牛叫)老牛老牛你别叫,等会儿我去把草刨,

刨回草根尽你吃,一定叫你吃个饱。

(牛又痛楚地叫了两声)

老牛老牛你别哼,我有话来你是听,

鞭子打在你身上,就跟打我一样痛。

(牛又叫)

叫一声来又一声,哑巴畜牲通人情,

一步一步往前赶,福来媳妇面前迎。

(福来媳妇迎上)

媳:爹爹是你把小凤……

胡:(抢接)啊啊!你那妹妹和你妈一样,心眼儿真生古,叫她放牛,她光放你妈家那条,把俺们这条牛打得满处乱跑吃不着草!

媳:这么咱她还在河沿上吗?

胡:我没看见她呀!

媳:你没看见她?

胡:可不是呗!

媳:咦!不是你打她了么?怎说没看见?

胡:是谁那么胡说!我这么大老头儿能和她那小孩子一般见识么!她就是有点儿不济的地场我也不能打她呀!

(外小凤哭声)妈!……

(外老姜太太声)哭什么,走!跟我问问他去!问问他去!

(老胡头一听见老姜太太声,便想要溜)

(老姜太太拉小凤上)

媳:妈!怎么啦?(迎上前去)

(老胡头见势不对,便灵机一动,抽身回到后屋里去了)

太:你看你妹妹脑袋上的大包!

媳:哎呀!这是拿什么打的?

太:你那个老该死的公公躲到哪场去啦?

媳:那个彪老头子见你一来就躲到后屋去了。(对凤)他这是拿什么打的呀?

凤:(哭着)拳头,(以手作式)他说,揍死你这个小必养的!(抱着姐姐哭)姐姐!

太:(两手叉腰,站在门外叫阵)亲家!亲家!你出来!(内无应声)你猫起来我就跟你完了么,好汉做事好汉当,你是有尿小子出来跟我试巴试巴!

(老胡头畏畏缩缩地探出头来看了看,然后装着不知道,故意地说:"谁家老娘们儿在我门口吱哇乱叫喊?啊?!")

太:你给我爬出来吧!

(老胡头走了出来,咳嗽了两声壮壮胆子)

胡:啊啊!原来是亲家母来啦!我正要找你去呢!(越说越快,不给对方留个插嘴的空儿)看你那小凤把我的大牛打得浑身上下竟是鞭花,两耳流血,糟巴得不像个牛样了……

太:看你把我的闺女……

胡:(抢接)看你的闺女把我那大牛饿的,她光叫你家的牛吃草,光看你自家那牛,把我的牛打得满地乱跑,兴这样放牛吗?俺们互助组不是坐起根就说好了叫小凤给大家伙儿看牛么?

太:叫小凤给大家伙儿看牛,可没叫你打她呀!你这么大老头子跟吃屎的孩子一般见识,你还要脸不?

胡:是啊!你说你要脸不?你满嘴胡说,谁见我打你的闺女了,打哪啦?

凤:打哪啦!打这啦呗!(按自己的头)

太:(把小凤拉到老胡头跟前)给你看!

胡:给我看?我不用看就知道,这不知道是跟谁家小猪倌摔跤跌的呢!

凤:摔跤跌的?你真会放赖,你把我按倒了打了一起又一起,一边打一边说:“你妈养汉,养活了你这个鳖犊子,一落草心眼儿就没长正道!”

太:(闻言大怒)哎呀!我把你这个老王八头呀!

(唱四曲)

骂声你这王八头,打我闺女没来由。

老头儿小孩儿来打架,不知耻来你不害羞。

打我闺女不要紧,还要把我咬一口。

说你老奶奶不正气,拿出证件来我瞅瞅。

胡:(唱四曲)

要拿证件有有有，你来看看我的牛，

浑身上下竟鞭花，牛毛掉了露出肉。

打得我老头儿好心疼，打得我大牛直抖擞，

你把这牛牵回去，我上你家牵好牛。

太：（唱）不要光说那条牛，看看我这小丫头。

胡：（接唱）不要光说你闺女，看看我那大乳牛。

太：（唱）从今以后没亲戚，我的门槛你别走。

胡：（接唱）从今以后不互助，互助小组算到了头。

（老姜头上老姜头四十七八岁，身材魁梧，面瘦耳大，通天鼻子，目光闪闪有神，一看便知是个十分爽直痛快的人物。他身上穿了件被汗水湿透了的白布衫，腰扎黑色围裙，赤足，手里拿着种地的家惧，急急忙忙地走到老胡头和老姜太太之间）

姜：亲家！和你亲家母吵吵什么？

太：你刚打山上下来，回家吃饭去吧，这里的事有我一个人就行，不用你管。

姜：（看了看老姜太太，没有理睬，又转对胡）到底是怎么啦？

胡：亲家你不知道啊！我那牛……

太：（把话抢了过来）先慢表你那段，（叫姜）他爹！你看看俺闺女脑袋上的大包吧！全是你那好亲家打的，这个，这个老王八头子！

姜：（啪地给她一个嘴巴）竟她妈张嘴喷粪，你给我滚家去！滚家去！

媳：爹！（责备）你怎么了?！妈！你到屋里来吧！（福来媳妇拉着老姜太太进屋去，老姜太太还在抽噎，小凤见妈挨打，也哭了，随她下去）

姜：老娘们儿这东西就是贱，三天不揍她，她就刺挠，亲家，到底是怎么回事？

胡：唉！亲家！互助组成了“糊涂组”了，互助不成了。

姜：这两天俺们组长上区里开会议去了，俺们在家光顾干活儿可没检讨，心里都存点儿意见，你是代理组长，等会儿你集合俺们开个会，批评批评就妥了。（转身对山上，喊了两声）兴义！徐德玉！快下来开会呀！（对胡）你看！今儿个咱们三个人给老姚太太种了一块豆子，种得又快又细致，我看比早前俺哥儿俩给地主扛活的时候干得细致多了。

胡：咳！你说的是山上那一段，你到屋里听我表表山底下这一段吧！

（唱一曲）

一把拉住亲家手，二人齐往屋里走。

姜：（接唱）

儿女亲家来互助，不要吵架丢了丑。

胡：（唱）互助小组就要黄，两家亲戚也不走。

姜：（接唱）你说这话从何起？快到屋里说根由。

（二人下）

（青年农民姜兴义、徐德玉拿着种地的家犋唱上）

兴、徐：（唱五曲）

地还是这块地，天还是这块天，
二十四节也照旧，春暖秋凉更没变。
若问什么变了样，就是穷人把身翻。
啦呀梅呀啦呀梅呀！把身翻。

兴：（唱）地是俺穷人地，天是俺穷人天。

徐：（唱）地上能够长五谷，全靠穷人流血汗。

（齐唱）从今以后多劳动，有吃有穿万万年，
啦呀梅呀啦呀梅呀，万万年。

徐:(白)咦！到你妹夫家了。

兴:咱们把胡福来叫出来,问问他爷两个今天下半晌为什么不上山种地去?

徐:老胡头是使牲口的,今天后半晌一副犁杖蹚地,他使的那副犁杖把牛卸了,叫小凤牵去放去了,他不上山来倒算不了什么错。

兴:那么胡福来可不该不上山来呀!

徐:你猜他为什么不上来?

兴:他们爷两个那点儿心眼儿我一猜就透,今儿个后半晌是给老姚太太种地,若是给他们自己种,你看他管保比谁来得也早。

徐:以后他再若不上山来,俺们也不上来。

兴:那可不对,俺们不能像他们爷两个那么样,俗语说:"人有脸,树有皮",若是在别人地里干活儿不好好干,偷懒要奸头,在自个儿地里就上劲儿干,那还叫人吗?再说今儿个是给老姚太太干活儿,你看她是个孤孤寡寡的瞎老太太,没依没靠,吃喝穿戴全凭着分的这一亩地,俺们就是把个人地荒了,也不能给她的地撂了啊!

徐:伸出五个指头还不一般长,一人一个心,若能都像俺们这样打算,那还能有人不上山么?

兴:我叫他出来吧!(欲喊)

徐:拉倒吧!别看你嗓门大,你就是把嗓子吆喝破了他也不出来。

兴:他不出来还得行?

徐:他不在家呀!

兴:他干什么去了?

徐:晌午时候,有人碰上他骑个车子往南下去了。

兴:啊!

徐:八成是去跑买卖去了。

兴:好哇！他真是越说越奸了,把地里的活儿扔给咱们,他自个儿上外头跑买卖去了！好小子,俺们在山上紧干,他在外头紧挣,咱们干了打粮是他的,他在外头挣了钱也是他的！这叫什么互助组！组长不在家,老胡头当代理,他这么做,我不干啦！(叫)老胡头子！老胡头子！

(老姜头急忙应声出来)

姜:(把姜兴义挡住)你彪啦！大爷(注:伯父之意)不叫大爷,怎么叫起老胡头子来了。

兴:爹！你来,我跟你说句话！

姜:说什么?

兴:我们这个互助组互助不成了！

姜:怎么又互助不成了?就是天塌下来俺们穷人也得互助呀！

兴:俺妹夫跑买卖去了,俺们还彪哄哄地不知道呢！

姜:真的吗?他这么做那可就不对了,说的是大家伙儿都得齐心干活儿,谁也不兴存私心。他怎么叫他儿子跑买卖去了呢?

兴:我进去跟老胡头讲讲理,出出气,俺们这互助组就黄了得啦！反正咱们自个儿有人手,又有牛犋,种咱们那点儿地像玩似的一点儿不费力,何必跟他们在一块儿,牲口人都累得鳖犊子样,天天帮别人干活儿,一个钱也不挣他们的,还得生气。

姜:这么说可也不对,俺组里这五家除了亲戚就是俺们穷哥们儿,吃点儿亏,也是吃得着的。你妹夫若真是跑买卖去了,等他回来俺们开个会检讨检讨不就结了,共产党讲的是团结么！别他妈动不动就要黄。

徐:说什么俺们也得问问他,坐起根插到一块儿的时候不是有言在先吗？有人力就出个人力，有牲口力就出个牲口力，谁也不兴要奸头。

姜：老徐家大侄，你回家吃饭去吧！有话晚上开会的时候大伙儿再检讨。

兴：若等到晚上开会那就把我憋死啦，我这口气当下就得出了。（要往里闯）

姜：回家去吧！（姜兴义未动，老姜头便拿出了父亲的严肃面孔）给我滚回去！

（姜兴义往后退了两步）

（老姜头又回到老胡头屋里去了）

（姜兴义和徐德玉正预备要走时，老姜太太拉着小凤上，福来媳妇随上）

媳：妈！你领着小凤回家吧！可别再和俺爹吵闹了，叫人家多笑话呀！

太：（边擦眼泪）我这口气非出了不可。

兴：（回头看见老姜太太）妈！你怎么的？

太：（一把眼泪一把鼻涕）你过来！看看你妹妹脑袋上的大包吧，起当初我就说：俺们有人手，又有牲口的，不要参加什么"糊涂组"吧！你们爷儿两个偏不听我的话，看看到底怎么样？成天给人家干活儿，还得挨人家打……

兴：（摸着小凤的头）这到底是怎么整的？

凤：叫老胡头给打的呗！

兴：他凭什么打俺们？

凤：给他放牛，一个钱也不挣他的，他还嫌俺放得不好，拿拳头这么（做打式）一边打一边说："你哥哥不给我上心种地，你不给我好好放牛,你妈没下一个好犊子!”

太:差点儿把你老妹妹打没气了。

兴:(火上填油,平地跳起)哎呀!(唱三曲)

俺妹妹和妈妈讲说一遍,不由得头发涨火往上窜,

骂一声老胡头快滚出来,姜兴义要跟你把账来算。

(叫)老胡头子!你给我出来……

(老姜头迎上)

姜:(唱三曲)

适才问你已经转身回家,为什么彪哄哄又来叫骂?

兴:(白)不用问啦!(往里闯被老姜头抓住)

(老胡头上)

姜:(接唱)

难道说放牛的事你也知道,定然是你那妈说了闲话。

胡:看你那熊色吧!有你爹在这,你敢把我怎么样?管怎么说我也比你大一辈。

兴:(唱三曲)

放开我,放开我,放开我吧!我要去到屋里跟他说话。

(一跳挣脱,老胡头见势不好,逃向屋里去了,姜兴义紧紧追下)

徐:(急追兴)老姜大哥,老姜大哥!

姜:(接唱三曲)(对老姜太太)

一定是老娘们儿又扯闲话,天生的贱骨头就得狠打。

(老姜头举手要打,福来媳妇眼疾手快,跑到二人中间,架住了他的手,小凤从身后抱住了老姜头的腰,老姜太太坐在地上浑身发抖)

(正在这时,老胡头手里捧着个大锅盖慌慌张张由屋里跑出来。

姜兴义追踪其后，双手举着一个大瓦罐子，几次要往上打，但都因老胡头有锅盖遮身，才没打下去）

（老姜头见姜兴义出来后，便想奔去阻止他的行动，但因当时被两女儿抱紧，未能挣脱，待老胡头处在最危险时，他才和女儿同时跑出抓住姜兴义）

（姜兴义被大家按住后，老胡头转败为胜的局面已成，乃举起大锅盖，朝着姜兴义的脑袋打去，忽被从屋里跑出来的徐德玉把锅盖抢下来，才算完事）

兴、太、胡、凤：以后各干各的，互助组就算黄了！

徐：哎呀！（唱六曲）（徐唱时，媳把锅盖等物收拾屋里头去，去后复上）

老胡家大叔老姜家大哥，互助小组黄不得，

我家只有一条驴，黄了小组就坑了我。

（白）黄不得！黄了我怎么种地呢！我只有一条毛驴，全仗着你们两家的牲口插在一块儿呢！管怎么也得把地种上，到老秋打点儿粮好吃呀！

（孤寡老姚太太是个盲人，她扶了个拐棍慌忙上）

姚：（唱六曲）两家亲家打了架，互助小组就要垮，

急急忙忙下了炕，去到胡家把架拉！

（白）你们怎么打起吵子来了？

太：老姚家大嫂，你来得正好，俺们这“糊涂组”黄啦！从今后各自干各自的。

姚：嗨！那怎么行啊！你们大伙儿可怜可怜我这瞎老婆子吧！无儿无女，孤孤寡寡的一个人，你们若不跟我插对在一块儿，我那一亩地不就得撂荒了嘛！

胡、兴：反正互助组算黄定了。

姚：可别价，当初你们怎么说的，不是说我孤寡一人，没有人力又没有牲口力，你们情愿把我的地给捎种上，到秋打下粮再算账么？你们哪！行善就行到底吧！

太：老姚家大嫂，你不知道啊！但若能“糊涂”住，谁还愿意黄呢？这不竟是老胡头子整的吗？

姚：若不，管道你们谁家，把我的地给捎上，到秋后打下粮来，你们多少给我劈点儿就行！剩余下的全给你们，看好不好？

太：你回家去吧，大嫂！俺们这还得打官司呢。（对胡）我说老胡头子！你说吧。把我闺女打成这个样，俺们是先上大区还是先上县？

姜：你给我滚回家去！（驱逐老姜太太和姜兴义，一直逼他二人下去，自己也跟下去）

徐：（唱六曲）

看这样子黄定啦！快拿主意另想法，

春天地若种不上，秋天一粒不能打。（下）

凤：姐！你也跟俺回去吧！再别上老胡家来啦。

媳：好！我送你回去！（二人下）

姚：老胡家大兄弟！我看这都是打你身上起的因由，你得给人家赔“不是”才行啊！

胡：我！

姚：疙瘩是你系的，还得你去解呀！

胡：你没看见我那条牛饿成什么样了，一辈子没有个牛毛，这回好容易分了条大牛……

姚：若不，你把我那一天地给捎上！从前没有地的时候，我挎筐要饭那是没法子，现在共产党来了，俺穷人都翻身了，你能看着我一个人挨饿吗？

胡：我倒是想着给你捎种上，可就是一条牛配不上牛犋，拉不了犁杖。

姚：照这么说，你是不能给我捎种上了？

胡：可不是呗！我还不知道找谁去插犋呢！若是一时插对不上，连我的地都得撂啦！怎么顾得了你呢？（闷闷地走进屋里去）

姚：嗨！这可怎么整呵！（媳上）

媳：老姚家大娘，你还没回去？

姚：啊！福来媳妇你回来啦！你可怜可怜你这穷大娘，劝劝你公公和你娘家妈，可别打吵子了，互助组一黄，你大娘就得饿死呀！

媳：怪谁？还不竟怪俺那个彪哄哄的公公吗？起当初成立互助组的时候，是他先张罗的，眼时要黄，也是打他身上起的因由。（老胡头在屋里偷听）

姚：可不是怎的，坐起根成立互助组的时候，他说得多好听啊！他说：俺们五家插对到一块儿，有活计大伙儿干，一包在内，谁也别发生意见。到如今可好，他先挑头要垮台了，成事的是他，败事的也是他。

媳：真叫人着急，大后天就芒种了，你说芒种以前若是下场大雨，地种不上，明年可吃什么呢？那个彪老头子，做事竟为自己打算，一阵风、一阵雨的，说话不算话，就跟放屁一样。

姚：照你这一说，互助组是黄定了。

媳：可不是呗，姚大娘，你看！俺妈家有两头牛，还有俺爹俺哥哥两个劳动力，种地一点儿不费难；就是俺婆家这头为难，只有一条牛，拉犁杖没有配对的，拉大车没有拉套的，我看那个老头子是

不是把他自己个儿套上当牛使唤!!(下)

姚:这,这,(哭)我那天哪!我那死鬼!你把我也领去吧!(哭下)

(老胡头跨出屋门,有所反悔)

胡:(独白)黄不得!(唱一曲)

左一思来右一想,眼睛睁开心里亮,

第一不该做买卖,第二不该去打仗。

互助小组这一黄,我的庄稼就要荒,

一个老牛怎种地,快找大伙儿再商量。

(叫)老姚大嫂!老姚大嫂!(胡下)

第四场

(周宗满在后台喊了声“走”!兴高采烈地舞上)

周:(快板)

我说一个妙来真就是一个妙,两个亲家把架吵。互助小组垮了台,真叫老周哈哈笑。若问老周为什么笑,我的机会来到了,我家只有一条驴,徐德玉家还有一条。我要和他去商量,插犋种地多么好,人力畜力插到一块儿,谁的地也不能撂。

(叫)徐德玉在屋里没有?(狗叫)

(徐唱上)

徐:(唱六曲)

互助小组已解散,闷坐房中暗盘算,

一条毛驴怎种地,叫人为难不为难。

周:(叫)徐德玉!快出来给我看狗呀!

徐:(斥狗)待着,死狗!(打狗)(快板)

叫声小狗你别咬,莫把客人看错了,

来的不是大肚子鬼，那是老周咱相好。

（白）老周大哥！你今天满脸喜气，有什么事这么高兴？

周：你们的“糊涂组”垮台了，我怎么不高兴呢？

徐：咦！你这话可真不够朋友，我正为这个犯愁呢！你怎么倒高起兴来了？

周：大兄弟！你若是跟大哥我插在一块儿，那你不也高兴了么？你说吧！你大哥我，从小放大猪，长大摆弄烂泥，虽说没交下人，可也没人说我不济，和你大哥我插对在一块儿是不是不离？

徐：你那小驴和我那小驴搭配在一块儿，又不咬架，个头儿也齐，倒是不离。

周：再说你的地和我的地又是紧相连，一条垄也不隔，干起活儿来真是又省工又省劲儿。

徐：行！就这么办吧！（二人唱一曲）

二人订计真是妙，解除愁闷少熬糟，

两家插犋把地种，人少办事不吵闹。

（老胡头在场外喊了声“走”，便跑出来）

胡：（唱一曲）

姜家老头儿没意见，老姚太太更喜欢，

姜兴义他不愿意，我再问问徐德玉。

（叫）徐德玉！徐德玉！俺们互助小组不黄啦！明天照旧干活儿。

周：（唱一曲）

互助小组又不黄，老周心里真生气。

徐：（接唱）

老胡头你听仔细，我和老周插了犋。

胡:(白)啊！你们两家插对上了,那不行,俺们互助组不黄啦,又成立啦！老姜头老姚太太都愿意。

徐:他们愿意他们干,反正我是不回去啦！

胡:你不回去不行。

徐:咦！白天不是你提的口号说是要黄的吗?

胡:白天你不是不愿意黄吗?

徐:那会儿不愿意黄,这会儿我可愿意黄啦！

胡:那会儿我愿意黄,这会儿又不愿意黄啦！

徐:竟是你说了算吗！没那个理(儿)。

胡:怎么没这个理?胡福全上区上开会议去了,组长的差事由我代办,定然是我说怎么的就得怎么的呀！

徐:你说怎么的就得怎么的?没那个事,别看你代替组长,我不尿你。

胡:你服也得服,不服也得服,明天给我种地,你不去不行！

徐:不行?

周:徐德玉,别跟他吵吵！俺们到里屋办俺们的事去！(拉徐下)

胡:回来！来！(追下)

第五场

(鼓打三更,乐奏第七曲一遍)

(鸡叫三声,老胡头整衣上)

胡:(唱七曲)

公鸡大叫三声,屋里黑古洞洞,

翻身下了土炕,划着洋火点灯。(过门)

点着油灯一盏,心里暗暗盘算,

今天给我种地，该当早点儿上山。（过门）

顺手拿起铁筒，出去敲他几声，

铁筒百敲不破，懒人一敲就醒。（过门）

（白）鸡叫三遍了，还没听见有人起来的动静，俺们屯里立下这个规矩，早晨敲铁筒当钟，听见铁筒一响，大伙儿都得起来上山干活儿去。往日，这筒是由胡福全来打，昨天一早他上区开会去了，组长的差事由我代办，正相应今儿个俺们互助组给我家种地，我格外起得早点儿，上外头使劲儿敲巴一阵，把他们都叫起来！（敲了几下）（唱）

今天给我种地，打钟由我代理，

不是老头儿走运，活该大伙儿早起，

（笑）哈哈！（激烈地敲了一阵）

（后台人声嘈杂，狗咬驴叫闹成一片）

（姜兴义怒冲冲上）

兴：（唱八曲）

老胡头，肉奸头，真想给你一拳头，真想给你一拳头。

胡：（白）你敢！

兴：（唱）种你地，你起在头，种别人地你在后头，种别人地你在后头。

胡：（白）不管说什么你也得上山给我种地啊！

兴：（唱）我不去，我不去，看你能把我怎么的，看你能把我怎么的。

胡：（白）把你们大伙儿的豆子都按上了，该着种我的地，你们就不干了？那不行！再说这几天闷乎乎的，若是一场大雨下来，芒种以前种不上地，那不把我体登了？！

兴：反正互助组也黄了，谁管你这个。

胡：你说黄了，你爹可没说黄，是你说了算？是你爹说了算。

（徐德玉披衣上）

徐:（唱八曲）

老胡头，真古怪，给你种地就早起来，给你种地就早起来。

老胡头，心眼儿坏，叫你儿去做买卖！叫你儿去做买卖。

胡:（白）说俺儿去做买卖，你见啋？他妈的，谁不知道俺儿漏肠了，肚子疼得在炕上直打滚。

徐:（唱）你的地，我不去，我和别人插了犋，我和别人插了犋。

胡:你和别人插犋了，不行！你他妈巴子打算破坏俺们互助小组，你打算各干各的，不知俺们穷人抱住团体，就凭你这副脑瓜非开个会斗争斗争不可。说别的用不着，我是代办组长，我说了你们就得听，赶快上山给我种地去。

兴、徐:你还来压力派吗？

胡:（对兴）我不碰你，有你爹管教你呢，我是跟徐德玉说话。徐德玉！互助给没黄，你不上山可不行。（敲筒下）

徐:姜兴义，俺们整不过这老头子，还是给他种地去吧！

兴:（唱）偏不去，偏不去，偏要跟他治治气，偏要跟他治治气。

徐:你不去我可得去，我先走了！（下）

（内姜声）兴义！你还不进来拿上家犋上山种地去吗？

兴:我不去。

（内姜声）你给我滚进来！（兴入）

（小凤拿着鞭子上）（唱八曲）

凤:洗了脸，梳了头，早起上山去放牛，妈妈夸我是好丫头。（过门）

俺的家，两条牛，见了青草不抬头，只兴它胖不兴瘦。（过门）

老胡头，坏老头，我一见他就犯愁，偏不给他去放牛。（过门）

（老姜头斥着姜兴义上）

姜:(对兴)快去! 牵俺们的牛上山去,今天光使俺们的牛蹚地,叫老胡家的牛歇歇。

(姜兴义闷闷不乐下)

姜:(对凤)(唱八曲)

叫小凤,往东走,上你姐姐家赶那牛,

不要再恨老胡头。(过门)

凤:不! 不么! (唱八曲)

不挣钱,不得利,到了还得受他气,

谁再给他白出力。

姜:去吧! 听爹的话。(唱九曲)听爹话,快去吧! 爹爹明天去赶集,给你买两个大对虾。

凤:你不骗我? 真给我买大对虾吗?

姜:去吧! 爹啥时候骗过你,快放牛去! (姜下)

凤:(唱)听爹话,喜洋洋,快给姐家把牛放,挣个大虾香又香,挣个大虾香又香。

(在台上跑了一圈便到了胡家)

凤:(叫)姐! 俺牵牛来啦! (福来媳妇端了盆水上)

媳:等我把牛饮一饮的。(牛见水"哞哞"叫了两声)(对凤)今儿个不用这牛蹚地了吗?

凤:俺爹说今儿个光用俺家的牛蹚地,叫我放这条牛。

媳:(看妹头)脑袋上的包好啦?

凤:好啦! 俺妈给俺一揉就好了,你看,一点儿也没有啦。

媳:今儿个好好放牛,可别再打它啦!

凤:俺打不打的,你操这个心干吗? 牛是老胡头家的,你是俺家的。

媳:管谁家的牛你也别打啦! 哑巴畜牲不会说话,你打它,它心里不知怎么难受呢！

凤：难受？难受没见它哭！

媳：它不哭它心里可恨你呢！它心里说，“这个小丫头蛋子，不叫我吃草，还打我，赶后来长大叫你找个厉害女婿，天天打你”！

凤：（撒娇）俺不放啦！

媳：姐和你说着玩呢，你快去放牛吧！把牛放胖了，赶过年姐给你做一双大花鞋。去吧！（媳端盆下）

（乐奏第十二曲）

（小凤自槽上解牛下来，用手牵出院子，然后把绳子拴在牛角上，吆喝一声，便往河边走去。片刻，雀噪声中，东方透白，疏星隐退，渐有七色朝云，隐现其间，俄而霞光万道，半轮新红太阳一跃升起。小凤观此景象，情不自禁，挥开鞭子手舞足蹈起来）

凤：（唱二曲）（慢）

日头出来照四方，四方的人儿心里亮，

互助小组上了山，要靠劳动把福享。（过门）

日头出来红通通，前方军队大反攻，

春天撒下胜利种，到秋一定好收成。（过门）

日头出来四下看，看看谁勤和谁懒，

二流子还在炕上睡，劳动模范早上山。（过门）

日头出来看见我，我在这里正干活儿，

放牛割草还捡粪，又跳舞来又唱歌。（过门）（舞下）

第六场

（老胡头在前头用锄刨坑，老姜头在后头捻种，一前一后紧紧相跟。唱上）

胡:(唱九曲)

我刨一个坑来,(嘿)你捻一把种。

(齐)老哥儿俩互助把地种。

胡:(唱)我刨两个坑来,(嘿)你捻两把种。

(齐)坑坑里有种不能空。

胡:(唱)看谁干得快来,(嘿)比比谁有劲儿,

(齐)老哥儿俩比赛争英雄。

胡:(唱)越干我越快来,(嘿)汗珠往下滚,

(齐)谁也不能怠慢都有劲儿!(过门)

姜:(白)看你累得满头大汗,咱两个换换。

胡:亲家,你看:我这块地是头等头地,一亩地我上了七十堆底粪,还计划要喂一包粪精,咱们可要好好摆弄,到秋连苞米带豆子保证要多打一石五,超过百分之三十呢!来,亲家,咱俩比赛,看看谁做得又快又细致。

姜:来吧!伙计,早前俺们哥儿俩一块儿在大肚子家蹋门槛子的时候,你当打头的,我就没服过你,我保险比你刨得又匀溜又正道。来,接着干哪!

胡:你歇一会儿,我上后头看看他们两个年轻的干的活计怎么样?他妈巴子的,年轻力壮的小伙子,反倒拉到俺们这两个老骨头的后边去了!

姜:俺们俩赶快把这几条垄种完,等歇晌的时候再去检查他们的活儿吧!

胡:我看他们俩今儿个不太上心给我干,别他妈巴子不好好种把我体登了。

姜:(对远处)喂,兴义!德玉!快点儿干哪!

胡：你看，他们拉得多远呵！这么大嗓门吆喝他都听不见了。

姜：来！咱们先干起来吧！

胡：也好，别把咱们的活儿也耽误了，俗语说买卖要"狠"，庄稼要"紧"，过了芒种就不能强种啦。来亲家！快干哪！

姜：（唱九曲）

我刨一个坑来，（嘿）你捻一把种，

胡：（接）我一边捻种一边不放心。（回头看场外）

姜：我刨两个坑来，（嘿）你捻两把种，

胡：（接）回头一看我误了一把种。

姜：（唱）看谁干得快来，（嘿）比比谁有劲儿。

胡：（接）我真他妈有点儿不放心，（往后看）我真他妈有点儿不放心。

（老胡头回头呆看）

姜：快干吧，亲家，你看，（指天）云彩上来了，八成是有雨。

胡：（见云吃惊）哎呀！（远处雷响）

胡、姜：糟了！快干哪！（二人急刨下）

（姜兴义和徐德玉二人一刨一捻唱上）（懒散）

兴：（唱九曲）我刨一个坑来，（嘿）我生一口气，锄头下去不用力。

（过门）

徐：（唱）我捻一把种来，（嘿）我把手一松，不用弯腰随便扔。

（过门）

兴：（唱）谁还管他近来，（嘿）谁还管他远，用锄头刨坑不用眼。

（过门）

徐：（唱）谁还管他多来，（嘿）谁还管他少，更不管出苗不出苗。

（过门）

兴：（站下）嗬！哪天也没有今儿个省劲儿，再歇一会儿，抽袋烟。

徐:那两个老头子干得真上劲儿啊!(远处有二老人喊比赛的声音)嗬,老胡头今儿个干得格外有劲儿!你爹也不赖。

兴:俺爹那是个老好人,吃个亏像吃个馅饼似的,什么时候给别人干活儿都比给自己干上劲儿,那个老胡头要是在别人地里干活儿也像今天这样,那咱们互助组就成功了。(远处有二老人声)

徐:你看,他在别人地里他从来也没这么干过哪!

兴:俺们这互助组真不如昨天黄到底算啦!这个老胡头子颠三倒四的真是个二百五。

徐:他才不二百五呢!他家若是有两条牛,保险他不跟咱们插犋,他出那熊道竟是奸道,就说叫他儿子出门的事儿吧!做得可真缺德。

兴:他若真叫他儿子做买卖去了,没别的,等他回来的时候,我一见面就给他两个脖溜(儿),打他个狗呛屎。你别笑,别看我是他大舅子,打了以后还得把老头子骂一顿,骂完拉倒,互助组解散各干各的。

徐:你爹他若是不让黄,你可也没法子。

兴:我就是跟他分了家,也不在互助组就是。(往远看)喂!徐德玉!你看那不是骑着车子过来了吗?

徐:真巧,说着曹操,曹操就到。

兴:俺们俩下去把他挡住,走!(二人下)

(胡福来推着一辆载着牛毛菜的自行车上)

福:(唱二曲)

牛毛菜哟,像牛毛,买到家里上锅熬,

熬成糊糊做凉粉,包能挣钱赔不了。(过门)

牛毛菜哟!买得贱,一斤能挣四百元。

不用本来光取利，生意兴隆大发财源。（过门）

（外兴声）：那不是俺妹夫吗？

（外徐声）：福来兄弟你发财了！

福：（不知所措）（站下）啊？！

（姜兴义和徐德玉上）

徐：（数来宝）大掌柜（的），你发财，问你发了几万块？

兴：（数来宝）大妹夫，打这过，问你办的什么货？（看货）

福：（仍不知所措）嘿嘿！

兴：（数来宝）大妹夫，（你）真倒霉，碰上我们你要赔！

福：（仍哭笑不得）嘿！嘿！……

兴、徐：（数来宝）不说话，你光嘿嘿，这套本领谁教给？这套本领谁教给？

福：得了，你们怎么罚我怎领。

兴：徐德玉把他的车子推到那棵大树底下去。大妹夫！你先跟徐德玉在这等一会儿，可不兴你往别处去。（徐德玉和福来下）

兴：（唱二曲）

说着曹操曹操到，说着福来他来了。

我去上山找老头儿，看他害臊不害臊。

（在台下走了一圈）（老头儿怒冲冲上）

胡：（唱一曲）

验罢了地怒冲冲，深浅远近不齐正，

急忙去找姜兴义，要把理由讲个清。

兴：（唱一曲）

这里我正往前走，抬头看见那老头儿。

胡：（接）低头看见姜兴义，你这小子先别走。

（转调）（八曲）

姜兴义，姜兴义，我把你这瞎眼的！

兴：（接唱）老头子，你别急，为啥骂我瞎眼的。

胡：（唱）

你看你，种那地，一块稠来一块稀，（过门）

你看你，刨那坑，远远近近不齐正。（过门）

你看你，撒那种，垄台垄沟随便扔。（过门）

毁了地，毁了俺，你真是个王八蛋。

兴：（唱）你别跑，老王八，看我给你个大嘴巴！

（举拳要打，老姜头突然走出）

姜：我把你这个驴进的，你不上心种地，还想动手打人？

兴：爹！你不知道，他做那些熊事能把哑巴气出话来。

姜：你不说说你干那熊活计，一张嘴就把错处推到别人身上啦！

胡：是啊！你看你干那活（儿），在你个人地里能那样干吗？

兴：慢说在自己地里，就说昨天给老姚太太种地，也比给你干得高兴。

姜：你这熊话说的，俺们两家是儿女至亲，老姚太太跟俺没亲没故，比跟你老胡大爷还近了吗？

兴：什么亲戚不亲戚，天下穷人都是一家人，处得好了互相帮助，不亲的也亲了。处得不好各顾各，存私心眼儿，亲的也不亲了。

（唱八曲）

胡大爷，我问你，你的儿子上哪去？（过门）

胡：（唱）你妹夫，生了病，小肠疝气带伤风。（过门）

兴：（唱）你胡说，真好笑，生病怎能往外跑。（过门）

胡：（唱）说他跑，说他跳，能跑能跳谁见了。（过门）

姜:(白)你妹夫明明在炕上躺的么!你还问什么!

兴:你见来?

姜:是你妹妹亲嘴跟我说的,她还能熊她爹么?

胡:是呀!亲生的女儿还能熊她爹么?

兴:(唱)胡大爷,说真的,你儿是不是去跑生意?(过门)

胡:(唱)(我)嘴有毛,说话牢,他真没有往外跑。(过门)

兴:(唱)叫声爹,你听着,他说的话可记牢。(过门)

姜:(唱)这小子,真啰嗦,他说的话哪有错。(过门)

兴:(唱)他的儿,做生意,若是真的怎么办呢?(过门)

姜:(唱)他要是(去)跑买卖,互助小组就劈开,互助小组就劈开。

兴:好,好,徐德玉!你们上来吧!

(徐德玉与福来上)(姜、胡见福大惊,徐德玉把牛毛菜往地上一撂,姜、胡更是吃惊)

兴:(继续喊)放牛的,割草的,剜菜的,种地的,你们都来看看,这个人是谁?

(太、媳都挎着筐,凤拿鞭上,周宗满提着粪筐,各自一角跑上)

太、媳、凤、周:(边上边问)怎么的了,怎么的了?(见福)唔?!

姜:啊!果不然你真是跑买卖去了。(生气)嘿!(转身以背对胡)

兴、太、徐、凤:(同时怒冲冲的)让俺们大伙儿给你种地,你个人跑买卖去了啊!(狠狠地对胡)呸!(都把身转了过去)

媳:(看了看众人,看了看福来)不叫你去你偏去,看看这怎么整啊?

福:(没有了主意,哭咧咧的)你说明天开会一斗争,大伙儿若罚,我那可怎么整?这不是竟怨我爹呀!他若拦我一步,不叫我去跑买卖,哪能有这遍。

胡:(直愣愣地看着福来,已经看了半天,至此暴发)杂种!那能怪我吗？不是你屁股上长尖，在家坐不住了，混出主意要跑买卖去吗？

（姚扶棍急上）

媳：老姚家大娘，你这没眼没目的人上山干什么来了？

姚：我呀！在屋里待得怪闷得慌的，摸到山上来看看我那块地。自从分了地，我才来了两趟，福来媳妇，你看！（张开手掌，手中捏了一把黄土）这是我那块地上的土啊！你摸摸，湿乎乎的又细发，又软乎。你闻闻，一股打鼻子香气。真招人稀罕哪！你大娘一辈子盼瞎了眼也没盼着一条垄，这回可有了地，唔，你大爷活着时候就稀罕地啊！可惜他……

媳：地是好地，土是好土，可惜又要撂荒啦。

姚：（一惊）你怎么说？

媳：互助组又要黄啦！（老姚太太听了这话，失望地把土扔在地上）

姚：可别黄，哎哟！你大娘一辈子盼瞎了眼也没盼着一块地，这回……

徐：（看见远处来了一个人）你们看！组长回来啦！

（胡福全急上）（周迎上）

周：福全兄弟！你回来啦！

全：天阴了，大伙儿怎么不赶快种地，在这闲呆着啊！

媳：又闹别扭了。

全：啊？

姜：福全你开完会啦？

全：是啊！老姜大叔你们这是怎么的了？

徐：他光顾自个儿发财，叫他儿去跑生意，逼着俺们大伙儿白给他种地，就是这么回事。

胡:种地?对啦,这些事情都是打地上所起,福全,你看他们俩把我的地给糟巴得这个鳖羔子样?!

太:你还有理啦!昨儿个你打我小闺女那口气我还没出呢!

(大伙儿争做一团)

全:大伙儿别闹了,听我说几句话,俺们小组在区上受批评了。

众:(一惊)俺们小组受批评了?!

全:(唱十曲)

区上的大会开得好,教育批评又检讨。

俺们小组受批评,都说这缺点不算小。

众:(唱)都说这缺点不算小。

胡:嗨,你呀!就是不会说不会道,俺们那些好处你八成没有往上报啊!起当初立组的时候,我唱的那些口号你都没提?什么一包在内,有活儿就干啦!什么不记账,心里有数少麻烦啦!又什么大伙儿抱住团……团……抱住……

媳:抱住团体,不兴存私心眼儿,不兴个人顾个人。你说的那好听话可多啦!

胡:是呀!这些好条件你都没往上报啊?

全:都报上去了,我还说我们组里虽然说得好听,可是常常拌嘴闹别扭。

胡:嗨呀!你把那些寒碜事都抖搂出去了,俗话说:"家丑不可外扬。"你呀!真是少啃了几年苞米,牙口嫩,不懂得怎么说话。

姜:你别怪孩子们,共产党讲的是坦白,有话就得照实说么。那开会议就像请先生给扎古病似的,你有什么病就得说什么病么。好,福全,你往下说呀!

全:(唱)

俺小组犯了糊涂病，糊里糊涂把人坑，

干活儿不记工多少，一包在内搅不清。

众：(唱)一包在内搅不清。

周：我早就说这不是互助组，这是个糊涂组。喂！福全兄弟！就我这没在组的人，从旁这么看着，你说的是一点儿也没差，这就是病根，根！

胡：真他妈巴子的，光说写账，一个识字的也没有，那可怎么写法呢？搁心里记着还不是一样?！谁还能叫别人吃亏，自个儿占便宜吗？

兴、徐、太：(对胡)你就是那种人。

全：人家有记工算账弄得好的，一点儿也不打吵子，你们听：(唱)

杨家村有个杨家屯，他们记工记得清，

算工以前先评分，谁多谁少真公平。

众：(唱)谁多谁少真公平。

姜：评分？听也没听说过，你快说说什么叫评分？

全：评分记工，就像拿尺量布似的，(快板)

量布你得用尺量，算工就得用分评，

一个尺上许多星，一个星好比一分工。

布若长来星就多，工要多来分也重，

一尺布来有十寸，一个整工算十分。

胡：明白啦，明白啦，做一个工就给一尺布啊！

凤：不对，人家是怕你不明白，拿布来做比喻的，工作得多分就给得多，谁说给你布来？

周：(对徐)这个老头儿真是财迷打底，人家说的是评分记工，他单往布上听。

兴:一个整工算十分,若是半拉工呢?

徐:半拉工,你就把一个整工劈两瓣,算五分对不对? 福全。

全:对,这个评分记工的道理一邪乎就邪乎开了。

姜:若是半个工的一半,那可该算多少分呢?

福:那个小账好算,就把五分再劈开,算二分五呗。

太:我也明白啦! 反正是做一点儿活儿算一点儿分,你若今天做点儿,明天做点儿,凑到一块儿够十分,就当一个工计算。像俺们老娘们儿下地,不能顶一个整工的,那就挣几分算几分。

媳:这样算法,俺们妇女儿童也能抽出空来上山干活儿了,这个法子好!

姚:就是我这不能上山干活儿的挣不着分了。

胡:你们说了半天还是白扯,光说挣分,那"分"可顶个屁用,又不能吃又不能喝,要挣,俺们就实打实的,挣粮食,不扯那什么分不分的。

全:不错,挣的就是粮食呵!(快板)

一分就算八两粮,一个整工给八斤。

给谁种地谁出粮,干了活儿的把粮挣。

胡:呀! 现抢粮食缺,谁家能拿出粮来? 一个工就照了八斤,一天五个工干活儿,就得四十斤,这不是胡说吗?

全:你听我说呀!

胡:得,得,我不听你瞎宣传啦,他们这个法儿不行,还是用我那老法子好,一包在内。

全:你坐下,我还没说完呢!(快板)

算了粮食不用交,当场只交工夫票,

工夫票是一张纸,又有大来又有小。

（自怀中取出几张工夫票来给大伙儿看）

姚：这工夫票，原来是一张纸呵！（问姜）上头有字没有？

姜：没有字。

胡：这工夫票原来是一张白纸，谁家还没有几张纸呢？若是随便造些假的来，也没个凭据，这不又乱套了吗？

全：（快板）

是谁家的工夫票，就把谁的戳子压，

农会还要盖上印，谁也不能来造假。

兴：盖上戳子，那就没差了，可是这大票算多少分，小票算多少分？

全：（快板）

工夫票子有多种，大的十分小的五分，

五分以下二分五，最小的票是一分。

姜：这么说就不用写账了？

全：可不是怎的。

胡：那倒也不错，俺们这不识字的受不了熊。

周：哎呀！我听了半天，没敢吱声，共产党的办法（儿）是真多呀！不怪人家成功，真是想得头头是道。

众：好，这法子好！

胡：（自语）好倒是好，就是俺那大牛白给别人使唤，俺有点儿心疼。

太：福全！有了工夫票，这个账就能算开了，可是大伙儿使唤牲口那个账可怎么算呢？到底是不是什么东西都要均产，把牲口也均了啊？若真是均牲口，那么俺家劈那两条牛可得大伙儿养活，别光叫俺老闺女一个人放它。

全：（快板）老姜家大婶听我言，什么东西也不均产，均产是句糊涂话，谣言害人真危险。从今以后不再分，谁家的土地归谁管，谁家养鸡谁收蛋，谁有衣裳归谁穿，归谁穿归谁用，牲口也要把分挣。给谁种地谁给票，干一天活儿也给八斤。（唱十一曲最后一句）给八斤，哎哎呀呀咿呀！干一天活儿给八斤。

众：（唱）干一天活儿，给八斤，哎哎呀呀咿呀！

众：处处办得都好，牲口也挣分，想得周到。

全：牲口也分大小，大的多挣分，小的少挣分，全由大伙儿来决定。喂！大伙儿讨论讨论，看这评分换票的法子能用不？

姜：没意见，行，就这么办，愿意的举手。

全：别举手啊！你们各家都合计合计。

（姚急叫了几声福全）

姚：福全！你们先给我算算账，照这么办我的粮不是都叫别人挣去了吗？到秋我可吃什么呢？

全：老姚大娘，你这个账好算，俺们从拉粪算起，你算算从拉粪到挂锄，一共得多少工吧？

姚：呵！我的地得耪四遍，往细里摆弄，从拉粪到挂锄怎么也得二十一个工。

全：再往下算。

周：再往下我给你算算，你看对不对，从割苞米割豆子，一直算到苞米和豆子完全打下来，一共连牲口带人有十二个工就够。

全：我算也差不离。

姚：那么，一共得给人家多少粮啊？

周：全年，用别人二十一个加十二个一共是三十三个工，一个工挣二升，一共你得拿出六斗六升粮。

姚：对，对。

全：你那一亩地是上中等地，至少能打三石五，去了六斗六还剩多少？

姚：（乐）还能剩二石八斗四呢。

周：看看，剩二石七八斗粮，还不够你吃香的喝辣的吗？

胡：（对福）这么一算俺们更吃亏了，（对全）福全你来给我算算账，我怎么越算越吃亏呢？

全：你是怎么算的？

胡：你看，在互助组上，说干活儿大伙儿都下手，人家给俺干了活儿不就得给人家出工夫票吗？到秋不就得给人家拿粮吗？我不干，说什么我也不干。（一气跑下）

全：老胡大叔，老胡大叔！（外胡声，"叫我吃亏我不干"。）

全：（对福来及媳）你们两口子去劝劝老头儿，给老头儿算算账。

福：可是我这牛毛菜！

全：你背走吧！

兴：怎么叫他背走？

全：不叫他背走怎么办呢？

兴：把牛毛菜没收了，送会上去，明天赶集把它卖了，买点儿粮补助军人家属，这个不算，还得开个会斗争斗争他的脑瓜。

全：这次开会俺区长说来，互助组不应该限制做买卖，人多的互助组，还要奖励做买卖呢！

众：怎么的？！

福：真的吗？

全：俺们互助组干活儿快，五个人能带出一个人的活儿来，有了富余的人，就应该抽出去做买卖，谁挣钱就归谁花。

福：那可好了。

兴：大伙儿要是都去做买卖了，把地撂给谁呢？

全:谁要去做买卖,得经过大家同意。

姜:这法子好,反正他去做买卖挣钱是他的,俺们在家种地,挣了粮是俺们的。

周:照这么办谁也不能打吵子了。

福:这么说那我就走……

全:你走吧!

兴:不行,你站下。

全:区长说了,不兴乱罚乱斗,叫他走吧!

兴:牛毛菜不没收倒行,他可也得反省反省呵!

福:对!我反省,这次我不对……(远远雷声)

媳:云彩越来越密,又刮风,又打雷,非下雨不可,快去把俺爹劝明白了,大伙儿好种地呀!不用反省了。

周:对,不用反省了,你爬地下给你大舅子磕个头,赔个礼吧!

福:(欲跪)那……

媳:(一把拉起)走吧!(二人下)(众笑)(又打雷)

全:眼看要下雨了,俺们大伙儿赶快把胡大叔的地给种上吧!若是一场大雨下来,三天五天不能下地,一过了芒种,就不能种地了。

兴:反正俺们的地都种上了,谁管他那个,走!(兴及众下)

全:哎!别走哇。(周拉住全)

周:福全兄弟,我有句话说!

全:那就快说吧!

周:是这么回事,你大哥我从小放大猪,长大搿弄烂泥,虽说没交下个人,可也没人说我不济。

全:(着急)你到底要说什么?大哥!

周:福全兄弟,我这话可不知当说不当说……

全:(由急生厌)周宗满大哥,你是怎么了,一扁担压不出个屁来,有话就说吧!我得追他们去呢。

周:别着急,这后头的事还多着呢!你得一样一样办。

全:快说你的事吧!我的爹!

周:干脆一句话,我打算加入你们这个互助小组。

全:那就快跟大伙儿商量去吧!商议不好小组一黄,谁也入不成了,快走!

周:(拉住全)还有!昨天两亲家打架的事,全是我给挑弄起来的,我不该两头传话,这是我的不对。

全:快走吧!

(周与全边呼姜兴义下)

第七场

(老胡头上)

(远远地传来雷声)

胡:哎呀!眼看雨就下来了。一个老牛不能种地,这可怎么整呵?

(福、媳追上)

福:爹!你好好算算!

媳:你算算咱们不能吃亏。

胡:怎么不能吃亏?

福:(对胡)爹!你怎么连这么个小账也算不开,真是老糊涂了。

胡:啊?!杂种,你爹再怎么二五眼,也不兴你说他不济呀!就你会算账,左算计右算计,还不是他妈把买卖做赔了。

福:赔了?哪回赔了?你说说?

媳:爹!快算账吧!你儿子不会说话,回头我给你老人家赔个不是。

（福来钦佩地看着媳）

胡:（对福）你张个大嘴看着你媳妇干什么？还不快给我算账！

福:爹！我早就算好了，这么的，你把工夫票都给我拿来！

胡:给你！（把手里的工夫票给福）

福:（接了票）好比说这是俺家的工夫票，人家给咱们干活儿，咱们就得出票，对不？

胡:这个事你爹早就明白了，我叫你算算咱们吃亏不吃亏。

福:眼看种完豆子，就要铲头遍地了。咱们就拿铲地来算，俺小组一共有十六亩地，四天就能铲完，对不？

媳:四天差不离，还能剩下工夫。

胡:叫你算俺自个儿家，你算全组的干什么？

福:你听着，第一天，给俺家铲地，俺家有四亩半地，若是六个人下地，一天的工夫就能铲完了，对不？

媳:对！

胡:（用手指掐算）俺们自个儿家才有两个人下地，光用外头就是四个整工，唔呀！才一天的工夫就叫人家挣了四十分去？！

福:好比这四张大票就是叫人家挣去的。（对媳）你拿着。

胡:那不就得给人家八升粮，呵！……这……

媳:爹！你老先别着急，听你儿子往下算哪！

福:第二天，俺们给别人耪地，你挣回来十分，我挣回来八分。

胡:（自福来手中接过大小两张工夫票）

你怎么才给我挣回八分呀？

媳:他是个二八月庄稼人，顶个大半拉子，一天挣八分，就够他呛的了。

胡:不用你替他说话。

福：这是实情啊！爹，你儿子做买卖，一个顶俩，下地就外行了。

胡：嗨！你呀！往下算吧！

福：第三天你又挣回十分来。

胡：你呢？

福：我又挣回八分来。

胡：摊上你这么个熊包儿子，算倒了霉啦！

媳：爹，你老别着急，一开头他不会做，慢慢的手就熟了，不就能往上涨了么。

福：这话对呀！（对媳笑）

胡：把你那副狗牙龇出来干什么？还不快给我算账。

福：啊啊，第四天你又挣十分，我又挣……

胡：（瞪眼）啊？！

媳：第四天你卖卖劲儿，多挣点儿吧！

福：好，你老人家先别上火，第四天，我加了点儿劲儿，耪得又快又细，大伙儿给我评了个十分。现在你算算，俺们一共挣回多少来啦？

胡：（数手中的工夫票）出去了四张大的，回来了四张大的两张小的，里外一找……反正回来的比出去的多。

媳：出去了四十分，回来了五十六分，里外一找，人家还欠我们十六分，到秋就得给俺们拿……拿……？

福：哎！这个小账还得我算，一八得八是个八斤，六八四十八是个四斤八两，八斤加四斤八两，一共进来十二斤八两。

胡：这回可不离。

媳：我再要下地干活，不是也能挣回分来么。

胡：你呀！怎么不济一天也能挣六分，哎呀！这么一算计，家家有好

处，谁也不吃亏，这互助组可万万地黄不得呀！走！快找大伙儿商量商量去吧！（雷响）

媳：快走吧！又打雷了。（三人齐唱一曲）

耳旁又听雷声响，一家三口都心慌，

小组万万黄不得，再找大伙儿去商量。（下）

第八场

（雷声中，全、兴、姜、凤、太、周、姚等上）

兴：这么一算账，俺们也不吃亏了，倒是不离。

太：若是再立互助组的话，我可有个条件。

全：什么条件？你说。

太：（推凤）你说，你说！

凤：我说，你们干活儿挣分，我给老胡头放牛，就白放了么？

周：小丫头说得有理，也得叫人家挣几分才对。

姚：叫我这没有牲口力的说句公道话，放一条牛一天挣两分吧！

凤：（以指掐算）放一条牛挣两分，三条牛挣六分，哈哈，我一天能挣六分啦！

姜：哪来的三条牛，光俺们自个儿家就两条牛，还能挣自个儿家的分吗？

太：怎么的？自个儿家也得给分呀！留着给俺老闺女攒起来，等长大出门子的时候，好做小份子钱呢。（福来上）

福：对，俺丈母娘说得有理，（众笑）大伙儿听着，这会儿俺爹明白了，他又不愿意黄啦。

（胡、媳上）

胡：福全，你听，轰轰隆隆地直打雷，非下雨不可，大伙儿快给我种地去吧！头下雨，若是种不上地，过了芒种就不可强种啦；头下雨，若是能把地种上，赶一晴天就能出小苗……

兴：要大伙儿给你种地不难，可是你得先反省反省。

媳：爹，你快认个错吧！

胡：（摇头）我？（走了两步）（迎头一个响雷）我我……我的地要扔了！（又一声雷）呵？！

全：大伙儿快给老胡大叔种地去吧！先把地种上再说，若不，大雨下来，头芒种种不上地，天一晴就不能种了。

兴：不干，福全大哥，你刚才不是说互助组要实行民主，谁愿意干就干，不愿意就拉倒吗？他不反省好，我说什么也不能干。

全：对，实行民主，天快下雨了，俺们来个干脆的办法，愿意跟老胡大叔一块儿干的，就过这边来，我先过来。（福全说完，即站在老胡头身边）

（舞台乱了一阵，除福全、福来、福来媳妇之外，大伙儿都站到老姜头一块儿。老姚太太转了两圈，摸到老胡头身边来）

姚：（对胡）老姜家大兄弟！老姜家大兄弟！我和你在一块儿种地，你们大侄给我种的地真是细致呀！你看！老胡家那个老头子，光顾他个人，他就不上心给我种呀！

太：老姚大嫂，你那是跟谁说话呢？

姚：这不是老姜家大兄弟吗？

太：那是老胡家，俺们在这呢！

姚：嗨！你看我这瞎老婆子呀！（摸到老姜家这边来）（雷响）

福：爹！

媳：爹！你老人家快反省反省，当着大伙儿认个错吧！

胡：（哭唧唧的）你们大伙儿容我一步吧！我知道我不对，以后不那么的就得啦呗。你看！你们谁也不过来，我就一条牛，怎么种地呢？亲家母，你过来吧！我不对啦，回头你拿笤帚疙瘩给我两下，你大哥不能说红一红脸就是啦。老姜家大侄，你也过来，回头我把你妹夫打一顿，给你出出气！徐德玉，你也过来，俺们爷两个本来就挺好的么，嗨！还有老姚家大嫂！你们都过来吧！以后就是把我的地扔了，我也不能把你的扔了。（仍然没人过来）

全：（替老胡头着急）你们谁也不过来吗？

胡：你们若是都不过来，那八成是叫我少数服从你们多数呀！叫我上你们那边去站着，俺们大伙儿还是照旧在一块儿干活儿呵！哈哈，早说我不是早就明白了么！那么我就上你们这边来。（走到老姜头跟前）

太：（示意众人并拉着姜）走！

（众人都一齐移到老胡头原来站的地方）

胡：（看看又只剩自己一个人了）你们嫌我坦白得还不够劲儿，是不是？好，我不对！我今早上不该仗着代办组长的差事强迫你们，我没当过组长，代了两天组长，就要官僚要私心眼儿，个人顾个人，这是我的不对！行啦！共产党讲坦白，我就全坦了白啦，大伙儿原谅我一步，以后你们看着我的，再要要私心眼儿我对不起毛主席！（真诚激动）你们回来吧！（媳拉老姜头过来）俺亲家，带头作用，先过来啦，你们就都过来吧！还等我这大年纪人上前去请吗？

姚：老姜大兄弟！你过去了吗？

媳：是啊！姚大娘，你也过来吗？

姚：福来媳妇，快领我过去！（媳领姚过去）

媳:(对凤)小凤!快跟姐一块儿过来。

全:互助组若是黄了以后,你就挣不着分了。

凤:啊!真的吗?

全:还能熊你么!

凤:那俺就过去,可是(对胡)你再不能打我了吧?

胡:从今往后只兴你打我,不兴我打你,你就是骑着你胡大爷脖颈拉屎,我也不能说个臭字。

太:小凤!跟妈来!别过去。

凤:(对太)不,我要挣分,妈,你也过来吧!

胡:亲家母!快过来吧,我若种不上地,你姑娘不得跟我挨饿吗?

媳:对啦!妈,杀人不过头点地,俺公公认了错就行了呗!

(媳、凤二人把老姜太太拉过来)

(姜兴义和徐德玉二人交头接耳,始终没过来)

胡:兴义,你爹你妈都上我这边来了,你还能站在外头,"反"我的"对"吗?反我那不就像反你爹一样吗?徐德玉!你也过来!

太:兴义!德玉!你们都过来吧!以后评分记工,俺们谁家也不能吃亏了,还是互助组好哇!

胡:对啦!快过来吧!

(徐德玉往老胡头这边走了两步,忽然被姜兴义拉住)

(一声霹雳)

兴:走!(兴与徐二人飞快跑下)

胡:你们怎么跑了?

姜:(叫)兴义!我把你这驴进的。

众:回来!回来!(姜、胡、太、媳、姚一齐追下去)

(乐奏第九曲,姜兴义和徐德玉拿着锄头,并提着装豆种的筐

子,紧张地劳动着上)

兴:(唱九曲)这里种得稀,(嘿)我再刨一个坑,

徐:(接唱)我来补上一把种。

兴:(唱)这里种得密,(嘿)我扒开一个坑。

徐:(接唱)我来搂起这把种,

兴:(唱)这里种得歪,(嘿)我又扒开个坑。

徐:(接唱)我来另行把它种。

(远处人声嘈杂,老胡头满头大汗,跑上)

胡:你们这两个小子干什么来了?

兴、徐:老胡家大爷,你看哪!(指地,并继续干活儿不停)

胡:(惊喜若狂)哎呀!你们两个给我补种来了啊!好小子!(对外高呼)喂!这两个大侄给我补种来了,刚才他们把地给我种坏了,现在他们自己修理地来了,哈哈哈!

(又是一声霹雳)

胡:(对外大呼)大雨要下来了,亲家!把犁杖套上,俺们加劲儿干一阵哪!

兴:周宗满也参加了,俺们去把两副犁杖都套上,老胡大爷你不用急,这点儿地用不了半点钟就能种完。

(兴与徐下)

胡:(对外高呼)小凤!把我的老牛牵过来套上!越快越好,晚上我给你一碗凉粉吃呀!(外凤声)来啦!

(老胡头紧张地脱下布衫,露出了贴身的绣龙红兜子,这时牛叫、驴叫闹成一片)

姜声:滤粪的滤粪,捻种的捻种,男工女工一齐下手干哪!

(老胡头应声跑下)

（牛驴齐叫，人声喧嚣，一阵激烈的锣鼓响后，歌声即起，在歌声中众舞上，做滤粪扶犁、撒种等动作，紧张，热烈）

众唱：加紧互助，加紧春耕，

加紧互助，加紧春耕，

地下阳气往上升，海上刮来东南风，

不怕大雨淋，不怕汗珠滚，

加紧互助，加紧春耕，

嗨咿啦梅哎嗨哟，嗨咿啦梅哎嗨哟！

组织起来干得快，人多手齐步步紧，

活儿要细细做，地要深深耕，

加紧互助，加紧春耕，

嗨咿啦梅哎嗨哟，嗨咿啦梅哎嗨哟！

（过门）

兴：哎！胡大爷，你看干得快不？

胡：就这点活儿，搁我一个人也得干一头晌啊！

（雷声大雨到）

全：大雨下来了，快干哪！

众齐：大雨下来啦！（唱）

评分记工把账算清，人人有利家家高兴。

男的女的都上山，小孩儿老头儿也劳动。

大家的事情讲民主，谁耍奸头就批评。

常常开会来检讨，互助小组成了功。

嗨！常常开会来检讨，互助小组成了功。

（完）

东北书店辽宁分店 1949 年 3 月

盼八路

时间:一九四七年。

地点:辽南某村。

人物:于老婆——五十上下岁。

二丫头——于老婆的儿子。

老官——武装工作队员。

老赵——部队的侦察员。

甲长——小地主。

村丁。

老张头——二丫头的舅舅、老丈人。

小萃子——老张头的女儿。

西霸天——大乡长、大地主。

警察。

蒋军甲——蛮子。

蒋军乙——蛮子。

清剿队员二人。

农民群众五人。

解放军营长。

解放军战士三人。

第一场

一座土地庙跟前。(二丫头手持铁锨慢走唱上)

二丫头:(以下简称二)

(唱第一曲)

四月里,刮大风,

草木发芽阳气升,庄稼人本当去种田,

怎奈这官活不放松。

天将亮,鸡不鸣,

自古没见这怪事情,你若问小鸡怎不叫?

都只为来了“种殃军”。

蒋介石,

去年里发兵打辽南,到而今整整六个月,

老百姓叫苦又连天。

(白)俺姓于是个穷人,起小没有爹,俺妈怕俺不好养活给起了个姑娘名,叫二丫头。去年共产党在这的时节,俺们翻了个身,没承想十月里来了个什么“刮民党”“种殃军”。他这一来不要紧,翻身没翻成又给翻回去了,俺们分的地给地主要回去了,分的牛也给地主牵回去了,大地主西霸天又当上了乡长啦。自打这个驴进的一坐朝廷,俺于二丫头就倒血霉啦,今天给"中央军"挖战壕,明天给"中央军"抬伤兵,今天给"中央军"修炮台,明天给"中央军"修坟茔,凡是剜窟窿倒洞,抬人埋人,件件事都少不了俺二丫头。说不定后手(儿)他们挑兵也要挑到俺二丫头头上来呢。嘿!西霸天,我把你这驴进的!等八路回来的时候,我把你一刀一刀剁成十八瓣,叫你尝尝俺二丫头的厉害!

(唱)(快)(第一曲)

西霸天,你听真,

有天来了八路军,我把你剁成十八瓣,

报仇雪恨大翻身。(欲走)

(内声:二丫头!等一会儿。)

(于老婆唱上)

于老婆:(以下简称婆)

(唱第二曲)

叫声二丫头,你先慢点走,

妈妈俺有话,切记在心头。

二:(唱第三曲)

星星快落啦,黑夜快过啦,

妈妈你有话,那就快说吧。

婆:昨晚上我跟你说的那个事(儿),你心里倒是愿不愿意呵?

二:(天真)我不!你若把小萃子接过来,我就跑。

婆:(生气唱第二曲)

你这小忤逆,又耍驴脾气,

不听你妈的话,打雷殛死你。

二:娶不起媳妇我就打光棍,决定不娶个小童养媳妇,寒碜巴拉的。

婆:看你那个熊色,俺穷得成这个样还顾得了什么寒碜不寒碜的啦。

二:(自欲说话)——唔唔——

婆:唔唔什么?你比你妈的嘴还大啦!你听着!

(唱第二曲)

生你才两年,你爹就死啦,

(我)大街上要饭,把你拉拔大。

二:看你一来气就叨咕这些个!

婆:(唱)

把你拉拔大,舌头长硬啦,

学会了顶嘴,不听你妈的话。

二:(紧接唱第三曲)

这些伤心话,妈妈你别提啦,

顾不了寒碜,要接就接来吧!

婆:(喜)哎!这才像是俺养的儿呢,你寻思寻思你爹临死连一块瓦一寸土都没有留下呀,你妈含着眼泪守穷寡守了十五年,为的个什么?不就是为了你么?

二:得啦,妈,这句话你说过了多少千遍,我早知道啦!

婆:多少千遍,就是多少万遍,你也记不住。你寻思寻思你爹一死你舅舅就劝我出门,我没有答应,而后又有多少人给我保媒,都叫我骂出去啦,人家都说我厉害,我为什么那么厉害?还不是为了你么?把你扔下吧,怕你饿死,带着你又怕人家说你是个跟脚子!左思右想我就……

二:妈!你别说啦,我得干官活去了。

婆:那么,今(儿)晌午你吃什么呢?

二:吃什么?饿着呗!

婆:今晌午别再饿着啦,上你舅舅家去吃点儿饭吧,一来是你舅舅,二来又是你老丈人,有啥磨不开的。

二:我就是上大街上要饭吃,也不上他们家去吃饭。

婆:那是怎回事呢,见了小萃子磨不开是不?嘿!傻小子呵,从小你们就在一疙瘩扔坑打瓦,近乎得厉害,这么咱亲上加亲反倒相远了?

二:不是,他们家也没有什么吃的了,西霸天把他们家也抢得溜溜光,和俺们家一样的难苦。

婆:管怎么说你上他家吃顿菜团子总能行。

二:昨儿个晌午俺去咧,俺舅舅上山采碱蓬子去了,就剩小萃子在家了……

婆:你俩说话了没有?

二:没有!

婆:怎么连句话也不说呢?真是个彪子呵。

二:她正饿得啾叫喊,一见着我她就哭了……

婆:噢!看把孩子饿成什么样了,快看个好时辰把她接过来吧。

二:(自语似的)接过来还不是得挨饿。

婆:怎么也比在他家强,过几天你把官活干完了,给老李家扛活去,上下两季能挣三石多粮,怎么也够俺娘三个吃的。

二:人家老李家还雇人吗?

婆:人家不爱雇呵,我跟人家低声下气地说了多少拜年的话,把嘴唇子快磨破了,人家才哼了一声。

二:他妈个×的,俺二丫头拿着身子挣钱比跟他要饭还难啦。

婆:好歹算是讲妥了,上下两季给三石苞米。

二:才给三石?

婆:大肚子们都串通好了,谁也不多给啊!

二:他妈个 × 的,噢!天快亮了,我得走啦!去得晚了又该挨棒子了。

婆:那你就快去吧,可是今晌午你到底吃什么?早晨就喝了点儿地豆子汤,晌午不吃能扛得住吗?……这么的,俺要着饼子的时节给你送去。

二:不用,要着饼子你就自个儿吃吧,小萃子说今晌午想法弄点儿吃的给我送去。(一阵风)

婆:好大的风呵!

二:你回屋去吧,我走啦。(下)

婆:晚上早点儿回来呵!

婆:唉!整天干官活,连顿饭也不供,真没扛(儿)呵!(远远传来炮声)八路军快来吧!

婆:(唱第一曲)

盼星星,盼月亮,
盼望八路如盼娘,有朝一日你回来,
报仇雪恨打"种殃"。

盼星星,盼月亮,
盼望八路如盼娘,八路来了穷人富,
家家有草又有粮。

盼星星,盼月亮,
盼望八路如盼娘,土地老爷听我话,

八路来了我烧高香，土地老爷听我话，

八路来了我烧高香。

（反复唱时跪在庙前）

（白）土地老爷，你若有灵你就出来看看俺们黎民百姓遭的这个罪吧，（叩头）土地老爷你若有灵验就出来看看老蒋的胡子兵在这疙瘩干的这些恶事吧，（叩头）土地老爷！你出来看看大肚子鬼们把俺穷人祸害得还能过吗！（叩头）

（这时从庙门里伸出一个又黑又大的人头）

人头：老大娘，我出来啦！（一个粗大汉子自庙内爬出来，于老婆吃惊地叫了一声，站起便跑，不料被那汉子一把拉住）

汉子：老大娘，别怕我是自己人哪！

婆：自己人？

汉子：（左右看了一下）我是自己人，你不认识我了么？

婆：认识你？

汉子：别害怕老大娘，去年我在你们这村里工作来的，你忘了吗？那时候我帮助你们改革土地，斗争地主，斗争西霸天那时候，你和你儿不是都上台去诉苦算账要劳工钱来么。

婆：你是？

汉子：我姓宫呵！那时节你们都管我叫老宫！

婆：（大悟）噢！（抱宫泣）老宫！我的活神仙啊！

宫：（悄声）别哭，老大娘。

婆：我不是哭我是乐啊！

宫：乐也得小点儿声，小心叫人听见哪！

婆：你到这场来是？……

宫：我有任务！

婆:不是找不上队跑到小庙里蹲着来啦?

宫:不是,我是来打听一点儿事(儿)。这个……(看天)唔?天快亮了!

婆:快亮了,上俺屋里头去谈话吧。

宫:好!我们还有一个人!(对庙)老赵!出来!(又自庙内爬出一个汉子)

婆:嘿嘿!怎么都蹲在小庙里来啦,这个地方找得怪好的。

赵:嗬!他妈的,在这里头站、站不起来,蹲、蹲不下去,临末了硬这么坐下去了,还闹他妈一屁股灰。(拍身上灰)

婆:只要不叫那些清剿队看见比什么都强,沾点儿灰怕什么?

赵:沾点儿灰倒不要紧哪,老大娘,还把土地老爷的香炉碗子给压两瓣啦哪!

婆:嘿,那怕什么?你们八路净行善哪,就是再压碎一个,土地老爷也不见怪,(拉二人)老宫!快跟我上家来!

宫:俺们上你家里去能行么?

婆:不怕,俺们那是村边上的一个小孤家,就在小庙后头几步就到了。

(三人下)

第二场

于老婆家。

(在广场演出台上可摆凳子代炕,如在舞台上演出则可布一个破屋角,屋外摆一堆乱柴)

(于老婆在奏乐声中悄悄上,做开门的动作,看看屋里没有人,便转身对台外拍手,老宫和老赵应声出)

婆:快进屋吧!(二人进门)

赵:你们在屋里说话,我上外头放哨去。

宫:你放哨可别打盹呵!

赵:没事(儿)。(赵下)

婆:看你冷得那个样,快上炕里,我去抱点儿柴火烧烧炕!

赵:不用,老大娘!我们不冷,赶快说几句话我们还得走呢。

婆:那咱们就好好地唠扯唠扯,嗨!真不知说什么好,西霸天又凶耀起来啦,把俺们家连根掘了,抢得光光的,连屁屁褯子也没给剩下。噢!这几个月常听见人家说你们在小山沟里头打游击,怎么总不上俺这疙瘩来呢?

宫:你们这屯子正把大道旁巴拉又驻的"中央军",以前俺们人少来了怕吃他们的亏呵,可是眼时……

婆:不用多说啦,你们打游击能打过就打,打不过就走,这个办法俺们老百姓早明白啦,可是这打游击黑天白日在大雪瓮子里头拼死拼活地遭的罪可真也不轻啊!

宫:为了俺们穷人翻身,遭点儿罪算不了个什么。

(唱第九曲)

叫声老大娘,仔细听我讲,

革命队伍不怕苦,越练越刚强。

婆:对呀!老宫!好几个月没见面,看你不是比去年还结实了么。

宫:(唱前曲)

今天往东打,明天往西攻,

神出鬼没打得巧,种殃军可不行。

婆:那些畜牲们一天家光想着拣洋捞、升官发财、掷色子宝,他们哪能吃你们这么大的苦呢。

宫:(唱)

从先是打游击,现在可不同,

北满队伍早动手,攻打长春城。

婆:(兴奋)俺们也听点儿风声呵,说你们打长春。那到底是真的吗?

宫:一点儿不假,现在俺北边的解放大军已经把长春包起来啦。

婆:那么俺们这边怎么还不动手呢?

宫:这就快啦,老大娘你看若不动手俺们两个人是干什么来的?

婆:光你们哥两个就能把种殃军打跑了么?我不信。

宫:俺们的人多着呢,我们的大队下来啦,外头站着那个伙计,就是大部队上头的侦察员。

婆:哎呀,那可好了,你们的大队到什么地场了?有多少人?家麻什(儿)[1]比早先强了吧?

宫:这是军事秘密,我不能说啊。

婆:噢!你们得哪一天才能打过来呢?

宫:这……这也不能说啊,反正快了,老大娘,我们两个先过来探探情况,看看这边到底有多少种殃军。

婆:俺们这屯里没有,那些畜牲都驻在张家屯,离这场五里地。

宫:你知道有多少人么?

婆:虽说不知有多少,可准知道有就是啦,俺们二丫头的老丈人就住在那个屯子,俺们二丫头一清早起就给种殃军挖战壕去了。

宫:唔……到底他们有多少人?

婆:八成有个五百六百的,不,有个三百二百的不得了啦。

宫:到底是五百六百还是三百二百?

---

① 武器。

婆:哎呀,那我可摸不准,嗨! 管他多少呢,你们快打过来吧,把他们都杀了也不为过,他们不干一点儿人事。

宫:俺们知道准数才行呢。

婆:要知道准数就在我家猫着,等晚上二丫头下工回来准知道,你们还没吃饭,我上街去要点儿饭来给你们吃。

宫:可别去,老大娘我们不饿呀。

婆:不饿? 难道你们那肚子不是肉长的么,我去了若是要来点儿苞米壳子回来,给你们熬点儿粥喝。

宫:别去老大娘,你就是要来壳子,我们也不忍心吃呵。

婆:老宫! 你这人打了几天游击,怎么学得假里假气的,早前开会的时候,你不是说俺们穷人要有福同享有难同当吗?

宫:那么你就去吧,最好上张家屯那边去要,看看到底有多少种殃军,都住在什么地方。早点儿回来告给我们,我们心里急着要走呢!

婆:张家屯可进不去,那地场和俺们这场隔村,西霸天不给俺们穷人发国民手账,要饭只许在村里要,出村一步也不行,你们就等天黑了再走吧。(老赵进屋来)

赵:他妈拉巴子的,我在外头站了这么半天也没见来个人,这个小草房真不错,正在村子边上,有什么事一冲就冲出去了。

婆:你们俩猫起来吧,屋后头有个地窖,你们进去我给把盖盖上。

宫:我看地窖还不如那个小庙好呢。

婆:躲在庙里黑夜里倒是行,白天上庙来烧香叩头的人䁖䁖行行的老是不断,碰上了就糟啦,嗨,说也真怪,这个天年越不济,烧香的人越多,越穷越烧香,也不知道是哪里来的钱哪。

赵:那么俺们就快躲起来吧,你那地窖里能蹲下两个人吗?

婆:三个也蹲得下,快进去吧。

宫:我看这么的,这门口还有一堆烧草,俺们躲在草里一个,躲在地窖里一个,若是有人来翻的话,顶多叫他抓一个抓不了两个。

赵:行!我就躲在草里,这里头又软乎又暖和,比他妈躺在汽椅子上还自在呢,说真的老宫,上回,我出探失了联络,就找了这么个地场躺在里头睡了一天一夜。

宫:别扯淡啦,快猫起来吧。(老婆领宫下地窖去,赵自行钻进草中)

(老婆在后屋盖好地窖的门以后出来一看,不见了赵)

婆:咦!这个人上哪去了?(叫)同志!同志!

赵:(在草堆中)老大娘!我钻进来啦!

婆:(喜)噢!好好猫着,可别随便出来!我就要饭去了。

(于老婆拿起拐棍和筐、瓢,做倒关门动作)(乐起,老婆在台上走了几步便唱起来了)

(唱第二曲)

叫声王大嫂……(内有女人声:俺们还没有吃的呢!)

叫声张二娘……(内有女人声:没有!俺们也要饭吃!)

老王家、老张家都跟我一模样。

(老婆换了个方向,仍对幕外)

(唱)叫声赵大爷……(内有男人声:不给,饿死你个穷棒子!)

叫声钱大奶……(有女人声:不给,饿死了也不多!)

有钱的大粮户……(内有狗叫声)

人狗都厉害。

(在舞台上绕了几圈)

(唱)东街没要着,再往西街走,

要饭!要饭!同志饿得难受,

要饭！要饭！又想起二丫头。

（叫）给点儿饼子吃吧！（下场）

（狗叫了一阵）

（甲长拿着升子，村丁背着口袋唱上）

甲长：（下称甲）

（唱第四曲）

西霸天，腿肚圆，

我抱着他的腿，打转转。（打转转三字村丁随唱）

见官相，把腚撅，

见了穷棒子，把眼斜。（后三字村丁随唱）

“满洲国”，（我）当牌长，

开个小卖店，沾了光。

又置地，又盖房，

吃租二十石，把福享。

八路来，我不吃香，

“中央”来到了，当甲长。（后三字村丁随唱）

当甲长，真个忙，

齐了钱和草，又齐粮，

齐了钱和草，又齐粮。（反复时，村丁随唱）

（白）到啦！（叫门）老于家！老于婆在家吗？（推门入）喂！

俺们坐在这炕上等一会儿。

丁:喂,甲长!今儿个可不能白来,你看门口那一大堆烧草!

甲:嘿!这个老婆子真有两下,再怎么穷她也能过,唔!你估量那堆烧草有多少斤?

丁:一百斤只兴多不兴少。

甲:唔,你的眼力还算地道,等会儿把它都背上,给"中央军"送五十斤,剩下的背到我家里去二十斤,给大乡长送三十斤去。

丁:咦!我呢?

甲:你呀,下回再劈给你吧。

丁:那可不行,自"满洲国"的时候我就在会上跑腿,从来也不断过那口,这两天呼啦地断了烟啦,你也不是不知道呵!(呵欠)

甲:得得,等会儿问于老婆要她三百块官钱(儿),给你二百给大乡长一百,我就不要了。

丁:嘿嘿……

甲:他妈的,一提到钱就把你那副狗牙龇出来啦。

(于老婆端了一小瓢苞米,筐中装了几块苞米饼子唱上)

婆:(唱第二曲)

叫遍千家爷,喊遍万户娘,

一小瓢苞米,回家熬米汤。

叫遍千家爷,喊遍万户娘,

这几块饼子,给儿当干粮。

(一见甲长便把筐中饼子放入怀中)(进门)

婆:(对甲长)咦?

甲:咦?

婆:你怎么大清早起就上俺家来了?

甲:你怎么大清早起就给八路通信去了?

婆:你这当甲长的怎么一张嘴就血口喷人?说我给八路送信去了,你有什么证据?

甲:你那脑瓜就是证据,你是个八路脑瓜。

婆:对!我是八路脑瓜,我给八路通气,我家里还窝藏八路,你在这地当间站着不怕草堆里飞出一颗子弹来把你脑袋打个眼儿吗?

甲:你放屁!

婆:我才不放屁呢,你别大清早起就来骂人,没有事你就给我拿出去!

甲:没有事?夜猫子进宅无事不来!

婆:什么事?俺们分西霸天的地他不是早就要回去了!俺们的囤子底不是早就给他打扫光啦!分你家的大牛你不是早就撵回去啦!俺们的东东西西不是都给你们连屉屉褯子都划拉走啦!眼时就剩了这个要饭的拐棍,你们还想要吗?

甲:我还没吱声你就先厉害起来啦,没别的今儿个大乡长叫我来齐几个官钱。

婆:又什么官钱?!

甲:给军方齐点儿青菜,给大团齐点儿零花。

婆:怎么净上俺们穷家来齐呢,哪会儿也没见你们地主家出一个子(儿)。

甲:谁说地主家不出?哪回俺们不是跟你们一样地摊一份呵!

婆:富的和穷的一样摊花销那能算公吗?

甲:怎么不公?只要开门就得拿钱,冒烟就得拿粮,我看这就为之最公不过。

婆:“满洲国”留下的这种断子绝孙的手段,你们又使出来了。

甲:“满洲国”早黄啦,眼时俺们国民党就兴这个,不像共产党样样事情都是你们穷棒子说了算,什么花销你们也摊不着,闲言少叙,赶紧马上给钱吧,三百元,三百元!

婆:三百元?!要饭还找不上大门呢,哪来的三百元?!

甲:要饭?你怎么要饭呢?你八路爹在这的时节,你不是翻了身么?不是发了财么?怎么要饭呢?你们倒斗争呵,扒皮呵!妈巴子的闲言少叙,赶紧马上拿钱来,“军方”用得急,家家没钱,俺们办公事的怎么达成数量啊!

婆:要钱没有!

甲:没钱我要你的命。

婆:要命拿去,脑袋掉了才碗大个疤拉。

甲:嘿!你这嘴茬子倒怪硬的。

婆:就这样,你能把我老婆子怎的?告诉你别把事情做绝了,八路并没走远。(*炮声*)

甲:(*缓和*)嘻嘻!你若实在没有,就说个没有的话,别扯这些个,八路军早他妈叫“中央军”打到海里去了……唔,这么着吧,你实在没有钱也真没有法子,就得我这当甲长的给你垫补一步,赶明儿个你还我就是了。

丁:咦!那可不行!不行!

甲:可是这青菜你总得“献纳”一点儿喽!

婆:没有!

甲:没有猪肉鸡肉还没有豆腐白菜吗?没有豆腐白菜还没有地瓜地蛋吗?管什么都行,拿一点儿表表你一番“爱国”的心思。

婆:昨儿个求爷爷告奶奶地要了几个地豆……

甲:行!“献纳”出来吧!

婆:今早上二丫头去给你们干官活,临走熬了点儿地豆汤,一回就喝绝根了。

甲:看你长个呱嗒板子嘴专会苦穷啊,没有两颗还没有一颗吗?一颗半颗也行呵,你就是有块地蛋皮拿出来也给我当甲长的圆圆面子呵!

婆:不信你就翻,你翻,你翻!

甲:得啦,我也不用翻,还得齐点儿烧草,这回你总得有喽!

婆:甲长,你要修好就修到底吧,烧草我是一点儿也没有!

甲:真是给你点儿脸你就上鼻子啦,眼瞅着门口那么大一堆烧草,你还瞪着眼珠子赖白话。

婆:一冬天冒着大雪,我起午更爬半夜地起来上山去,把雪扒拉开,搂那么一点儿烧草,你就忍心要去?为了搂那点儿草,你们大团上的人打我骂我,不叫搂,说我是上山给八路通气去,为了搂那点儿草,我老婆把手都冻成疮了……就那么点儿草你怎好忍心要呵!

甲:他妈巴子的,我看你这八路脑瓜是不能转了,来软的算没有门(儿),喂!(对村丁)你给我动手搬!

丁:是!

(村丁抢草,被老婆拦住,二人扭打在一起,老婆把村丁撞了个满怀,然后老婆紧紧地爬在草堆上拼命护住了草,但却忘记了适才放在地上的苞米瓢)

婆:(一气)你们打死我吧!打死我吧!

丁:这个老婊子真厉害!(气喘吁吁)

甲:(见瓢)还得给军方齐点儿马料,(拿起了米瓢)这回……(笑了)你可没有话说了,(命村丁)走吧!(端着米瓢急忙走了,村丁也随下)

婆:断子绝孙的!你给我连瓢端了吗!

(甲长急回)

甲:刚才我替你垫的官钱,你可记着还我,三百元,月利九分,我一回去就上账呵!(欲下又回)这堆烧草可不许你用,这就算是"中央军"的官草啦,我怜惜你是个寡妇不用你亲自往乡公所送了,明后天大乡长派人来搬就是了。(村丁也返回)

丁:甲长!他不给这三百块钱可不行呀!

甲:他妈真是螳螂子,不是还有别人家呢嘛!(拉丁下)

婆:王八犊子!叫你一出门就碰上八路军,叫你一出门就碰上八路军!(老赵自草堆中举枪冲出)

婆:(拉住赵)赵同志!你要干什么?

赵:我宰了这个兔羔子——

婆:(紧紧拉住)不行呵!

赵:(挣扎)不行!我非打死他们不可!

(宫急自后屋出来)

宫:老赵!你这冒失鬼想干什么?你不看看这是什么地场,你若把他在这门口打死了,那不是给于大娘惹祸吗?

婆:对啦!对呀!

赵:(悟)啃,(拍大腿)你看我这愣头儿青,差点儿给你惹了祸啊!老大娘你可别见怪,我就是这么个猛张飞心眼儿直咕,路见不平就要拔刀相助,何用说是见了汉奸:一见着他们我的头发都竖起来啦,不见见血戴不上帽子呀!

宫:见见血?你可也不看看是什么时候,我们的任务差点儿你给糟蹋了。

赵:老大娘,他说得真对呀,(对宫)得啦老宫!算我冒失,可是这敌情……

宫:老大娘!二丫头,晌午不回来吃饭么?

婆:不!今(儿)晌午八成在他老丈人家吃饭啦!大白天清剿队常下来,你们哥儿俩快躲起来吧。

赵:(又打算进草堆)那么我还是……

婆:不行啦,怕他们来搬柴火,你俩都进地窖吧!你看我怀里还有几块饼子,等会儿我给你们烧点儿开水泡泡吃了。

(三人齐下)

(老张头上)

老张头:(下称张)(数板)我老头儿,本姓张,一辈子扛大活,年年溜溜光,光溜溜,溜溜光,没钱买炕席,睡的光板炕,你家抽烟我抽杆,你吃饼子我喝汤。溜溜光,泪汪汪,苦水肚里咽,鼻涕往下淌,你家冒烟我看着,你家炒菜我闻香。泪汪汪苦难当,穷的富的不一样,地主吃的焖鸡蛋,我家吃的瞪眼丸,地主吃的火锅子,我家吃的扎脖子,地主吃的肉包子,我家吃的眼角子,地主吃的绿豆粉(儿),我家吃的干咂嘴(儿)。苦难当,苦难当,我家有个小姑娘,姑娘要出门,向我要嫁妆,姑娘小嘴说得好,叫声俺爹你听着,人家姑娘找婆家,得(儿)嗒地吹喇叭,六碟炒菜六碗肉,喝了烧酒吃馒头,爹爹送我上婆家,吃个什么,穿什么?!问得老张没话讲,抱着女儿哭一场。哭了短,哭了长,全为来了"狗中央",八路来时分了地,"中央"来了一扫光。说"中央"道"中央",你看遭

殃不遭殃，你看遭殃不遭殃！（抬头见门）

（白）到啦！老妹子在屋里头么？

（于老婆迎出）（做开门动作）

婆：哎呀，大哥，怎么老没过来！

张：来一趟好不容易，离得倒不远，才五里地，可是俺屯外头那道卡子才不好过呢，种殃军在那放哨，过来过去的人，浑身上下他都给你摸搜遍，看你一有个不顺眼的地场，就说你是八路探子，若不我老早就来啦。

婆：（望后屋）大哥，今儿个俺们有件喜事（儿）……

张：可不是么，我说俺屯里驻的"中央军"像黄鼠狼似的，天天下来叼小鸡，最可恶的是挨门挨户地串门子，一看谁家有个姑娘媳妇的，他坐下就不走啦，一会儿拿出块手表来亮一亮，一会儿拿出个金镏子来摆弄摆弄，不知道勾引坏了多少好家儿女，真的！若是贪图那些花花绿绿的东西，甘心情愿卖身子的，那算他贱！倒也罢了，可是……

婆：我说的不是这个。

张：吓得俺们小萃子整天价不敢出门，话不敢大声说，曲（儿）不敢大声唱……

婆：大哥我说的喜事，是大喜事呵……

张：喜什么呢！赶上这个年头没法子，今儿个白天我找阴阳先生给看了看日子，他说今下晚儿黑半夜子时就是个好时辰，我打算今晚，就把小萃子送过来，你到底愿不愿意？孩子才十四岁，岁数小一点儿，就先当个小童养媳妇，过三年两年的再上头，一来俺们姊妹穷，没法子，别人笑话不得，二来是为了躲避躲避那些"中央军"，你们这屯里没有驻队，比俺们那屯少担些心呵。

婆：这个事情俺们慢慢商议，反正你是我的娘家哥，萃子是我的娘家侄女儿，怎么的还不好说，我先叫出两个人来叫你欢喜欢喜。

（到后屋去不大工夫即领赵出来）

婆：（对赵指张）这就是俺娘家哥，他什么都知道！

赵：你是从张家屯来的么？老大爷！

张：（有些支吾）呵！呵！（对婆）这人是？……

婆：他是八路呵！上俺们这边探情况来了，把你知道的都告诉他吧！

张：（愕然）我我我知道什么？我知道什么？

赵：老大爷别害怕！我是八路的侦察员！

张：呵？（对婆）我得回家去了！

婆：咦？你别走呵！是自己人你倒怕个什么？

（老宫热情地上）

宫：张大爷！这几个月你遭了不少罪吧！

张：（惊愕了一下面透喜色，但立即将喜容制止下去，装着不认识）哎呀！我怎么不认识你呢？

宫：你不认识我了？

张：（窘极）（假笑）倒是有点儿面恍恍的，我怎么就想不起来在什么地方见过面呢？……噢，你坐，我得回家去了。

婆：大哥！你真不认识他了？去年他在你们家住了一个多月你就忘了？

张：（仍装惊讶）呵？！

赵：这老大爷八成是害怕，我上外头放哨去，你们在屋里好好谈谈赶快把情况弄清楚好回去呀！

宫：你去吧！可别暴露了目标！

赵：没事（儿）。（赵下）

宫:张大爷你别装着不认识了,我是老宫啊!

张:(往前凑了一步)老宫?!

宫:对啦,老宫。

婆:就是帮助你向西霸天往回要地的那个老宫。

宫:你的地不是叫西霸天霸占去了吗,我帮你要回来了,那块地现在又叫西霸天弄回去了吧?

张:哎呀老宫,提不起来啦,地早叫他弄回去了!他还……唔真吓死人哪!(几乎哭了)

婆:老宫呵,你不知道那西霸天比"满洲国"的时候还凶耀,真把俺穷人的胆吓破了。

宫:张大爷,不用怕,俺们的队伍快要打过来啦!今儿个我先过来探探情况,你把"中央军"的情形都告给我吧!

张:我说,我说,老宫呵!刚才我不敢认你,不是我忘了你啦,你是个清官,是我的大恩人,我越受大肚子的气就越想你,自你走了那天我常跟小萃子叨咕你呵,你教给她的歌她还没忘,天天用鼻子哼哼呢,噢,我老张就是再没良心也不能把你忘了呵!

宫:那你刚才为什么?……

张:刚才我一看见你,心里就像着了火似的,一股热气就冲上来啦,恨不得抱住你呵,可是刚那么一闭眼睛,就看见西霸天领着"中央军"清剿队、警察来抓我来了,这一来我就是想认你也不敢认了。

婆:这阵子不怕了吧?

宫:你再闭上眼睛看看,(张闭眼)在西霸天和"中央军"的后头,来了好几万八路军,八路军扛着机关枪,拉着大炮来打"中央军"来了,你看看你还怕不?

张:(睁眼)一点儿也不怕了,(欢喜)老宫呵!

(赵闯入)

赵:来人啦!来了个又白又胖的老家伙,后头还跟了个警察狗。

婆:西霸天!快躲起来吧!

宫:张大爷!俺们上地窖里去说话。

(四人俱下)

(外群甲声:乡长!我不能去当兵呵!我不能当兵!)

(外声:把他绑上!把他绑上!)

(外声:我不能当兵呵!乡长你可怜可怜!)

(外声:把他绑上送到所上去过电,叫电火烧死个穷棒子!)

(西霸天,五十岁左右,脖肥肚大,一脸横肉,走起路来迈方步,手里拿个大铁叉子,脖上挂了一串念珠,一见就知道是个人面兽心的恶霸)

西霸天:(下称西)(唱第五曲)

提起八路我咬牙恨!
八路来了相情穷人!

不杀穷人不能富!
要杀穷人(就)打八路!

"中央"的头子是蒋委员,
这地场的事情归我管。

(甲长卑微地跑上)

甲:大乡长!刘老大说实在是拿不出钱来,我说叫他给乡长家扛三年活,不要劳金,你看能不能免了他的国兵?

西:眼瞅着八路就快打过来啦,到那时候他还能给咱扛活?俺们得预备万一若是那个的话,就得跟国军往奉天跑呵,非要钱不可,要钱好带。

甲:那么得多少?(伸出手来与西霸天秘议)

西:(把甲长的手捏在袖子里头)得这个整数!

甲:呀!怕是拿不出来。

西:拿不出来就把他带到所上去过电,一上了电,要什么有什么,当国民党就得狠,只要下得了毒手,烧火棍也能熬出他几钱油来!

甲:是!(对外)带到所上去!(下)

(外有哭声)

西:(唱)

举手是天哈手地,

谁不服气我扎死你!

“中央军”相情俺,

抽丁抓兵赶快干!

抓兵是个好买卖眼,

谁不当兵拿钱来!

警察:(下称警)还上谁家去抓?三太爷!

西:老于家!于张氏,他的儿子不是叫二丫头吗?

警:(想了一下)二丫头十七岁,哥一个是个独丁……

西:独丁就独丁,你叨咕他干什么?

警:我是说抓独丁来钱多呵,抓到弟兄多的说不定他咬咬牙就去干了,可是一碰上独丁就不同了,怎么穷也能拿出点儿钱来!

西:这回给多少钱我也不卖啦!

警:那是为什么呢?

西:这个于二丫头去年八路在的时节,他上台去向我要劳工钱,给我戴高帽开我的斗争,这口气你三太爷就死在阴曹地府也出不完哪,非把他送去堵炮眼儿不可!

警:真的,那个时候若不是我混到农会里头去来回串通,他们真打算把你老揍死呢。

西:你是好小子,总算是没出五服,若不你三太爷怎么一当上乡长,就先给你弄个警察所的文书呢,笔尖一动弹就是钱,干什么也没有这差事来财呀!

警:三太爷! 到了!

西:到了? 等会儿见了他就给他绑上,绑上以后再告诉他干什么,若不那小子兴许跑了呵! 叫门吧!

警:于二丫头开门来! 二丫头! 二丫头!

(于老婆开门出)

婆:不是给你们要去做官活去了嘛,还没回来。

西:晌午没回来吃饭么?

婆:噢,他呀! 没有回来,反正在那边和回家来都是一样地喝西北风,不回来倒是捞个少跑两遍腿,你们找他干什么?

西:喜事。

婆:喜事?

西:我给他道道喜。

婆:给他道道喜?

西:俺们也学会了八路那个办法,鼓咚鼓咚地打一起鼓,得(儿)嗒地吹上一起喇叭,大车接大车送,热热闹闹的!

婆:俺们是接童养媳妇,用不着吹吹打打,乡长你别费心少要几回官活,少齐几回官钱,早前挖你点儿土,眼时不叫俺们用金豆(儿)给填坑,少折磨俺们几回,你就算修好积德了。

西:他得什么时候回来呀?

婆:哪天不是点灯大后才能停活。

西:嗯嗯!

(唱第五曲)

一见老婆我怒气冲!

要报去年的仇和恨!

我心里说的是要抓兵,

他那里发昏做好梦!

低头不见抬头见,

白天不见晚上见!

跑了半天浑身懒,

我且回家抽口烟。(打呵欠)

西:你扶扶我!

警:是!三太爷!(警察搀着西霸天)

(于老婆关门下)

西:(忽然想起)咦?于老婆说她接童养媳妇,可不知道是谁家姑娘。

警:就是俺屯张老好的女儿。

西:唔,就是那个小萃子是不是?我记得去年她还入了妇女会咪!

警:就是那个小丫头蛋子!

西：好极了！快扶我回去，我回去抽口烟就上营盘里见营长去。

（二人下）

（于老婆上，悄悄地打开门往门外看了看，然后进屋）

婆：（对内）走啦！

（张、宫、赵上）

张：（兴奋）种殃军就驻扎在那个学堂里，就是山根底下那个学堂，去年俺们不是还在那开斗争了么。

宫：知道啦！

张：大炮台就修在学堂上边那个山上，二丫头挖战壕也是在那个山上头，（指外头）你看那个山头，看得真真的。

宫：张大爷你讲得挺周到。

张：就那么两门炮，四挺机关枪，三百一二十个人，你们不用来多，来上五百人就把他收拾了。

婆：快来把他们收拾了吧，那净是些光知道祸害老民，不敢上阵的熊蛋包。

张：还有，那些畜牲整天下来串门子拣洋捞儿，见了姑娘媳妇……

宫：行了，张大爷，你讲得挺周到，我得立刻回队去报告情况，老赵！我先回去报告情况，你在这里继续侦察。

婆：大白天你能走吗？

宫：能！

婆：可得躲着点儿那些清剿队呵！

宫：这一带地方我的道熟，总能转登回去，任务要紧，我得走了。

赵：老宫，我得什么时候回去呢？

宫：你就按照俺们原定的计划干，在这场继续侦察情况，若是敌人撤跑了，或是敌人增援了，你就立刻回去报告，若是敌情没有变化，你就在今晚上半夜子时往回走。

赵:行,那你就快走吧!

宫:你可别冒冒失失地乱撞呵。

赵:不能,你快走吧! 师部要这里的情况可要得急呢。

宫:大爷大娘我就走啦!

（张、婆往前送了几步）(宫急下)

赵:老大爷! 你回家以后看见“中央军”有什么动静,可要赶紧给我送信来呵!

张:你放心吧! 有没有动静,晚上我也要来一趟。

赵:你可别一害怕就不敢来啦!

张:那哪能呢! 我若是知道情况不来上报那不成了汉奸啦。

婆:你快下窖里去吧!（拉赵下）

（婆即上）

张:老妹子! 唠扯俺们的事吧!

婆:那就快说,说了你还得回去呢。

张:唔,嫁妆我是没有呵,小萃子向我要嫁妆,我这当爹的没话说,就得说等你上头的时候再给你买……今黑夜我就把她送过来,你到底愿意不?

婆:妆新的东西我也是一点儿没有,你妹妹遭了这一场大劫连块破补衬都没有剩下,有什么法子呢,想把小萃子接过来吧,二丫头不愿意,想不接过来,你那屯又驻的“中央军”,实在是待不得。

张:俺们赶上这遭劫的天年没有法子呵! 若是“中央军”不来……

婆:噢!（深长地叹了一声,然后决然的）大哥! 就那么办吧,今晚上你就把小萃子领过来。

（赵突然出来）

婆:你怎么出来的?

赵:一着急就拱出来啦,大爷大娘,你们的主意对,快把她接过来吧,越快越好!

张、婆:你说的是谁呀?

赵:小萃子呗!你们在外头唠嗑,我在里头什么都听见啦!

婆:对了,你没有见过俺们那小萃子,那可真是个好孩子呀,整天盼八路,一提起八路来那小眼圈就红了。

赵:那更得快接过来了,跟你说吧,这回俺们是非打这块地方不可!不,不,这是秘密,可不敢跟别人胡说呀!噢!这么的,只要能挨得过去,在这几天里头不受他们的害,那么过个三天五日的就再也没有事了。

张:谢天谢地,那就好了,老妹子!就那么的,今晚上半夜子时!

(张急下)

婆:你还是下去吧。

(婆拉赵下场)

(如在广场演出,可用监场人将台上道具撤去,如在舞台上则用闭二幕的方法,撤景)

第三场

(舞台上是空的,用动作暗示门和室内外)

(小萃子用手巾包了几颗地豆提着上)(音乐伴奏,开门)

小萃子:(下称萃)(唱第六曲)

风大云彩高,不见白日当头照,

东南风呀,告诉我呀,

八路军都上哪去了?(音乐奏过门,萃望天,看地)

东南风呀，告诉我呀，

这日子哪天才到头？（音乐过门中，有远远的炮声）

风大云彩跑，天下慢慢透亮了，

东南风呀，告诉我呀，

八路军要来到了。

（白）眼瞅着晌午快歪了，爹上俺姑姑家去了怎么还不回来？（探看）我将才烧了个地豆，等了一大些时候，二丫头还没过来，打算给他送去，又怕我走了没人看家，不给他送去又怕他饿得慌，这可怎么整呵？（思索了一下忽然大悟）哎！小萃子，小萃子！你真是个彪子，俺们这个家穷得叮当响，可有什么东西值得你看着呀？嗯！这么说我就给他送上山去吧！

（唱第六曲）

眼看晌午歪，他还没有上家来，

黑地豆呀，好干粮呀，

快快去送给他吃！

（白）咿！慢走，我这样上去，若是碰上那丧天良的“中央军”可怎么整？还是不去吧，（向回走了几步）（思索了一阵，又似大悟）哎！小萃子，小萃子，你真是个彪子，你爹的草帽和夹袄都在屋里头搁着，你不会穿上装个男的么？噢，这么说我就穿戴起来！（伴奏动作）

（唱第六曲）

穿上爹的破夹袄，再戴爹的破草帽，

是小子呀，是丫头呀，
种殃军怎么能知道。（把地豆放入怀中）

乔装改扮了，立时上山走一遭，
小地豆呀，不算多呀，
总比那饿着肚上好。
（舞下）

（乌鸦叫了两声，二丫头提着铁锹疲倦地舞上）

二：（唱第一曲）

山老鸹，格（儿）格（儿）嘎，
穷人的孩子没有妈，刮风下雨挖战壕，
不管吃来不管喝（念哈）。

（鸦又叫了两声）

山老鸹，哭断肠，
穷人的孩子没有娘，国民党护庇大肚子鬼，
俺的亲人是共产党。

（白）顶着大风干官活，晌午歪了才歇晌，那些监工的种殃军，都回营盘吃饭去了，俺没带干粮来，肚子饿得呱呱响，实在难受，有心跟人家一块儿上街去要饭吃，又羞口，喊不出那大爷大奶来，不去要饭，又饿得慌，这可怎么整呢？我还是找个地场睡觉去吧！

（乌鸦叫了一声）

（唱第一曲）

山老鸹，嘴巴尖，
飞来飞去把食拣，大肚子“中央”都管不了，你比穷人地和天。

(白)这山坡上有个破草窝棚,我进去睡一觉。

(说着便进去躺下,霎时睡去,鼾声可闻)

(如在舞台演出可用真的草棚于二丫头出场前布好,如在广场演出则可用动作象征草棚的位置)

(外声:二丫头!)

(小萃子唱上)(第六曲)

上山又下山,跑了一头汗,

喊一遍呀,又一遍呀,

还是呀找不见。

(喊)二丫头!你上哪场咯啦?(二丫头惊醒)

二:(坐在棚中)喂!我说那个戴草帽的小猪倌是谁家的?口口声声喊二丫头,你没看见二丫头在草窝棚里睡觉吗?

萃:呀!二哥!你在这!

二:我当是谁,原来是小萃子呀!

萃:把嗓子都叫喊哑啦,你怎不答应一声呢!

二:饿二乎啦,一躺下就他妈的睡着了,你怎打扮得这个样?

萃:我呀……

二:快进来吧,这小窝棚里头还铺的麦秸,软乎乎的俺们坐在上头好好唠扯唠扯。

(小萃子进棚中)

二:你为什么打扮成这个样?不男不女、不牛不马的,四不像呵?(给她把帽子摘下)还把小辫盘起来了?

萃:我呀,就为的给你送这个。(自怀中取出一个小地豆,捏在手

心里）

二：什么？

萃：你看！

二：哎呀！是小地豆呵！（一口吞了）烧得又糊又香……

萃：慢点儿吃，别噎着了。

二：俺们穷人嗓子是吃糠长的，天生的粗嗓子眼儿，一咕噜就吞下去了，噎不住。

萃：（又从怀中取出一个较大的地豆）我给你剥了皮吃。

二：拉倒吧，别费那道手续，叫我连皮吃了吧。（接了来一口口地吃）

萃：（又取出一个大地豆，一边剥皮，一边说话）俺爹上你家去啦，临走叫我看家，不叫出门，我瞅着晌午歪啦，你还不去，我就偷着上山给你送来啦，可是上山又怕碰上那些丧良心的"中央军"，我闭上眼睛那么一寻思，就想个道道，把俺爹的衣裳穿起来，腰带子扎起来，谁能认出我是个姑娘？"中央军"那些蛮子更瞅不出来啦。

二：不怕，监工的那些畜牲都上营盘吃晌午去了。

萃：（已经剥好了大地豆）给！

二：嘿！你看，把皮都白瞎了。（捡了皮就往嘴里吃）

萃：别！埋汰！（拉住二丫头去捡皮的那只手）

二：不埋汰！（用另一只手捡起地豆皮，一口吞了）饿急眼了树根野草都能吃，好好的地豆皮怎不能吃。

萃：（把怀中的地豆都拿了出来）你慢慢吃，我得回家啦，怕俺爹来家找不见我，又该着急啦。

二：那你就走吧！

萃：（立起）把草帽给我！

二:(边递草帽边说)可是你这地豆打哪整来的!

萃:向人要的呗!瞅着“中央军”没下来,就上街去要。

二:怎么个要法?

萃:这么着:“大爷大奶,可怜可怜,给块饼子吃吧!”

二:他妈的,我怎就叫不出口,早先虽说也要过饭,可是自打去年跟地主算账斗争以后,再见了地主就叫不出那大爷大奶来了,总觉着他是俺们穷人给喂肥了的,俺们不该管他叫大爷大奶。

萃:我这地豆不是管地主家要来的,全屯里哪有那么个心慈的地主能可怜俺们穷人呀,这净是那些小门小户的人家,舍给俺的。

二:真的,还是穷人可怜穷人呵,王八羔子地主家,没一个行善的,你看那西霸天多恶呀,把你家和俺家都抢得溜光。若是八路不走……

萃:(眼圈红了)若是八路不走的话……我得回家啦,爹八成回来啦,(走了一步又折回)哎!你知道俺爹上你家去是为的什么事?

二:我一点儿摸不着底呀!

萃:爹说叫姑姑把我接到你们家去,你愿意不?

二:(半真半假)我不要你!

萃:呸!我还不要你呢!(片刻)那你就快点儿把地豆吃了吧!一会儿就又要开工啦!

二:我不吃了,留下这几块地豆,晚上捎回家去给俺妈吃。

萃:姑姑一点儿吃的也没有了吗?

二:可不是呗……小萃子!将才我说不要你,那是句假话,我的这个心你八成也能猜着,我不是不愿意叫你来家。

萃:那你为什么说不要我呢?

二:俺家叫西霸天拾掇得溜光,天天锅底朝上,我又天天干官活,一个子儿也不能挣，你来了吃什么呵！

萃：没有吃的俺们就在一块儿挨饿，就是饿死也比在俺们屯子里强，那些畜牲无尽无夜地下屯里胡串门子，万一若是……

二：那你就快过去吧！反正有我这口气在，就饿不死你，再说，眼看树叶子快关门(儿)了，等高粱棵子一起来，八路军非回来不可，到那时节俺们就好了……

萃：真的二哥！人人都那么哄嚷，我看也非有那一天不可，(炮响)你听！今儿个这大炮就比往日响得格外厉害。

(外声：开工啦！)

萃：哎呀！“中央军”！(急下)

(外声：阿边边站到起的是哪一个？)

(蒋军甲乙先后上)

蒋甲：(对萃的方向恶狠狠的)站到起?!

二：他是个放猪的小猪倌呵，老总！

蒋乙：(对二)娘卖妈×个开工啦！(推二下)

蒋甲：(对外)狗入崽崽你站到起！

蒋乙：(对外)站到起！

(西霸天和警察自小萃子下去的方向走出来)

西：弟兄们你们吃了饭？

蒋甲：嗯！

西：刚才营长说……

蒋乙：乡长！刚才跑下去那个小娃娃你见了没有？

西：怎么没见，今儿个我上营部来见营长就是为了那个小娃娃事情来的。

蒋甲：那娃子是八路？

西：不。

蒋甲、蒋乙：（同）哪是一札女娃子？

西：咦？你还当那是个男的哩？

蒋甲：（对蒋乙）追上去！马上就去！

西：好！

蒋甲：他家住在哪个位置？

西：（对警）你领他们去吧！

警：是！（警甲乙三人自右下）

西：……（笑了笑）这真叫冤家路窄！（下）

（二丫头跑了出来，喊着“他是小猪倌呵老总！”去追甲乙急下）

（片刻后警与甲乙上）

警：到啦！（叩门）张老好，开门！（张上）

（张老头惊愕万状紧紧地顶住了门）

蒋甲、蒋乙：开门！开门！

张：要干什么？老总！俺们这屋有病人！

蒋乙：（以枪砸门）啥子病人，碰你娘的鬼哟！开门！开门！

张：俺们这屋子里有病人哪！老总。

（甲与乙交头密议了一下）

警：张老好！把门开了！国军有公事！

蒋乙：（对甲）要得！我们记住这个地方，今黑夜再来！

蒋甲：今天晚上我们两个放哨的时节再来！

（二丫头上）

二：老总！那个小子是个小要饭的！不是个姑娘！

蒋甲：碰你娘的鬼！你不去挖战壕倒来干涉老子们的事！

蒋乙：打个狗娘的！（二人打着二丫头下）

（老头儿听见二丫头的哭声，欲去看二丫头，屋内忽又有小萃叫爹声）

（萃声：爹！我怕！）

张：唔！爹来啦！（下）

第四场

（景与第二场同）

（乐器声中打二更）

（二丫头深夜下工回家头破血流）

二：（唱第十曲）（慢，沉痛）

恨只恨畜牲们手下无情，
枪把子打得我昏昏沉沉。

脑袋破满脸血不像人样，
俺的妈见到了，又要心伤。
（过门中做见河动作）

小河里洗去了满脸血迹，
回到家见了妈一字不提。
（过门中跳河走路）

（见门）妈！（老婆迎上）

婆：这么咱才完活（儿）呀！二更天都打过了。

二：是呵，妈！

婆：（见二丫头的面色不对）今儿个又挨打了吗？

二:(强作笑容)没有,妈!

婆:唉!看你饿得那个样!

二:今儿个可没饿着,晌午小萃子给我送去不老少地豆,我还给你捎来几个呢。(自怀中掏出地豆)给!

婆:(喜)(接了就想吃,但立即停止)八路同志还没吃呢,给他送去吧!

二:谁?

婆:八路呗!八路的便衣。

二:八路军来啦?他在哪?

婆:在地窖里猫着呢。

二:同志!(叫着下)同志!

婆:小点儿声!小点儿声!(随下)

(外面鼓打三更,老婆唱上)

婆:(唱第二曲)

打过三更锣,半夜已经过,

一阵子酸来,一阵子心欢乐……

三更锣声清,正是好时辰,

小萃子进门,俺家又多个人。

(喊)二丫头!二丫头!

(二丫头应声出,闷闷不乐)

婆:今儿个你是怎么了?一回来就愁眉不展的,真彪呵!

二:你不明白。(头上伤痛,摸头)

婆:噢,你那点儿小心眼儿我早就明白啦,唉!真彪呵!俺们穷富不在乎添那一口人,若是穷命,就是一个人吃饭也是穷,若是富命就是一百口人吃饭也是富，把小萃子接过来慢慢熬吧，总有熬出头那一天，再说我看小萃子那孩子长得鼻子是鼻子眼是眼，面相好，“八字”也好，她是金命，你是土命，土生金，金养土，说不定她一来，就把俺家祖辈传下来的这股子穷气冲散了，后手，人旺财旺，日子越过越旺！（幻想）……

二：别说那些吉利话啦！天天干官活，哪一天能有头儿？囤里一点儿粮也没有，天天要饭吃，你把她接过来又多一张嘴，看你拿什么填？

婆：等你把官活做下来，给老李家上工扛活去不就好了吗？今天后半天我上老李家去了，他答应明儿个先借给俺们一斗苞米，人家有不少活计没人做，眼时光等着你上工啦！

二：真答应先借一斗苞米吗？

婆：怎不是真的，先借给一斗，到秋可得扣咱们二斗半，唔，你别彪哄哄的了，你舅舅八成领着小萃子来了，你出去接一接。（老赵自内出）

赵：老张家大爷怎么还不来？

婆：倒是该来啦，三更已经打过去了。

二：老赵！你再等会儿他准能来！

赵：敌情既然没有什么变化，我就得回去啦，（对二）老弟！“中央军”当真一点儿动静没有么？

二：我还撒谎么，我回来的时候还见他们三三两两地在村子里头找洋捞儿呢，不像要跑的样儿。

赵：那我就不等张大爷了，说走就走！

（自怀中取出驳壳枪来）

二、婆：忙什么呀！

赵:你看子时已经到了!俺们军队上做事计划怎么办就怎么办,一钉一铆也不能叫它错啦!

(说着就出门往刚才二丫头上场的方向走去)

二:老赵!你走差了,那条道是往张家屯去的大道,你得走这边这条小道才对劲儿呢。

赵:没有差呀,老弟,你不是说"中央军"都在村子里头逛荡哩么,我要亲自去看看,一来实地看看地形,二来是顺手牵羊抓他妈个活的捎回去。

婆、二:那你还回来吗?

赵:从那边就走啦,不回来啦,老弟!你别出来,你那脑袋叫他们打得可不轻,小心着了风呵!

(赵急下)

婆:(对二)你的脑袋?(摘了他的帽子看见伤痕)哎呀!破了二寸多长的一个大口子,这是拿什么打的呀?

二:不怕!妈!

婆:(急自衣襟上扯下来一条布)快扎上吧!

(外边突地数人齐喊了一声快走)

婆:呀!西霸天又下来啦!(拉二丫头下)

(两个清剿队员和村丁、警察、甲长、西霸天四人依次上场,清剿队员、村丁、警察都扛着大枪,气势汹汹、杀气冲天)

西、甲、警、清剿队员、村丁等:(齐唱第五曲)

半夜三更出了门,

月亮地里要抓人。

西:(唱)

今天不把别人抓，

要抓于家小二丫。

甲：（唱）

上头的公事紧紧催，

三道金牌鸡毛飞。

西：（唱）

北满的八路打四平，

可怜“中央”没有兵。

警、丁、清：（齐唱）

北满的八路多又多，

“中央”怕是打不过。

甲：乡长！上头的公事忽不然地催得这么紧，不是大势要不好呵？

西：没有的事，就凭八路军那些破烂枪，他们做梦也回不来！

甲：说得倒是，就看八路穿的那个老棉袄，背那个死孩子卷，就不带成功的模样，可是北满的八路打长春的消息在国军的报上可也登出来了……

西：不怕，万一他们若是真过来啦，俺们就得往奉天跑，反正不能叫他抓住，若是叫他们抓住了准没活，趁着这会儿国军还在，我们得狠狠地干他一下子呀，小子们！

众：是！

西：快走！

（唱）

西霸天心里真着急，

赶快抓兵送去。（紧接下段不要过门）

（快）

心里着急走得欢，

不觉走了一头汗。（紧接下段）

（最快）

走得欢来走得欢，

眼前来到谁门前。

甲：大乡长到啦！（叫门）开门！开门！

（二丫头伤还没有扎好，开门出）

二：乡长，甲长都下来啦，什么事啊？

西：没有别的，小子！上回挑国兵我对你不起，把你这么好个年轻有为的小伙儿给漏了，叫你在家闲待了这么些天，真屈了你这块材料，这回我想再若把你漏了那才是屈人呢。走吧！

二：叫我干什么？

西：当兵！当“中央军”！

（老婆早就在门缝里偷听，此刻疯了似的一跳而出）

婆：叫俺们当兵？！你家五个儿一个不去，为什么拔俺们这个独丁啊？！俺们不去！

甲：你这泼妇，提着嗓子叫喊什么？！有话跟大乡长慢慢说不好吗？真是一点儿规矩王法也不懂！

婆：慢慢说，这可不是慢慢说的事，我知道，你们大肚子都是一条藤，一心想祸害俺们，打算把俺们母子都撵出屯子去。

二:怎么的我也不能当国兵。

西:(对警、丁)我说你们都是木头疙瘩呀?还不给我绑起来?!

丁、警:是!(欲绑二丫头)

婆:(急忙拦住丁、警)不能绑,不能绑,要绑你们把俺绑去也不能绑俺儿。

西:(凶凶对婆)你给我退后点儿!

婆:退后点儿?俺退到头啦!给你逼得一步也不能退了,你爱怎么的!俺儿十七岁,不是够十八岁才能当兵吗,凭什么能抽到俺们头上来?

西:十七岁?我给你儿长了一岁。

婆:你给长了一岁?你说话能好使唤吗?你也不是天老爷!

西:我不是天老爷,比天老爷可也矮不多少,跟你说:这不是你爹在这时节,你们嘴大,眼下是俺爹在这坐天下,上有蒋总裁,下头就有我这乡长,非好好折腾折腾你们不可!

婆:你不用那样凶耀,我早知道你,西霸天!

甲:你敢当着这许多人骂三太爷?真是越来越没有王法了。

婆:骂啦!能怎的?(对西狠狠地)恶霸!你那一百来天地是怎么来的?你逼得寡妇跳井,你逼大姑娘上吊,你逼得小伙子投河,你逼得老头儿抹脖子,你呀!西霸天!你逼死了多少人命,你逼得多少人家倾家荡产家破人亡,卷了铺盖下边外啊!是你,是你,(喘口气然后大声骂)西霸天!小皇上!扒灰头!都是你!

甲:你眼睛里头真是没有皇上了,还敢骂?!

婆:我骂啦!你们敢把我这条老命要了去不是?!

西:(凶凶地对警、丁)你,你们这些死木头!还不给她两棒子?!

婆:你打,你打!(往西霸天身上撞头)

警:反了你啦?!(举起枪把子要打)

二:(上前架住)你要打打我,别打我妈!

西:把他绑上!

清、丁、警:是!(四个人绑二丫头)

婆:(哭叫被甲长拉住)西霸天哪!你好狠心哪!你也是生儿养女的呀!(上前扑,被甲长紧拉着)

西:(阴沉的)绑好了么?……绑好了就带到张家屯乡公所去。

婆:(绝望地望了望二丫头,又望了望西霸天)(乐声起)乡长!乡长!!(慢慢地给西霸天跪下)乡长!老亲故邻的你饶了俺儿吧!

婆:(唱第一曲)

我把那大乡长连叫几声,

不看俺你要看老亲故邻。

西:(白)我和你们是冤家对头,有我在这一天就不能叫你得好!

婆:(唱前曲)

可怜我老婆子不会说话,

可怜我老婆子受穷守寡,(紧接下段,不用过门)

可怜那二丫头年纪太小,

可怜那二丫头白天挨打!

西:打死了也不多!

甲:你倒厉害呀!我把你个穷骨头!

二:(大叫)妈!妈!你起来!你起来!

婆:啊!(霍地立起,抱住二丫头脖子泣不成声)

二:(慢慢地)妈!你不用惦记我……(泣)

婆:(抽噎)你!(看看二丫头的苦脸,抱头大哭)儿呀……(摸儿头)这块伤还没有包好呢!(从怀中取出刚才撕下那块布条,给儿

裹伤）

二：妈！明天还没有吃的呢。

婆：不！（自慰慰儿，慢）妈有吃的，妈向人家要着吃呵！

西：他妈巴子的还不给我拉上走，啰嗦起来没有头儿了。

（甲长自二丫头身边拉开老婆，警察与村丁等推二丫头，令他走）

婆：（大呼）啊！

二：妈！我走了说不定能不能回来，你带着小萃子好好过吧！

婆：（抱儿头）俺儿呀！（泣不成声）

西：（命令）走！

（甲、警、丁、清等人推二丫头下，西霸天也跟着下场）

婆：（呆若木人直愣愣地望儿下去，二丫头哭叫声渐远，忽然她大叫了一声"二丫头"，便跌跌撞撞地追了下去）

（于老婆大声叫时锣鼓便激烈地响了起来，在锣鼓响中监场人速将台上道具搬去，但若在舞台上演则可闭二道幕或用闭灯撤景的方法行之，待灯再亮时，台上别无他物，只现远山的衬景）

第五场

（在不断的乐器声中，小萃子叫了几声爹便跑出来）

萃：（唱第七曲）（紧张恐慌）

拼命地跑来，拼命地跑，

人人都说虎豹凶，他们凶过虎和豹，

人人都说豺狼狠，他比豺狼狠十分！

不好了……啊……

（蒋军甲、乙在后头大喊"追呀"！）

萃:(叫哭)爹呀! 爹呀!

(蒋军甲、乙追上,小萃子见蒋军上来便在台上跑圈子,蒋军紧追不松一步)

萃:(边跑边唱前曲)

叫爹不应来,叫天不灵,

往东走来没有路,沟深三尺不能行,

往西走来是个坑,黑古洞洞吓死人!

不好了……啊……

(以下乐声不停)

甲、乙:(喊)捉住!(二人一拥而上,活抓了小萃子,将要往下拉,老张头跑上)

张:(大呼)小萃子! 小萃子!

(甲乙急拉小萃子,张亦大叫着追去,锣鼓响中西霸天等拖着二丫头跑出,在台上跑了两圈,二丫头叫着"我不能去呀"! 将被拖下去时,于老婆叫着追上)

(西等急拉二丫头下去,老婆随下)

(紧接着侦察员老赵追出,站在台上向前方望了望即追了过去)

(蒋军甲、乙又拉小萃子上来,张老头紧紧追上,一把拉住小萃子,誓死不放,小萃连连叫爹)

张:老总! 老总呵! 你可怜可怜你可……

甲:(不待老张头说出那怜字,便举起枪把,狠狠地朝着老张头的脑袋打了下去)

(注:打时要配以打击乐器)

张:(闷痛地叫了一声)啊呀!(便倒下去了)

(蒋甲、乙拉萃子,萃哭声渐远)

（一片狂风声，音乐缓奏第八曲，片刻后老头儿慢慢苏醒，抬起头来又跌了下去）

（乐与狂风声中，于老婆摇摇晃晃慢慢走上）

婆：（直愣愣的）这是什么地场呵？

张：（挣扎着）谁？！

婆：大哥！你怎么啦？小萃子呢？

张：小萃子？她……那些畜牲把她抢……

婆：哎呀！

张：二丫头呢？

婆：二丫头他他……西霸天挑兵把他抓去了……

张：哎呀！

张、婆：星星月亮，老天老地，八路军快来吧！

（唱第八曲）（仇恨）

叫一声地来呀，喊一声天，
老天老地你记心间，不是那天火把人烧，
不是那大水把人淹，是那种殃军，
是那西霸天，祸害俺。

（婆唱第八曲第二节）

叫一声俺儿呀，亲哪骨肉，
白天黑夜你记心头，不是那黄狼把你叼，
不是那老虎抢你走，是那大地主，
是那“二满洲”，苦难受。

张：老妹子别难受了，全当俺们没养儿吧！

婆：你说胡话，那怎能呀，那是自己身上掉下来的肉呵！

张:说得是！那是俺们的眼珠子啊！

(唱第八曲第三节)

叫一声女儿呀,俺那亲人,

勿论生死记在心,不是旋风把你裹,

不是恶鬼抓你的魂,

是种殃军,恨死人……

(老赵在外头喊了声"杀",打了几枪引起一阵人跑声)

(紧接着枪声大作)

婆:(为枪声所兴奋,突然狂喜忘形)呀！八路军下来啦！八路军下来啦！八路军从山上下来啦！大哥！你快来看呀！那黑压压的一大片像发了山水似的从山上冲下来了！(炮声大作)

张:(看同一方向)呀！俺们的人马过来啦,俺们的人马从月亮地里走过来啦,你快来看,俺们的马在河里跑,俺们的人在地里飞,你看那一片火星子呵！

(一片杀声)

婆、张:(狂喜)俺们的人马冲上去啦?！杀呀！杀呀！(外头又喊了两声杀)

(老赵和二丫头推绑着西霸天突然上)

二:妈！妈！舅舅！

赵:(令西)跪下！叫你跪下！(西即跪下)

张、婆:(同时)哎呀！这是怎么整的?

赵:我本来打算上张家屯去,拣个臭鱼,没曾想刚出门就碰上这老汉奸,领着一伙儿小汉奸,往你们家里走,我约摸是没有好事,就在道旁蹲了一会儿,蹲了不大工夫,两袋烟还没抽完,他们就回来啦,我把小烟袋一磕就……就是这么回事,拣臭鱼没拣成,拣了个活鳖回来。

二:狗腿子和清剿队都跑了,甲长和警察都叫老赵打死了!

(婆、张连连道“好”)

二:小萃子呢?

赵:可说是呀,小萃子呢?

婆、张:叫那些畜牲给抓到营盘去了!

(冲锋号和杀声突又高起)

赵:听这个动静,俺们队伍正在打营盘呢,说不定已经攻进去了,老弟俺们快去找找她!

二:快走吧!(二人将欲下,忽见远处一个人影)

(赵卧倒,并令二、张、婆等俱卧倒)

赵:由营盘那边往这头跑,八成是打散的“中央军”!

二:谁?

(外声:是我!二哥!二哥!)

(萃披发跑上,被赵、二抱住)

张、婆:小萃子?!

萃:爹呀!(抱住张,兴奋,抽噎)(冲锋号急响)

赵:队伍正往前边打呢,我跟上去,你们看着这个老坏虫可别叫他跑了。

二:老赵!我跟你一块儿去!

赵:你在这看着他,(指西)他们老的老小的小,怕看不住他。

婆:叫他去吧!有我老婆子在这,西霸天就是长了翅膀也飞不了。

赵、二:(同时)去吧!(二人下)

张、婆:(对萃)你是怎么逃出来的?

萃:那两个畜牲刚把我拉到营盘里,不大的工夫八路军就偷偷地摸进来啦，八路同志把那些畜牲们抓的抓了，毙的毙了，而后他们叫我走，我就跑回来啦。

婆：可把孩子吓唬坏了。（摸萃头）

张：八路同志没跟你说什么？

婆：人家正打仗的时候，哪有工夫说什么！

萃：不！八路同志说了，他们这回是大反攻，共产党成功了，“二满洲”快完蛋了！

张、婆：啊，还说什么了？

萃：还说俺们穷人要天不怕地不怕，放开胆子斗争打倒地主恶霸，有冤的报冤、有仇的报仇啊！

张：（对外大叫）乡亲们快来呀！西霸天叫俺们捉住了！有冤的来报冤、有仇的来报仇呵！

（外头有群众纷纷应声“西霸天捉住了！”）

（群众五人手持叉子、铁锹、棒子一拥而上）

众：哪啦？在哪啦？

婆：这不是么！（对西大骂）你也有今天呀！（众大骂西）

西：（站起哆哆嗦嗦地给大家深鞠一躬）哎呀！饶了我吧！眼时我脑瓜转过来了，从前是国民党脑瓜，眼时转成共产党脑瓜了。

众：你放屁！

萃：你那脖子是猴筋儿长的吗？转得这样快！

婆：跪下！俺老婆叫你跪下！！

（西畏惧地看着于老婆的脸哆嗦着跪了下去）

西：老亲故邻的，你们饶了我吧，我的妈呀！

（外有呼口号声——“反攻胜利万岁”！“保护穷人”！“解放全中国！”）

（万众欢呼，闹成一片！乐队奏《三大纪律八项注意》曲）

（宫、赵、二及三个战士在口号与鼓掌声中随一营长上）

众：（欢呼）欢迎俺们自己的队伍！（呼声中，众人与营长及战士、宫、赵等人相抱，小萃子摸着二丫头身上的胜利品——枪）

宫：大爷大娘！这是俺们大部队的洪营长！

婆：哎呀！（紧紧地抓住了营长的手，看了几秒钟没说出话来，兴奋地揩了揩眼睛）哎呀！盼星星盼月亮的，可把俺们的队伍盼回来了！

营长：大娘！大爷！我们这回是大反攻，北满的队伍往南打，南满的队伍往北打。这回俺们要狠心翻身和他们算总账，以前俺们受的罪都是他们给造的，对不？

萃、二、张：对对（儿）的！

（台外也有人喊对）

宫：这不是西霸天吗？把他先押在村政府去。

营长：这回俺们从根上打倒地主、开仓、济贫、分地、分粮，以后再不要缺吃了！

众：好啊！（拍手）

营长：再有，而后俺们穷人要亲帮亲、邻帮邻，大伙儿把住团体，你们看好不好？

众：（台内、台外一齐欢呼）好哇！（拍手）

（雄鸡长长地叫了一声）

萃：这回天可亮啦！（新红的太阳升起）

众：（唱第九曲）

哪里呀有太阳，哪里就暖洋洋，

哪里有了共产党，哪里就亮堂堂。

共产党真英明，领袖是毛泽东，
站在西北高山上，他是中国一盏灯。

毛主席爱穷人，仇恨那恶霸们，
他在高山上发号令，解放全国的受苦人。

哪里有解放军，哪里就大翻身，
开仓济贫分田地，穷人就变富人。

穷人们一条心，打垮那种殃军，
打倒恶霸和地主，永不叫他再害人。

穷人们一条心，紧跟着共产党，
打垮反动的国民党，汉奸官僚一扫光。

哪里呀有太阳，哪里就暖洋洋，
哪里有了共产党，哪里就亮堂堂。

（完）

东北书店 1949 年 5 月初版

◇蓝　澄

废铁炼成钢

说　明

这个剧本是根据《煤》写成的。

一九四八年的夏天，我带领工人文艺工作团到滴道煤矿演剧，当时这故事广泛地被人们议论着，我觉得有写成剧本的必要，就将材料搜集了一下，接着《煤》和《关于对〈煤〉的批评》两篇文章相继发表，使我加深了对这故事的印象和兴趣，遂写成了这个剧本，前曾在各矿山工厂多次公演，后又在哈尔滨和抚顺演出，蒙好多同志和工友提出了不少宝贵意见，我又将剧本进行了修正。

剧中的曲子采用了几个矿工熟悉的小调，听起来易懂和便于一些业余剧团的演出是我的原意。

最后，希望能听到更多的意见和指示。

蓝澄

一九四八年于哈

时间:一九四八年春。

地点:滴道煤矿。

人物:黄殿文——外号无人管,哈市有名的小偷,被判半年徒刑,在矿山生产的犯人,年三十左右岁。

黄妻——黄殿文之妻,贤良的女人,二十五岁。

陈主任——六十上下年纪的老头,有经验、有威信的工会干部。

老洋炮——经过改造的犯人,为人粗鲁、爽直、痛快,三十多岁。

工友甲——进步青年,有点虎气,急性子人,二十多岁。

工友乙——热情天真的青年工人,十八九岁。

工友丙——爱穿、爱漂亮的人物,外号大姑娘,二十多岁。

妇女——甲、乙、丙,都是进步热情的妇女会员。

小姑娘——甲、乙,十四五岁。

儿童——甲、乙,小男孩,十三四岁。

瘸子——残疾的工友,四十多岁的老工人。

第一幕

第一场

(在独身工友集体住的大房子里,布景极简单,两铺长炕上堆有被子和一些旧衣服,桌子上摆一些饭具、窝窝头之类的食物,墙上挂着"瓦斯灯"、几顶破灯帽子,几把镐头放在床的一边。幕启时黄殿文正在一边睡觉,洋炮和工友甲、丙在一边说话一边听后台唱戏,这时后台正唱《打渔杀家》,胡琴声,喊好声)

恼恨那吕子秋为官不正,

将势力欺压我这贫穷的良民哪。

进公堂，狗赃官一言不问，

责打我四十板哪……赶出了衙门。

（前后台喊好，工友乙从后台高兴地跑上）

工乙：（问洋炮）组长！我这出戏点得怎么样？（问众）你们说怎么样？

众：好好。

洋炮：（以下称洋）太好了，老张这小子真有两下子，小李你去再让他来段。

工甲：对，再来段听听。

工丙：让他来段小嗓的，唱桂英儿的一段。

工乙：我就在这吆喝一下就行啦，（在门口向后喊）老张！老张！他们听上瘾啦，欢迎你再来段，还要小嗓的，把桂英儿的给唱段。

后台声：今个小嗓没啦，光剩了大嗓啦！再来段萧恩的吧！

众：欢迎欢迎！（齐鼓掌）

（后声："开船哪！"胡琴拉得很欢，前后台非常的静）

父女们打鱼在河下，

家贫哪怕人笑咱，

桂英儿，掌稳了舵，父把网撒啊……

（喊好声，掌声，洋炮高兴地比比画画接唱下句）

洋：（装老头躬腰并夸大地唱）可怜我年迈苍苍，气力不佳呀……（做撒网表情并后退欲倒）噢……（众急扶洋并大笑）

乙：（向洋竖大指）组长！你唱得还不熊呢！光屁股坐板凳有板有眼。（笑）

众：哈哈哈！

甲:(指尚在睡觉中的黄殿文)这小子睡死了吗?咱怎么吵他也不醒,该睡还是睡。

丙:睡死倒好,省得咱这屋里有这么个败类丢人。妈的,来了快两个月啦,活没多干熊可没少要,老装病,今个筋疼,明个骨头疼,就他妈的那张嘴不疼。

乙:他要嘴疼,昨天咱们的肉也丢不了啦!

洋:(笑)他才不痴呢!哪儿疼他也不嘴疼啊!这叫脸儿壮吃得胖。若不,他凭什么一点活不干还要吃好的呢?

甲:对,这家伙的脸皮厚得够瞧的,少了什么东西你要问问他,他翻翻白眼就过去了,真他妈少揍。组长!咱们今个买的肉另藏个地方吧!

众:对,藏起来。

(甲将肉藏于桌下之板上又用东西挡上)

丙:天生蹲笆篱子的货,他偷东西的本领才高呢!你藏到哪里他也能找出来,他当初在哈尔滨的时候可出名啦!若不,他也不能得"无人管"这个外号啊!这回又犯了事让法院判了他半年的徒刑,才送到咱矿山上来,反正该着咱这房子倒霉。

乙:噢,是这么回事呀,怪不我问他从前是干什么的,他不肯说呢!

甲:我早就知道他是那么块料啦,若不是老手偷东西会那么"麻溜"么?

洋:这家伙落后归落后,咱们还是得想法改造他,主任不是说改造好了他还有功么?

乙:还给奖呢!

丙:你改造他吧!要等着他进步了黄瓜菜也凉了,别说打老蒋呀,咱豁上不要功也不改造他。

甲：哼，他坏到头顶生疮脚底下流脓啦，早晚还不是喂狗的货，改造个屁，“铁拐李的大腿撅断筋啦”。

乙：你不能那么说，咱矿上有多少坏人如今都成了好人啦！工会上可有办法啦，上次我跟主任发牢骚，也说的你那套话，主任批评我的看法不对。

甲：他怎么说来？

乙：主任说，黄殿文也不是生下来就坏，是从前的社会不好，有的“撑”死啦，有的人就饿死啦。像黄殿文这样的人有的是，他也是挨饿的一个，不过他把道走错了就是啦，得慢慢改造他，终有一天他会认清真正道路的。

甲：理是这个理，那也得分是谁，老黄这个人我敢保险，他若是能进步，“要龙叫三声，虎下一个蛋”，哼！

乙：咱们别抬杠，我把话说这搁着，你们以后瞧好了。

丙：主任说的对是对，可也得看是什么样的，我也同意他没个进步。

洋：（笑）什么样的？各位老弟把哥哥我忘了吗？若提起捣蛋来，老黄还得跟我洋炮学学，说别的是假的，一句话，共产党有办法，工会领导得好。

众：对对，若比起组长来他还不够格。

乙：我还没好意思提组长这一段呢！

洋：咱们还是得帮助他进步，别忘了都是穷哥们啊！

乙：组长，我一定帮你改造他。

甲：用着揍的时候给我个信，我帮你们的忙。

洋：扯屁蛋，你听谁说如今还有揍人的？你这家伙进步得不彻底。

乙：（发现“大姑娘”又穿起他那件花里子的棉袄和红皮鞋，忙喊）咳咳快看哪，又打扮起来啦！一件“破皮”一天能穿八遍，（翻袄里）

瞧瞧，还他妈的花花里子哪！

甲：(笑)快"浪"死啦，可惜阎王爷不叫你"投生个女的"！哈哈哈。

洋：你真配得起这个"大姑娘"的外号，倒真像个大姑娘啊！

乙：(冷不防擎起"大姑娘"的脚)怎么不像？就冲着这三寸金莲吧，可是横量。

甲：脚趾头么?!

(众笑)(丙有点磨不开坐于床上)

洋：(笑)别闹啦！人家不好意思了。

丙：(真有点火了)滚你妈的蛋，老子爱穿总比你们爱吃强，咱们花了钱有东西在，你们把钱花光了，就干瞪眼，也不过香香嘴臭臭屁股。

乙：那也不一定，我们吃了赚个好身板，你穿了衣裳也不能长块肉。再说，(用手指向黄)说不定有不客气的给你没收了，叫你穿不成，闹个里外不够本。

甲：倒真不假，那小子可真上了你的眼啦，你可别当儿戏。

洋：哎呀！那可真要了姑娘兄弟的命啦！

丙：(故意大声地向黄)哼！老子不在乎，要真有不讲交情的，可别说老子不够朋友。到处打听打听，这也是白刀子进去红刀子出来的茬口儿，打听打听。

洋：得得，谁不知道你那两下子，现在到点啦，快上班个屁的吧！

丙：(将衣服细叠起来，用白包袱边包边说)这个熊房子就是有的是灰，新衣裳没等穿就脏了，(最后还吹两口)咈咈！

甲：还不赶快买个皮箱盛起来。

乙：人家这是准备出阁的衣裳，还能不高贵吗？

(众笑拿镐头走下，黄见众下，翻身蹦起跑到门口处大骂)

黄殿文:(以下简称黄)呸!肏你个八辈祖宗,(回身后,生气地)这帮小子真他妈的混鸡子,这叫"狗咬吕洞宾不认识真人",谅你们也不知我黄某是干什么吃的。想我黄殿文当初在哈尔滨做看不见就拿的买卖,这些年来虽然说没"撑"着吧,可也没饿着。在"满洲国"时代笆篱子蹲得没数,(笑)那还不是家常便饭?头两个月做买卖又犯了,法院判了我半年的徒刑,送到这个熊××地方来生产。坑里的活真不是人干的,入坑三分死,四块石头夹着一块肉,多危险哪。我还准备多活两天呢。再说刨煤这个屁活也太累人,抡不上两镐头就他妈腰酸胳膊疼的。我才不卖那份力气呢,我不干活还想吃点好的,他们上班去我就在家弄好的吃,矿上谁都瞧不起我。管他娘的,我还是我,也少不了一块。不想了,喂喂脑袋要紧。(翻东西找到肉,笑)藏到这我就找不着啦?(切肉倒上酱油醋,吃着煎饼,嘴里还说着)不干活也吃饭,就是少点酒,嘻嘻!

(主任上,看黄吃饭,黄没发觉)

主任:(以下称主)伙计!好吃喝啊!(笑)

黄:(有点慌)哎呀!主任来啦!你老快吃点。

主:不吃不吃,我刚吃过了,病怎么样了?

黄:(随机应变)还不大好,这不是么,工友同志们看我病啦,不爱吃饭,现去买点好的请我的客。主任哪!工友同志们这点团结友爱的精神,你老得多多发扬啊!

主:这个当然啦,可是黄老弟,你打算什么时候干活呢?

黄:我吃完饭就去,带病上班,(迅速将饭吃完)你老分配吧!

主:你想干点什么呢?

黄:(想了半天)我看澡堂子吧?

主:(大笑)哈哈哈!那是老头和小孩干的事,你这么个大小伙子,还是挑点别的吧!

黄:那么你老看着分配吧!只要轻快活就行。

主:(想)这样吧!你去推煤车好不好?两个老工友加上你,三个人推一辆,好好干,又能挣钱脸上又好看,多好!

黄:好吧,主任,这个活行,我能干。

主:(从腰里掏出五千块钱)给你两个钱,去剃剃头买点零三八碎的。

(黄接过钱)

黄:谢谢你老,(拿过一根草绳把棉大袄捆上)干活得有个干活的样,主任!你老看带劲不带劲?(装作掐腰挺腹)

主:(看着黄笑)好体面个小伙子啊!好好干吧,有出息!

黄:还带什么家伙?

主:干这个活什么也不用带。

黄:(兴高采烈地)好!我走啦!(拉开唱大戏的姿势唱)辞别了主任往前……奔(嘴里叨咕着滑稽的锣鼓点)炕上一些地下一些吃不了还兜着一些哈哈哈哈。

主:(大笑)哈哈哈哈!这小子真没治。

(中幕落)

第二场

(在麻袋仓库里。这不是工厂,是临时干零活的地方)

(中幕启,妇女甲、乙、丙,小姑娘甲、乙,儿童甲、乙,瘸子等众人在愉快紧张地缝麻袋)

小姑娘甲:(以下简称姑甲,边做边唱一曲)

春季里来百花香，矿工人人生产忙，多出煤炭支援前线，保卫矿山保家乡。

众：（合唱）哎哟，消灭贼老蒋。

妇甲：（唱一曲）

夏季里来热难当，工友们比赛看谁强，热汗直流不叫苦，为的要把模范当。

众：（合唱）哎哟，模范美名扬啊！

小姑娘乙：（以下简称姑乙）（唱一曲）

秋季里来秋风凉，刨煤工人精神爽，前方连连打胜仗，老蒋像树叶见了霜。

众：（合唱）哎哟，胜利消息到处扬。

妇乙：（唱一曲）

冬季里来雪茫茫，咱们东北全解放，大军开到南京去，活捉贼老蒋。

众：（合唱）哎哟，全国得解放。

妇丙：（唱一曲）

四季完了过新年，今年和往年不一般，今年是胜利年。

众：（合唱）哎哟，今年是翻身年。

姑甲：欢迎你们男的唱歌，一二！

众女：快快快，一二，快快快。

童甲：唱就唱，一二！

童乙：唱就唱。

童甲：（问瘸子）大叔，你怎么不吱声啊？

瘸子：去吧去吧，我不跟你们孩子们在一起闹。

童甲、童乙：（同说）不行不行，她们人多咱人少，你得参加。（摇

瘸子)

瘸子:(没法)好好,我参加参加,可有话在先,唱歌不妨碍干活,能做到吗?

童甲、童乙:(同说)能能。

众男:(合唱二曲)

一、叫咱们唱歌咱就唱啊,唱的是你们妇女要争解放,哎嗨哟哎嗨哟要争解放。

二、前方军队连连打胜仗啊,后方积极生产支援前方,哎哎哟哎哎哟支援前方。

三、矿山没有一个闲人哪,干起活来女人也不把男人让,哎嗨哟哎嗨哟,比比谁强。

四、你们要学那张大娘,立下了大功劳人人都夸奖,哎嗨哟哎嗨哟她把模范当。

五、你们可别学那小摆浪啊,好吃懒干把女二流子当,哎嗨哟哎嗨哟人人说短长。

众:(笑)哈哈!

妇甲:你们还教训人哪?

妇丙:熏鸡熏鸭子还有熏活人的?轻点"白话"。

童甲:互相帮助么!

众:(笑)哈哈哈。(全体合唱二曲)

一、解放区的天呀有太阳啊,解放区的人儿个个喜洋洋,哎嗨哟哎嗨哟人人喜洋洋。

二、解放了的矿山再不是地狱,我们要把地狱变成天堂,哎嗨哟哎嗨哟地狱变天堂。

(见主任来齐说)来啦?主任!

主:(领黄殿文进)你们真高兴啊,你们刚才唱什么来?

姑甲:我们唱“满洲国”的时候矿山是人间的地狱,共产党来了大家都翻了身,日子都过好啦,矿山好像变成天堂啦。

主:(点头笑)不假不假,你们把这些道理慢慢地也让这位新工友知道,他到咱矿山没多少日子,我介绍他到你们这一块干活,他姓黄。

黄:(笑点头)我叫黄殿文,黄殿文。

众:(热情地鼓掌)欢迎欢迎。

主:(问黄)老弟!这个活你能干吧?件子活,缝一条一条的钱。

黄:(忙答应)能干能干。

主:能干?好,咱们有话在先,这回可别像上回推煤车那样,不干活光捣蛋哪!

(众开始明白黄之为人)

黄:主任!那个事你不能光听他们一面之词,他不使劲光让我一个人推,我怎么能推得动呢?

主:过去的事算了,这回好好干。

黄:那是么,主任你别走,我干个样给你看看。(蹲下缝麻袋,手指灵巧缝得又快又好,缝完给主任看)主任!你看怎么样?光要嘴不行。(卖弄地)

主:好好,你以后好好在这干吧,我回去啦!(下)

黄:你老回去啦?(见主任下,向瘸子)这位哥们忙啊!这个活是她们老娘们干的,咱们男子汉怎么能干这个呢?

瘸:我的腿有病,重活不能干才干这些零碎活,你这个活蹦乱跳的小伙子怎么不到坑里干活,也来干这个?

黄:我也有病,(指肚子)我这里边有病,你不懂医学,告诉你也白搭,说真格的，俗语说得好，“一分钱一分货，十分钱买不错”，他们在坑里一个月开支七八万①，干这个活才挣几个屁钱，咱不能给他们好好干，你说对不对？

瘸：不知道。（自己干活不理他）

黄：（见这一招不灵，变招站起向众）我告诉哈尔滨的故事给你们听，爱听不爱听？

瘸：干活吧！

众：不听不听。

黄：（急了）我唱《小老妈开嗙》给你们听好吧？

童甲、童乙：欢迎欢迎，快唱！（童甲、乙跳到黄旁边让他唱）

姑甲、姑乙：我们也欢迎，唱吧！（但仍在原地做活，其余的人仍做活不理他）

黄：（扭扭搭搭地唱起《小老妈开嗙》，唱时儿童伴舞）

小老妈在上房打扫尘土啊，（喇叭鼓钹伴奏）东屋打扫到西屋里，（伴奏）东西两屋打扫完毕呀，（伴奏）再打扫阔大爷的暖房里，（伴奏）正好阔大爷不在家内呀，（伴奏）我到外边买点东西呀，（伴奏）别的东西咱不买呀，（伴奏）但买那瓜子香烟大肚鸭梨呀，（伴奏）说罢了此话向外走啊！唱到这里我不唱了啊。

众小孩：唱啊！怎么不唱啦？

黄：（笑）没有傻柱子怎么能唱起来呢？我不会傻柱子的词。

瘸：你这个人怎么这样胡闹？你自己不想干活就在那歇着，不该鼓捣他们小孩子也不干活，就算是仓库里干零活纪律差点吧，你也不该太离格了。

---

① 一九四八年二月份的数目。

黄：（瞪他一眼）阁下是什么官？妈的，少管闲事！

妇众：你不好好干活谁都管得着！

童甲：你唱得真好，还没听够呢，不听他们的，再唱段别的吧。（向黄小声地）唱。

黄：（想了想）我唱《探妹》吧。

童众：好好！快唱快唱！

妇甲：小孩子懂什么？好什么？不许唱这个小调。

妇乙、妇丙：（同）别唱啦别唱啦！

黄：唱歌还没有自由吗？就唱就唱。（唱《探妹》）

正月里探妹正月正，我领小妹妹逛花灯，逛花灯是假意呀，妹呀！试试你的心呀，一个呀呼嗨。

妇甲：（气得站起来）你这个人怎么这样下流？到这啥活不干，净唱这些叫人听了就想呕的小调，你这是“经意”地捣蛋，破坏矿上的劳动纪律，你想捣乱咋的？

妇乙：你听如今谁还唱这种小调，你怎么那么下流呢？

妇丙：再唱斗争你这家伙！

众：斗争他！斗争他！

黄：拿斗争来吓唬人么？斗你的争吧，老子不在乎。（大声唱，神气十足，故意气人）

二月探妹龙抬头，我领小妹妹上高楼，高楼实在高呀，妹呀！小心你的腰呀，一个呀呼嗨。

童甲、童乙：（鼓掌）好好！

瘸：（向儿童）好什么？（向黄）老弟！还是刚才那句话，你要干活就干，不干就好好待着，要唱歌新编的歌有的是，别唱那些“下流”歌，这里都是些年轻的妇女，你这不是要流氓么？

黄:(火了)你训谁,谁要流氓?老子用得着你管么?你他妈算干什么吃的?

(打癞子一拳,癞子几乎倒下,众上前挡住)

癞:你敢打人哪!好小子,反了你啦,讲不讲理啊!

黄:揍你怎么的,什么叫理?(一亮拳头)这就是理。

(汽笛响)

妇甲:不用跟他吵吵啦,咱们见主任去!

众:见主任去。(拿起麻袋下)

黄:见主任怎么的?见去吧!妈的!要不是好男不跟女斗!我每人给你们一捶,唱歌还唱出不是来啦?!真他妈的窝火,(挡住了小孩不让他们走)你们上哪去?

童众:报账去,你没听刚才拉下班的汽笛吗?

黄:等会再走!我唱得好不好?

童众:好。

黄:好吗?好听给钱吧,不能白听,没有那么便宜的事。(伸手要钱)

童众:我们没带钱呀!

黄:(奸笑)把缝的麻袋每人给我一份!

童众:(互相看看)不给你。

黄:(威胁地用拳头一晃)不给?你们闻闻这是什么味?(引诱地)以后我还唱好的。(小孩每人给了他一条麻袋下)哈哈哈!真他妈的便宜事,不干活也挣钱,咱也报账去呀!(发现扫麻袋的新笤帚,拾起藏于怀中)捎回去扫炕,捡点是点!(一步三晃地走下)

(中幕落)

第三场

(黄殿文兴高采烈地走上)

黄:(数板)有福的人儿吃猪肉,没福的人儿啃骨头,姓黄的生来命运好,自在逍遥不用愁,我得饮酒来且饮酒,得风流时且风流,且风流。(白)真是他妈的狗走遍天下吃屎,狼走遍天下吃肉,老子今天啥也没干也能挣钱。(自得地笑)哈哈哈哈!(想起点事似的)哎,这些日子我一连就偷了他们两三次肉吃,说不定还真把那几个小子得罪了,听说今天合作社又煮上肉啦,没别的,我去弄点来回去请他们个客圆圆面,对!就这么办,走啊!(唱二曲)

一、我老黄生来好福气,不干活还吃好的,哪有这段理,哎嗨哟哎嗨哟,前世修来的呀!

二、今天合作社去把肉偷,香肠肝肺猪耳朵,还捎个大膀蹄呀,哎嗨哟哎嗨哟,喷香喷香的!

(扭着秧歌舞于音乐声中下)

第四场

(在工友大房子里)

(工友甲、乙、丙在很热闹地说笑)

乙:别只管扯啦,你们看什么时候了,咱们组长怎么还不回来呢?也不知道开会讨论什么事。

丙:听说这回开会是讨论五一劳动节的事,八成又要竞赛啦!

甲:这若再竞赛呀,非得跟四组挑挑战不可,那帮家伙能干,打仗得挑好样的。

乙:对!跟他们干干也值个。老李!你有信心没有?

丙:怎么没有,我第一个有信心。弄好了立上他几大功,当上个模范什么的,多美!

甲:对!谁熊了是个棒槌!

乙:组长回来咱们就跟他谈谈。

丙:(想起黄还没回来)下班这半天啦,老黄怎还没回来呢?

乙:他这回到仓库去干活,主任亲自送他去,对他可算太好了,这回若是再胡闹,可真对不起陈主任那个老头子了。

甲:这小子顶滑头啦,专找轻巧活干,坑里什么活不好干?他偏到仓库去跟些女人小孩混到一起,真他妈天底下少找这种人,这咱八成又在仓库里出洋相呢!

丙:对了对了,咱们等着瞧吧,这小子准在那耍活宝给他们看呢!

乙:提起耍活宝我又想起他的一出戏来!

甲、丙:你快说说是怎么回事?

乙:这家伙上次去推煤车,跟一个老工友一块干活,他把手放在车上一点劲也不使,这还不说,他还用屁股碰那个老工友,走一步碰一下,把那个老工友碰火了,也不推了,车就停下了。

甲、丙:后来呢?

乙:他后边又来了一连串煤车,他就大声地吆喝着:"大家伙快来帮忙推推呀!这挂车推不过去啦!"果然跑来几个人帮助推,他却站在一边一手拿着大饼子啃,一只手指挥着:"小心点呀!小心点呀!别轧着脚!这可不是玩的啊!"你们说这家伙宝贝不宝贝?

众:(笑)宝贝宝贝!

甲:这小子倒会装蒜,他这不是当上司令了么?

众:哈哈哈!

(洋炮急上)

众:组长回来啦!

洋:你们什么事这样乐啊,不好告诉告诉咱么?(笑问)

甲:没什么没什么,我们闲扯老黄要宝那一段呢!

乙:组长!你们今天开的什么会?怎么这半天才完呢?

丙:挺热闹吧?

洋:会开得可热闹啦,所有小组长以上的干部都去了,黑压压的一屋子人,矿上的党委、矿长、工会主任都讲话来,号召……噢!先不告诉你们,你们猜猜吧!

乙:那还用猜,五一节快到了,准是动员大竞赛。

甲、丙:猜对了吧?

洋:对了对了,为了庆祝五一劳动节,上边号召来个生产立功大竞赛,多出煤炭好揍蒋介石那个狗×的。

众:(互相看看)咱们约摸对了!

洋:怎么你们几个人先有个底啦?

丙:等等再告诉你我们怎么合计的,你先说说会怎么开的吧!

洋:好好,我说,这回竞赛要选举模范,坑口模范小组,人民功臣劳动英雄,五一那天开全矿庆功大会发奖,白天闹秧歌晚上演戏。

众:(高兴地)真热闹啊!

洋:矿长问大家"能不能完成任务啊?"好家伙!全会场都挑开战啦,坑与坑,组与组,挑了个一塌糊涂。

甲:你跟哪组挑来?

洋:跟四组呗。

众:(高兴地跳起来)对了对了,跟他们挑,我们刚才都合计好啦,正要跟你商量呢!

洋:(笑)弄到一块去了!

丙:你跟他提出条件没有?

洋:没有啊!

众:为什么不提呢?

洋:这是大伙的事,我还能独裁么?得大伙合计着办。

众:对对,民主讨论。

丙:我提议咱们就写挑战书,一边合计一边写。

甲:我赞成。

乙:写好就让组长送去,别拖泥带水的。

洋:好好,老李你写,写完了我就送去。

丙:(找来纸笔)说吧。

洋:我先提一条,我看第一个重要条件就是保证完成生产任务。每人每月上满二十八个班,能做到吧?

甲:我补充点,还得超过才行。

众:同意同意,保证做得到。

乙:我提第二个条件,节省材料,掏槽要掏得深,少放炮,节省炮药。

众:同意同意。

丙:等等等等,(边写边念)节省炮药,完啦。

洋:再加上爱护工具,也算这一条里的。

甲:掌子要按规矩做,要做得整齐,不能里倒外斜的。

丙:我也提一条,车要装得满,不装石头。

众:同意同意。

乙:坑里保安很重要,咱们一定听保安人员的指导,保证不出事故。

洋:这条重要!老李快写上!

甲:服从上级领导,遵守劳动纪律。

洋:大家要团结友爱,不闹意见,干起活来才齐心,加上这一条好不好?

众:对,加上这一条。

丙:学习文化,每天干完活上识字班,决不能因竞赛忘了学习。

洋:对啦!工会正号召咱们学习呢,加上这一条,谁还提,谁还有?

众:(互相看看)差不多了吧?

洋:老李!数数几条。

丙:(数)八条!正好八条!

洋:大家再想想有没有了?

众:没有了。

丙:好吧!没有了我就念念给大伙听听,(念)挑战书:第四组全体工友同志们!为了响应上级的号召,迎接五一劳动节,我们跟你们比赛,一共八条:

第一,保证完成并超过生产任务,每人每月上满二十八个班。

第二,节省材料,不浪费顶木炮药,深掏槽少放炮,爱护工具。

第三,掌子按规矩做,要做得整齐。

第四,要装满车,保证不装石头。

第五,注意坑里保安,服从保安人员指导,保证不出事故。

第六,服从上级领导,遵守劳动纪律。

第七,团结友爱,不闹意见。

第八,学习文化,每天到识字班上课,生产不忘学习。

以上八个条件,如愿应战请速回音,此致革命最敬礼。

第二组全体工友。(问众)行么?有没有漏的地方?

众:哈哈哈,还是老李有两下子。

乙:还转文呢!

洋:没漏,挺好挺好,我这就送去。(拿起挑战书)

众:组长你快送去吧。

洋:好!(拿起挑战书)(唱二曲)

一、我把挑战书拿在手啊,叫一声同志们听我言,哎嗨哟哎嗨哟竞赛可不简单。

二、生产好比上火线,要打胜仗就得瞪起眼,哎嗨哟哎嗨哟打败仗可难看。

众:(唱二曲)

一、组长只管把心放宽,咱二组没有一个孬汉,哎嗨哟哎嗨哟决不丢脸。

二、抡起大镐展开大生产,要打胜仗哪怕流血汗,哎嗨哟哎嗨哟,五一要争模范。

洋:对呀!军队在前线打仗不怕流血,咱们工人在后方生产还怕流汗吗?只要卖卖力气,没有完不成的任务。

众:(合唱二曲)

一、前方同志们不怕流血,后方的工人也不怕流汗,哎嗨哟哎嗨哟,齐心合力干。

二、前方后方齐努力呀,活捉老蒋不费难,哎嗨哟哎嗨哟胜利就在眼前。

(传来黄唱歌声,众听)

黄:(唱二曲)前街后街我串了一个够啊,弄来了猪肉我解解馋,哎嗨哟哎嗨哟我解解馋。

(黄上,将笤帚扔于炕上,让众人吃肉)

黄:各位忙什么呢?来来吃肉,老黄今天请客,吃,吃,别客气。

丙:(质问)肉多少钱一斤买的?

黄:我成堆买的。

洋:老黄!这笤帚是谁的?

黄:我的。

洋:你哪里来的?

黄:路上捡来的呗。

乙:这是仓库里的东西。

黄:谁见我从仓库里拿来的?别他妈的血口喷人,在街上捡东西也犯法吗?

洋:你偷东西还不认错?

丙:你哪儿来的钱买肉,一定连肉也是偷来的。

甲:对对,今个合作社煮肉,准是从合作社偷来的,你偷肉不止一次了。

黄:妈的!请客还请出不是来啦?我扔给狗吃啦!(欲拿肉,被洋炮按住)

洋:老黄!在我眼前少玩这些花招,你打算消灭证据吗?(将肉给丙拿着)小李!好好拿着赃物,这是证据。(向黄)老黄!你破坏了咱矿山的名誉,你也破坏了我们这个大房子的名誉,你也太不自觉啦。(数板)老黄老黄你真调皮,不干活还偷东西,你做了这样的丢人事,破坏了大家的名誉。

黄:什么“××”名誉?老子不稀罕那个。(数板)屁名誉,屁名誉,姓黄的根本就不理。名誉不能当衣穿,名誉不能当饭吃。只要是,有吃有喝还不干活,管他名誉不名誉,名誉多少钱一斤?拿这个去唬别人去。

丙:你他妈这叫不要脸,天下就少找你这种人。

甲:这小子真他妈不讲理,斗争他。

众:对!斗争他!斗争他。(众非常气愤)

黄:(满不在乎地)(数板)要斗争你们就斗争,我全当吃棵大辣葱,咱们有话可说在先,只要不打我就行。(笑)嘻嘻!(众气极)

丙：（气得面红耳赤）（数板）你他妈的没脸腚，天下坏蛋数你行。

乙：（数板）做错了事还不讲理，胡搅蛮缠你第一名！

甲：（数板）若不是上级不许打人，今天叫你爬不动！

洋：得得，跟他讲理没用，拉他上工会去！

众：走走，上工会去！

黄：（笑）上工会去呗，可是你们说不勒大脖子，这不叫勒大脖子叫啥？分明是用压力派，简直是不讲民主自由啊。

洋：（向黄）咱们没话说，今天咱们到主任那再跟你小子算账。叫主任把你这小子整整，快走快走！

黄：见主任咋的，还能把这个买卖给拿下来？（指头）

众：快走快走，（扯黄）别扯××蛋。

黄：忙啥？慢点走，“天狗吃不了日头”，我也跑不了。

洋：老弟！别耍蘑菇啦！你睁开眼看看这是什么地方，这是共产党领导的矿山，不是“小鼻子”时代了，你的脑筋清楚点吧！

黄：不管什么朝代，我无人管还是无人管。

洋：这回就有人管你啦，小伙子。

众：组长，还跟他扯什么？到工会再说。（众推黄）走走！

黄：（满不在乎地哈哈大笑）上工会就上工会，走啊……（大摇大摆地下）

第五场

（陈主任的办公室内）

（中幕启，主任的办公室，一张桌子，两条长凳子，墙上一张毛主席像，主任在戴着花镜看报）

众声：主任！给处理问题吧！

主:(摘下眼镜放于腰里)进来说进来说,什么事这么急啊?

(众拥进,将黄殿文推近主任处,洋炮将笤帚和肉放于桌子上)

黄:主任!你老给做主啊!他们太欺负人啦!(喊冤似的)

洋:(气呼呼地)好小子,你他妈还倒打一耙。

主:怎么回事?

洋:主任,这家伙在我们大房子里住着不老实,啥活不干,还不断偷我们工友的东西吃,这个我们也不在乎,都是在外边跑腿子的穷哥们,谁用了不是用,谁吃了不是吃。

主:是啊是啊,这才叫团结呢,小事就不必计较啦!

洋:他不该到外边偷,他今天不知从哪里偷来的肉,还从仓库里偷来笤帚。我们问问他,他不但不承认错误,还横不讲理,满嘴胡说八道。说实在的,若不是你老常说不许打人,这小子今天非叫他骨头架散花不价。没别的,你老给处理这个问题吧!

众:对!组长说的一点不错,主任!今天别轻饶了他,重重地治治这小子。

黄:主任!我冤枉啊!你不能听他们一面之词,他们这叫血口喷人哪!

主:(严厉地)黄殿文!你在哈尔滨犯了罪送到矿上来,你就该好好生产将功折罪,可是打你来就没好好干一天活,成天价装病要熊,矿上因为你新来,都原谅你,什么困难都帮你解决,可是你不但不好好干,还多次地破坏矿山的规矩,你闹得实在太不像话啦,你寻思就没法治你啦?(向洋)把他送到警卫连上押起来!

众:(拉黄)走走!

甲:这回有人看着你干活,看你再要熊!

黄:(害怕了,求饶)主任主任,好主任啦!你老高抬贵手再饶我这一回，下次说什么也不敢啦！

主：饶你不止一次啦！

众：不能饶他，不能饶他，这家伙太不自觉啦，走走！

黄：我错了，我不算个人，我给你老赌咒，再犯错误就天打五雷轰还不行吗？

众：不行不行，起咒不灵。

黄：（真急了）我给你老跪下啦！各位哥们，饶了我吧！（跪下）

众：（软下来）真他妈的癞皮狗！（相视暗笑）

主：起来起来，这像什么！（拉起黄）

黄：（站起）再说什么也不敢啦！各位哥们原谅我年轻无知，饶了我吧！

主：（向洋）你们回去吧！

洋：你老看着处理吧，我们回去啦！

众：我们回去啦！（众下）

主：你们回去啦！（送众下，回来坐下也让黄坐下，和颜悦色地）老弟！你坐下，咱哥俩好好唠唠，（给黄卷一支烟，自己也卷一支）抽烟吧！（给黄点烟）

黄：（躬身燃着烟）对不起你老啦！（有些难为情，看到主任和颜悦色，自己很感动）

主：没什么没什么，只要以后改过就好了，咱哥俩到了没往深谈，我看你这个人很有学问，见过世面，你这样一个明白人走错了路，这里边一定有缘故。你把你以前的事告诉告诉我好不好？

黄：（叹了一口气，点点头）主任，承你老看得起我，我就说说吧！提起来话长啦，我的老家是双城，小时候就死了父母，剩下我跟屋里的寄住在大爷家，当过几年兵，以后又想到哈尔滨混点事，可是在日本鬼子时代，没有做官的亲戚朋友，啥事也混不上，做买卖吧又没有本钱，住在旅馆里和小偷打上了交道，没有钱花，小偷就教着我出去偷。一回害怕两回就惯了，觉着这个事不错，一出去就有钱花，常了就走了下道。打那以后要钱、抽大烟、扎吗啡、逛窑子，什么都来，打那就完了！（沉痛地）（唱三曲）

一、提起当初来呀！没脸把头抬，正道没走通啊，我就学了坏。当小偷、掏腰包、吃喝嫖赌一齐来呀，流浪在大街。

二、一步走错了啊！再也回不来，打那就灰了心哪，不想做官和发财，混吃等死，一天一天地挨呀，倒觉得怪自在。

主：（同情地）咳！你这就打错算盘啦！从前的社会，把多少好人都逼坏啦！那么你屋里的哪？

黄：我老婆也被我大爷撵出来啦，到哈尔滨找着了我，在小店里找了间小房住下了，我还是做我那个见不得人的买卖，有时候三天五天也不回家去，老婆问我做什么事，我总是想办法哄她，日子长了没有不透风的墙，慢慢屋里的知道了我干这个没出息的事，她就哭着喊着要寻死上吊的。我说我也没法子呀！我答应她再不偷了以后找事做。可是主任！不瞒你老说，不偷怎么办？除非我腰里有了钱，我可以去做买卖，生活没法维持呀，逼着我一直偷到“八·一五”光复，民主政府来啦，我是吃不开了。

主：现在你媳妇的生活谁照看呢？

黄：（难过地）唉！我也不知道，说不定被小店撵出来啦！咳！人过到这一步什么人也顾不上啦。（颓废地低下头）

主：你和你媳妇的感情怎么样？

黄：（难过地）主任！我不是自己夸奖，我女人实在是个好女人啊！能吃苦，能干活，我混到这一步，对我还是一百个头的好，都是我

对不起她呀！（唱三曲）

提起我屋里的呀，她是个好老婆，吃苦又遭罪呀，还是跟我过，耽误了她的好青春，叫我没话说呀，只好埋怨我。

主：你没有孩子吗？

黄：有一个小孩，孩子长得倒怪可爱的，这些日子也许就饿死了。

主：黄老弟！你应该为你老婆孩子想想，他们娘们也太苦了，你家在哈尔滨什么地方住呢？

黄：在哈尔滨南马路北四道街义合店。

主：噢噢，（写于纸条上，将纸条收起）这样吧！我负责把你媳妇接来，让他们娘们到矿上过两天好日子，你也好好干活，就在这安下家吧！

黄：我谢谢你老这片好意，可是我求求你老可千万别让我屋里的来呀！

主：为什么？

黄：（叹气）咳！我现在是臭名传千里，再也别想抬头啦！人生一世也就是那么一回事，过一天少一天，混一日了一日。享福也是一天，遭罪也是一天，就这么混吧，实在混不了啦，把眼一闭，腿一蹬就算了事。（唱三曲）

人生在世呀好像一盏灯，灯油渐渐少啊，早晚要灭灯，混一日了一日，眼闭腿一蹬啊，就算人一生。

主：（解劝）你这就不对啦！你从前偷东西是旧社会逼得你没法子，弄得你一家人受苦遭罪没脸见人。现在是新社会啦，人人都有工作都有饭吃，你年纪还不到三十岁，正是好时候，好好干！前程远大呀，好日子在后头哪！（唱三曲）

兄弟你年纪轻啊看事不分明，现在是新社会呀和从前不同，人人喜，家家乐，不挨饿不受冻啊，咱穷人是主人翁。

黄：（点头）这倒不假，不过别人都好啦，我这样的人可不敢有那个指望！

主：这是哪的话，人还不都是一样的人么？别人都能过好日子，你怎么就不能呢？只要咬咬牙卖上两膀子力气，就什么都有啦！你看咱矿上有多少从前不务正业的，现在都变成了好人。旧社会把好人逼成了坏人，新社会却把坏人变成了好人。共产党到了哪里，哪里好人就多起来，这就要看你自己啦！

黄：你老说的句句是实话，我也不是不明白，可是你老看看我这把鸡骨头，还有力气卖么？再说也荒唐了半辈子啦，土也算埋了半截子，就这么对付着混几天算几天得了，早晚还不是喂狗的货！

主：兄弟，你这样想就更不对啦！你看像我这个老头子，土都要盖头顶啦，还越干越起劲呢！好好干吧兄弟，你也和老工友一样能立功，又能给你减刑，你看这多好呢！（唱三曲）

我这个老头子啊土快盖头顶，还越干越起劲呀，您年轻的还不行？别看我人老心可不老，越老骨头越硬。

黄：（有动于衷）你老说的这些话真是句句往我耳朵里钻，我的脑袋今天算开了点窍。你老谈的话真透彻，我活了这些年，今天还是头一回，你老放心，我忘不了就是啦！

主：（笑）以后咱们可以常唠扯。

黄：好吧！可是我还有个事问你老，我从前游手好闲惯了，一干活就受不了累怎么办？

主：这个不要紧，常了就好啦！力气这个东西是贱脾货，越用越多。俗语说，“力气是外财，用了再来”，明天下坑干活吧！坑里赚钱多，每月开七八万，手边也宽裕些，等会我告诉你们洋炮小组长，你就在他那组干活吧！

黄：（点点头勉强答应）好吧主任，我干着看吧，没什么啦？

主：没什么啦，有什么困难只管来找我，有话咱们以后再唠扯。

黄：（起身）好吧！那么我走啦！

主：走啦！（热情地送黄下，向内）张先生！有人来找我你告诉他等会再来，我给黄殿文家里打电报去。

内声：好啊。

（主任下）

第六场

（中幕外黄殿文无力地走上，犹豫不决的样子，显然内心有着激烈的斗争）

黄：（激烈地内心斗争，自语）我黄殿文的心也是肉长的，我还是个人，好坏话我还听不明白？我能就这样活着比人短半尺，死了喂狗么？我今天才明白了混吃等死的想法不对，现在社会变了，是穷人的天下了，老主任明明给我指出了一条光明大路，我走不走呢？（唱四曲）

一、老主任他给我上了一课，人生的大道理我懂了许多，新社会提倡人人学好；旧社会，逼得我，无路可走，把贼做，我掉进苦海里，共产党来救我。

二、老主任说的话句句是良言哪！黄殿文在心中暗暗盘算，我有心听了他的话，矿山安下家，我夫妇团圆，我刨煤来她纺线，小日子过得多幸福，这叫苦后甜。

（白）要是这么一来，从此走上了光明大道，我黄殿文可也就算个人啦，以后的日子眼看坏不了，一方面对得起人家老主任这一片

好心，再说他们娘俩跟着我遭的罪可也不算少了，也该让他们跟着过两天好日子啦。可是……咳（又愁起来）（唱四曲）

煤坑里漆屁黑看不见一点天哪！不拿灯要想走路难上难，四块石头夹着一块肉啊！入坑三分死，多么危险。镐头抡起来腰疼胳膊酸，思前想后刨煤这个活我还是不能干哪！（跺脚白）不干！这个老头说的对是对，可是叫我干啥都行，就是不能刨煤。这个屁活就不是人干的。坑里漆黑漆黑的，这里滑那里有坑，不拿灯你就别想走，咱这个白帽子还他妈的直碰头呢，真是阎王路。也不知哪个兔崽子发明的下煤坑，老子说什么也不干。（决心地）我就给他个一错再错马上逃走，盘费还就得借“大姑娘”那个包袱啦！（又想）可是他妈的！又怕让他们捉着，我跑了也不止一次了，都让他们捉回来啦！（想）豁上啦，捉着算他们的，捉不着算我的，该死该活×朝上，我是不到黄河心不死啊！（又有点不在乎了）再说衣裳谁穿谁暖和，饭谁吃谁饱，如今的政府也太可笑，讲民主，光用嘴说服教育，又是批评坦白什么的，也不疼不痒的管个屁用？老子开路的有。（笑）

（洋炮，工友甲、乙、丙拿镐上）

洋：（和气）老黄！你一个人在这咕哝什么？刚才的事还往心里去么？

黄：没什么没什么，你们又要上班么？（敷衍地）

洋：对啦，要下坑干活去，刚才我碰见主任来，他说叫你参加我这小组干活，走吧老黄。

乙：走吧老黄，你的镐在这，我给你捎来啦！

黄：（不得已地）好吧！（随众人下）

第七场

（在煤坑的大掌子里）

（中幕启，舞台光线极暗，是一个大掌子，右后有一个黑洞是通别处的“行”，后台有流水声、煤车声、人们喊放炮声，从黑洞处隐约看见有人影走动，洋炮等人在干活，有的打眼，有的刨镐，黄殿文在抱着膀蹲着看）

洋：（热了脱下袄扔在一旁，向黄）你先看看我们怎么干，坐着歇歇，等会我教给你刨。（仍刨，众工友愉快地边干活边哼着歌）（唱二曲）

一、嗨哟嗨哟加油干哪，前方战士流血咱们就流汗，哎嗨哟哎嗨哟加油干。

二、嗨哟嗨哟一二三哪，咱们来比比谁干得欢，哎嗨哟哎嗨哟看谁干得欢。

三、咱们刨煤就是刨的钱哪，有了煤有吃又有穿，哎嗨哟哎嗨哟煤就是钱。

四、从前的工人都吃不饱饭啊，如今工人劳动发家苦后甜，哎嗨哟哎嗨哟苦后甜。

丙：（笑）瞅够了吧老黄？瞅也瞅不下煤来！

乙：干活吧。

黄：干不干不用你们管。

（众不理他仍刨煤）

洋：老黄！来，我教给你刨。（拉黄）

黄：（甩袖子）不用，我会！（拿起镐头像抡大刀似的乱刨起来）你妈的！

众:(笑)哈哈哈!

黄:(恼羞成怒)你们笑什么玩意?

洋:(笑)你别像关公耍大刀似的,力气要用到两条胳膊上。

黄:老子不听邪。(又拿起镐头)

众:(休息)咱们看老黄的!

黄:(又猛刨了两镐,把镐扔到地上气呼呼地)他妈的这煤和生铁似的,凭我这两条胳膊就刨不下来?

(向洋)你能刨下来我就刨不下来,我他妈还不服你呢,咱俩摔摔跤试试吧!(拉姿势要摔跤)

洋:(笑)老黄别闹别闹,要真摔跤老弟你还真不是个,(笑)过两天再刨吧!你把这些煤铲下去。

(给黄铁锹)

黄:(发牢骚)出娘肚皮也没干过这种活,一百单八行这叫什么行?(众仍干活,黄懒洋洋地铲着煤,趁别人没注意故意将铁锹扔到下边高喊)哎呀!我的铁锹掉下去了怎么办?

甲:你这不是成心捣蛋么?

黄:我的手一松它可就掉下去了嘛!

洋:别嚷嚷下去捡吧!

黄:(向黑洞处跳下,在后台大喊,抚头走上)我的头给煤箱子碰破了!哎呀!还有血呢!你们看看,组长,怎么办?

洋:你不小心点,快到医务所去治治吧!

黄:好啊好啊!(下)

(中幕落)

第八场

(在大房子里,屋内无人,黄殿文得意扬扬地走上)

黄：（笑）哈哈哈，这些小子又叫我熊着了，我这是在医院弄的二百二药水，准备出了什么事挨了揍时好擦，我刚才把药水弄到手上握着头，就装是头破了从手缝里流出的血，他们也眼瞎，（擦去手上红色）这不一擦就好了么？这回不走可不行啦，我得赶快偷东西走。

（黄悄悄走出，见无人又走进，将一个窝窝头藏于怀里）

后台声：老洋炮，老洋炮。

黄：他还没回来呢，（出去看自语）好险哪！（拿起“大姑娘”的包袱，小声冷笑）“大姑娘”！你这小子不断找老子的别扭，今天对不起你，借你出阁的衣裳用用啦！（下班笛响）哎呀！得快走！（急下）

（第一幕完）

第二幕

第一场

（准备给黄妻暂住的小房）

（幕启时舞台上灯光稍暗，偏右后安了一张床，瘸子和童甲在打扫房子）

童甲：大叔！从哈尔滨来那个老娘们是干什么的？主任为什么叫咱俩给她收拾房子呢？

瘸：就是上次在仓库给咱唱《小老妈开嗙》那个黄殿文的老婆，今天晚车才从哈尔滨来的。

童甲：那个姓黄的不是偷大房子的东西跑了么？

瘸：是啊，巧就巧在这，男的刚跑了女的就来了，闹个两岔头。听说是主任打电报叫她来的，她这一来不要紧，主任也“扎撒手”啦！

童甲：我看见那个女人在主任那哭来，还抱着个小孩，娘儿俩都面黄肌瘦的，八成常吃不饱饭，你说是不是？

瘸：可不咋的，她摊了一个不务正业的男人，怎么会不挨饿呢？她这回从哈尔滨大老远地跑来，心里满指望能跟她男人过两天好日子，可是到了这又扑了个空，她一个女人家怎么能受得了？她怎么能不哭呢？听她说的话倒像个很懂情理的人，咳！也是命不好啊！

童甲：又老迷信啦，什么命不命的……（发现人）他们来啦！

主：就是这里。

（主任上，妇甲、乙跟上）

主：请进来吧！

妇甲：大嫂子请进去吧！

（黄妻上，衣服灰旧，头发蓬乱，面黄肌瘦，抱孩子进，妇甲、乙随进）

主：你先在这住一宿吧！我已经打发人收拾一间新房子给你住，赶明个再搬去吧！

众：大嫂！那间房子才好呢，是新盖的。

黄妻：（以下简称妻，感谢地）好啊好啊，真是太麻烦大家啦！谢谢大家伙帮咱的忙！主任，你老人家这样关照我一家人，咱拿什么报答您呢？

主：（笑）哈哈！没什么没什么，天下穷人是一家，理当这样啊！你男人虽然跑了，你也不用上火，咱们解放区坐火车没证明一点门没有。起早走吧没路条他没个走，基干队儿童团三步一岗两步一哨，我们从前跑的犯人，十个也得九个被他们捉住送回来，岗哨可紧啦！老黄走的时候没带路条，说不定也能让屯下老百姓送回来，就算他真跑出去啦，你在这也一样可以生产，实在不愿在这，我负责把你送回哈尔滨，你看好不好？

妇乙：大嫂子！你放心吧，咱大哥一定能回来。

妻：主任和大伙待我真是太好了，我不是不懂事的人，这里什么都好，他不回来我也不想走啦！哪里还不是过？我从来就没见过这么好的地方，也没见过你们这样好的人。没别的，你老多帮忙吧，大家也多帮忙啊！（擦泪）

妇甲：（见妻擦泪）大嫂子别难过啦！你只管放心就是了，赶明个我介绍你参加生产，人多干活可热闹啦！你心里一点也不能闷。

妇乙：咱矿上可热闹啦！

姑甲、姑乙：（同说）俺俩来帮你做活，别难过大嫂子。

主：对啦！你有什么事就跟她们说，她们准帮你办。

妻：好啊！各位姊妹我不难过啦！我刚才是心里一时想不开，再加上到这儿人生面不熟的，心里上火，这咱好啦。主任！你老有事就忙吧！有这些姊妹跟我说话就行啦！

主：好吧！我还有点事先回去啦！（向瘸子和童甲）你们俩也回去吧！

（二人下。童乙急跑上拉主任手，急说）

童乙：主任！你快回去吧，有件要紧的事，他们打发我来叫你快回去呢！

主：好好，我就去，（向妻）我走啦！你用什么东西告诉他们就行，（向众）你们谁跟我去取两床被子来？

姑乙：我去。

（主任、姑乙、童乙急下）

妻:你老走啦!(问众)这位老人家待人真是太周到啦!活像个老爸爸似的。

妇甲:是啊!陈主任是个有名的好心眼老头,工友们都赞成他。

姑甲:矿上干部都挺好的呀!

妻:噢!那敢情好。

妇乙:大嫂子!你这个孩子真好看,就是像不大旺盛似的。

妇甲:奶够吃的么?

妻:叫您夸奖啦!孩子倒是个好孩子,就是没"投生"到好人家。跟着我净吃些火奶子,奶还不够吃的,一天价饿得直叫唤,这些日子又闹病啦!咳!爸爸不成人,孩子也跟着受罪呀!

妇甲:这往后就好了,在这过日子可不用害愁啦!以后日子过好了,大人孩子也就旺盛啦!

妇乙:大嫂子你今年多少岁啦?

妻:年纪倒不大,二十五岁啦!过累日子过得倒像个老婆子啦!

姑甲:大嫂子你真好看,赶明胖了更好看啦!

妻:小妹妹夸奖的呀!

妇甲:你从前没参加过妇女会么?

妻:参加啦,常开会,我来的时候慌忙急促地忘了带个信啦!

妇乙:那可好啦,赶明我叫着你去开会。

妇甲:咱走吧!大嫂子刚来,路上怪乏的,让她早早歇着吧!

妻:不忙不忙啊,再坐会呗!

妇乙:明个再来瞧你,咱有的是日子唠扯。

(姑乙拿被跑上)

姑乙:大嫂子给你被。(递被)

妇甲:给大嫂子铺上再走吧!

（众铺被）

妻：不用不用，妹妹们真好啊。（与众争执，但亦铺完）

众：走啦走啦，大嫂子！明天见。

妻：都走啦？明天来呀！（送下自语）咳！这些人真热乎啊！说什么也不走啦，孩子他爸爸真不是人哪！（唱五曲）

一、想起往事肝肠断，丈夫他偷盗常犯案，叫俺娘们跟着受挂连，担惊受怕日夜不安。

二、他打电报叫咱来矿山，这回指望一家人能团圆，谁知道他又逃跑了，叫咱娘们怎么办？

三、幸亏这的上级好，亲人一样百般关照咱哪！但愿丈夫回来做个好人，就在这矿山落户把家安。

（看看病了的孩子，难过地）孩子你病啦！都怨爸爸不好啊——噢噢！（唱五曲）

四、宝宝你病了啊！你有病娘伤心，咱娘俩受苦怨你爹不成人，指望宝宝你赶快长大呀！给娘争口气做个好人！

（这时隔壁大声吵闹，将睡着的小孩惊醒，小孩哭起来，妻哄孩子静听）

甲声：往哪跑？跑不了你！

丙声：我的衣裳弄哪去了？给我！

乙声：坦白坦白！

主声：我告诉过你跑不出去，这回信我的话了吧？

洋声：你为什么三番两次地逃跑？叫你干活是坏事么？矿山什么地方对不起你？

众声：说呀！为什么不说呀？

黄声：我一时糊涂，再也不跑啦！

妻:(忙抱起孩子惊疑自问)是他?怎么像他说话呢?我看看去。

(急走下)

第二场

(在黄妻隔壁屋子里)

(深夜,黄被绑低头站着,工友甲、乙、丙在质问黄,洋炮、老主任亦在批评黄)

主:我不是跟你说过么?穷人的江山穷人爱,自卫队儿童团,三步一岗两步一哨,你跑得了么?你连这次一共跑了三次啦!一次一次都让我们捉了回来,这回你相信我的话了吧?(唱旧剧的连弹调)

叫你学好你不学好,三次两次往外跑,穷人的江山穷人爱,这次又被捉回来了。

丙:(接唱连弹)

你不该偷我的袄,我心爱的东西哪里去了?偷我的东西快给我,一笔勾账两拉倒。(数板)你若是不给我的东西,咱们枪对枪来刀对刀。

乙:(接唱连弹)

叫老李你别发毛,天火不能把日头烧,事情慢慢来商议,主任自有好道道。

洋:(唱连弹)

叫主任你听根苗,这家伙常常把蛋捣,咱们的矿山有纪律,叫他警卫连走一遭。

众:(接唱连弹)

对对对,好好好,叫他警卫连走一遭……

黄:(数板)别别别,那可怎么好,警卫连我怎么能吃得消。(唱连弹)主任主任你把气消,各位哥们把我饶,下次我再不敢了,说什么再也不逃跑,(数板)打这我再不瞎胡闹,我要跟着好人学,下次我若是再逃跑,你们就用棒子敲,棒子敲。(白)你们饶了我吧!我打这学好,说什么也再不跑了。

主:这回跑在道上遭的罪不少吧?

黄:别提了,这次逃跑可遭老罪啦! 白天不敢走,晚上走吧又看不见道,离屯子十里就得住下。晚上一个人藏在大山里,周围漆黑的一片,挨冻还不说,狼直叫唤,让狼吃了家里连尸首也看不见呀,拿的干粮吃完了,饿得我没法,想到屯子要点什么吃,就叫老乡把我捉住了。咳! 下次说什么也不跑了。

主:这回知道了吧?

(黄妻抱孩子进)

众:大嫂子来啦?

妻:(激动地)来啦! 我刚才在门口什么都听见了,各位冲着俺娘俩放了他吧!

黄:谁叫你来的?

妻:你打电报叫我来的呗!

黄:我多咱打电报叫你来的?

妻:你不打电报别人还管这些个事? 叫我们娘们来啦你又逃跑,你说你安的是什么心? 你说!

黄:(摸不着头)我没打就是没打么!

主:(微笑)是我打的电报,你忘了咱俩那次谈话,我说我负责把你屋里的接来,给你安家么?

黄:(想起来,感激地)噢噢,谢谢你老啊!

妻:(感激地哭了,向主任)谢谢你老的好心哪!(悲愤交集地向黄)人家矿上待你多好啊!劝你学好还给你接家眷,你还跑什么?这些年来我什么罪没跟着你受过?家里撵我,邻居笑我,亲戚朋友都下眼看,我都是忍着,终盼望有一天你回了头,哪知人家的男人都好了,你该坏还是坏。若没有这个孩子,我早就一头碰死啦!(哭得说不下去了,众同情)

黄:别,别说啦!

妻:你这次犯案以后,我成天价眼泪拌着饭吃,黑夜白天地盼。后来家里实在啥吃的也没有啦!给不起店房钱小店里也撵我,我只好厚着脸皮抱着孩子回到大爷家,哪知道人家不肯收留又把我撵出来啦!天黑啦还下着大雪,孩子冻得直哭!我们娘俩也不知到哪去好,真有死的心肠呀!没法子又回到小店,哭爷爷叫奶奶的,小店又把我留下啦!我到政府去打听你,政府说你在这生产,主任又打电报叫我来,我只当有指望了,才卖了那床破被来找你,谁知你……(哭)

众:(极表同情,有的竟流下泪)大嫂子坐下说吧!

妻:不用啊!(接说)谁知你又逃跑了,叫俺娘们到这里扑了个空,我的心什么滋味啊!眼前真是一点亮也没有了,多亏了矿上待咱好,我这才没想别的,矿上真是太周到了,人家待你好,我一来就看在眼里了!政府待你有恩你不报,你究竟是安的什么心?你成心要把我们娘们饿死么?你到底打算把我们娘们安排在什么地方?你说!你还有一点点良心没有啊!(大哭)

黄:得得,什么也别说啦!咳!

众:大嫂子别难过啦!

洋:以后的日子就好啦!

主:(一面给黄解绳子一面劝黄)黄老弟！这回相信我的话了吧！你一个人不学好就连累了一家,你看她娘们多苦情啊！这回你屋里的也来啦,安下家好好过日子吧！可别再想歪的啦！

黄:(点头)不想啦！

主:(向妻)你也别难过了,以后就该着过好日子啦！回去休息休息吧！好好劝劝老黄。

妻:(擦泪)好啊主任,你老费心啦！

丙:(被这件事所感动)主任！老黄拿我的那些东西我不要啦！我一个跑腿子的好对付,大嫂子刚来也挺困难的,我这两个钱就算帮助他们安家啦！

众:(热烈鼓掌)好好,老李真够朋友。

主:(拍丙肩)好兄弟,就这么办,这才叫团结友爱呢！

洋:老黄！明天我们看你去,有什么困难吱声,大家手头都挺宽裕的。

黄:好好,谢谢各位哥们。

妻:(含泪向众)叫我说什么好呢?

众:大嫂子！不必客气。

主:还说什么呢?以后咱们都是一家人了嘛！你们也累啦！早点歇着吧！

黄:好吧！我们就回去啦！(同妻下)

主:(向众)老黄这回又没跑成,加上他屋里的这一来,也许打这能回回头,让他还在你们小组干活吧！你们大伙要好好帮助他进步,把他改造好了,也是大家的功劳啊！

众:好好,放心吧主任。

洋:没问题,保证完成主任给的任务。

乙:改造老黄也加到立功计划上多好!

甲、丙:对对,也算一条。

洋:咱们回去写去,主任,没什么事了吧?

主:没什么了,大家半宿没睡觉,早早回去歇着吧!

众:主任!我们走啦!

主:(向洋)你等等走。

(众下)

洋:什么事,主任?

主:你跟黄殿文能说上话来,他是个什么人你又摸底,改造老黄这个责任就交给你啦!完成任务给你立功,怎么样?

洋:(一拍胸膛)主任!交给我,保险完成任务!(下)

(幕落)

第三场

(第一场同景)

(黄赤足蹲于炕上想事,妻在梳头并劝黄)

妻:(边梳头边劝黄)昨晚上我跟你说的那些话,你都好好想想,咱哈尔滨又没有三间房子二亩地,回去还不是得难看?这里官家多好,再说烧煤、吃水、使电,都不用花钱,这一个月就省老啦!你好好算算这个账。

黄:住下就住下吧,反正你算认准这头啦!(穿鞋)我见见主任去,什么都没有就过了日子啦?

主:起来了吧?

妻:(急迎去)起来啦,快请进来吧!我们早起来啦。

(主任进)

黄:主任,你老请坐。

主:晚上冷吧?

黄、妻:不冷不冷。

黄:你老起来得这么早啊,我正要去瞧你,你倒先来了。

主:我来看看你们商议得怎么样啦?

黄:我屋里的说啥也不回去啦,要在这落户。

妻:主任哪!我们说啥也不回去啦!哈尔滨啥也没有,穷人哪里还不是过,我们就在这落户啦!你老多帮忙吧!

主:这就好。

黄:可是主任!你瞧我吃的用的……

主:那没问题,啥都不缺,住的你不用操心,早就给你们收拾了一所新房子。一会打发人把吃饭用的家具给你们送去,再弄点粮食给你,炉子早就安好了。你们洋炮小组长亲自动手帮你收拾家呢!一会搬过去吧!

黄:(感激地)噢!这真是……

主:(从腰里掏出五万块钱)给你从账房先支了五万块钱,买点油盐酱醋什么的,收下吧!(交黄)

黄:(接钱)谢谢你老啦!

妻:你老真是太好了,对我们照顾得这么周到,咱这日子将来过好啦,忘不了你老这大恩人哪!

主:(笑)说远啦,咱们天下的穷人是一家,理当这样么!老弟!现在你屋里的也来啦,家也算安下了,你下坑去刨煤吧,多赚两个钱手头上也宽裕,只要你这个月下个满班,按立功条件给你立一小功,减去一个月的徒刑,往后你生产若能超过任务百分之三十,给你立一大功,减三个月的徒刑,你看好不好?

黄:好吧主任!我再不听你老的话就没有一点人味啦!(洋炮上)来了大哥,坐吧!

洋:主任你老也在这!正好,房子收拾好啦,弟妹!咱们一块去看看房子吧!

妻:好啊!咱们都去,大哥,叫你受累啦!

主:好吧,我也看看去!(众下)

(中幕落)

第四场

(黄殿文的新家,十余天以后)

(黄妻在纺花,很愉快地劳动着,舞台左后有一内屋)

妻:(边纺线边唱一曲)

一、小小纺车哗啦啦地转,雪白的棉花纺成线,积极来生产,哎哟,人人有衣穿。

二、小枝我以前不会把线纺,各位姊妹们教给咱,我学不会她们不烦,哎哟,亲姊妹也不换。

三、自从矿山把家安,男刨煤来女纺线,小日子甜又甜,哎哟,再不愁吃和穿。

(白)从安了家也有十来天啦,他到坑里去刨煤,我在家跟那些姊妹们学着纺线,她们真好,我学不会她们也不嫌麻烦,这些日子我也凑合着能纺了,只是孩子他爸爸还没学会刨煤,天天累得回来跟我发脾气。(唱一曲)

孩子他爸爸坑里把活干,累得他回来发脾气,我耐心把他劝,哎哟,事事开头难。(白)咳!干什么也都是头三脚难踢呀!

(黄上)

黄:(垂头丧气,无力地拖镐走上,将镐狠狠地摔于地上,全身无力地向床上倒下去)咳! ×他那个妈的。

妻:又累啦?好好歇歇吧,今个怎么回来得这样晚呢?

黄:(坐起)去洗了个澡解解乏,他妈的浑身这个痛呀,骨头像散了架儿似的,你看!手都起泡了!

妻:咳!可不咋的。(看手)

黄:我干不了啦!

妻:慢慢干吧,常了就好啦!(进屋端出一碗水)喝碗热水吧。

黄:(喝水)你他妈可美了吧?(稍平气)新房一住一住的。

妻:(微笑地)怎么不乐呢?这回总算有了个家啦!想起从前住小店打不起房租那个滋味,这咱真是上了天堂啦!真是想不到咱还能有这么个家。(高兴地唱一曲)

想起当初住小店,常常拿不起店房钱,店家就把咱来撵,哎哟!脸面不好看!

黄:小店那个老小子,顶钱锈脑袋啦!

妻:瞧你嘴损的。(唱一曲)

如今到了天堂里,有吃有穿有住的,再不受窝囊气,哎哟,共产党给咱的。

黄:你上了天堂,我可下了他妈的地狱啦!坑里的活没个干,我算熊了,我看这不是咱待的地方,有了机会咱还是走吧!

妻:怎么的?你还想走?我可不是说着玩,你要真走的时候你自己走好了。

黄:你呢?

妻:我在这住他一辈子,咱俩多年的夫妻就算完。

黄:你那么狠哪?

妻:不是我狠是你狠,放着这里的好日子不过,硬要把我们娘们领出去挨冻受饿,我不死你算不死心是不是?

黄:我也不是说出去还干那种事,我打算想点别的办法做个小买卖什么的,你当上个女掌柜的不也挺好么?

妻:咱没那个福气,还当什么女掌柜的?但求得有吃有穿就行啦!

黄:你呀你呀!咱们俩的看法就不一样,老娘们见识短,没个商议,真他妈的混蛋。

妻:孩子他爸爸呀,你荒唐了半辈子也该回头啦!(唱三曲)

孩子他爸爸呀,你别再把彪耍,荒唐了半辈子也该回头啦!矿山生活多么好,吃穿不用愁,你还想什么?

黄:(唱三曲)

你这个女人家懂得什么,刨煤累得我腰酸胳臂麻,咱做买卖也能发家。逍遥又自在,你可别发傻。

妻:(冷笑)做买卖?好大的口气,你也不怕风大闪了舌头,钱在哪呢?再说你也不是那个材料!

黄:好好好,咱们不抬杠,以后再说吧。

(洋炮上)

洋:都在家呀?

黄、妻:来啦大哥,坐吧!

洋:还有什么困难没有啊?

黄:(笑笑)叫你操心不少啦!还有啥困难?

妻:什么东西都不少啦!矿上真周到啊!大哥跟着跑前跑后的也真受了累啦!

洋:没什么没什么!兄弟!我特来告诉你个信,你这些日子干活挺好啊,都给你上了黑板报啦!

黄:(高兴地)上报干啥?

妻:上了报啦?!这真是大哥的功劳啊!你以后还要多拉拔他呀!

洋:哪里哪里,这都是共产党的功劳啊!我从前还不是和兄弟一样?也是这样一点一点转变的,共产党对我老洋这点意思,我一辈子也忘不了。

妻:噢!大哥你们俩唠吧,我去烧水去!(进内屋)

洋:不用不用。

黄:叫她去烧吧!咱哥俩好好唠唠,大哥,你从前是干啥的?

洋:(笑了)嘻嘻,兄弟!不瞒你说,从前我也和你干一个行道,也因为犯了事才到这矿上来,到矿上以后闹的事比你还多,以后有了工夫我慢慢地告诉你。真的,八天八宿也说不完,要不我这个洋炮的名就没有不知道的!哈哈哈。

黄:(笑)原来是老同行啊!

洋:工会上教育我也真费了点好事,后来我看看如今的政府也不许有游手好闲的人了,咱那个行道也吃不开了,再说自己想想也算半辈子的人了,还胡闹个什么劲。现在我是安心生产了。

黄:人近乎了没有不唠的,我说实话,这个屁活我真干不了,镐把子一搁到手里就不是滋味。

洋:我开头也和你一样,干几天就惯了,只要你下决心就是累也不觉累了。老弟!你瞒不了我的眼,你这些日子还是胡思乱想,还是不死心是不是?

黄:(笑)你说对了,我在这总是觉着有点不舒服。

洋:不舒服?别说你还走不了,就是真溜走了也没道啦!哈尔滨又来了许多新工友,他们说哈尔滨也不许有闲人啦!咱们哥俩在这好好刨煤,又能立功又能赚钱,赶明咱们还和四组竞赛呢!多热闹,如果你干好了,我再介绍你参加工会,你看好不好?

黄:(想)可也对,出去干从前的老行道也不行啦!再说老婆孩子又都在这,干吧!将来立了功减了刑,再出去做个小买卖,刨煤这个事咱算干不了。

洋:那也好,以后再说吧!眼前你要卖卖力气才行,赶快学会怎么刨煤,会刨了就轻快啦!

黄:(拿过镐)你告诉我个窍门。我怎么使劲也刨不好,是怎么回事呢?

洋:(拿起镐头教黄)力气要用在镐尖上,后把要死前把要活,镐要拿得稳,刨要刨得准,累了左右手换换,常啦就会啦!

黄:我试试看!(练习,洋炮给他纠正姿势,一会儿妻拿水上)

妻:喝水吧大哥。

洋:喝水喝水,老弟!不要着急,就这么练习,慢慢就会了。

(黄放下镐擦汗。后台歌声起,唱句句双调)

青天蓝天天明亮,

解放区到处暖洋洋,

人民翻身得了解放,

毛主席领导得强。

得了解放,把福享,

这辈不忘共产党,

辈辈不忘共产党。

(锣鼓声)

妻:咱矿上真热闹啊!唱得多好听。

洋:八成是她们妇女在那练秧歌呢!五一节快到啦!她们预备参加五一庆功大会呢!

黄:五一那天还有秧歌么?

洋:白天扭秧歌晚上演戏,咱们工友自己的剧团演,听说演好几出呢!

妇女甲、乙、丙,姑甲、乙:(喊着进)大嫂子在家干啥呀?

黄:咱到里屋唠去!(进内室)

(众进)

妇甲:大嫂子快去看我们练秧歌吧!

妻:刚才是你们唱的呀! 哎呀! 真好听!

妇丙:大嫂子! 你看我们这热闹不热闹?

妻:热闹热闹,你们真高兴啊!

妇甲:我们多咱也这样高兴。

姑甲:大嫂子! 你爱扭秧歌不?

妻:过穷日子过的,还顾得扭秧歌呢!

妇乙:赶明你也参加秧歌队吧?

妇丙:大哥爱不爱扭秧歌演剧?

妻:他还知道愁?

姑甲:可不咋的,他那天在仓库里干活还唱《小老妈开嗙》呢! 就这么唱的,(学黄殿文唱时表情)小老妈在上房打扫尘土啊!

众:哈哈哈!(笑)

姑乙:他还唱《探妹》来,(学黄唱)正月里探妹正月……(刚唱到这被妇甲制止)

妇甲:丫头不好唱这个。

众:哈哈哈!(笑)

姑乙:(向妻)大嫂子,大哥才欺负人呢! 我们听完了唱,他每人熊了我们一条麻袋。(进屋拉出黄来,洋跟着上场)出来出来! 跟你算账！

姑甲：（向黄）给我们的麻袋钱！给好啦！（伸手要）

黄：（笑）哈哈哈！叫你嫂子给你吧！

洋：你算真有出息，能熊他们小孩子的钱花了。

众：（笑）哈哈哈！

（后台锣鼓声、歌声）

妇甲：走吧大嫂子！她们还在那练秧歌呢！快走！

（众和妻跑下，幕闭）

第三幕

第一场

（在坑内的大掌子里）

（幕启时舞台上呈现着热烈的竞赛、积极生产的情绪，因五一的评功大会快到了，工友们越发紧张起来，后台传来煤车声、流水声，有人喊“车皮呀！快来车皮！”洋炮在领着他的小组积极刨煤，黄殿文干得顶欢）

黄：（热了，把衣服脱下扔于一旁仍然刨煤，自语）这个穷汗。

洋：老黄！你歇歇吧！这一气又刨了大半天，你也累了。

黄：不累不累，正干得有劲呢！你瞧！一镐就刨他一大堆，这块煤真好刨，多刨一点是一点呀！

甲：歇歇吧，咱们都歇歇。

（乙、丙等也放下锹和镐休息）

洋：（高兴地）这一气又出了三车来货。

黄：（放下镐）你们唠扯，我去要个车皮去，妈的，车皮老要不来。（披袄喊着跑下)车皮！车皮！

丙:真没想到老黄能转变成这个样,这才几天,他就能顶个老手刨煤了,我当初真把他看扁了。

乙:老黄干活真行,不管怎么累就没说过熊话,每天上班他总比别人早来一两个钟头。咱这组老黄顶模范啦!

甲:这家伙捣蛋能捣出个花来,干起活来也能干个特别的样,进步得总算可以。

乙:你不是说他是“铁拐李的大腿,撅断了筋”吗?

甲:(笑)咱没眼光,你小子也别得理不让人。

洋:我怎么说来,我是佩服了共产党这两下子!没有它改造不了的人,没有它克服不了的困难,我和老黄两个就是个样子摆在这,咱算心服了。

丙:工会真有办法呀!出的道道都绝了,要不老黄算别想回头。

乙:再加上人家摊了个好老婆,人家老婆眼光真行,一到这就看出矿上好来了,说什么也不走啦!这一来就把老黄的腿给扯住了。

丙:老黄真摊了个好老婆,真是百里挑一。

甲:你不也照样娶一个?

众:(笑)哈哈哈。

洋:大姑娘怎么能娶媳妇呢?

众:哈哈哈。

甲:组长!我听说你改造老黄完成了任务,给你记了一功,你得请客啊!

洋:好,等咱这组打了胜仗,全组立了功的时候我一定请客,你看好不好?

众:好好!

乙：咱能超过四组不能，你有没有个约摸？

洋：别看四组那帮小子挺能干的，只要咱们大家多卖点力气，打胜仗是稳拿。

众：对，加油干，让他们落下才冤呢！

黄：（跑上）你们还扯什么？了不得啦，四组比咱们多出了一车货，赶快钉上去，快干快干！（拿起镐就干起来）

洋：是么？快！（众拿起镐头刨）（唱二曲）

一、哎哟哎哟加油干哪，眼看五一评功会没有几天，哎嗨哟哎嗨哟，来到眼前。

二、咱们跟四组挑了战，若叫他们战败了可冤出大天，哎嗨哟哎嗨哟可冤出大天。

三、咱们全组齐心干，不愁胜利不属咱，哎嗨哟哎嗨哟五一要争状元。（歌声住后煤车声、镐声、众工友喘气声）嗨，嗨！（有冒顶之前的木头响声）

洋：（抬头看）快走！要冒顶了！

（众拿衣跑下，黄没动仍铲煤）

众声：老黄！快出来！快冒顶啦！

黄：（往上看了看，有经验而又勇敢地）不要紧！还得会，这里还有两吨多煤，我把它抢出来。（猛铲煤）没事！

洋声：咱进去和他一块抢去！

众声：对！

（众跑进抢煤）

（幕落）

第二场

（黄殿文家中）

（舞台气氛一新，家具也变了颜色；黄殿文亲自做的小白饭桌、小板凳，还给孩子做了一个小车，黄殿文正用小车推着孩子玩）

黄：（亲孩子的嘴，向妻）这个小家伙这两天又看胖啦！（逗孩子）喂！喂！笑了笑了。

妻：可不胖了怎的，日子过得好啦！大人心里高兴，孩子也跟着享福啦！（抱过孩子）（唱五曲）

我的小宝宝呀，你是娘的心，又白又胖多么待人亲哪，宝宝呀宝宝你快长大呀，为国家出力报谢恩人。（白）宝宝长大千万有出息呀，别像你爸爸从前似的呀，噢！噢！

黄：（笑）你不告诉他他也不能学我，将来再不出这种人了！哈哈！

妻：可是，你说孩子长大了，叫他干什么呢？

黄：（笑）干什么？看看吧！是个什么材料就干点什么，不过说什么也不让他当小偷就是了。（笑）

妻：（笑）你还有脸说呢！

黄：（笑）你说也怪，人倒起霉来就事事不顺，走了字就一顺百顺，这咱咱们交了好运啦，真是事事如意。

妻：可不怎的。

黄：心里一高兴就看什么也都顺眼了，就拿煤这玩意说吧，从前我可讨厌死它了，我说过：天下一百单八行，这叫什么行？也不知哪个兔崽子发明的下煤坑。

妻：瞧你损的呀！什么话从你嘴里都说得出来，你如今喜欢煤了么？

黄：如今我可喜欢煤啦，看见煤就像看见大宝贝似的，晶光瓦亮的，我是从心里往外亲它，恨不能像亲咱们这个小宝宝似的，狠狠地咬它两口，（抱过孩子去亲孩子）喂喂，爸爸亲亲哪！（吻孩子，孩子吐奶）呸呸，这个鳖蛋！吐我一嘴奶！（吐唾沫擦嘴）你怎么把孩子"撑"得直上奶?

妻:看你说的,奶可吃不了嘛。

黄:(看妻)真的!你也胖啦?

妻:这回你再不鼓动我跑了吧?(笑)

黄:杀了我我也不跑啦,可是你再别提那个事啦好不好?你还没个忘呢!

妻:(笑)有短处还怕人说?你做的那些事我这辈子也忘不了。

黄:咱们还谈煤这个事。说实的,咱们吃的是煤,穿的是煤,一时一刻也离不开煤,哪个国家也离不开煤,煤就是无价之宝。(唱一曲)

吃煤穿煤用的是煤,一时一刻离不开煤,煤是大宝贝呀,哎哟,煤是个大宝贝。

妻:(唱一曲)

张口是煤闭口是煤,难道世上没别的,比煤强百倍,哎哟,对咱有恩惠。(白)别光煤呀煤呀的啦,难道就没别的对咱们的好处比煤还大么?

黄:当然共产党对咱的好处比什么都大啦!大恩大德真是比山还高,比海还深哪。救命的大恩我黄殿文一辈子忘不了,我这辈报不完就让孩子替我报。

妻:我在妇女会上也这样说来,他们跟我说共产党对咱的好处不用拿东西报,只要好好地生产,毛主席就高兴啦!

黄:主任也跟我这样说过,说好好进步好好生产就行了,别看我嘴里答应,心里可老过意不去,反正我先好好干活好好表现就得了。可是咱等抽个机会请老主任来家坐坐,弄点什么吃吃,咱们这也算尽点心意,你看好不好?

妻:好啊!我也打算那么办,咱请不了毛主席来家,可能请老主任,反正是一伙人。

黄:对,咱就这样办!(唱一曲)

共产党对咱恩深似海水,感激话不用挂在嘴,咱们心里会,哎哟,不用光卖嘴。(白)我这个人就是不愿意嘴上甜。

妻:听你说这个意思好像我光口头上进步是不是?(唱一曲)

听你说这话我好气恼,难道我光嘴进步,请你把缺点找,哎哟,找不出我不饶。

黄:(笑)你听错我的意思啦!我是说来实在的比光口头上说强啊,谁说你不进步来?咱们都进步嘛!

妻:(笑了)呸!不要脸,王婆子卖瓜自卖自夸。

黄:嘻嘻!真格的么,谁还敢说咱落后?

妻:早呢!还得好好学习呀!

黄:今天公休啦,老洋说今天到这来玩,咱请他个客吧?

妻:好呗!

黄:做什么给他吃呢?

妻:包饺子吧?

黄:好!我割肉去。

(刚想走,洋炮上)

洋:(笑)哈哈,小两口好的呀!今天公休啦,为什么还在家里积极工作呢?不好到大房子玩玩去么?真是鸳鸯不拆对呀!

黄:来啦大哥?快坐下吧!都老啦!还不拆对呢!哈哈哈……

妻:大哥真会说笑话,快坐吧!

洋:不说不笑不热闹嘛,哈哈!

妻:那些兄弟怎么没来呀?

洋:他们正在家里忙着排剧呢,兄弟,你要上哪去?

黄:今天请你吃饺子,我刚要去割肉你就来了。

洋:哈哈,对吃饺子没意见,等会我跟你一块割肉去,我先告诉你们一件大事。

黄、妻:(急问)什么大事?

洋:(高兴得手舞足蹈)咱这组每人立了一大功,兄弟你也立了一大功,听说明天开会还领奖呢!高兴不高兴啊?

黄:(高兴)我也立了大功啦?这真是想不到想不到。(高兴地走来走去并看看妻)

妻:(高兴地)噢!这都是大哥领导得好啊!

洋:还没完呢,你听我说呀,兄弟们干活很积极,人人都说好,你这么一进步我老洋炮脸上也觉着好看,我一高兴我就跑到工会去了,把你的进步情形都跟他们说了,工会上很高兴,我说"我介绍他参加工会",工会答应给讨论讨论,兄弟!快啦。

黄:(高兴极了)这可真是件大喜事啦!(拍其妻肩一下)伙计!有奔头啦!

妻:(笑瞅黄一眼)你看你!大哥在这你拍拍打打的,不怕人家笑话?

黄、洋:哈哈哈!

妻:大哥!这回大家伙脸上都好看啦!

洋:都好看啦!弟妹!你们娘们这往后就步步好啦!

黄:(拉洋一把)今天弄点酒喝喝吧?(小声地)

洋:问我干什么?问弟妹呀!今个是大喜的日子,真格的啦!还能不让兄弟解放解放么?哈哈哈。

妻:(笑)咱才不管呢!

洋:哈哈!领下许可来啦,快谢谢快谢谢。

黄：滚个屁的吧！（拿酒瓶子拖着洋炮下）

妻：叫那些弟兄也来啊！（看着他二人下）（洋声："他们正排剧呢！不能来呀！"）（白）瞧他们好的呀！（高兴地扭起来）（唱一曲）

一、听说丈夫立了大功，不由我小枝喜心中，这是哪阵风，哎哟，我心里直噗通啊！

二、从今我也直起腰，见了别人不害臊，和他们一般高啊，哎哟，生来头一遭。

（中幕落）

第三场

（五一劳动节）

（姑甲在贴标语，一条是"多出煤炭支援前线，生产致富劳动发家"，另两条贴在毛主席像旁边，一条写"废铁成钢全家喜"，一条写"救命恩人毛主席"）

姑甲：（贴完向后屋喊）大嫂子！快出来呀！黄大哥回来啦！

妻：（出）在哪？

姑甲：（笑）嘻嘻，哄你呀！我是叫你出来看看我贴的标语是不是地方。

妻：（看标语）挺好的，小妹妹真会贴，把毛主席旁边贴上这么两条，他老人家就更好看了。标语上写的什么？

姑甲：他们都说你在识字班学习得挺好，认得不少的字了，你先说这条上你认得几个？

妻：我认得这是个"成"字，完成生产任务的成。

姑甲：对了，（念）废铁成钢全家喜。

妻：意思我明白了，他爸爸从前就是块废铁，现在共产党、工会、大家伙把他炼成钢了，全家人还能不欢喜么？

姑甲：这一条呢？

妻：（高兴地）这一条我认得三个字，（指“毛主席”三字）这是毛主席，对不对？

姑甲：对了对了，（念）救命恩人毛主席。

妻：可不，毛主席是救命的大恩人哪！

姑甲：你没想到黄大哥还能当模范吧？

妻：可不咋的，做梦也没想到啊！（妇甲把小孩打扮得很好看，额上还点了个红点抱出）

妇甲：大嫂子，看我把孩子打扮得怎么样？

妻：（接过孩子笑）看姨把孩子打扮的呀，还点上个狗①呢！快叫姨吧！

姑甲：大姐赶明有了孩子才会修饰呢！

妇甲：（追打姑甲）还胡说不？还胡说不？

姑甲：（跑于妻身后央求妻）不了不了，大嫂子！快给讲讲情。

妻：谁叫你说话不寻思点呢！人家还没有婆家就孩子孩子的。

姑甲：再不了。

（姑乙化好秧歌妆，外罩大袍跑上）

姑乙：我约摸你们俩在这么，秧歌队快集合了，他们叫我来找你们俩呢！

妇甲：忙什么，我装个老婆子还不容易。

姑甲：（冷不防拉下姑乙的大袍）大家看看吧，多漂亮。

妻：（笑）小妹妹打扮得真好看呀！

---

① 据说东北土语称小孩额头画上个红点叫狗。

姑乙:(夺袄)给人家的袄!

妇甲:别给她,扭一个就给她。

妻:小妹妹害羞了。

姑乙:(见夺不下来松手)扭一个就扭一个。(扭到姑甲旁,众笑,姑甲只顾用嘴伴奏,被姑乙出其不意夺下袄)

姑乙:(跑到门旁回头)等会看你们扭不扭。(跑下)

妇甲:大嫂子我们走啦!你也准备准备吧!等会我们来叫你。

姑甲:(向妇甲)我撵她去,我先走啦!

(撒腿就跑,恰巧黄进撞个满怀,姑甲倒地,黄将其拉起)

妻:看你冒冒失失的,(看姑甲)碰坏了哪儿没有?

黄:对不起对不起,我太冒失啦!

妇甲:(笑)今天要当模范啦!乐得都不会走道啦!

姑甲:(哭)人家来帮你干活,你不谢谢人家,还把人家撞倒了。(哭)

黄:别哭了别哭了,等今天开会回来,大哥把那朵大红花送你,这么大的。(用手比画)

姑甲:(笑)哄你呀!谁哭来?咱不要你的花,留着给你老婆子吧!(笑着跑下)

众:(笑)哈哈哈……

妇甲:小死丫头真顽皮。(下)

黄:水烧好了没有?主任快来啦!

妻:早烧好了,你说他老人家这么忙,能来么?

黄:赶快准备吧!我说他能来就能来,我刚才还去请他来呢,他说一会就来。

妻:咱再预备点饭多好,请他老人家吃点。

黄:今天是五一,人家矿上还能不会餐么,你预备他也不能吃。

妻:(笑)噢!我还忘了呢!

黄:把东西往桌子上端吧。

(二人往炕桌上端糖果、糕点、瓜子之类东西)

妻:(边干活边说)这位老人家对咱们的好处真是太多啦,拿什么也感不过来他老人家的大恩哪!

黄:他老不知费了多少心血,才把我这块废料改造成了个人,这个恩情都胜过亲生的父母啦!

妻:我一来那天就跟那些姊妹们说过,这位老主任待人太周到啦!活像个老爸爸,他待咱又这么好,咱今天就认他个干爸爸吧?

黄:好好,这么办太对了。

黄、妻:(合唱一曲)

老主任待咱赛过了亲爹妈,这样的大恩无法报答,认他个干爸爸,哎哟,认他个干爸爸。

妻:下半晌开大会,你上台领奖的时候可别"毛毛愣愣"的啊!看人家怎么的你就怎么的,好好学着点,别叫人家笑话。

黄:我知道啊。你当还是从前呢!

妻:你上台打算怎么说呢?预备好了么?说给我听听。

黄:早想好啦!你听我说。(说数板)我上台不慌也不忙,朝着毛主席的伟人像,恭恭敬敬地行个礼。向他老说:"你把我这废铁炼成钢,我一生一世不能忘。我今天立功又领奖,这都是工会领导得强,我决心打这好好干,多刨煤炭支援前方,从此不再走歪道,你老人家把心放,把心放。"(很严肃地说这一段)

妻:对呀!就这样说,孩子他爸爸,你这一步是真走对啦!

黄:再胡闹还叫个人么!你可高兴了吧?

妻:我可不高兴咋的,这回你的坏名誉也去了,我也能抬起头来见人啦！日子过得也不愁吃的穿的啦！

黄：什么坏名誉坏名誉的，现在是好人了嘛。今天主任来了我就向他要求，赶快给我换号头①参加工会，咱们的好日子这就来啦！

妻：（听外边有人走路）你听是不是主任来了？

（主任上）

黄、妻：来啦主任，快上炕坐吧！

（二人往炕上掀主任，并给老主任脱鞋，主任争着自己脱了下来）

主：我自己来我自己来。（被拥到里边正面坐下，他夫妇一边一个）哈哈，开会来晚啦！（一看桌子上东西）兄弟！今天是你的大喜日子，立了功啦，老哥哥我还没给你道喜呢！你倒先请起我来了。

黄：没什么，这是应该的嘛，你老为我费了不少的心血，这是一点小意思，尽尽心意，你老别嫌弃啊！

主：不客气不客气。

黄：主任哪！你待我们太好了，真像我的老爸爸啊，我和我屋里的常叨念你。

妻：你老比我的老爹还强呢！把我们这一家人从死里救活了，这辈子也忘不了你老的大恩哪！

黄、妻：（同唱三曲）

一、感谢老主任各方面来帮忙，把咱这块废铁呀百炼成了钢，救命的大恩一生不能忘啊！一家人永不忘。

二、如今的小日子啊上了天堂啦！俺俩常叨念你老的恩情

---

① 犯人和非犯人的矿工都一样挣钱，只是号头不同。

大，一心认你老做个干爸爸，你老可别嫌恶呀！（恶念成化音）

主：不用不用，可千万别那么的，这些老套数咱们不要，都是同志嘛，同志比什么都亲近，再说这也不是我的功，是共产党的功劳啊！俗语说：种大烟的多抽大烟的就多。种高粱的多吃高粱的就多，共产党提倡人人当好人，所以好人就多。这叫跟着好人学好人，跟着巫婆会跳神哪！

妻：你老说得太透彻了，我明白啦！真是的，孩子他爸爸从前真是块废料，共产党都把他教育成人啦！我想都没想到他能这样啊！这么说共产党的恩情就更大啦！

黄：我从前真是块扔到地上都没人捡的废料，共产党救了我，现在也成了好人啦，想起从前来真是怪害臊的呢！

主：没啥，俗语说得好，浪子回头金不换，好好干吧，有奔头啦！

妻：你老别光说，吃呀！（往主任跟前送各样东西）

主：吃吃。（吃着果子说）兄弟！可是我还忘告诉你，你的刑期满了，你愿意回去不？

妻：主任，我们说什么也不回去啦！

黄：主任哪！我们就打算在这落户啦！我开了一块荒地，有二亩多，赶明种上菜，今年一年的吃菜先说不用花钱了，这省老啦！

妻：我给大房子缝缝补补，一来帮他们没家眷的忙，捎带着也挣几万子。

黄：一个月也能挣一两万呢！

主：不少不少，一家的零花够了。

黄：你瞧外面跑的那群小猪，都是咱养活的，到年底哪个也杀个百十斤的。

主:(笑)哈哈哈,发啦发啦,小日子过得可真有意思!兄弟!这就叫生产致富安家立业呀,有奔头有奔头啦!

妻:你老有钱花吗?没钱的时候到这拿。

主:还花什么钱呢,不用花钱,有吃有喝就行啦!

黄:主任!说实在的,我也多亏了摊了个好屋里的,又懂事又会过日子。(拿过一块粗糙的饼子给主任看)你看她净吃这个,好的都省下给我吃啦!

主:这个我都知道,妇女会上都赞成她呢!可是你们应该互相帮助,你屋里的她这是为了什么呢?还不是为了你好,人嘛,要好就得互相感情着点。

黄:(笑了)这个我明白,咳!不叫共产党救了我,咱们这一家人算完啦!这个团圆日子这辈子别想过啦!

妻:我从过了门也没过这么一天好日子啊!如今真高兴死了。

主:好啊!你们好好过吧!日子过好了都好,兄弟呀!向好人学,劳动是最神气的事,劳动换来的钱花起来心里也踏实。

黄:(点头)你老说的话我记住了。(向妻)你抱着孩子出去走走,主任不常来,我们好好唠唠。

妻:(笑了)哟!你还有什么背人的事么?(带着孩子下)

(舞台沉闷起来,黄在难过地出神,主任惊疑看着他)

主:老弟!你怎么啦?有什么为难的事么?

黄:(慢慢地从腰里掏出一个纸包交给主任)请你老装起来吧!

主:这是怎么回事?

黄:(很难过而又激动地)真太对不起你老啦!这是我预备跟屋里的逃跑做路费的钱,我背着屋里的,也瞒着你老,在腰里一直搁了三个多月,现在我是不想跑啦!搁在腰里倒成了累赘,所以今天才决定交给你。

主:噢! 这是什么钱呢?

黄:这是卖“大姑娘”的衣裳钱,我没有花,我们天天在一块干活,每回想起偷他的衣服,再摸摸腰里的钱就没脸抬头,主任! 我心里又懊悔又难过,我可没有勇气把钱交给他,今天我求你老把这钱交给他吧! 我以后也好抬起头来!(痛苦地低头)

主:噢! 好吧! 这件事交给我办好了,好兄弟,这下子你算认清了正道啦!

黄:主任! 那件事多亏你老没叫斗争我、逼我,若不,我屋里的是个爱面子的人,她也没脸再在这住下去啦!

主:咱们的政府对犯错误的人一向是宽大的,知过就改政府就欢迎,从轻处理,不过兄弟你也别往心里去,过去的事就当死了吧!

黄:我也不想它了,反正现在也没有拿那种眼光看我的了。

(这时远处锣鼓声起,黄妻跑进)

妻:我在外边看见有一伙人,打着锣鼓朝咱们这来啦!

黄:(赶紧向主任说)主任,请你老赶快给我换号头,再能批准我加入工会我就更心满意足了。

主:好吧,我明后天就给你办,你快准备准备吧,怕是来接你去开会领奖啦! 我也得快去了,我先走啦!(下)

妻、黄:你老走啦?

妻:你抱着孩子我给你取袄去。

(黄接孩子,妻进内室,后台歌声起,妻拿衣出给黄,黄穿衣边走边穿听)(唱锯大缸调)

五月的鲜花红又香,满山红遍地香,五月的太阳暖洋洋。

从前的工友苦难当,为幸福来反抗,血染大地放红光。

流血为了争解放，烈士名永不忘，英名像花红又香。

紧跟咱们的共产党，共产党有主张，领导咱工人求解放。

今天又过五一节，工友们竞赛忙，看看哪坑生产强。

（歌声是由远而近地唱到此处，已至门口，众人停于门外，只洋炮手拿一红花领着甲、乙、丙工友，戴着大红花，扭着进来唱下边的词。后台也合唱，很多的人影在门外走动）

（洋炮和工友甲、乙、丙接唱上曲）

我们这组把模范当，立大功真荣光。

人人脸上喜洋洋，我们要把功臣接，

（此时将黄包于中间）

叫老黄好榜样，真给大家把脸壮。

大嫂嘴都闭不上，黄大嫂变了新娘，老黄今天也当新郎。

（乐声止，众笑）“哈哈哈……”“你们两口子在家唠扯啥呢？”

黄、妻：都来啦？快坐坐吧！

洋：老黄！接你去开会领奖啦！快把花戴上！（戴花，妻高兴地笑）

众：大嫂子笑什么？老黄多好看哪！你高兴吧？

妻：怎么不喜呢，你们不是每人一枝花么？

众：对啦！都挺高兴的。

甲：大嫂子也去吧，可热闹啦！

妻：好啊！

乙、丙：老黄！快戴上帽子啊！

黄：（笑）闹糊涂了，（戴帽子）咱走吧！

洋：对，快走吧！

（妇女甲、乙、丙，姑甲、乙打扮秧歌装跑进）

妇众：大嫂子快走啊！

众：走吧……

五月的鲜花红又香……

（众扭下）

（幕急落）

（全剧完）

东北书店 1949 年 4 月初版

刘桂兰捉奸

时间：东北解放后。

地点：某大城市之工厂区。

人物：刘老汉——老工人，五十多岁，很进步。

刘妻——不太懂道理的女人。五十左右岁。

刘桂兰——青年女工，进步。十七岁。

张大嫂——三十左右寡居女人，桂兰同厂女工。

王同志——工会女干部，二十多岁。

李德福——潜伏的特务分子，死心塌地的坏蛋。

布景：一个普通工人家庭，舞台右侧为上场门，左侧为桂兰卧室，左后为后院，其他家具等可酌情处理。

幕启：刘老汉拿着镐头被刘妻从后院拖上。

刘妻：（以下称妻）你等会再刨，咱再合计合计。

刘老汉：（以下称汉）（不耐烦地）合计什么！合计多少日子了，你他妈属辘辘把的光往里挽，还有个合计？人家都报上啦，我不能落在后边。

妻:那两箱机器皮带是咱们老两口子的棺材本呀!

汉:我一半年还不打算死呢!你忙得什么?我没工夫跟你扯这个。(又要去后屋刨,被妻拉住)

妻:你等等!再说,姑娘也十七岁了,赶明出门子,嫁妆钱也得打这上边出啊!

汉:她不用你操心,你还他妈的旧脑筋!

妻:我就这么一个丫头,去年国民党在这的时候,咱那么困难都没舍得卖,这咱又想白白献上,你这不是发疯么?

汉:我没发疯,你可是发昏了。吃了两天饱饭把你"撑"糊涂啦!

妻:我看你才老糊涂啦!工厂是你家开的么?你献上去能图点什么?老了让工厂里裁下来,喝西北风么?

汉:你的小算盘打得还真不错呢?那么依你说老了怎么办?

妻:依我说呀!先这么对付干着,到什么时候人家不要你了,咱就把东西卖了做个小买卖。

汉:我当是什么高招,闹了半天你是想叫我做个小买卖呀!我当了一辈子工人,到死也当工人,这辈子不离开工厂。

妻:我寻思赶明给桂兰找个女婿,咱不是又多了个儿子,有养老的了?咱们俩看着小买卖,日子不就有办法过啦?

汉:别想得那么美啦!我告诉你实在的吧!没把握的事我也不干哪,如今的工厂是咱们工人自己的了。咱们是当家的人,就应该爱护工厂,建设工厂。再说这往后有病有灾的公家给治,生孩子死人都照顾,只要好好干,饭碗一辈子砸不了。老了不能干的时候还有养老金呢,劳动保险上规定得可多啦,我也记不大住,反正再不愁没人养老了,你说这往后还有什么愁的吧!

妻：我就不信天下还有这样事，活了五十多岁受了十多年的穷，穷怕了！我什么也不信，就信这两只手，不干活就没有饭吃。

汉：你还蒙着头睡大觉呢，你等会问问她张大嫂子，工厂里还办的托儿所呢，她的二孩子后两天就要送进去，这不是实事么？

妻：我不信你的话，等我问问桂兰和她张大嫂。

汉：你问问她们吧。

妻：就算真有保险，咱也不能献，自己留着卖钱花不好么？

汉：能花长久么？你光看眼前一点小好处，没往大地方看看。咱献上这点东西，也算对国家尽点小意思。

妻：你说咱能图个什么？献上有什么好处？

汉：好处大了，厂里给咱留个底，对咱这点好处老不能忘，这还不说，还给立功发奖，一名二声的脸上多好看。

妻：（小声地）你只顾眼前好看，国民党再来了可怎么办哪？

汉：谁说国民党还能来？落起后来你的脑筋怎么就活起来了？国民党快完了个蛋的，让他们的魂回来吧！

妻：说是有美国帮助么，赶明还要打过来呢。

汉：早也有美国人帮助啊，怎么打败了？他们这叫做梦！（一想）不对！你想不到这些事，快告诉我，这是谁告诉你的？

妻：谁也没说，我自己没事这样□。

汉：你不说我也知道，又是李德福那小子造的谣，对不对？

妻：不！不！人家孩子可什么没说呀！

汉：我跟你说，那小子很像个特务，他到处造谣破坏，成天价鬼鬼祟祟的，厂里正注意他呢！这次反动党团登记，他也不登，准是个死心的坏蛋！你可不用叫桂兰跟他在一起转转，赶明他犯了事，你们娘们可得跟着他粘包。

妻:你别胡说,人家可是个好人。

汉:好人?好人堆里挑出来的!我告诉你,再不准他到咱家来,我看见他就不顺眼。

妻:你不顺眼我顺眼,我还想招他做养老女婿呢!

汉:就怕你说了不算哪!

妻:你管不着这些事,姑娘是我养的。

汉:你问桂兰她愿意么?

妻:不用问,我看他们俩挺般配的。

汉:我看他们配得成!

妻:怎么?你想干什么?

汉:我不能眼看着自己的孩子上当,我还有这口气呀!

妻:你管不了!

汉:我怎么管不了?你真是好坏人不分哪,共产党救了你的命,你反不让我献物资,这叫有恩不报!国民党在这的时候,咱一家差一点饿死,这咱你倒想把女儿嫁给国民党特务,这叫好坏人不分,你他妈的整个老顽固,老贱种!

妻:反正都你的对!我是老糊涂,你骂吧。

汉:我骂你又怎的,照从前的脾气我还要揍你呢。

妻:你打吧,你打吧。(哭喊)

汉:打你怎么的,你当我不敢么?

(嫂进)

嫂:两位老人家又吵吵什么?

妻:你大爷不讲理呀!

汉:她大嫂子,你给评评理!我想献上那点东西,她死活不让,李德福那个坏蛋,她可看上眼啦,她这不是发大昏么?

妻:孩子别听他的,你听我说呀!家里穷得自己都顾不过来,还要把那些轮带献上,那点东西不好卖钱花么?我们两口子也老了,桂兰呢,也是十七八岁的大姑娘啦,过个一年半载的就得到人家去,嫁妆也得钱哪,到了那时候怎么办?谁养活我们老两口子呀?(哭)

嫂:噢!我当是为什么事呢,大婶子你上了年纪啦,外边的事你老不大知道呀!如今工厂是咱工人自己的啦,你二位老人家老了工厂也给想办法,决不能饿着就是了。

妻:不是个什么保险么?桂兰跟我说过,我也没稀正经听,我不信,天下还有这种事。

嫂:年头变了,咱想不到的事,共产党都给打算到了。我们工厂里开了医院,工人治病不用花钱,还办了个合作社,到那买东西又方便又便宜,女工友生孩子的时候还给四十五天的假和补助金,我正打算告诉你呢。

妻:噢!

汉:这回你信了吧?

妻:你少插嘴。

汉:好好,我不说!她大嫂子,你多跟她谈谈,开开她的脑筋,真是四六不懂。(下)

嫂:大婶!劳动保险规定的条件可多啦!一半时也说不完,等以后咱娘俩慢慢唠扯,你信侄女就行了,反正你老人家打这再不会挨饿啦。就说桂兰的终身大事吧,这也不用你老操心,如今讲男女平等,女的可以自己找女婿,又美满又节省,多好啊。

妻:我哪明白这些事呀!孩子。

嫂:大婶,我今天特为来告诉你,我的孩子有人照看啦!

妻:谁给你看着?

嫂:厂里成立了托儿所,我打算把他送进去,孩子在那里边比在家强得多了,大孩子也到工人子弟学校念书啦。

妻:好孩子,你这就得了好啦。(高兴地)

嫂:如今都得好啦!我大妹子在工厂里干得更好,工会上王同志常跟我说,她进步挺快。

妻:王同志那个孩子太好啦!到这串门的时候一口一个大娘,嘴可甜啦,又有了日子没来啦,你看见她的时候告诉她,我怪想她的呢!

嫂:好啊!

妻:孩子,我看不管共产党怎么好,那点东西咱可不能献上。那是一大堆钱哪,你说呢?

嫂:如今厂里工友们都争着往外献,什么值钱的东西都有,因为工厂让国民党破坏得挺厉害,哪能没困难,工厂是咱自己的啦,大家伙就得帮厂里的忙,为献物资,很多的工友都立了功,我那点东西也献上了。

妻:啊,你也献上了?多咱献的?

嫂:早就献上了。

妻:唉,孩子,你把事办错了呀!当初你孩子他爸爸为这点东西送了命,你怎么就忘了呢?那件东西值钱哪。

嫂:(难过地落泪)大婶,我没忘,提起孩子他爸爸来,我真难过,他一辈子倔强脾气,不想就为这个送了命,我恨死国民党啦!

妻:(擦泪)唉!孩子!别难过啦!

嫂:前些日子,厂子里号召献物资,我就第一个先献上了。上边给了我五十多万元的资金,还给我立了一大功,厂里让我把二孩子送到托儿所,大孩子送到工人子弟学校去上学,上级待咱真好啊。

妻:这么说,(有所悟)孩子你做对了。别人也都献么?

嫂:可不咋的!都争头献哪。

后声:妈呀!妈呀!

(嫂起身)

妻:谁喊你?

嫂:大孩子放学回来啦,咱们有工夫再唠扯吧!

(嫂欲下,桂兰上)

刘桂兰:(以下称兰)大嫂子坐会再走!(拉嫂坐)

嫂:孩子叫我呢。

兰:我告诉他你就回去,让他在街上少玩一会,大嫂!我有点要紧的事打算跟你谈谈,(向妻)妈!你到屋里坐吧!

妻:(笑)哎哟,有什么事还背着妈妈?你们这些年轻的人说话嘁嘁喳喳的,我也听不懂啊。(边说边进内屋)

嫂:什么事,大妹子?

兰:咱们厂里不是进行反动党团登记么?李德福这家伙要滑头,老不登记,我知道他常跟些鬼鬼祟祟的人在一起,这家伙准有问题。

嫂:我还不知道呢,大婶跟我说准备让你们……(笑)

兰:(捂住嫂的嘴)不准你说下去!呸!这家伙想得倒美,成天价在我妈妈跟前买好,他想在我身上打主意呢!哼!屎壳郎戴花真臭美。

嫂:那还不是个挺好的小伙子么?漂漂亮亮的。(笑)

兰:你嫁给他吧!(生气地)我问你再胡说不?(掐嫂)

嫂:别闹了!说真格的,大妹子!你得注他点意呀!我因为不知道你和他的底细，老没敢向你明说，李德福那不是个好东西呀，大婶不愿献物资也是他破坏的。我恨死他了，当初孩子他爸爸怎么死的？还不是他报告国民党说我们家里有个千分表，听说那咱国民党要造几零炮是什么的，非用这个东西不可，就把俺孩子他爸爸捉去了，拷打非刑地往外要……

兰：造六〇炮。

嫂：对啦六〇炮。他上了俺那些东西的眼啦，那咱国民党出大价收买这种东西，孩子他爸爸贵贱不卖，跟我说不能让他们造炮打自己的人。有一天李德福到我家要买那件东西，给几个钱，他爸爸贵贱不卖，后来就闹翻了，他怀恨在心。李德福为了升官发财，害了我们一家人，孩子他爸爸活活地让他害死啦，我恨他恨得牙根痒痒啊！

兰：这家伙真狠哪！大嫂！你怎么知道的？

嫂：孩子他爸爸临死的时候告诉我，是李德福报告的，叫我替他报仇……这仇我一直压在肚子里。（哭）

兰：对，给大哥报仇！大哥真有骨头，打到那个样也没说熊话呀。

嫂：你大哥死了以后，我就怕他再来欺负我们娘们，时刻小心着。有一天晚上，他真到我家去了，向我嬉皮笑脸的，让我骂了一顿，他火了要动野蛮的，我喊了一声，他才吓跑了。

兰：噢噢，就是我去问你怎么的了，你说肚子疼的那一回么？

嫂：嗯哪！我那是哄你，怕扬扬出去不好听啊，亏了解放军早早解放咱这，要不，我们娘们就得死在他手里。这个仇这辈也别想报了。

兰：他等会就来，咱今天就给大哥报仇。

嫂：真的么？（兴奋）

兰：真的，我早就注意这个家伙啦，有一天黑夜他慌慌张张地跑到我家来，我问他怎么的了，他也不说，我无意中发现他腰里有个黑东西，仔细一看，是支枪。

嫂：（惊问）枪？

兰：嗯，我问他你腰里装的什么？他吓了一跳，支支吾吾地说是买了把笤帚回家扫炕，就赶快走了。第二天我听说夜里有人放枪，差一点让队伍捉着，我就想到准是他干的了。

嫂：准是他，这么一说他准是个特务分子了。怪不得厂里号召反动党团登记时他老低着头呀！

兰：刚才我在街上走遇见了他，他说等会到这里来趟，有事跟我说，我想准是怕我检举他。

嫂：对了，这是作贼胆虚呀！

兰：我打算套一套他，捉个特务咱也立个功，再说，这也是咱对工厂应尽的爱护责任。

嫂：你打算怎样套他？

兰：不能告诉你，你等会来吧！今晚上准给大哥报仇就是了。

嫂：好！今晚上报仇！（兴奋得流泪）

兰：我再跟你谈个事，我妈听了那坏东西的话，不让我献上轮带，你看怎么办？你们刚才是不是也谈的这个事？

嫂：是呀！我刚才劝了大婶一气，她老人家有点想开了。一个有了年纪的人看事慢，就得慢慢来，你再劝劝她，也许就好了，她听信了李德福的谣言，又怕老了没人养活她。

兰：我养活她，再说还有劳动保险呢，比儿子都可靠。

嫂：她还挂着你出门子时的嫁妆呢！

兰：人老了就是两样，谁用她管，什么嫁妆不嫁妆的。

嫂:刚才我也说来,大妹子赶明要文明结婚呢!又美满又省钱,做老人的再不用跟着操心啦。

兰:大嫂!你一会到王同志那去一趟,把咱计划的事告诉她,叫她在落日头以前带着枪来。(向张大嫂耳语)

嫂:(点头)好!我一会就去,大妹子!你要小心进行啊!可别要孩子脾气,我走了。(下)

兰:(向嫂)你放心吧!(向内屋喊)妈呀!

(妻出)

妻:你大嫂子走了么?什么事你们说得那么热闹?

兰:还不是说献物资那回事。

妻:我正打算跟你商议呢,孩子!坐到妈旁边来。

兰:妈你说吧。(走近妈旁坐下)

妻:咱那点家底,你爸要献上啦,你愿意么?

兰:献上呗,工厂是咱自己的啦,爹不献我还要献呢!

妻:你们爷俩成心对付我老婆子怎的?

兰:妈,话不能那么说,人得有良心,共产党对咱有恩,咱就得报。若是人人的东西都不献,大家就有困难,厂里的机器开不了,咱也得挨饿呀。大家一献东西,厂里就没困难了,工厂开了工,咱就有饭吃,工厂就是家,往自己家拿点东西还不是应该么?还心疼么?这咱的工厂是咱自己的啦,妈!你不是常说共产党好么?

妻:是呀!我知道共产党好啊。

兰:知道就好办事,你再想想国民党在这的时候,咱豆饼都吃不上,你老人家差一点饿死,还不是共产党救了你的命么?一解放那咱上级发粮,你……

妻:好孩子别说了别说了,提起那前来妈怪难过的,唉!真是死了一回的人哪,共产党的恩情我怎么能忘呢?

兰:妈!这回你想开了吧,我知道妈是有良心的人,咱不能忘了救命的恩人哪。

妻:我不是糊涂人哪!国民党在这的时候,咱的日子什么样,我还不会比比么?

兰:(高兴地)对啦对啦!妈!你什么时候懂了这个理?

妻:你听妈说呀,我也愿意把东西献上去,脸上又好看,叫你们爷俩都高兴。

兰:(高兴地)好!那我就到后院刨去!(欲下,被妻拉住)

妻:桂兰!你先别去刨。

兰:妈!你怎么说了不算呢?你不是答应高兴献么?怎么又变卦了?

妻:孩子!妈受了一辈子穷,穷怕啦!事事得留后路。你想想,我跟你爸爸都老了,你爸爸眼看着就干不了几年活了。你又没个三兄四弟的,你是个姑娘,这么大了,眼看是人家的人啦。赶明人家工厂不要你爸爸的时候,谁来养活我们老两口子?(难过地)

兰:妈!我一辈子不离开你,我就顶个儿子不行么?我养活你和爹。

妻:我也想过,你若是个小子多好啊,可是怎么说你也是个姑娘啊!唉!万般皆由命啊。

兰:姑娘咋的?如今男女平等了,妈,你看我不是和小子一样能挣钱么?我养活你和爹。

妻:你看谁家的姑娘一辈子跟着妈?傻孩子!早晚要嫁人的呀。

兰:我就一辈子不离开妈。

妻:孩子你还小啊。唉!我打算等工厂不要你爸爸的时候,就把那些轮带卖了,做个小买卖,就不怕挨饿啦。

兰:这往后老了也不怕啦,如今政府施行劳动保险,我爸爸老了有养老补助金,生活没有困难,比儿子都保险。

妻:这个劳动保险我也摸个眉目啦,好倒是好,就怕不能施行啊,我总不信天下会有这种事。

兰:我不是常唱《东方红》那个歌给你听么?有了共产党,有了毛主席,天下就大变了,穷人再也不挨饿啦,乡下分房子分地分大马,这个你知道吧?

妻:这个你爹也跟我说来,唉!当初我和你爹就是因为没地种,才从山东家跑到关外来,一晃好几十年啦。(想)

兰:妈!共产党就是想要叫天下的人都有饭吃才打天下呢,如今咱们解放军快打到南京啦,老蒋的军队眼看就要完蛋了。

妻:那些狗军队快完蛋了么?

兰:快啦,就是今年的事,赶明全国都解放了,咱们老百姓再就要过好日子啦。

妻:那么说再就不能叫妈挨饿啦?

兰:我还能哄你?

妻:妈妈穷怕了呀!

兰:我说我养你老吧你不信,国家的劳动保险你还不信,妈真是叫人没办法。(故意生气)

妻:我心里明白啦,桂兰好孩子,妈信你的话,把那些机器皮带献上吧。

兰:(高兴地)妈!真的么?

妻:妈再不插嘴了,你们爷俩看着办吧,怎么办怎么好。

兰:(喜极)妈,你真好,我给你老敬个礼。(敬礼)

妻:看把我孩子欢喜的呀。(拉住兰手)

兰:妈,我这就到厂里报上吧,别叫爸爸先报上争了功去。(欲下)

妻:等等再去,妈再问你个事。

兰:妈,什么事?

妻:桂兰!你也这么大了,该找个人家啦。

兰:(已明其意)妈!你舍得让我离开你么?

妻:妈舍不得你呀,我打算挑个好孩子,让你们俩都在我身边,我又多了个儿子,多好啊。

兰:妈!你想得太好了。

妻:我看中了个好孩子,妈怕你害羞老没跟你提。

兰:妈,我不害羞,你说吧。

妻:你看德福那孩子怎么样?

兰:你看呢?

妻:我看那孩子怪伶俐的,人品心眼都挺好,他打老早就有这个意思,我老没吐口,打算跟你商议商议再答应他。桂兰!你的意思呢?

兰:(干脆地)妈!答应他吧。

妻:(意外地)愿意么,孩子?

兰:妈!我愿意,等会他就来,你告诉他好了。

妻:(高兴地)这就好啦,孩子,妈心里真像去了一块大病啊。

兰:我爹能愿意么?

妻:不管他,我说了就算,姑娘是我的。

李声:大娘在家么?

(桂兰急入内室,李德福拿果子、衬衣进)

李:大娘!您在家呀,这几天你老的身体好么?我买了点果子给您尝尝。(殷勤地)这件衬衣是给桂兰妹妹的。

妻:又花钱做什么?

李:嘿嘿,这是一点小意思。(笑)

妻:你还在厂子里做活么?

李:对啦,桂兰回来没说我什么吧?

妻:没有啊。

李:最近厂子里又闹什么反动党团登记,就是坏人登记,他们上了我的眼啦,大娘,你说我能是坏人么?我这个人你老知道,打小就安分守己。

妻:我知道,德福是好人,孩子别怕。

李:是啊!大娘,你老真和我的亲妈一样啊,你老能让你侄儿难着么?(装得怪可怜的)

妻:别怕,我给孩子担保,谁说你什么来么?

李:工友们都上了我的眼啦,不过捉贼也得有赃呀,我是人正不怕影儿斜,就怕……我就怕桂兰妹妹到上边说我什么。

妻:她怎么能说你的坏话呢,我正打算告诉你呢,桂兰答应啦。

李:(惊喜若狂地)啊!她答应啦,真的么?那我什么也不怕了,多咱答应的?

妻:刚才才答应的。

李:我给你老人家养老送终,(跪下磕头)保险让你老人家吃香的喝辣的。

妻:好啊,好啊,德福啊,我再告诉你个事,咱那些皮带桂兰他们都说献上为对,我答应他们了,献上就献上吧,反正我们老两口子,这往后什么也不怕了,你说呢?

李:哎呀!那可不能献哪,我不是跟你老说过么,谁献了物资,国民党来了,要砍头的啊。再说那东西值不老少钱哪,卖了干点啥不好？反正又没有人逼着献，这是何苦呢？赶明卖了做买卖，我给你老经管，保险发财。

妻：说是实行劳动保险，再就好了嘛。

李：那是骗人，共产党是穷不起啦……（桂兰气哼哼地出）

兰：共产党怎么穷不起了？多咱骗过人？你这叫特务造谣。

李：（慌）谁……谁造谣来？

兰：你说的话我都听见啦，你到处破坏造谣，别人登记你不登记，跑到我妈面前买好，说坏话，你破坏献纳物资器材，你骗了老人家你可骗不了我，告诉你，在解放区里你作不了妖，到处都有照妖镜，快显原形吧。

李：（赔笑）桂兰别闹啦，你看，这件衬衣你穿着准合适，嘻嘻……

兰：谁跟你闹来，（将衬衣扔于李脸上）谁要你偷来的衬衣。别不要脸啦！

李：你……你打算怎么样？（恼羞成怒）

兰：我要捉特务！

李：你是共产党么？

兰：我不是共产党。

李：那么你就不要多管闲事，这没什么好处，姑娘。

兰：我是个工人，我有责任反对坏蛋，保护工厂。

李：你敢把你丈夫怎么样？

兰：（冷笑）好大的口气，别做梦啦，谁是你的老婆？呸！

妻：别闹啦，别闹啦，年轻的人真没办法呀！

兰：（猛省地笑了）人家向他闹着玩，他就瞪眼嘛。（又装生气）

李：（赔笑）我的错我的错，我当你是真的呢！桂兰！别生气呀。

妻：你们说话吧。我烧点水去。（下）

李：你真把我吓了一大跳啊，（拭汗）你顶摸我的底了，要真到上边报告了，可要了我的命啦。

兰：那么点胆量何必干这个呢，再说，你以为我能那样做么？

李：你当咋的，从打那天晚上你看见我的枪，我就老是提心吊胆怕你到上边报告，最近厂子里又号召反动党团登记，我就更害怕了，我正打算来求求你呢。刚才她老人家告诉我，你答应我了，我真是十二万分的高兴啊！桂兰……

兰：先别高兴，我告诉你，咱们既然是一家人了，我不能不告诉你实话，现在可挺紧的，你以后要小心啊，万一出了事，叫我们娘们可怎么办哪？

李：你放心好了，我以后一定小心，不过干这种事，不卖卖力气就没钱花没官做呀……

兰：升官发财得看机会，如今这儿是共产党的天下啦，若为这个送了命，那可就不值得啦。

李："中央军"赶明再打过来，还不又是咱们的天下喽？那时候我起码干个团长，你还不就成了团长太太了么？哈哈哈……

兰：小点声，中央中央的，别做梦啦，再说团长大人还偷厂里的衬衣么？净这么些个人还想坐天下？真是笑话。

李：什么偷呀偷呀的，谁偷来，看不见拿点算什么。（笑）嘻嘻……

兰：别扯啦，以后把背人的东西都拿来，我给你保存着，那天晚上若是叫别人看见不就麻烦啦？

李：对对，我一会就回去拿。

兰：你几支枪？

李：就一支。

兰：还有什么？

李:还有党证,我一块拿来。

兰:你这就回去拿吧,落日头的时候再来,我爹今个晚上在厂里有事,一半时回不来,我再让张大嫂领着妈去看戏,咱们俩好好谈谈。

李:(喜极)好,我这就回去。

兰:道上小心点呀。

李:我知道啦。(下)

兰:(看李下后冷笑自语)死心塌地的狗东西,还做梦呢,你自己找死啊。

(妻上)

妻:他怎么不喝点水再走?

兰:他说有点东西忘了拿来,回去拿去了。

妻:(高兴地)德福真是个孝顺孩子呀。

兰:你老人家真有眼力,挑了这么个好女婿。

妻:你们可好好处着点啊。

(刘老汉生气地上)

汉:(向妻)你这个老东西真气死我啦。

妻:我又怎么惹着你了?

兰:怎么啦?爸爸。

汉:我刚才到厂里去报献皮带,一看人家都先报了,咱报了个末了。

兰:人家要去报嘛。(撒娇地)

汉:滚一边去!(发现李送来的东西)哎!这些东西是哪来的?

妻:这是德福送的。

汉:(大怒)好啊!你这个老东西想找死啊!我不是告诉你再不准他来么?(将东西摔于地上)

兰：爸爸！这不干妈事呀，他是……

汉：啊，是你把他请来的么？好啊！我把你养活这么大了，你也学会了气你爸爸啦，我讨厌这个小子你不知道么？谁叫你跟他在一起转转来？赶明闹得你爸爸名声不好听，你叫你爸爸还怎么抬头见人哪？

妻：你不用难为孩子，我看好他了，我做的主，把桂兰给他了。

汉：怎么，你真那么办了么？

妻：对啦。

汉：他妈的，咱们都别过啦！（摔碗，桂兰阻拦）

兰：（哭）爸爸，你老先别生气，我告诉你是怎么回事。

汉：不用说，都给我滚！

妻：你只管闹吧，你爸打算不要我们娘们啦，我走！（哭着欲走）

兰：妈！别别！（哭着拉住其母不放）

（张大嫂、王同志进）

王、嫂：怎么啦？怎么啦？

王：大娘别哭啦，怎么回事啊？

嫂：大爷也消消气吧。

王：大爷怎么回事啊？

汉：你问问她两个就知道了。

王：桂兰，怎么回事？

兰：还不是因为献物资的事。

妻：再加上我给桂兰找的人家他不对心思。

王：桂兰有婆家了么？我怎么不知道是谁？

汉：王同志，你听我说说，我打早就要把家里的这点东西献给工厂，她老是不让我献，跟我又哭又闹的，我气得不管她同意不同意，今天到厂里报上了，我一看咱报晚了闹了个末了，多窝囊，这个老东西还不愿意呢。

王：这么回事呀，报晚了也一样啊，大娘不同意咱就慢慢商议吧，献器材这个事是自愿的呀。

兰：我今天回来跟妈把话都说开了，妈也同意献，我还没对爸爸说呢。

妻：是呀！我这咱明白了，他们只管献吧，反正老了不能没主就行了，我还愁什么？

王：是呀！大娘！工厂绝对对你老负责就是了，决不能冻着饿着你老，劳动保险上都规定好了。

嫂：大婶明白了就好啦，大叔也消消气吧。

汉：（消了一些气）那么我问你，你为什么要把闺女给一个坏小子呢？

妻：我看中了，我养活的姑娘，这个你管不着。

汉：我就要管。

王：两位老人家都消消气。

汉：告诉你！姓李的那个小子再登我的门，我就砸断他的腿。

妻：你若敢那么做，我的老命就不要了。

王：张大嫂，先领大娘到你家坐坐吧！

（张大嫂拉妻下）

汉：这个臭老娘们！四六不懂，王同志！叫你见笑啦。

王：大爷，没有的话，都是自家人，不用客气，大娘上了年纪了，得慢慢地开导她呀。

汉：是呀！我的脾气也急躁点，你坐吧！我到后屋刨皮带去。（拿镐头欲下）

王：您忙吧！（汉下）桂兰别哭啦！你的事我都明白了。

兰:(哭)王同志!我委屈呀……

王:桂兰!你放心!工会让你做的工作你全做了,一切的事情工会全部负责,这件事你做得很有成绩,这家伙到处破坏献器材运动,工会打算赶快整他,你快把详细情形跟我谈谈。

兰:(擦泪)王同志,我今天回来,我妈说李德福向我求婚,我假意答应了,让妈告诉了他,他喜得给妈磕了一个头。(忍不住笑了)

王:(故意引逗兰)哎哟!不害臊啊!那么大了还又哭又笑的呢。

兰:(笑着打王一下)别别,你听啊!我妈告诉他要献上那些皮带,他就破坏开了,说:"共产党穷不起了,这是骗老百姓。"我一听就火了,我从屋里出来问他为什么造谣破坏,他也火了,问我是不是共产党。

王:你怎么说来?

兰:我说我不是共产党!我是一个好工人,保护工厂反对坏分子我有责任,我要捉特务!

王:更坏了,(急问)后来呢?

兰:你听我说呀!这时候妈说别闹啦!年轻的人闹来闹去就成真的了,这时我冷丁想起来,我原来是想套他一下子呀,结果气糊涂了,自己也好笑起来,他当我真笑了呢!他也就以为我真是跟他闹呢,我也就假说跟他闹,还告诉他叫他以后小心!把枪送到我这搁着,小心出事。

王:他有枪么?(惊问)

兰:有!他答应我马上回去拿枪,刚才回去。

王:啊!他信你么?

兰:怎么不信,(笑)你是没看见他那傻样呀!好像我真成了他的老婆似的,把他乐得没法,坐不稳站不稳的,呸!呸!想得倒美。

王:看不出你这个丫头有这些个道道,真成了精啦!

兰:你可别小看我,将来刘桂兰还要立大功呢!这回事给立功不?

王:好好!这件事做好了一定给你立功!报上不是写得很清楚么?可是他答应你什么时候来呢?

兰:八成快来了,等他来的时候我先骗他的枪,到时候我叫你你可得快出来呀!我不敢放枪。(笑)

王:你的胆量都哪去了?(笑)

兰:谁干过这种事?王同志你带枪来了么?

王:带来了,桂兰,你别怕,还有大爷呢,三个人还捉不了一个特务?我到里屋,告诉大爷去,天也黑了,你可小心点呀!

兰:你瞧好吧!快到后院去,他快来了。(王下,舞台暗下来)(兰到门口向外看看,自语)怎么还不来呢?(坐下又站起来找了一把剪子放在腰里,李上)你才回来呀!

李:(擦汗)才回来,桂兰,我从你这走了以后,心里不知道怎么回事,老害怕。

兰:那玩意带来啦?(紧张地)

李:带来啦。

兰:我看看什么样?

李:(拿出枪)给你。

兰:怎么还两个筒?

李:这是枪牌的!

兰:怎么这样小呢?

李:三号的,干活拿着方便!

兰:(拉拉枪身)怎么还能动弹呢?

李:(急止)小心!小心!上去火了,别走了火打着。(欲拿过去)我看看！快搁起来。

兰:别别,没关系,我还没玩够呢,党证呢,忘了拿么?

李:拿来了。

兰:快给我!

李:好。(低头掏党证)

兰:(退一步用枪指李)别动！举起手来!

李:(抬头惊,马上又笑了)别闹,别闹,叫人家看见可不是玩的!(又放下手)

兰:(怒目而视)谁跟你闹来,我要捉特务,你今天认识刘桂兰了吧?还想娶我当老婆不?还破坏共产党不?

李:(狠狠地冷笑)可惜里边没有子弹啊!

兰:(慌了,看枪,冷不防被李抢去枪,兰机警地)我跟你闹着玩呢!

李:(用枪指兰)别动!好一个闹着玩,再闹就把脑瓜子闹掉了!好厉害的姑娘,你想骗老子?你可知道姓李的也不是省油灯么?给我到屋里去!(指桂兰的屋)

兰:你想干什么?

李:我想么?哈哈哈!(奸笑)别废话！快进去!

兰:别别,到屋里干什么?你想打死我就在这打吧!

李:(奸笑)嘿嘿!我打死你谁给我做老婆?我要你不再跟我开玩笑,要你给我做个实在的老婆。走!(用枪逼桂兰)

兰:我怕!你把枪放下,我进去就是了。

李:(把枪藏于腰中)谅你也跑不了!

(躬身要抱兰,兰与李相扑,打得不可开交,兰拿剪子刺破李脸,李欲掏枪,桂兰尖叫,王与刘上,王用枪指住李,刘老汉手举大镐)

王:别动!举起手来!(李举手)

汉:(举镐欲打)揍死你这个小子!

王:(急止住)刘大爷住手。

(汉放镐)

李:(求饶)刘大爷饶命吧!

(汉又想打)

王:刘大爷先别打他,赶快把枪给他掏出来。(汉掏出枪,妻、嫂进)

妻:这是怎么回事啊?(惊问)

汉:(边说边绑李)看看你这个好女婿吧!

兰:(把枪给妻看)妈!你看,他是个国民党特务啊!

李:大娘!你救救我,我从前是骗你老,我不是人哪,我错了!

妻:(大怒)原来你真是个特务啊!(打李一巴掌)你骗我说国民党还要来,不要我献东西,又甜言蜜语地要给我当养老女婿,我还当是真的呢,你骗了我,我打死你这个狗东西!(又打一巴掌)

嫂:(悲愤地)姓李的,你还认识我吧?想不到你也有今天啊!你当初报告国民党俺家有千分表,活活地逼死了孩子他爸爸,害得我们娘们无依无靠,你好狠哪!我只以为这个仇这辈不能报了,想不到你现世现报,这才不到半年哪!我孩子他爸爸魂灵走得还不远呀!孩子他爹!我今天晚上给你报仇啦!(声泪俱下,咬李一口,李惨叫)

王:(向嫂)大嫂!冤有头债有主,我们一定给你处理这个问题就是了。

嫂:好啊,王同志!(哭)

王:大娘!我们走啦!

妻:王同志,告诉上级同志,我老婆子糊涂,叫他骗啦。

兰:王同志!我也去。

（众急下）

王：好啊，大娘！大爷，咱走吧。

嫂：我也去呀！（跟下）

汉：（向妻）皮带我都刨出来啦！快装上，我一会叫车来拉。

妻：好啊！

（幕急闭）

（全剧终）

选自《文学战线》，1949 年第 2 卷第 3 期

◇塞　克

翻身的孩子

第一幕

第一场

人物：王福明——十三岁。

其母——三十多岁。

街头乞儿狗剩、百顺——都是十三四岁。

地点：东北某市的街头。

时间：第一幕在敌伪统治时期，早饭后。

（狗剩和百顺上场。狗剩穿一件不称身的大人衣裳，破而脏，一看就知道这不是他自己的）

（百顺的衣裤虽然也破旧，可是看起来还合身。两人肩上都背了一只装破烂的筐子，手上拿一个铁丝钩，脸上又黑又脏，就像从来不洗脸的样子）

狗剩、百顺：（二人唱着上）

太阳亮堂堂呵，
照我的破衣裳呵，
别看我衣裳破呵，
满肚子好心肠呵！
东街讨来个西街要，
浪荡浪荡个一浪荡，
贪官污吏有的是钱，
有钱可不做好勾当；
别看他坐着汽车住着洋房，
为非作歹他丧天良！
穷光蛋来个穷浪荡，
少吃没穿可乐洋洋；
人家要问我为什么穷高兴？
我哭，顶不了吃，
我愁，顶不了穿，
挨饥受冻我都习惯。

百顺：（唱）吃口冷饭顶到日头黑，
冬天盖着雪花睡。

狗剩：（唱）人家穿着狐狸皮袄，
我是冬夏常青——穿龙袍。（用手指挑着衣上的窟窿）

百顺：（笑白）人家皇帝登基才穿龙袍呢，看你这猴脸一点也不像。

狗剩：（调皮地）（唱）
俗骨凡胎没有皇帝命，
咱们做土地行不行？

百顺：（唱）土地庙里有小鬼，

不拿钱来也不行！

狗剩：（白）好嘛！

（唱）游魂冤鬼到处窜，

有朝一日拱翻了天；

天翻地覆都改变，

那时再不吃白眼子饭！

百顺：（白）别做梦吧，到时候吃上顿高粱米就不错啦。你还想吃白米饭？

狗剩：（唱）吃白米饭，

是经济犯，

抓到官里去坐牢监！

百顺：（白）说的是嘛。看你这个长相，就不像吃白米饭的爹揍的。

狗剩：（打趣地）唏！我说的是“吃白眼子饭”！

百顺：啥叫“白眼子饭”哪？你这新名词咱长这么大还没听过，叫我们见识见识吧？

狗剩：（悲惨地）（唱）

穷人的心，赛黄连；

穷人的心事，苦难言；

穷人的眼泪——

只配往肚子里咽！

（白）你要问那啥叫白眼子饭吗？

（唱）人家沉着脸，

翻着白眼，

骂骂咧咧丢给你的冷干饭！

百顺：（唱）逆来顺受……

人命不如狗命值钱！

我打掉门牙带血吞，

穷人想活命比登天还难！

狗剩：（唱）东街走来西街窜，

人人见我都翻白眼！

百顺：（唱）求爷爷叫奶奶挨门喊，

讨不着东西咱捡破烂！

狗剩：（唱）看见警察要快逃跑，

百顺：（唱）叫他抓着得坐牢监！

狗剩：（眯着眼望望天）顺，天还早，咱俩到河套去看看好吧？

百顺：你去吧，我不去。

狗剩：为什么？

百顺：那地方离大街近，叫警察碰着不上算，我不去。

狗剩：（多疑地）哦，我知道啦，这会不想去，等我走了你好自己去，是不是？

百顺：说不去就不去，（靠着筐坐下，摘下破毡帽，露出满头的瘌痢疮，咧着嘴，越搔越痒）狗剩，你给看看，有虱子没有？痒得厉害。

狗剩：（走近他，把着头皮捉虱子）（唱）

东街讨来个西街要，

浪荡浪荡个一浪荡；

穷光蛋来个穷浪荡，

少吃没穿可乐洋洋。

百顺：（接唱，狗剩也和着）

太阳亮堂堂呵，

照我的破衣裳噢；

别看我衣裳破哟，

满肚子好心肠呵！

狗剩：（若有所思地停住，问）百顺，你上城隍庙看过没有？

百顺：看过，上刀山，下油锅，割舌头，挖眼睛，牛头，马面，阎王，小鬼，什么什么的都有。你也看过吗？

狗剩：看过，那还是我妈妈领我去看的，真怕人。看了回来，晚上就不敢出屋，一闭上眼就看见那些鬼怪，做梦也看见。后来人家告诉我说，那全是迷信，根本就没有那回事——全是骗人的。

百顺：我看鬼子对付咱们，就跟那城隍庙里一模一样。

狗剩：那怎么一样？

百顺：怎么不一样？鬼子杀起人来比城隍庙里的小鬼还凶！

狗剩：那……那……（一时词穷，寻不出适当的句子反驳）反正不一样！我说不一样就是不一样！

百顺：哼，我还看见过鬼子把十来个人绑到柱子上，喂洋狗呢！那天可把我吓坏啦。吓得连气也不敢出！

狗剩：哦哦，听我说呵，我想起来啦……

百顺：那次可把我吓蒙登啦，这时候想起来还心跳呢！

狗剩：哎哎，你听不听呵？不听我就不说啦！

百顺：哎呀哎呀。慢点，你把头发给揪痛啦，你要说什么？

狗剩：城隍庙里那些受罪的人，都是坏人，你说是不是？

百顺：哼！（龇着牙望着狗剩）还怎么着？

狗剩：（在他头顶上猛拍一下）肏他妈的"哼"！你哼什么？到底我说的"是"还是"不是"？

百顺：是！

狗剩:这不结了！城隍庙里那些受罪的人都是坏人,他们没有干好事,应该受罪。你说日本小鬼搞死的那些人,个个都是好人,好人不得好报,倒叫人抓了去搞死！你说,这不是跟城隍庙不一样吗？城隍爷爷判案还得分分好坏人,日本鬼子的事——他妈的！

(二人沉默片刻)

百顺:狗剩！想你爸爸吗？

狗剩:怎么不想,他死啦,想有什么用？

百顺:妈妈呢？

狗剩:你问这干吗？(奇怪地)

百顺:不干嘛,问问有什么要紧？

狗剩:(感触很深,显然不愿提这些事,但他不能在这突然的感情的袭击之下平复自己,因此他转了话题)别提这个,我没有爸爸、妈妈,又少亲没故的,天上不掉钱,地下不长钱,吃西北风喝露水不要钱,可又顶不了事,不管多为难,也得想法活命不是吗？

百顺:(凝视着他不语)……

狗剩:我讨着吃,要着喝,这都是逼出来的！可是你……有爸爸又有妈妈,为什么爸爸妈妈不管你呢？

百顺:我爸爸叫活剥皮押起来啦！

狗剩:谁？

百顺:活阎王！那小子才不是人哩！

狗剩:前几天不说是放出来了吗？

百顺:刚放出来又押进去了！

狗剩:肏他妈的,为什么？

百顺:因为穷,因为要找饭吃,一家老小没有吃穿,我爸爸不能看着一家子饿死，一做点小买卖就是经济犯。

狗剩：（气愤地）日本鬼子吃大米饭，咱们吃经济犯！国事犯！思想犯！我肏他妈的！

第二场

人物：狗剩、百顺仍在场不动。王福明同另一儿童放学回来，二人争着踢一小皮球。

时间、地点：接第一场。

某儿童：（争吵着）王福明，王福明，这一下不算，敢情你便宜！

王福明：（无赖地）去，滚一边去！来，看爷爷我的！

某儿童：（抢应）哎！（装老人咳嗽一声）

王福明：（打某儿童一耳光）你占我的便宜！（顺手扯下他的帽子丢在地上）看我踢你妈的脑袋瓜！（一脚踢去，皮球滚到狗剩身边）

狗剩：（好意地想掷还他）……

王福明：（骄气地）别动呵，烫了手！

狗剩：谁稀罕你的！（用脚踢到一边）

王福明：手摸烫手，脚踢烂脚！动我的皮球当心你的狗头搬家！

狗剩：（气极）你想怎么着？别唬洋气！别觉着你爸爸是活阎王，就狗眼看人低！唬洋气你还早点！

王福明：老子就欺负你，你敢怎么着？

百顺：（看势不对）狗剩，走，咱们回家吧！（拉开狗剩）

狗剩：真是他妈有钱的王八大三辈！

（某儿童，有所感的样子唱着下）

某儿童：（唱）缺德鬼，卖凉粉，

打了罐子赔了本；

坐火车，出了轨儿，

坐轮船，沉了底！（歌声渐远）

百顺：（制止）狗剩，好人不跟狗斗，你忘啦？

王福明：（以为百顺是帮他说话，紧接过去）这就对啦，“好人不跟狗斗！”我看你电线杆子上绑鸡毛，也没有那么大胆子！（洋洋得意地下）

百顺：（用眼瞪着王福明）……

第三场

百顺：狗剩，咱们走吧！跟他闹这份气，犯不着。

狗剩：跟谁也得讲理呀。我一不偷人，二不摸人，有理走遍天下，我怕谁？

百顺：看你一阵一阵蛮明白的，怎么这一下就糊涂啦？就算你有理吧，你说胳膊能拧得过大腿吗？

狗剩：拧不过也要拧！肏他妈！活阎王也不能吃了我！

百顺：（急制止）狗剩！看你这股子牛劲！别糊涂啦，你爸爸妈妈还不是他们谋害死的？我爹坐监还不是他们抓起来的？这街上有多少老百姓吃了他们的亏？有多少个劳工一去不得回？人们恨他，骂他爹是活阎王、活剥皮！这能当什么？他还不是他？他背后有日本人做靠山，别看人们恨他恨得咬牙切齿，可谁也没有捅他一手指头！

狗剩：（感慨地）（唱）

说起来，话儿长，

我吞声忍气，

算不清一肚子的冤枉账！

我孤苦伶仃，

只因为活阎王害死了我亲爹娘！

百顺：（惊恐地）狗剩！狗剩！

狗剩：（不理会，放声痛哭）（唱）

我叫爹爹不应，

我叫娘娘不响，

我想我的爹呀，

我想我的娘！

（牵起衣襟拭泪）

活阎王，抓劳工，

爹爹一去不还乡！

我家里没房也没有地，

爹只留下这件破衣裳。

自从我爹离家后，

活阎王三天两头到我家里逛；

有时深更半夜他也去，

你说他安的什么狗心肠？

妈妈临死只告诉我两句话，

妈说："狗剩！你爹妈死得太冤枉！"

她说："狗剩！记住你的仇人是活阎王！"

他就是王福明的爹，

他是个大恶霸、大流氓！

他黑了心肝，

丧尽天良，

他无恶不作，

他是骑在百姓头上的魔王！

他——

百顺：（急止住他）狗剩！你还讲？（以手遮住他的嘴）

第四场

狗剩：（低声哭）……

（王福明的声音）喂喂！就在这，那不是？

百顺：别哭，别哭！

（王福明的声音）警察，你可要给我捉住。别叫他们跑了！

百顺：（推狗剩）快走，快走！

（百顺、狗剩背起筐匆忙逃下）

（空场片刻）

王福明：（鬼头鬼脑地上，一看没人，大笑）哈哈……哪去啦？刚才我清清楚楚看见他俩在这儿，怎么一转眼就不见啦？这个法真灵，他们就是怕警察，我一嚷“警察来捉你们啦”，管保吓得他们连魂都没有了。（得意忘形地唱）

我的名字叫“王福明”，

我爹是有名的“活阎王”！

提起阎王来人人怕，

孩子们更怕我这个小阎王！

东走走，

西逛逛，

闲来没事瞎逛荡。

东逛荡，

西逛荡，

人人都叫我小流氓！

说流氓，

就流氓，

有吃有喝管他娘！

（白）刚才那两个小子在这又哭又闹，这会跑哪去啦？这么放走了太便宜他们啦，我得调理调理他们才行。（大声喊）喂！我说那两个小叫花子到哪去啦？喂！我说那两个小王八蛋哪去啦？（四处找，突然发现，小声）哦，在那呢！（装腔大声嚷）警察！走吧，今天算便宜他们。走，咱们回去吧！（用手遮着嘴，哧哧地笑着隐身下）

第五场

百顺：看见警察得快逃跑，

狗剩：叫他捉着就坐监牢！

百顺：身上穿的是破烂衣，

狗剩：讨不着吃的得饿肚皮！

百顺：受侮辱，

狗剩：受委屈，

百顺、狗剩：你呼天唤地也没有人理！

狗剩：（白）王福明那小子真走啦？百顺，（指着一堆垃圾）那是谁家扫院子倒的一大堆东西，咱去看看。

百顺：当心警察呵，他们专找咱的别扭。（二人用铁丝钩子在垃圾上乱翻）

（王福明躲在一边偷偷地投去一块馒头，打在百顺的腿上）

百顺:(骂)他妈的,谁呀?(一看是块馒头,悄悄捡起藏好)……

狗剩:你骂谁?

百顺:(支吾地)我——我骂着玩,刚才不知是谁丢了一块砖头,打了我一家伙。

王福明:(狡猾地)狗剩,你看他捡了个什么东西呀?

狗剩:什么?我看。

百顺:(含糊地)没有什么,真没什么……

王福明:(挑唆地)别装蒜,我看见你捡了一块白花花的东西——是大洋吧?

狗剩:(更信以为真)小气鬼,我又不要你的,看看有什么要紧?

百顺:(提起筐子要走)——

王福明:哎,别走,那块大洋是我的,快拿出来吧。

百顺:(目瞪口呆)谁拿你的钱来啦?别讹人!

狗剩:(拦住他)你给不给看?

百顺:(急)真没有,你叫我拿什么?

狗剩:没有也拿出来看看!(伸手向他身上掏,两人扭在一道)

王福明:狗剩,揍哇,一揍就拿出来啦。

(起先两人只是争执、扭抢,经王福明这一挑拨真的打起来了)

百顺:(红着脸)你松手不松?

狗剩:我看你拿不拿,我看你……

王福明:揍哇!往狠里揍!

(百顺举起拳头就是一下)

狗剩:肏你妈,你打,打!(扯住百顺的两耳不放)

(百顺两只手伸进狗剩的两个嘴角,用力向两边扯。狗剩的嘴越痛越用力扯百顺的耳朵,百顺的耳朵越痛越用力撕狗剩的嘴)

王福明：（笑着）打得好哇！肏他妈的打得真好！（用脚把狗剩的筐子踢翻，筐里的破烂倒了满地。狗剩松开手去收拾自己的东西，不注意又被王福明踢倒。这时王福明索性把他的筐子丢得更远些）

狗剩：（走去拾筐，嘴里嘟囔着）肏你妈，软的欺负硬的怕，什么东西！

王福明：你骂谁？

狗剩：（怔了怔）谁缺德我就骂谁！

王福明：（命令百顺）把这捡去！

百顺：（不好意思地待着不动）——

王福明：笨蛋！来（动手拾起地上的东西装进百顺的筐里）拿着，这是我给你的。

狗剩：（委屈地哭起来，手里提着空筐子，一边走一边骂）强盗！土匪！不要脸！抢人家的东西，我告诉你家里去！抢人家的东西，你是土匪！你们一家子都不是人，男盗女娼！

百顺：（同情地追上狗剩，又把东西还给他）狗剩，这可不是我拿的，你别怪我呵！这个是王福明使的坏。（取出捡的那块馍）给你，吃吧！

狗剩：我不吃，你吃吧！

百顺：叫你吃，你就吃吧！你不是还没有吃一点东西吗？

（狗剩不好意思地吃着，二人同下）

王福明：（望着他们的背影）猩猩惜猩猩，真他妈像一窝下的！（大声叫）狗剩！

狗剩：（停住）呵？

王福明：站住，我跟你说句话。

狗剩：（仍旧生着气）你说什么？

王福明:(大声,狠狠地)我肏你妈!听见了吗?

(狗剩举起拳头要打他,迟疑了一下又放下来)

王福明:(挺胸迎着他)哼哼,我看你也不敢!

百顺:走吧!你惹得了人家?走走!有话找他爹去说。我给你做证人,就说我亲眼看见他欺负你啦,叫他爹教训教训他,走!(推狗剩下)

王福明:告我爹我也不怕,敞着开,看我爹是向着我还是向着你,狗剩,告诉你说,别缺德了吧,经济犯的儿子,你有什么资格和我斗?你爸爸妈妈就是叫你缺德缺死的!懂吗?你那个小狗命,(伸出手)在老爷我手心里拿着呢,叫你喘口气,我把手松一松;我的手一紧,你就得送了那条狗命!(得意地唱着下)

吃得美,
穿得强,
闲来没事瞎逛荡。
我的名字叫王福明,
我爹就是活阎王!
东街走来,
西街荡,
熟人都叫我小流氓!
说流氓,
就流氓,
有吃有穿管他娘!

第二幕

第一场

时间：从晚上到黎明。

地点：狗剩住的小破房子。

人物：狗剩、百顺。

百顺：（扶着狗剩进来）到家了。等我开开门。（突然一跌）哎呀，这是什么绊了我一跤？黑咕隆咚的，一点也看不见。（用手摸索着）好，就坐在这吧。

狗剩：（昏迷不醒地，满脸鲜血直流）哎呀！……哎呀！王福明，我忘不了你！你们不讲理也不该打人哪！哎呀！我活不了啦！我……

百顺：（安慰他）狗剩，你放心，有我呢，长大了咱们报仇！

狗剩：王福明，你真不是人揍的！狗东西，你真下得了毒手！哎呀！

百顺：狗剩，别说话啦，你躺一会，先歇一歇。（摸着一块麻袋给他盖上）

（狗剩昏昏地睡去）

百顺：（自言自语）狗剩真可怜，平白无故，叫人家打成这个半死！（俯身叫）狗剩！狗剩！

狗剩：（呓语）我要死啦！我……我活不成啦！哼……（动一动身子又睡熟了）

百顺：他睡着啦。也没个人照管。他一天没有吃着东西啦，怎么办呢？（寻思）好，我回家去看看，有什么吃的东西给他偷一点来，等他醒的时候好吃。对，我回家去看看。（掩上门悄悄下）

第二场

（风、雷、雨）

狗剩：（惊醒，慢慢坐起半身）我在什么地方呀？呵？我——这——这是我的家吗？呵？怎么，我什么时候回来，一点也不记得呢？（用手摸索着）对了，这是我的筐子。（摸衣服）这是——是我爹给留下的衣裳——（摸自己的脸）哼？这是什么？怎么黏黏的？（用鼻子嗅手）血？我脸上怎么来的血？（闭上眼回忆）王福明把我打伤啦。他们是想把我打死呵！哼，活阎王！王八肏的王福明！有我一口气在，我忘不了这仇恨！（挣扎着要起，又跌倒）哎呀！哎呀！我——我伤得很厉害吗？（又想起）不行，不行，我不能这样子死！我一定要站起来，我一定——（刚勉强站起又滑倒，伸手摸腿）怎么？我的腿不行啦？我的腿为什么也不听我的话了呢？（摸地）哦，这是个水洼子，（仰头看屋顶，屋顶有个大洞，雨水沿着洞口滴到脸上，用袖子抹去脸上的雨水）外头下大雨哪！这房顶从爹死后就没有修理过，不论刮风下雨，睡在这房子里就跟睡在街上一样！这哪里是房子？人家有钱人的狗窝都要比这个强百倍呀！人家阔太太们牵的洋狗，都要比我这条命值钱得多呀！（大声叫喊）这个世界太没有道理啦，太没有道理啦！（推开门想往外冲，又被一阵风雨打回来，头晕眩地要倒，哆嗦着蹲在地上，喘息了一会又挣扎着站起冲出去。风雨中混杂着他力竭声嘶的叫喊）

爸爸！妈！你们不管你们的狗剩啦？

妈妈！妈妈！——我不能这样死！我不能够饿死！我——我

不能叫人欺侮死呵！我要报仇呵！我要报仇呵！爸爸——妈妈——

（声音越走越远，最后只剩下凄厉的风雨声）

第三场

百顺：（怀里抱着一包食物，一身湿淋淋的，衣裤上沾满了泥土，看样子在路上不知跌了多少跤才跑到这里，喘吁吁的，满脸是汗水和雨水）狗剩！狗剩！（发现门开着）哎？怎这扇门开啦！（疑惑地）许是刚才我出去的时候没有扣好，叫风吹开啦？（摸索着走进屋里，触着狗剩盖的破麻袋）狗剩！（又向四周摸索，被笸子绊倒）咳！这样黑，又没有个亮！狗剩，你在哪呢？快答应啊！我给你拿吃的来了，再不答应我要生气啦！（寻思）狗剩，我是偷着出来的，妈不知道，还得快回去呢！真急人！（要哭的样子）他没有吃一点东西，伤又那么重，上哪去呢？雨下这么大，黑更半夜的上哪去呢？（站在门口发怔，这时打了一个很亮的闪，发现门外的脚印）哼，这不是他的脚印？是向外走的，他一定是出去啦。

（唱）借闪电，

我看得分明；

院子里，

印着狗剩的脚踪。

他肚子里空空，

伤势又那样重。

（喊）狗剩！（没有回答）

（唱）黑更半夜你上哪里去？

这样的道路怎能行？
狂风暴雨你该在屋里躲一躲，
受伤的身子，
更应该多保重！
莫不是——
饥肠难忍逼得你发了疯。
莫不是——
那活阎王设下毒计，
要坑害你孤儿的性命！
我越想越不放心，
我越想越是急情。
不管他狂风暴雨，
不管他是刀山是火坑，
今晚上——
我非找到狗剩不行。
今晚上——
我一定要救这孤儿的性命！

（大声喊）狗剩！狗剩快答应啊！狗剩，你上哪去啦！（自语）咳！这样大的风雨，狗剩！狗剩！（下）

第四场

（风雨仍旧很急，狗剩满脸创伤，神情十分狼狈地狂奔上）

狗剩：哦，可走到啦，这不是我爹我妈的坟？长久不来，我几乎认不出了。

（唱）人家的坟上年年添新土，

我爹妈的坟上年年长青草；
人家的坟上飘白纸，
我爹妈的坟前少人凭吊！
爹爹死得冤，
妈妈死得更凄惨！
我家少吃没有穿，
丢下孤儿没有人管！
狂风呵，你吹不净我心头的恨！
暴雨呵，你洗不净我满肚子的冤！
爹爹，你死得冤哪！
妈妈，你死得凄惨！
我叫一声爹，
我喊一声妈，
你可怜的孩儿——
双膝跪地下！
爹妈有灵，
你们该听一听孩儿心里的话。
活阎王，
他真毒辣，
千刀万剐都便宜他！
他作下的孽，
算盘子打不清；
他不顾我们全家死活，
硬逼着爹爹去当劳工；
谁知爹爹这一去，

回来就种上要命的病。

谁知爹爹刚发送，

他又逼死妈妈一条命！

（号啕痛哭，叩头不已）

我的亲爹呵！

你别怪妈妈对你不忠诚！

我的亲妈呵！

孩子想到这事就心痛！

这血海深仇一定要报！

爹妈有灵你们救一救孩子的命！

这血海深仇一定要报！

爹妈有灵你们救一救……

救一救孩子的命……

（唱毕，痛极失声，晕倒坟前。隐隐仍有哭声。风雨渐小，狗剩睡熟。少顷，鸡叫，东方渐明）

第五场

百顺：（唱上）

找不见狗剩我心发急，

像这样的天气他能到哪里？

大小街道我都找遍，

寻来找去也没有踪迹！

土地庙，

关帝庙，

破房烂屋都找到；

忙得我整夜没有停脚，

急得我整夜没有睡觉。

风里来，

雨里去，

直到鸡鸣天破晓；

看见狗剩的脚印，

向这边走来了！

（发现狗剩睡在坟前）

（白）哎呀！我的老爷爷，可找见你啦，你差一点没有把人急死！（叫）我说狗剩，狗剩！哪里不好睡，你怎么跑到这么个地方来睡觉呢？

狗剩：（倦极鼾声）……

百顺：狗剩，醒醒，看你糟蹋得这个奶奶样！

狗剩：（蒙眬地坐起）爹爹，你怎么——（睁眼看是百顺站在面前，不好意思地低下头）

百顺：（止不住也笑了）你叫什么？

狗剩：我刚才做了一个梦。

百顺：做的什么梦呵？一定是很有意思吧？

狗剩：好像夏天，天气热得很，我跟我爹在河里洗澡。

百顺：你爹什么样？他高兴吗？

狗剩：还是跟活着的时候一个样，蛮高兴的。他弄水往我脸上泼，急得我喘不上气来，我正着急的时候，不知道怎么一下就醒了。

百顺：（突然领悟）哦，是这么回事呵。那一定是你受伤过重，身上发热，睡在这样的地方，大雨浇了一整夜，怪不得你梦见你爹爹往你脸上泼水啦。你说对不对？

狗剩:对。

百顺:你怎么上这来的?

狗剩:(模糊地)我也不知道。你呢?你怎么上这来的?

百顺:别提了吧!我在大风大雨里转了一夜,天亮才找着你。

狗剩:你怎么知道我在这儿?

百顺:昨个我不是送你回家吗?

狗剩:哼。

百顺:不一会你就睡着啦。我想你一天没有吃东西,我就回家去给你偷了一点吃的送去。谁知我一回来你就不在啦。我怕坏人害你,可把我急坏啦!

(狗剩天真感激地笑了,用脚踢百顺一下,表示出无限亲爱和感谢)

百顺:你饿坏了吧?

狗剩:不大饿。

百顺:(扶他起来)走,快回家吃东西吧。

狗剩:哪来的东西?

百顺:我给你拿来的。看你这个脑袋真糊涂,我刚才告诉你,怎么一会就忘记啦?

狗剩:(打呵欠)我好像没睡醒,还想睡,你松手,叫我再歇一歇。

百顺:(松开手)哦,我告诉你个事你可跟谁也别说呵!

狗剩:什么事?

百顺:(机密地)刚才我来的时候,在村头上碰见李大叔啦。

狗剩:谁?

百顺:那个白胡子的李大叔。

狗剩:他干什么?

百顺:他说天不亮他就起来啦。他正背着一个粪筐在捡大粪,离老远地他就招呼我,他说:“百顺,百顺! 你来,我告诉你个事。”

狗剩:(注意地)哼,是不是鬼子又抓人啦?

百顺:不是。你听着,别打岔! 我看他的神气跟往常不同,我就走到他跟前去啦。

狗剩:你快说他跟你说什么不就得啦!

百顺:他说百顺。

狗剩:嗯——

百顺:他指着村东头那个山坡上说:“你可别上那边去呀!”我说:“怎么?”

狗剩:是呵,怎么啦?

百顺:他说:“那个山坡上呵,有‘大鼻子’!”

狗剩:什么“大鼻子”?

百顺:苏联兵——就是俄国大鼻子! 他又说:“这一下日本子可要倒霉啦! 快啦!”

狗剩:真的?

百顺:(郑重地)他就是跟我这样说的嘛! 这还有错? 他还说:“‘大鼻子’对穷人可好啦!”

狗剩:(愉快地站起)走,快回家去!

百顺:(扶他)走!

狗剩:不用扶,我自己能走。

(这时红红的太阳已经从东方升起,二人同唱)

狗剩、百顺:太阳出来满山红哟!

我们的心里多高兴哟!

百顺:急忙地走哟!

狗剩：慢慢地行哦！

百顺：听到这好消息哟！

狗剩：我好像去掉一身病哦！

百顺：急忙地走哟！

狗剩：慢慢地行哦！

雨过天就晴哦！

狗剩、百顺：（同唱）

心上的烦恼都除净哦！

穷汉子有了出头日哟！

毛驴子打滚一身轻哦！

（二人同下）

第三幕

时间：红军已经来到，某日黄昏。

地点：井边。

人物：王福明、百顺、狗剩。

第一场

王福明：（畏缩惊恐地上）

（白）还好，这没有人，真怪，我的心怎么跳得这么厉害？（牙齿不停地打战，用力闭一闭嘴）哼，你发抖干什么？（打自己的脸和腿）哼，叫你抖！你抖！（直起腰喘口气）哎呀！怎么我说话的声调也变啦？这——这是怎么回事？为什么我来的时候，过路的人都拿眼盯着我？是不是他们知道我要往井里放毒药？他们要是捉着我，会不会把我杀死呢？要是他们死了人……要是他们知道这毒药是我放的……不行，我——我不行，我干不了，这事，我害怕。

（这时百顺、狗剩暗上，悄悄地观察王福明的动静）

王福明：（要往回走）真糟糕！这地方——不是这地方，不不，地方就是这地方，地方就是这地方，我的意思是想说“真奇怪”！是呵，我的嘴也不听使唤啦！这不奇怪吗？你看这里没有人看见我，我也没有做什么。（百顺、狗剩机密地耳语，暗笑）对啦，我明白啦，这是我心里的鬼叫我害怕，我把心里的鬼赶掉，不就行了吗？好，就这么办，我不想它，就装作没有这回事一样，就像平时我上学一样，爱怎么走就怎么走，爱怎么唱就怎么唱，只要不露相，人家就不疑心我啦，试试看！（张嘴唱）东走走哇西逛逛，闲来没事我瞎逛荡……（停住）哎呀！唱起来也不是从前那个腔啦，我心里好像有个小东西直说：“快点吧！快点吧！”快点干什么呢！（模拟向井里投毒药姿势）干这个？

（百顺、狗剩动手要捉，又止住）

（闭目凝思，两手在裤袋里摸索）嘿？怎么不见啦？丢啦？真糟真糟！（摸出一面小镜子）咳！真糊涂，我把这东西带在身上干什么？（以镜照脸，诧异地）这是谁呀？你，就是王福明吗？不像不像，我王福明什么时候变成这样啦？这副神气多怕人哪！怪不得路上的人都拿眼盯着我。（平一平气，用手揉揉两颊，借以松弛紧张的肌肉）我从前也常照镜子，我的脸相就不是这样，为什么今天就变了呢？（装好镜子，在身上搜索别的东西）哪去啦？妈的可别弄丢了哇！哦哦，有啦有啦，在这呢！（慌张地向四外一看）管他三七二十一，趁这时候没有人。（奔到井边）对！我就这么办！

（狗剩故意咳嗽一声）

（王福明急藏起毒药）

百顺：狗剩，来，咱们坐到井边上歇歇。

狗剩：（会意地）对嘛，咱们歇歇！

百顺：福明，你一个人在这干什么呢？

王福明：呵，我？我没有干什么，真的，什么也没有干！

狗剩：（冷眼看着他）哼！

百顺：那你为什么一个人嘟嘟囔囔的？

王福明：（慌乱）我，我——我没有嘟囔啊，什么啦？我——我什么话也没有说呀！（要溜走）

狗剩：哎，别走哇！

王福明：天黑啦，我要回家去。

百顺：（拉他）天黑有什么要紧，玩玩嘛！

王福明：（挣脱）说不玩就不玩，高兴玩，你们自己玩，我是要回家啦。（踌躇下）

第二场

（狗剩坐井台上，百顺呆呆地立着）

百顺：（想了一会）不对，刚才不应该放他走。

狗剩：我也这么想，咱们应该看住他，看他要捣什么鬼——“大鼻子”才来几天，这些王八蛋都变相啦！

百顺：嘿！“大鼻子”对咱穷苦人可真不错，咱就是不懂他们的话，他们的心好，咱可懂得。

狗剩：你说你懂得“大鼻子”，我问你个事，你说说看，说对了就算你行。

百顺：你问吧！

狗剩：人家都说“大鼻子”苏联国里怎么好怎么好，他们为什么自己放着好日子不过，跑到中国来打日本子？日本子欺侮咱们中国人，可又没欺侮着他，你说说这是个什么道理？

百顺：（想了想）这个呀——这个道理——

狗剩：是呵，就是这个道理，你说说看！

百顺：（自作聪明地）你真是个蠢猪，这还不懂？

狗剩：我这个脑袋瓜就是这么蠢嘛！你不蠢你说说看！

百顺：我呀？

狗剩：呵！我说的就是你呀！

百顺：我怎么着？还不是葫芦对瓢一个样的玩意？

狗剩：（笑）哈哈，考住了吧？

百顺：（狡赖地）什么考住啦？人家“大鼻子”心好！“心好”，你懂吗？

狗剩：这我懂得，我问你他为什么来打日本子？

百顺：（想了想）这个——这是国家的大事，咱怎么知道？我想呵，许是这么回事……

狗剩：不管怎么回事，你快说吧！

百顺：兔子快，你这个王八又跟不上！

狗剩：肏你妈的！（踢他一脚）说正经的！

百顺：（似笑非笑地）嘿！（提一提裤腰）他是看着咱中国人受日本子的欺侮，气不过，他来“打抱不平”。

狗剩：对，我也这么想，“打抱不平”这话真一点不差！

百顺：人家“大鼻子”武器好，力气大，一来就把小日本吓跑啦。

狗剩：（突然地）百顺百顺，你看，王福明又回来啦，咱俩快躲开，看他到底要干什么，他要是做坏事，咱就抓住报报仇！

百顺：对，抽空咱也报报仇，发泄发泄这肚子洋气！

狗剩：千万可别叫他跑了哇！过了这个村就再没有这个店啦！

百顺：（急）对对对，快走吧，他来啦！

（二人急下，王福明踉跄上）

第三场

王福明：不行，我怎么能回家去呢？出来的时候，我爹不是说：“办不到你就别回来见我，回来我也是拿刀子宰了你！”是的，我记得清清楚楚，他是这么说的……他为什么叫我干这种事呢？为什么要拿毒药把人家毒死呢？（恐怖地回忆）“办不到你就别回来见我，回来我也是拿刀子宰了你！”这叫什么话？哪一个父亲对他的儿子说过这种话？哪一个父亲不爱自己的儿子呵……人家说“虎毒不吃子”，难道说我这父亲？他！他比老虎还毒？也怪不得人家管他叫活阎王，今天我才知道这阎王的厉害！他还吓唬我，不叫我告诉妈知道，这是一种什么人哪！要是我把这毒药放到井里去，这一条街上的住户都吃这井里的水，那得毒死多少人？（哭）妈妈疼我！妈妈救我吧！（忽然转念头）要不——我逃跑？对，我就逃跑。（迈步要走又停住）逃到哪去呢？逃到亲戚家，人家还不是把我送回来？除开亲戚家，我再没有别的地方好去，叫我像百顺、狗剩一样讨饭去？这街上我是不能待，又叫我上哪去讨呢？谁肯给我呢？走的时候连我妈妈也不告诉一声——这不行，我不能跑，要是我今天一跑，明天天一亮，我就完全是另外一个人啦，我就什么都没有啦！没有饭吃，没有房子住，连我的妈妈也看不见啦——（抬头四顾）天这么黑，黑得看不见个人影，这里没有一个人，这个井又离我这么近，我要是——（摸袋里的毒药）有啦有啦，我要是把这毒药往井里一放，立刻就走开，头也不回地走开，谁能知道呢？反正不放是死，放也是死，自己活命要紧。（决然地向井边走去，打开药包伸手向井）

第四场

（狗剩、百顺提着筐子狂奔上）

狗剩：王福明，你干什么？

（王福明顾不得说话，撒腿就跑）

百顺：福明！你站住！

（王福明头也不回地只顾逃命）

百顺：（一筐子打在他身上）狗肏的你跑！

狗剩：（跑过去截住去路）你站不站住？他妈的你小子从前那么神气，今天怎么变啦？怂啦，怎么没有骨头啦？

王福明：（跪地磕头）哎呀，饶命吧，饶命吧！快放我走吧！

狗剩：放你走？你认得我吧？

王福明：（磕头如捣蒜）认得认得，你是狗剩，他叫百顺！

百顺：哼，认得就好，我还以为狗眼不认人呢！

狗剩：（指着自己脸上的伤痕，刚结成疤还未痊愈）你也认得这个吧？这是谁打的？我×你娘啦！你打我这么狠！（顺手就是几个耳光）

百顺：打打！往狠里揍！

王福明：可怜可怜我，那天我错啦，不该叫人打你，你要恨我，就打我几下，怎么打都行呵！怎么打都行！行呵！怎么打都行！

狗剩：（又踢他一脚）他妈癞皮狗！

王福明：呵呵！打，你打吧！只要别带我上政府去就行，我求求你们，放了我吧！（又磕头）

狗剩：你说得正对，我就是要带你上政府去！

王福明：（大惊）那那我就没有命啦！

百顺：闭嘴！

王福明：我闭嘴闭嘴！

百顺：你刚才要往井里放什么？

王福明：我——我我什么也没有放——（这时才想起手里的毒药，急忙往衣袋里塞）

狗剩：你手里拿的什么？拿来！

王福明：（慌乱地）这这这——这是擦屁股纸，什么也不是。

狗剩：（劈手夺过来）拿来我看。（捧到脸前细看）——是一包细末末。

百顺：那是毒药！

狗剩：对啦，是毒药！

王福明：（狡猾地）不是毒药，我知道……

狗剩：不是毒药，你说是什么？

王福明：我也不知道是包什么东西，反正我是拿来擦屁股用的，上边沾了一些细末末。

狗剩：告诉你说，你刚才一个人在这里说的那些话，我们全听见啦，小子，别装糊涂，你心里比我们明白，走吧！

王福明：上哪去？

百顺：一会你就明白啦！

狗剩：汉奸！活阎王的儿子！你想把我们都毒死呵！没有那回事！

狗剩、百顺：（合唱）

红军打来，
日本完蛋！
亡国奴的日子，
已经过完！
从今后，
见了青天！
东北的人民，
把身翻！
老百姓，
捉汉奸，
开大会，
斗争这王八蛋！
大家的事，
大家来干，
捉住了坏人，
交政府去办！
有仇的报仇，
有冤的申冤，
把汉奸特务捉干净，
老百姓才能过太平年！

第四幕

时间：距第三幕十余天，秋末的下午，刚开完控诉复仇大会。

地点：一个僻静的墙角下。

人物：狗剩、百顺、王福明及其母。

第一场

（狗剩手拿着一面小纸旗，旗上写着"控诉活阎王，有仇的报仇，有冤的申冤"，脸上流露着十分严肃兴奋的表情，平日的可怜相，今天全不见了，只有一年四季从不更换的那件破烂衣裳还标示他是个没有父母的乞儿，要单看脸上的表情，简直像一个庄严的小法官，刚审完一个叛国案回来的样子）

（百顺拿着一个三尺多长的柳枝，一面走，一面用柳枝在地上乱画，有时又像泄愤似的用力在地上抽打着，脸上有深思的表情）

（两人一面走，一面争论着大会上的情形）

狗剩：打夜里，我就想，活阎王作了那么多孽，不枪毙他行吗？我早就想好啦，照我的意思呀，拿刀子一刀一刀地割了他，把他剁成肉馅！我就是这个主意！

百顺：（意味深长地笑）嘿嘿！看刚才那个神①，我想起就好笑，怎么杀气腾腾的活阎王也怂了呢？他妈到底还是怂骨头！

狗剩：从前我光知道，我爹妈是他害死的，你爹也常叫他抓经济犯。还有咱街上的，有些人受他的害，在开大会以前，谁也没想到，

① 读"神儿"，是指神气而言。

连他自己的老婆——福明他妈，也是霸占来的！福明还是个带肚崽哪！

百顺：真想不到！这家伙造的孽太大啦！这事要不是福明他妈在大会上说出来，别人做梦也想不到！

狗剩：别说我们不知道，他妈没有说的时候，你问福明他知道吗？原来福明的亲爹也是叫活阎王毒害死的……

百顺：是吗？

狗剩：嘿！你没有听见福明说呀？

百顺：我光看他妈说话的时候，台下的人们都擦眼泪，那会我心里才不是滋味呢，眼泪差一点没掉下来！

狗剩：这个会开得太好啦，说真格的，说真格的，我长这样大，从没有像今天这么痛快过！今天，我算把心里的话都说出来啦。哎，百顺，你说怪不怪，我从前就怕在人多的地方说话，人一多，我就说不出话来。今天不是怎么啦，我一点不怕，要说什么就说什么，台下的人们一喊"枪毙汉奸活阎王"，我说得更起劲！

百顺：（高兴地用肩膀撞他）哎，你注意啦没有？

狗剩：什么？

百顺：人们一喊"枪毙活阎王"，我就留神看他，他的脸唰一家伙就白啦，登时就没有人色啦。

狗剩：咱们到那个墙根去坐会，那背风。

（百顺不出声地跟着他走）

狗剩：福明在台上控诉他父亲的时候，我就注意看他的脸盘一点不像活阎王。

百顺：他们是外来户，从前谁摸得清这些底细。（看见狗剩呆呆地出神）狗剩，你想什么？

狗剩:咱们说“枪毙活阎王”,就把活阎王的脑袋打个窟窿,躺在地上完蛋啦!咱们这个权可大啦,是不是?

百顺:嘿!你没有听见区长说“民主政府,就是咱们老百姓的政府,办的事,都是为老百姓好的”?

狗剩:那——那咱们怎么办?

百顺:咱们?先把捡破烂的筐子扔了,饭也不讨啦,咱们改行啦!

狗剩:我的筐子不扔,你扔吧!

百顺:为什么?你还想讨饭哪?捡破烂还没有捡够吗?你忘记啦?区长说:“活阎王的家产,除留一小部分给他们母子二人做生活费,其余大部分散给被难的家属。”你忘记啦?

狗剩:那——那——咱们怎么办?

百顺:什么怎么办?咱们以后就好过啦!咱们报了仇,也翻了身!

狗剩:这我知道,我是说,民主政府既是咱们的政府,咱们会给政府做什么事呢?咱们武没有武才,文没有文才,这怎么行?

百顺:这有办法!

狗剩:什么办法?快说!

百顺:慢慢着想,自会有办法!

狗剩:看你真会说!说了半天你也是没有办法。

百顺:照你说怎么办?

狗剩:照我说呀,咱得学点本事才行!

百顺:这话对!

狗剩:从今天以后,咱们有钱啦,也有房子啦,不是吗?

百顺:这些我都知道,不用你说——

狗剩:有钱咱不能尽坐着吃呀,坐吃山空,那不行,咱得想个买卖做!

百顺:对对,刚才我也这么想啦,可是咱不会算账,不会写条条,咱也不认得钱票，这怎么行呢？

狗剩：行行，我又有办法啦！

百顺：别吹牛，你那点本事我全知道。

狗剩：你听不听？你不听我就不说啦！

百顺：听听，你说吧！

狗剩：做买卖。

百顺：对对！

狗剩：要内行。

百顺：对对！

狗剩：不会算账要上当！

百顺：不错！

狗剩：把钱送到合作社。

百顺：那干什么？

狗剩：合作社的同志比你我强。

百顺：这还用你说！

狗剩：他们做买卖顶内行！

百顺：呵哈！

狗剩：咱们把钱入了股，逢年过节等着劈账！

百顺：嘿嘿！这倒好呵！

狗剩、百顺：（合唱）

卖杂货，卖杂粮，

油盐酱醋装得满缸。

开粉房，豆腐房，

带养小猪一大帮！

豆腐出得白又嫩，

粉条拉得这么长！

用什么，有什么，

吃什么，什么香，

烧鸡、烧鸭、肘子、火腿还有腊肠！

合作社的买卖真兴旺，

从早到晚人来往，

你买这，我买那，

这个包货，

那个算账，

黑下白日不停地忙！

百顺：（笑得闭不上嘴）哎呀狗剩，你说的这些，好是好哇，都是咱们自己过好日子的事，咱还得想个办法，不叫反动派来才行，反动派一来，咱们就是有好日子，不是也过不成了吗？

狗剩：反动派来，那怎么行？他来咱就揍他，鸡蛋没有爪不会走，咱叫他滚出去！

百顺：你说得倒好，就凭咱们俩小孩子，叫他滚他就滚啦？我看反动派没有那么听话！

狗剩：（固执地）不滚也得滚！人民翻过身的地方，就是不许反动派来！

百顺：咳！狗剩，我想起来啦。

狗剩：你又想起什么来啦？

百顺：区长不是说吗，毛主席告诉我们的好办法："大家组织起来，武装起来。"只要大家有了组织，都武装起来，谁来也不怕！

狗剩：区长真这么说啦？

百顺：看，谁还骗你？

狗剩:怎么我没有听见?

百顺:谁知道你为什么没有听见。告诉你,以后开会,都要用心听首长说话,那些话都是对咱们穷人有好处的!

狗剩:好吧!咱就组织起来,把这个意思都告诉那些孩子们去,咱们穷孩子要有个组织,都拿起枪来,保护咱们的政府。反正蒋介石坏蛋反动派来就不行。

百顺:(看见王福明和他母亲远远走来)狗剩,你看,不是福明和他妈上这边来啦。

狗剩:咱们走吧!

百顺:走什么,他来他的,你怕他吗?

狗剩:我不是怕他,我就是不愿意——不,也不是不愿意,说不出为什么,就是不愿意碰见她们!

第二场

百顺:你觉着他太坏是不是?

狗剩:从前是那样,刚才大会上听了福明说的话,知道他不是活阎王的亲儿子,他也跟我们一样控告他父亲,觉着他跟咱俩差不多,他的命也是蛮苦的。

百顺:他妈妈更可怜!自己的丈夫叫活阎王给害死了,自己的身体又……

(王福明及其母同上,母亲的穿着虽然比一般妇女讲究,但今天的神气却同她的服装有些不相称。单就衣服来看,她似乎是过着舒服生活的一位中上家庭的太太,但脸上紧张的神气和她此刻走路的样子,完全是一个被蹂躏、被摧残的女性,似乎把积压在心头多年的怒火,一时都要不能克制地爆发出来,她的眼神充满了复仇的火焰

和勇敢）

（王福明一看见狗剩和百顺在这，就不自然地向他妈身后躲藏，往日的嚣张神气，今天完全没有了，相反地却表现出懦弱和可怜，只有身上的衣裳还是从前那一套，却不像从前那样整齐。狗剩看见他俩走近，用手拉了百顺一把，他们都低下头装作没有看见）

王母：狗剩，你在这干吗？

狗剩：（不好意思）王大妈！

王母：（命令福明）福明，去，你去给狗剩赔个不是，说你从前错啦！

（王福明抬了抬头，没动）

王母：去呀！

（王福明仍不动，只用眼睛看着狗剩）

王母：咳！这孩子，你怎么变成哑巴啦？

王福明：他不理我！

王母：他理你，去吧！

（狗剩看看福明又低下头，手指不住地钻衣服上的窟窿，一条一条地撕着衣服上的破线头）

王母：说话吧，你们俩都是好孩子！

王福明：狗剩，你理我吗？

狗剩：福明……

（百顺蹲在一旁细眯着眼，望着他们）

百顺：（打趣地）看你们两个人，羞羞答答的，都变成新娘子啦！

王母：（这时才发觉百顺在场）哎呀！百顺你也在这？

百顺：王大妈，你说我说得对不对？

王母：你说得对，把十几年的冤仇算清了，把那老混账做的丑事揭穿以后，孩子们的天良也发现啦，眼睛也亮啦！

王福明：我从前尽做坏事，我知道你心里恨我！

狗剩：从前我恨你，我以为你跟你爸爸一样坏，尽欺侮人，不讲理，今天我不恨你啦！

王母：（诧异地）为什么今天不恨啦？

狗剩：嗯——因为——今天我才知道他也是个受人家欺负的人，他的命比我更苦！

王母：（感动得流泪）好孩子！你说得对，咱们都是受人家欺负的人！十多年的工夫，我的嘴都不敢说出我心里的仇恨！人家看我像个阔太太，我自己也像个太太一样伺候着我的仇人，我把这深仇大恨隐藏得严严的，连福明也不敢叫他知道一点。我是多下贱、多可怜哪！我的心比黄连还苦，我过的日子——哎！尽对孩子们说这些干什么！（忍着痛苦擦干眼泪）福明，快跟狗剩认个错吧！

王福明：（流着泪）狗剩，我错啦！我——我给你认错！（哭不成声）

百顺：这些事，都已经过去啦，就说多少年的仇吧，今天也报啦！苦日子呢，也都过完啦，依我说呀，我们都应该高高兴兴的，你说是吗，王大妈？今天是我们的大喜日！看你们倒哭成这个样子！

王母：对呀！今天是咱们的大喜日，要高高兴兴的。（破涕为笑，一面笑着，一面用手擦流下的眼泪）哎呀！这没有出息的眼泪像决了堤的河水，我也搞不清是高兴呵，还是难过呢！就像是心里有很多东西，一下子都要涌出来！走吧，孩子们，都跟我来！

百顺：王大妈，你说有一大堆东西都要涌出来，那是什么东西呀？

王母：苦的、辣的、酸的、甜的，什么都有哇！有仇恨，有爱情，有十几年的苦水，有翻身报仇的高兴！

（唱）民主政府真是青天！

合：（唱）受苦的百姓把身翻！

王母：（唱）从此不再受冤枉气，

合：（唱）仇报仇来冤报冤。

王母：（唱）抓特务，

合：（唱）枪毙汉奸，把捣乱的坏蛋都收拾完。

王母：（唱）迈一步，我心欢喜。

合：（唱）迈两步，我们心喜欢。

王母：（唱）阳关大道多平坦，

合：（唱）民主的天地快乐像神仙！

王母：（唱）我在前边走哇，

合：（唱）我们在后边赶！

王母：（唱）民主联军解放了咱，

合：（唱）民主政府领导着人民把身翻！

王母：（唱）这救命的恩情深似海，

合：（唱）感激的话儿说也说不完！

王母：（唱）说不完，怎么办？

合：（唱）回家杀鸡、杀猪、杀牛、杀羊，咱谢恩典！

王母：（唱）谢恩典还不算完，

合：（唱）觉悟的儿童要处处做模范！

王母：（唱）我问你模范要怎样做法？

合：（唱）拥军拥政处处我当先！

王母：（唱）我问你反动派打来怎么办？

合：（唱）大家武装起来和他干！

王母：（白）好孩子！

（唱）我问你长大成人做什么事？

合：（唱）要使人民有吃有穿，

和平民主过太平年！

王母：（乐不可抑）

（白）哎呀！好大的口气！孩子们，快走吧！咱们只顾说啦，笑啦，把回家都忘啦！

（锣鼓急奏，一阵兴奋的循环舞终场）

（全剧完）

选自《东北文化》，1946 年第 1 卷第 2、3 期

◇谭　亿

赵福年生产

一天之计在于晨，
一年之计在于春，
春耕节气在眼前，
男女老幼齐动员。
一场雨来一度暖，
解放区军民大生产，
生产的人儿一窝蜂，
搭犋换工闹喧天，
生产的英雄不落后，
一心争取当模范。
翻身屯有个翻身汉，
名字叫作赵福年，
福年一家整四口，
老婆过日子会打算。

今日积来明日攒，
积下钱来买针线，
自家的裤褂都做完，
再包揽些军衣来家剪，
手头快来手头巧，
一件一件做得欢。
赚来的本钱买用具，
变本加利再生产。
福年的孩子年虽少，
跟着爹爹啥都干，
有其父来有其子，
爹去下力儿勤俭，
拾粪砍柴刨草根，
跑跑颠颠不偷懒。
福年的老妈真结实，
今年已经六十三，
别人都动手她红眼，
喂猪喂鸡不时闲。
一家生产咱不提，
咱再说说赵福年。
福年本是个扛活的，
往年的日子真艰难，
艰难的日子不必说，
眼泪哭干也说不完，
自从上年天下变，

穷人这才把身翻，
分猪分羊又分粮，
分到草房两三间，
农具分来一大堆，
又分得土地两垧半。
困龙得云鱼得水，
领下地照好喜欢。
一元复始阳气转，
雪融天暖到春耕，
先把地土翻了一翻，
再送上黑粪几大摊。
种子全都预备好，
谷雨节一到就动弹。
犁杖农具忙准备，
修理了锄头再修理锨，
家里有辆破车没有马，
老李家有马没车也干瞪眼，
咱们搭犋换工合伙干，
等到秋后再计算。
力换力来心对心，
咱们穷汉本是一家人。
种地并没啥难处，
单靠咱泼力下苦干。
打铁不红多加火，
马儿不走勤加鞭。

要想庄稼长得好，
经心在意多□它几遍。
福年本是庄稼汉，
对种地的门道有经验。
从前净是给人家当牛马，
今年种的是自己的田，
用自己的手来种自己的田，
就是累死也不冤。
刘三见了赵福年，
说声福年你可真玄，
两脚跑得不沾地，
为啥这样没命地干。
福年一听咧开大嘴笑，
随后指着刘三翻白眼。
老头常叹年少不努力，
白发苍苍后悔晚。
我今天出的是血汗的力，
赶到秋天你再看看。
十人看了十人羡，
我的庄稼金不换，
一分劲头一分货，
到那个时候你别眼馋。
结出的豆粒赛猫眼，
长出的土豆赛饭碗。
谷子开花赛金星，

火红的高粱穗儿紫盈盈，
密压压的秆叶绿澄澄，
好像青纱帐上挂着无数红灯笼。
如今多流一点汗，
赶到秋后保仓满。
不出租谷不出荷，
吃得饱来穿得暖，
加劲加油快加油，
一得粮食二露脸，
老婆孩子齐动手，
全家争取做模范。
刘三一听红了眼，
叫声福年你看得远，
口里称赞心盘算，
咱也加油把他赶。
生龙活虎抢在先，
能人堆里有能人。
火上加油雪上霜，
一个倒比一个尖，
犁、耙、锄、铲，响遍天，
生产工作要抢先。
看看人家看看咱，
咱们再看看赵福年。

一九四七年二月二十七日于鲁艺

选自《东北日报》，1947 年 3 月 23 日

◇翟　光

拥爱模范孙万富

人物：战士甲、乙。

开场：（战士甲、乙上，合唱一曲拥爱模范歌，同三大纪律八项注意调）

诸位同志个个要记牢，
拥政爱民一定要做到。
军民关系要搞好，
一时一刻不要忘记了。
第一大家要认清，
坚决执行政府法令。
对工作人员要尊重，
和军队首长一般同。
第二爱护老百姓，
帮助群众生产和劳动。
年老的好比父和母，

年少的好比弟和兄。

第三团结铁路员工，

遵守路章不乱行。

爱护人民的铁路线，

保证火车能够畅通。

第四对友军要尊重，

团结友爱好作风。

对待伤病员照顾好，

拥爱模范人人赞成。

甲：（白）咱们排长孙万富在哈尔滨开英模大会，当选了护路军的特等拥爱模范，听我把他的模范事迹慢慢地唱来。

（唱）

甲：提起排长真呀真是行，

乙：拥政爱民立了功。

甲：当地民众都拥护，

乙：拥爱模范第一名。

甲：拥爱模范孙呀孙万富，

乙：帮助群众拥护政府。

甲：他给穷人来撑腰，

乙：帮助农民斗争地主。

甲：狗腿子王连生和呀赖村长，

乙：都与地主是一帮。

甲：肇东的地主怕斗争，

乙：逃到他家来躲藏。

甲：孙排长知道了这件事情，

乙：马上给区政府写报告。

甲：王连生把地主偷着放跑，

乙：孙排长又去信把他抓住了。

乙：（白）肇东逃来的那个大地主，藏在王连生家里，肇东农会曾找过两次没有找到，后来咱们排长知道了，才给区政府去信把他抓住了。

（唱）

甲：砍挖运动斗争王连生，

乙：地主狗腿子有威风。

甲：许多群众不敢斗，

乙：孙排长动员才成功。

甲：大家追问王呀王连生，

乙：放跑地主为何情。

甲：地主的财宝放在哪里，

乙：今天要你说分明。

甲：狗腿子王连生诡计多端，

乙：他把坏事往好人身上安。

甲：他说是老窠头拿去了，

乙：气得老窠头要寻短见。

甲：（白）当大家追问他地主的财宝藏在哪里时，他往老实的农民身上推，说是老窠头拿去了，气得老头老是哭，想要上吊。

乙：那怎么办哪！

（唱）

甲：孙排长知道了这个事件，

乙：马上给老头去解劝。

甲：同时动员全体群众，

乙：挖出财宝很多件。

甲：（白）这次斗争王连生要不是咱排长给打气撑腰，老百姓还害怕不敢斗呢！

乙：（白）咱们排长还帮助村里扩过兵哩！你听我给你说说：（接唱）孙排长办法多能力强，

甲：帮助村干部出主张。

乙：村里有了困难事，

甲：就找排长去商量。

乙：有一次村里要扩兵，

甲：扩了几天没人报名。

乙：马上找到孙排长，

甲：这个任务就完成。

乙：孙排长真是办法多，

甲：他叫男女都集合。

乙：先把那战争形势讲明白，

甲：再把扩兵的道理说。

乙：他先问男的男的说，

甲：当兵为的保国家。

乙：我们都愿意上前线，

甲：就是老婆拖尾巴。

乙：又问女的女的说，

甲：我们决不拖尾巴。

乙：只要是他们愿意去，

甲：我们心里更快乐。

乙：就这样开了个群众大会，

甲：当场报名的八九个。

乙：不但是完成了扩兵任务，

甲：超过了数目一半多。

甲：（白）我还见排长帮助老吴家割过麦子哩。（接唱）

何家屯老吴家把身翻，

乙：分了麦田两垧半。

甲：麦子熟了要收割，

乙：老吴病在炕上不能动弹。

甲：拿出来两万五千元，

乙：雇人收割雇不见。

甲：眼看着麦子无人管，

乙：孙排长帮他给割完。

乙：去年冬天天呀天气冷，

甲：有个老婆冻倒路上不能动。

乙：无人照管快冻死，

甲：孙排长背她回家中。

乙：（白）去年冬天真是冷，把一个老太太冻坏了，倒在路上不能动，也没有问，眼看快冻死了，孙排长把她背回去才暖过来。

（唱）

甲：排长帮助穷人把身翻，

乙：全村民众都喜欢。

甲：拿着东西来送礼，

乙：排长拒绝又退还。

合：孙排长的功绩说也说不完，

为人民服务意志坚。

选自《东北日报》，1948年3月1日

◇黎　阳

阵　地

人物:康连长——某团八连连长,山东人,二十三岁,瘦瘦的身材,中等个子,显得十分精干,他的皮带上经常挂着一个“三连”子弹盒,对战士非常和气,无论在任何紧张情况下,都能给下面解决问题。在四下江南后,得了奖章,是全师模范指挥员。

徐指导员——二十二岁,山东人,他们是老同事了,互相的关系搞得很好,工作都是帮着干,事情总是互相讨论。身材与连长差不多,就是说话慢一些。

陈恩福——二十三岁,“八·一五”后参军的,在战斗中记过功,因家里的事,这次行军情绪低落,后来又在战斗中立了大功。

刘万福——三班长,二十三岁,机枪手,是师战斗英雄,得了全师奖章。

王立桂——二十二岁,机枪手。

杨友林——二十岁，翻身参军的战士，就是有股青年人的冲劲，打仗勇敢。

李友——十七岁，是全连最小的战士。

邢双彬——十八岁，急性子人。

排长——一、二、三排排长。

通信员——营部通信员一人。连部通信员二人。

战士——十余人（冲锋时多点更好）。

敌连长——三十岁，南方口音，狼狈，畏缩。

敌班长——胆小，怕死，几天没吃饭啦。

敌士兵——四五人，像老鼠样地怕见人。

时间：一九四七年，人民解放战争第二年的秋冬攻势中。

地点：第一场——离战场七八里地的老乡院外。

第二场——攻坚战斗的阵地中。

第三场——新攻克的天主教堂阵地——大门边。

第一场

时间是在午后两点，虽说有风还显得热，事情发生在离战场七八里的村子里。幕启时还可以听到一阵炮声。

右边有一个大木栅门，门左边土墙已经倒了一半，右边的土墙还很完整，这上面长了几棵青草，正面一溜高粱秆和柳树条子的篱笆。左面有一个歪脖子树，树根前三五个石头，人们就在这里休息。

篱笆跟前堆有一堆杂草，篱笆上面晒有几件衣服（军衣），幕启时一个通信员在里面晒，口里还哼着小曲，片刻晒完，拿着铜盆从木栅门下。

（陈恩福很不高兴地抽着烟上，杨友林在后边叫）

杨:(杨友林以下简称杨)陈恩福,你上哪去,咱一道走。

陈:(陈恩福以下简称陈)哪疙瘩也不去,溜溜呗!

杨:哪疙瘩也不去?

陈:哼!不乐意,闷得慌!

杨:咱们班里谁又给你打仗啦?(陈不理)一定是打仗了!

陈:说好听点,咱陈恩福从四下江南以来,就再没有跟谁打个仗,你这样说可不行啦!

杨:那你为啥不说?是咋啦?

陈:咋不咋,与你无关,你有事忙吧,别误了你事。再说,咱的事你管不了,你又不是班长。

杨:老陈,你这句话就说远了,咱们一班的同志,在一个炕上睡觉,一个锅里吃饭,有啥意见为啥不给咱说呢!老陈咱是说老实话,在这个村子已经住了两天了,你想,哪回打仗,在一个地方住上两天的?今晚上就有新的任务。

陈:任务咋啦?打仗就打呗!反正咱就是这样子。

杨:老陈,你这种想法不对,你就忘了你三下江南的时候了,缴了枪,抓了俘虏,记了功?这次就为啥松劲?走吧!别气了,咱们找指导员去。

陈:不去,就是不乐意去呗!

杨:走,走!有啥事同指导员说说,就解决了嘛!(欲下)

陈:唉!老杨!

杨:什么?说吧!(走在半道回过身来)

陈:你说,我请假,中不中?

杨:那不行。你想,咱们队伍都到了离战场七八里了,马上就有命令下来,哪能让一个同志平白无故地不上去打呢?

陈：我有事呀！难道上级不准啦？

杨：再有事，也没有打仗重要呵！实在重要的事，打完了仗，回来再说不一样吗？

陈：给你说不通。

杨：咱这话是道！不信咱们找指导员评评看。（推陈）

陈：别别，你不同意咱的意见就拉倒。（在石头上坐下）

杨：不去？我要走了。说不定班里还有事情。陈恩福，马上要打仗了，把思想打开点。

陈：啥叫思想开点，我就是这样。

杨：（边推边劝让陈下）回去吧！时候不早了，把你的武器检查一下，该擦的赶快擦。

陈：（低着个头，在杨劝得无法时，只有慢吞吞地下场）

（杨友林正说，回身往连部的大栅门去，走在篱笆前就遇了连长从门里出来）

连：（康连长以下简称连）杨友林，上哪儿去呀？

杨：（对连敬礼）到连部找指导员。

连：指导员不在家，有事吗？

杨：找指导员写个立功计划。

连：指导员在三排开会，半个钟头后可能回来，（走在树下）你坐下我问你一件事情。

（杨友林、连长在大树下的石头上坐下）

杨：指导员回来，要从这里过吗？

连：嗯，要经过这里，（卷烟抽）你们班上陈恩福这两天好一点吗？

杨：还是那个样子，开完了班务会，他一个人不高兴就溜出来，才刚还在这里，我跟他谈了好一阵，他总是个不听，他老想着要请假，他心里想的啥咋也不知道。

连:唔！你们班的武器都检查了吗?

杨:都检查好了,就是陈恩福的枪没有擦。

连:你找他来,我跟他谈谈。

杨:是！(敬礼下)

(连长看了看记事本,又在上面写了几笔,又卷着旱烟,将□起来。陈恩福上,除枪外,是全副武装)

陈:(敬礼!)

连:来！陈恩福同志,坐吧！你咋打完第一仗后就不高兴啦?是啥心事?给我谈谈。

陈:(冷冷的语气,手扶着刺刀柄,背对连长)我也不知是为了啥,就是不高兴呗!

连:(给了一支卷烟叫陈抽)不会的,哪里有一个人会突然地不高兴呢?一定是有事情,(看陈的神气)是不是给同志们闹别扭啦?

陈:没有,班里同志对我都很好。

连:那又为了啥呢?是不是对连部有意见,不敢说?这可以提嘛!提了之后,咱们领导上改了就好了嘛。

陈:(以为连长误会了自己的心事,就转过身来,以一种希望的神色对连长)对连部没有意见,我就是想请假回家去。

连:(耐心地)那怎么行呢?打仗是复仇,是为穷人做事嘛！咱们当兵,咱们革命,咱们拿上枪还不打仗?同时在打仗的时候不上战场,那怎么对得起老百姓呢?知道吗?

陈:知道！我自己也是穷人,打仗也是为自己。我家里……就是想回家看看,只看一眼我就来。

连:你的家不是在吉林吗?哪里还回得去?你怎这样糊涂呀！你

看，咱们打得多快呀！再打几个仗不就到吉林啦？那时回家也不晚啦！现在的吉林是敌人蒋介石占住的，你回去不是送死呀！给蒋介石抓去当壮丁，打老百姓，那不是违背老百姓啦？

陈：我不是去当国民党，是看看我的家嘛！！

连：唉！陈恩福，我又说你了，你在诉苦大会上是咋说的呀？你是穷家出身的孩子，给人放过羊，也饿过饭，你爹叫"小鼻子"抓劳工，你妈生你的时候，家里都没有米，这些事你都忘了？！

陈：（难过地哭了起来，低着头擦去眼泪）没有。

连：（站起来，以一种和蔼的态度，把陈也扶起来）陈恩福同志，别难过了，有什么事说了不就好了吗？！光是你难过，我就不难过啦？咱们革命同志，在工作上我是你的上级，在生活上咱们是像亲兄弟，你有啥话不能给我说呢？

陈：（手总是擦着眼泪，背对连长）连长！我……

连：说吧！陈恩福同志，不要把事闷在肚子里，这样下去是不好的，说吧！

（营通信员上）

营通：报告。

连：（还礼，接下地图，在通知上签了字，营通下）在这住了两天了，马上就有战斗情况，你这样，我们怎么接受任务呢？

（连通信员上）

连通：连长，副连长找你，说有事情。

连：你给副连长说，我马上就来。（连通下）我们连里，都在做战斗准备，你这样叫大家都不安心。（陈不语）

（从大门柱里，路过几个同志，又笑又闹的）

连：你看同志们情绪多高，你是为什么呢？

杨:说不说?找到指导员就办了。(同小李友边走边吵)

连:有什么事情找指导员?

杨、友:写立功计划条件。

连:指导员没有回来,等会来吧!

友:(刚走到篱笆边就看到后面)那不是指导员回来啦。

杨:我先写呀!

友:不。

指:(指导员以下简称指)找我有事吗?

友:嗯哪,找你写立功计划呢!

指:好吧!就在这儿写。

连:老徐,三排会开完了吗?

指:开完了。(把盒子枪平放在膝盖上,取出钢笔)你们说吧!都要写啥呀?

友:指导员……

杨:(抢说)我先写。

友:你不是答应让我先写吗?

指:先写后写,都是一样地写嘛!

友:对,那我先说。从诉苦后,我看清了敌人,要为阶级父母兄弟报仇,决心打倒蒋介石,不怕牺牲流血,宁死不缴枪,有我在就有枪在。

杨:我是个受苦的人,翻身来革命,这次战斗中决不孬种,完成我的爆炸任务,没有三心二意,对不起毛主席,还有就是我的……

指:我知道了,你这种事情,我已经告诉教导员了。

杨:指导员,你看着办吧!

指:你放心吧!一定不给你失望。

杨:那我们就回去了?

指:好,你们回去收拾一下武器,接受任务吧。

(友、杨敬礼下)

连:杨友林的什么事呀?

指:上次我不是给你说过吗?关于他入党的事情。

连:杨友林这个同志的党籍,也应该给上级提提。在其塔木、昌隆堡冬季攻势当中,都是表现得特别好。

指:是嘛!他的入党请求书已送到党委会去了,一两天就可以批准下来,(卷烟,回头看到陈)那是谁呀?

连:陈恩福同志来找你,等了好一时了。

指:陈恩福,噫!怎么哭了?别难过,有啥事好说嘛!

陈:指导员……我对不起上级!

指:说到哪儿去了,别闷在心里,有啥话就大胆地说嘛!不要想得太多了!

陈:就是要求上级准我请假回家一次。

指:唉!你怎么这样想呢?!那是多不光荣的思想,你看我们连上哪个同志不在忙着写立功计划和挑战书?都要在这次战场里显显本领呢!你是记了功的同志,怎么不争取立大功呢?!

连:我已经给你谈了很多事,不应该再这样想了!

指:连长也同你谈了,你应该懂得这道理才对,你咋就忘了出发时给我说的话啦?要把你在灵前宣誓的白花,变成红花,你要不参加战斗,那红花哪儿来呢?!

陈:指导员,我不是把吐出去的口沫舔回来,实在是家里的事叫我窝火。

指:这是怎么回事?

陈:连长,指导员,我参加革命都两年多,哪次打仗我装个孬种?也没有这种错误的想法,这回不一样嘛!

指:这次为啥就不一样呢?

连:为啥自己的事就想不通呢?

陈:还是请上级准许我回家一次吧!我保证:这绝不是不想打仗,也绝不是想开小差不来了!

连:咱们是革命的队伍,是穷人自己的军队,你也是个穷人,你给别人放羊的时候,没有衣裳穿,挨冷受饿,这些事你都想啦?

指:是呀!你爷爷是交不起租子,叫地主逼死的,你把仇人都忘啦?

通:(背着枪上)报告,八连连长,团部请你开会。快呀!

连:你去吧!我马上就来!

通:敬礼!(下)

连:老徐呀!我开会去了,你通知各排把弹药都整顿一下,看缺多少,赶快领去。这是营部送来的一份地图。

指:行,有事情咱们回头商量吧!

连:陈恩福同志,好好想想,你宣了誓,你不是把白花都保存来了吗?为啥在打仗的时候就没有勇气了呢?同志,这是复仇立功的日子,不要错过这机会,你心里有什么话,给指导员谈谈,不要难过,我走了。(连长下)

指:对!快回来呀!(连长下去之后,自己就盘算起事情来)通信员。

通:(在木栅门内应)有。

指:你去把三个排长请来。

通:是!(下)

指:陈恩福同志,连长开完会之后,任务就下来了,你再不把心打开,怎么打仗呢?!

陈:(低头不语,偷偷地擦眼泪)指导员……

指:你们班看着快成模范了,你这样下去是影响你们班的,对于战斗也不利呀! 说吧! 我就是八连的党代表,天大的事情,党都可以给你解决的。

陈:好,我说,指导员,我说了之后,希望让我回家。

指:你说了之后,我们再研究吧!

(一、二、三排排长上)

众:(敬礼)

指:你们回去把各排的弹药检查一下,看看炸药架子还缺多少,绳子够不够。不够马上就派人到营部去领,机枪该检查的也赶快,王立桂的机枪梭子有毛病,叫他快修理,一切准备工作都得快点结束,不然下来命令就来不及了。

排:没有旁的事了吗?

指:没有了,有事情马上汇报。

排:是!(敬礼下)

指:你说吧!

陈:在昌隆堡,不,在第一仗打完后,叫我押送俘虏到团部,俘虏里面就有我一个亲戚。

指:(关心地)他说什么啦?

陈:(更难受地,流开泪了)他是我的一个表哥,他说在他没有抓去当"中央军"的时候,我的家……(哭)

指:不要哭,说吧! 你的家怎么样啦!

陈:一个国民党的军官,强迫我的妹妹做小老婆,她不愿意,那个国民党就来了好几次,最后还是给抢走了,我的父亲、母亲抢着妹妹,跑了半里地,国民党看到没法就用枪把我父亲打死了!(哭

不成声）

指：（也很难过地，擦去了眼泪，扶着陈）国民党蒋介石就是我们的仇人，所以我们要打。

陈：（打起勇气继续往下说）后来我的母亲去看了好几次，都没有看到，我的妈气得疯疯癫癫的，就在他们大门边哭，我妹妹在里面哭，我的妈就在外边哭，亲人始终没有见到面，那个国民党军官气了，就叫人把我妈赶走，指导员，你想，亲人见不到面还能死心吗？！有一个晚上我妈又去看我的妹妹，坐在她的房子对面哭了大半宿，结果叫那没有人心的畜生，拉到一个官坟地给打死了！

指：（难过地静默了片刻）你想！你回去对这种事情，能有办法吗？！还不是送死？！

陈：指导员！那我的家就完了！（哭得更伤心）

指：陈恩福同志，你冷静地想想，国民党是不是欺侮那些有钱的，会不会把地主的女儿拖去做小？那是不会的。

陈：是。

指：只有我们穷人才受这种气，我们能够忍吗？

陈：不能忍！

指：在诉苦大会上，你说要为阶级父母报仇，现在你的父母也叫国民党害死了，回家有什么用呢？只不过白送死！（陈被打动，哭）哭也没有用，只有起来报仇，为你的父母妹妹报仇，打仗也就是为你的父母报仇，害死你父母的是国民党，是“中央军”，不是别人，你记住这一点，你过去对我说的白花变红花的时候到了！

二：（上，敬礼）指导员，咱们的炸药只有一千斤，麻绳子还差二十条。雷管、导火管也缺三十个。

指：一、三排的都统计了吗？

二：都统计了。

指：那你叫文书打个报告，马上派人到营部去领。

二：是。（敬礼下）

（陈一直在考虑指导员的话，表情在变动着——从哭到沉思，后来则转成愤怒）

陈：（坚决地）我不回去了。

指：（惊喜地）你想通了吗？

陈：指导员，我完全明白了，你说得对，回家没有用，现在是报仇要紧，我们的仇人就是"中央军"、国民党。

指：好，那你今后在战斗上怎样呢？

陈：还是像我在三下江南一样，打仗不落后，完成上级给我的任务。

指：好，你回去吧！马上就要来任务了，把你的武器好好地准备一下，在行军的时候咱们再谈。唉！叫你们副班长来。

陈：没事了，指导员。（敬礼下）

指：你快去吧！（看陈下，回头对木栅门）通信员！

通：有！（上）

指：你去告诉伙房，三点开饭，叫他们快点做呀！

通：是！（下）

（刘万福全副武装上，胸前挂有个黄色红字的奖章）

刘：（敬礼）指导员叫我吗？

指：陈恩福同志，我已给他谈过了，他不想家了。现在他还是很难过。因为他的父母都叫国民党杀了，妹妹也叫国民党军官给糟蹋了！所以他想家。你们班上，在行军的时候，都要多照顾他一些，多给他谈谈，安慰他。

刘：是，只要他不想家那就好了！指导员，没有旁的事啦？

指:你回去开个会给班里同志谈谈,再叫党员同志多负些责任。还有就……

（指导员还要往下说,连长上）

连:老徐!

指:连长回来了!会开得怎么样?

刘:连长回来了!

连:快回去吧,马上就集合队伍了。

（刘敬礼下）

连:团部才刚的会,是传达命令、分配任务。我们连是担任爆炸。开会时师首长说,这个任务不简单呢!天主教堂是敌人的指挥部,拿下了天主教堂,这个战斗就解决了绝大部分,同时师首长还说,这个任务很紧急,叫我们快准备、快动员,晚饭前团首长就带我们连小组以上的干部去看地形。

指:那我们就快集合队伍吧!司号员,集合队伍!

（后台长长地响起了一阵集合号音）

连:陈恩福的问题解决了吗?

指:算是解决了。

一:（上场,敬礼）连长,队伍集合好了。

连:（对后台）同志们,上级给了我们连一个光荣的爆炸任务,我们有没有勇气接受这个任务?

声:（后台战士声）有!

连:三下江南的时候,在其塔木的攻坚战斗里面,我们出现了爆炸模范班,在这次爆炸天主教堂的任务里面,我们要创造出爆炸模范排、模范连,七连缴了两挺轻机枪,九连缴了战防炮,消灭不了敌人,我们缴不到"新货",那就只有使"老货"。同志们愿意不愿意呀?

声:我们要缴新货。

连:指导员,你有事情讲吗?

指:连长说了,我们要使新货,就是说我们要复仇,我们要立功。(稍顿)同志们,这次的爆炸是考验我们,考上考不上就在今天晚上了,要是哪个同志考上了,他就可以(以手做样子)挂这么大一个明晃晃的奖章,他就是人民功臣,他就是战斗英雄。我们八连呢,就是一个战斗模范连队,也可以插上一面大红旗了。

通:(上)报告,八连长,到营部集合,看地形去。

连:知道了。

通:快呀!团长他们都到了。

连:指导员,那看地形的先走吧?

指:好,你快去吧!

连:同志们,在家里好好准备呀!

声:连长,战场上见。

(连长带通信员、三四个战士下)

指:现在我们把弹药、武器好好准备一下,等团部来命令就出发。

(幕落)

(第一场完)

第二场

舞台左边有一条围墙,三座大楼耸立着在墙的斜对面,红楼灯光较弱,白楼光强,绿楼最次。墙角还有一个电线杆。

右边是一排民房,那左边的墙就是这民房的外围墙,出现在台上只可以看到一间半与一个门,及两个被轰过的窗户口。房里的壁上尽是些弹痕，在两窗户之间，靠地板是一个缺口，送炸药就从这里走。

三堵墙已打得残缺不堪，人要是曲着走，还可以作为隐蔽工事，这墙是成丁字形，送炸药的同志从窗口出来，就顺墙前进，在墙的尽头是一个小碉堡，送炸药通过这里就接近铁丝网。在炮声中幕徐徐地拉开。

一排长在给指导员交代情况。

一：前面就是天主教堂，那就是大碉堡，每个碉堡里面有两挺重机枪。一挺轻机枪。（下）

指：（对后台）二、三排的同志，都找好隐蔽地休息，步枪班的同志，把手榴弹准备好，三班的跟我来，刘万福你的机枪架在窗户下，对着墙头的大碉堡，王立桂你赶快把枪收拾一下，连长回来马上就开始动作，杨友林，你去把送炸药的道路收拾一下，小心点不要有动静！

杨：是！（当他下到门边时，后边就是一阵激烈的机枪声）指导员，外面枪声打得很紧。

指：我去看看，（刚一出门几步就碰着一排长）怎么样？

一：左面的碉堡是七连的，我给小于说了，这里由我们负责，他把机枪已经撤走了。

指：杨友林你再去，小心点不要有动静。

杨：放心吧，指导员。（持枪下）

（这时右边又响了一阵机枪声）

陈：嘿！你听，干得多起劲呀！指导员，咱们工事做起就干吧！

指：别忙，刚进入阵地，地形还没有看好，怎么个打呢？大家把工事先挖好，防御着炮弹，再等令连长，你的机枪监视着对面。（告诉刘万福）王立桂赶快检查一下。

（一排长上）

指：一排长，怎么样情况？

一：四纬路是辽上，三纬路是十七师，七连在左翼，九连在油房，天主堂是一个孤独的敌人指挥部。指导员，咱们现在不动作吗？

指：不，你到营部去联系一下，说我们队伍已经进入阵地，看看还有什么新的情况没有，再把表对一下。

一：是！（下）

指：陈恩福，你到墙外去看看，连长他们回来没有。

陈：是！（持枪到左面墙角探视）

指：刘万福你的机枪注意呀！陈恩福出去看连长去啦！（说完之后，就走到门外边用风衣盖着电筒看地图）

（大家在挖工事，敌人也没有打枪，但是远处的机枪声始终没有停地在响着）

陈：指导员，外面什么也看不见，连长也不在，咱们打吗？

友：你就想打，等连长回来再打，还不行吗？

陈：行！现在都十二点了，你没有听见别的连打得多凶，不打，完不成任务，我看咋整？

友：完不成，你去问问班长，打其塔木，打昌隆堡，两次战斗都没有落后过，告诉你，我的心早就痒痒啦！在道上我恨不得上起刀冲他一阵。

陈：咱哪次落后啦！哪次不在前面。

刘：牙闲着啦！没事就打仗，连长回来任务就下来了，那时才是显本领的时候。

王：（王立桂以下简称王）指导员，你下命令吧！让我机枪过过瘾。

杨:(在王立桂说话时,杨友林修道路回来了,手里拿着一把铁锹)对,不等连长了,咱们打吧!

刘:怎么行呢?连长还没有回来。

指:同志们不要急,大家好好沉住气,挖好工事,连长只要回来任务马上就下来了,有的是仗打。

王:指导员你听,别的连打得多凶,命令同时下来的,咱们又不打来,又不攻。

指:今晚天气特别黑,连长看地形要费事一些,这样的天气打仗把握多,保证有仗打。

众:指导员!还要等多咱啦?真急死人啦!

指:我不是说了吗?连长看地形还没有回来,情况我也不了解,怎么能瞎打呢?瞎打是要吃亏的,不管做什么事情,都要知己知彼,才能百战百胜,咱们打仗更是要了解敌人力量和地形地物,这是八路军打仗的方法,连长回来,咱们就清楚情况了,打起来多够劲呀!

刘:指导员说得更清楚了,咱们要打胜仗,就要掌握敌人,指挥敌人,我们打起来多够劲。

(大家静下了,敌人稀落的枪声在响,远远的机枪声不停,大家坐在自己挖好的工事下,上起了刺刀,看了看又装在套子里,有的把子弹也上了膛,又不敢放,有的到阵地外面去望望连长)

指:陈恩福,你来。

陈:指导员,有事吗?

指:(和蔼地)你还想家吗?

陈:(发急)指导员,我不是早说过了吗,我不想家了!

指:想通了吗?

陈:想通了,出发的时候,班长又给我谈了一阵,同志们在会上也给我发表了意见,我认定了蒋介石是我的大仇人,杀死蒋介石替我爹妈报仇,救出我的妹妹!

指:你怎么个报法呢?

陈:我不想家,在人民军队里好好干,在战场上立功,保证发挥我过去的作用,家里的事情不去想它,在战斗中不发生问题,完成任务,服从命令,听指挥。

指:好同志,我相信你,希望你打仗更勇敢地冲在前面。

陈:指导员你看着吧,只要你给我任务,在情况到了最困难的时候,我去完成。

指:好,(握着陈的手,在紧张的空气中给同志讲)陈恩福出发的时候想家,现在他认清了敌人是蒋介石,他决心像在□下江南一样,打仗在前,完成任务,服从命令,我们大家要向陈恩福同志学习,要报仇在战场上,我们勇敢坚定,大胆前进,为人民立功。

刘:(拉着陈)老陈,你这种行动,真叫我不知咋说才好,我要向你学习,大胆前进!

众:(都围过来)我们要做人民的功臣。

双:指导员,我听了老陈的话,我更要很好地打仗,再不说怪话了,坚决服从命令。

(忽然来了一阵机枪、大炮声,都迅速地把自己的武器掌握着)

甲:指导员,我在二排那边看了看,一马路最多不过七十米宽,最讨厌的是那条围墙。

指:围墙硬,还硬过我们炸药啦?有法治它。

杨:张主任说了,天主堂交给咱们八连,连长这咱还不回来!我看还是打吧!

刘:大家沉着气,再过半点钟,半点钟,连长还不回来,那时咱们……

指:同志们不要急,我们的准备工作要做好,在挖工事时多流点汗,打仗就可以少流点血,不要因为连长不回来,咱们就急,工作也不好好做,连长一到,说一声任务就来了,再做工作就不赶趟啦!

(大家又都挖起工事来,片刻)

杨:指导员,我心里就是想着,关于我的入……

指:没有问题,这次战斗下来,你的入党书也批下来了。

友:我要是牺牲了,请党追认我为正式共产党员,不死就在战场宣誓。

双:指导员给我谈过,这次战斗就是考验我的时候,考起考不起,就在这次爆炸了,指导员,你就看着办吧!

指:你们不要担心,在这次战斗之后,党一定欢迎你们参加,我们都是好共产党员。

杨:连长怎么还不回来呢?

(一排长上)

一:连长回来了吗?

陈:没有嘛,排长,打吗?

(指导员把一排长推到门边问)

指:怎么连长还不回来呢?会不会发生情况?你看都十二点半了。

一:不会的,我走的时候,他和三排长他们到油房那边去了,这四面都是弟兄部队,不要紧的。

指:是不是又到旁的地方看地形去啦?

一:可能,但是三排长也应该回来告诉一下呀?

陈:连长是不是知道我们到了这里来了?

一:他知道。

刘：我看，再等半个钟头，连长不回来咱们就打吧！

一：注意呀前面。

（刚说完，刘万福刚摸着枪柄，外面就是一阵机枪声）

陈：指导员你看，前面来了一群人，看不清是我们的人还是敌人，打吧？

王：对，打吧？

指：别忙，（把王的机枪压下）不要是连长他们回来了。

杨：我看不是，是连长为什么走四纬路呢？

友：那怎么说得定呢？连长看地形，又没有固定在一个地方。（眼睛都是注意着前面）

陈：谁？

通：我。

陈：口令？

通：突！

（大家听到是自己人的声音，有的坐了起来，有的把枪竖了起来）

陈：连部通信员回来了。

杨：连长也快了。

指：（抓着通）连长呢？

通：回来了。

指：你歇下，吃点东西。

双：我这里有，快说，连长在哪儿啦？

通：那不是？后就到了！

（连长、三排长、战士们从窗户下的缺口处爬进来）

（指导员热情地迎着连长，大家静静地望着前方，听着连长

说话）

指：哎呀！你可把人等坏了。

连：队伍都到了吗？

一：都到了好几个钟头了。

连：陈恩福来了吗？

指：他的问题已经解决了。

杨：连长，你说从哪儿开始炸呀？

三：没有任务的，都到后边开会去。

连：马上就开始，炸药都准备好了吗？

友：早就准备好了。

连：一排长，你去把二、三班也开个会，一班留在阵地。

一：是。（下）

连：老徐呀！这里的地形，你看过一下吗？

指：不熟悉。

连：（拿出地图来，用大衣挡住手电的光）这是一马路，这是一堵围墙，从这儿通过就接近了小碉堡。这是二马路，从铁丝网通过去，有两道鹿砦，就接近大碉堡根，这是四纬路，是十七师，这是三纬路，是咱们的辽七，天主堂是一个孤独的指挥部，住了一个警卫营，都是些南方人，比较的顽强。（站起来指）那就是三座洋楼，白楼上就是指挥部，绿楼上面是营队，红楼上面没有什么，那四面都有围墙，每个角上有个碉堡，里边还有互助碉堡，后面就是小碉堡，再就是五座平顶房，都有工事，另外在每一座洋楼下面，都有十多个地堡，火力不咋的，六〇炮，重机枪，再有就是枪榴弹，只要我们把铁丝网破坏了，就好办了。

指：嗯！

连:副连长那边你去看一下吧！把我讲的情况给他讲讲。二排长回来了吗?

指:在他排里。(下)

连:一排长,你们组编好了吗?

一:都准备了。

连:你去拿一个爆破筒来。我把前面的火力布置一下,(对后面)三排没有任务,在隐蔽壕里休息,两挺重机枪监视着墙头大碉堡,三挺轻机枪监视着白楼,不让敌人出水,其余六挺轻机枪,掩护送炸药,目标是绿楼和墙边的碉堡,各人都准备好,都听当中刘万福机枪的指挥,当中的不打,谁也不许响,大家注意呀,马上就开始了,(一排长送上来了爆破筒)通信员,你到二排去告诉副连长、指导员,说我们开始了他们也开始。

通:是!

连:记清楚了吗?

通:记清楚了。(下)

连:马上开始了,大家注意呀！(看看前面,又看了看各个机枪位置)前面有一道铁丝网,要先爆破它,谁去?

(连长刚说完话,李友就上前去,刚拿在手里,哪知陈恩福更快,就跑在李友前,夺过来就往阵地外面跑,连长看到人出去了,站在刘万福的机枪旁边)

连:注意呀!

(在连长这一句话后,大家都停止了呼吸,都不回头地望到陈恩福经过了围墙,爬过了一个缺口,看不到影子,约两分钟时间才轰隆隆的一声,天空冒出了黑烟,火里面也飞出了小石头块子,炸了,陈恩福又从原路回来)

（炸药一响，我们的机枪响了，敌人的火力在我们强烈火力下，听不到敌人的什么枪声）

连：同志们呀！陈恩福已经把铁丝网炸掉了，现在正是两点，谁送第一包？

杨：我去，（上前抱了一包，出阵地几步就停止了脚，思索了片刻，把炸药放在连长跟前）连长，我心里还没有底，你再给我说说，怎么个送法。

连：机枪压着敌人火力，走弹道两侧，我们的火力强，敌人抬不了头，不要紧，弹道两边是安全地，只要我们枪一响，敌人往往是松劲的，这个时候最保险，步子要快，三步合成二步走，过了敌人的火力点，就不怕了。你这包是炸碉堡，扫清道路好接近围墙，炸药送到之后，拉了火有一股白烟，再听到擦的一声，这就行了。

杨：（抱起就想往外走）

连：让我再看一看，看到没有，就是那个碉堡，火力注意呀！杨友林的第一包上去了，第二组的准备呀！通信员，你去告诉副连长，叫他们也开始呀！

通：是。（下）

（杨友林送上去一包响了，机枪把他接回来）

刘：连长，我去一次。

连：同志，机枪重要，掩护大家送吧！

杨：（从缺口钻进来）班长，你机枪打得真漂亮，不然我还下不来呢！

刘：没问题，送吧！

（李友、邢双彬同战士甲三个人抬了一大包）

双：连长，我们二组上去了。

（这时二排那边的炸药也响了）

连：你们这一包是炸围墙，小心前面的鹿砦，（对后面）第二组上去了，第三组的准备呀。

陈：（一句话未说，就抱了一包在缺口处等着，二组的上去响了，一股黑烟，一阵红光把白楼照得很亮。李友第一个回到阵地，邢双彬第二，甲紧跟邢上）怎么样？

友：去吧！碉堡很低，枪子都在地皮上飞。

双：只有一股落封锁线，几步就窜过去了。

连：机枪响的时候就走，走弹道两侧，小心点。

陈：（一出阵地敌人火力很强，就躺下了，在敌火力空隙下爬了起来，敌人又打）他娘的，就不停了。（在敌人火力之下推着前进。一堵墙，一个弯，真使人担心）

杨：到了。

连：打！

友：陈恩福带花了。（跑着下去救）

连：通信员，快，叫卫生员带副担架来。

（指导员上）

指导员：陈恩福。

（李友不顾敌人的火力，到了陈面前）

友：怎么样？老陈。

陈：没有关系，是敌人火力太厉害了。

李：走吧！

陈：小心点，前面就是封锁线。

（陈、李都爬进了工事）

指：陈恩福，不要紧吧？

陈：不是带花，是敌人火力封锁得太紧，过不来，我装着带花，叫敌人好停止射击。

连:同志们呀,碉堡完了,围墙也炸了一半,把炸药准备好,继续炸白楼呀!

双:连长,围墙任务是不是完了?

连:没有,我们炸白楼,围墙交给副连长他们。

营通:报告,这是团里来的信。

连:同志呀,团首长来命令了,叫我们赶快炸白楼。同志们呀,这是立功的机会不要错过了呀!

指:同志们,考英雄就在这个时候,我们要使新货,就要炸,我们要报仇,就要消灭敌人。

陈:连长,指导员! 这是我白花变红花的时候了! 交给我任务吧!

丙:连长,没有炸药了。

连:你到副连长那边去看看。

丙:他们也没有。

连:快叫一排长来,大家静点,不要忙!

一:连长有事吗?

连:你带一个班,赶快到团部领炸药去,说我们都拿下围墙了,等炸药进房子。

一:是,没有事了吗?

连:你领回炸药,就负责捆,指导员负责检查。

指:你给团长、政委说,我们已接近白楼了,炸药要快,不然天亮,就难完成任务。

王:我看任务是完不成了。

甲:咱们这个模范连队也别想了。

双:妈的,偏偏在这个时候没炸药,真叫人生气。

连：同志们不要急，任务是一定可以完成的，只要我们没忘掉报仇，我们有办法的，有的是刺刀、手榴弹，还怕他跑啦？

（忽然打起来了）

陈：连长，敌人出水了。

陈：他娘的，你想跑，老子不抓活的才有鬼呢！大家把刺刀、手榴弹准备好。（下去看了看）同志们，七连开始突击了。白楼上的一股敌人出来了，咱们把这地方让出来抓活的。三排到左边民房去，一排在后面壕沟里，王立桂的机枪，到那个墙角。刘万福的机枪跟我来，大家听我的机枪响了，一齐上刺刀冲下去。

（这时舞台空下来了，敌人在他火力之下狼狈地退到了房子里□□张张地架起了机枪。我们的机枪就响了。在一阵杀声中，我们队伍堵住了四面，都在叫，“缴枪不杀”）

陈：（正从墙后过来，碰住了敌连长）你往哪儿跑？（想捅他）

王：（提着机枪）执行政策，优待俘虏。

敌：饶命啦！饶命啦！

陈：我以为你跑掉了呢。

（把十几个敌人都围在房子里，把枪都收了）

连：同志们，咱们的刺刀、手榴弹，起了作用吧？白楼已经拿下来了，我们的阵地向前移动，一排长把炸药也领回来了，副连长、二排长他们在捆，指导员看地形去了，我们马上就拿绿楼，另外你们派两个人，把他们送到营部去。这些武器咱们拿走。

敌：饶命吧！

连：不杀你们，去吧！不要怕，人民解放军是优待俘虏的，捉的你们的师长、团长有的是，你去就可以看见了，不要怕，去吧！

（押俘虏下）

连:陈恩福呀!(在墙外瞭望)

陈:有。

连:走,咱们的阵地前进了!

(大家拿着胜利品前进)

第三场

队伍前进了,到了敌人原来阵地白楼大门边,台的正中露出三级石阶,石阶的两旁有碉堡,右边的较为完整,左边的一个已是一堆烂瓦砾。敌人的死尸和烧过后的衣服,还有三四支枪和一些子弹箱、手榴弹。

石阶上面很乱,一扇门横在门洞里,砖块、石头、木柴、树枝及敌人弃的文件。总之给人的印象是很乱。

指:连长,现在咱们采取一直前进吧!另外用两挺机枪封锁着东头的围墙碉堡,最后解决它。

连:对,我把火力布置一下,你叫副连长准备炸药吧,刘万福你的机枪到碉堡后面,王立桂在大门边不动。

指:搞好了都拿上来。

连:咱们集中一点突进绿楼,一排长你负责捆,叫副连长检查,开始了,谁去?

杨:我去。

友:我去。

(两个人抢一包炸药,因杨友林跑得快,一闪就跳出了阵地,我们的机枪响了)

连:快,快,杨友林下不来了。

(机枪直射,杨友林在火光下回来了,走在半路带了花,康连长

急了，喊了一声“向着正前方扫呀！”自己下去把杨友林救了上来）

指：通信员，快，叫卫生员带副担架来。

杨：（挂花在胸口，比较重）连长！那儿……有个……碉堡。

指：杨友林同志，你静一静吧！（用绑腿给扎伤口）

杨：指导员……连长……我完成任务了吗？

指、连：完成了！

杨：指导员！我的……那……

指：你的党籍已批准了，同志，你应该静一静。这些事情你不要想。我代表党对你负责任。你到绑带所去吧。

杨：连长，指导员，你们不要管我，任务要紧。（躺下）

双、陈：组长！

杨：（片刻抬起头来）不要紧，我就是有点头晕！

指：叫担架队快来呀！

（卫生员带着担架队上）

连：（用手指挥着机枪打，自己就下去看地形，指导员与大家都为连长担心）

指：连长回来了，打呀！

连：他妈的！有个小碉堡在柳树林里。

陈：连长我去。

刘：连长我去……

连：你的机枪要紧。

刘：老邢他有把握。

通：报告，教导员来了。

刘：（欲言未出）

连：等会，你给指导员说吧！教导员来了，一定有新的情况。（下）

陈:指导员……

指:别忙,连长回来再说。

连:指导员,我去叫火箭炮去。(下)

指:连长叫火箭炮去了,我们大家好好准备呀!火箭炮一来就开始。

双:指导员,火箭炮来了。

(连长同火箭炮上)

连:火箭炮先把敌人的火力压下去,目标就是树林里的碉堡。

(炮手把炮弹装上,叫了一声"好"射击手就击发,接着是"轰"的一声)

众:好,打得真准。

(火箭炮接连响了两下)

众:好,打得漂亮。

陈:完了,完了!连影子都看不见了!

友:机枪也不响了。

连:火箭炮到后面去休息,同志们,障碍物已经拔掉了,同志们现在准备炸绿楼,把右边那边小碉堡炸掉,就接近了,谁去呀?

陈:(包起了炸药)连长,我去。

刘:(把机枪交给助手)连长,我去,我的……

连:现在正是紧急的时候,你的机枪重要。

陈:(听到连长的话之后,算是高了兴)班长,你掩护我去完成。(说完就走)

双:看看!陈恩福连滚带爬地回来了。

陈:快快,第一包没有响,指导员,快。

指:给。

(在陈出阵地时,李友就到后面去了,片刻上)

指:李友,太大了,来我给收拾一下。(取下李身上的刺刀,把炸药割成两节,机枪也响了)

连:怎么搞的呀!第二包也没有响,老徐呀,好好看看。

双:咋的,陈恩福把第二包也拿回来了。

陈:(急得满头是汗,把帽子一甩)指导员,第二包也没有响,快给我第三包,找包好的。(接过来,从连长身旁走过,给连长一把抓住)

连:别忙,我看看。(解开了绳子,取出了雷管)

陈:不管怎么样,非炸掉它不成,七十八十包我也要完成任务。

连:陈恩福你来看,雷管没有靠近炸药,里面还进了些草,这怎么能响呢?小李友你给我三个手榴弹。(接过手榴弹,取出导火索,并在一块放进炸药里,并在外面拴上一条绳子)

连:好了,你去吧!这次保险了!

(陈解下了皮带,拿着炸药出了阵地)

刘:怎么搞的,这么大的声音。

连:不像是一包的声音。

双:碉堡完了,绿楼也倒了一个角。

友:机枪也不叫了。

连:陈恩福怎么还不回来呢?

刘:(放下机枪)连长我去看看。(连接过刘的机枪)

一:我也去一次。

连:刘万福去那就行啦!

双:回来了,回来了!

友:陈恩福还扛了一挺机枪呢!

双:班长呢?

连:那不是在后边。

（刚转过墙,敌人火力发了,陈在道上就给干起来）

友:连长！快呀！他们机枪没有子弹了。

连:打呀！（所有枪在连长机枪领头之下,陈等回到房里）

双:老陈,缴了机枪,没抓到俘虏?

陈:没有,都炸死他狗娘养的了。

指:（给水）你们快歇歇吧。

陈:不,正干得起劲呢。（又想拿炸药,给连长阻止了）

连:陈恩福你已经是有功劳了,你也完成了任务,给你自己出了气,杀敌人的机会还多呢！现在你该休息了。

指:同志们,陈恩福拿下碉堡,就只剩一座绿楼啦,拿下了绿楼就是模范连啦！

声:不算,绿楼还没有拿下。

通:报告,连长,首长来的信。

连:（看了看）同志们,纵队首长来信啦！说我们是模范连队,看啦！这就是信,我们做模范就要模范到底呀,现在正是六点钟,我们一天一晚没有休息,也没有吃饭,大家为的是完成任务,为的是立功,为的是报仇,完成任务,炸掉了绿楼,我们就报了仇了,炸掉了后,回来吃饭。

众:对。

指:同志们的疲乏我们是知道的,我们大家都一样,这是为革命,为党,为人民,我们再熬过半个钟头,把绿楼炸掉。我们要学习陈恩福同志的勇敢,完成上级给的任务。几个入党的同志,我们支部已批准了,有杨友林、邢双彬几个同志。我们大家要向他们学习,向他们看齐。

连:同志们,战场上入党是光荣的,这是为人民的好榜样。这才是好党员。大家要学习他们呀！

众：我们完成任务，争取模范。

连：现在我们采取连续爆炸，一个紧接一个，一排上起刺刀，二排准备手榴弹，现在就开始炸。

三：（上）连长，我们三排要求任务。

陈：连长，我再去一次。

连：你还是休息一会吧，这会是三排的任务。

陈：不，咱为的革命，为的报仇，多杀死一个敌人，是一个敌人。（抱起炸药就冲出去了）

友：咱也跟上。

三：后边的好了吗？抱起炸药走呀！

（陈第一包，三排长第二，李友第三，一包响了，一个就跟上，来回来地炸着。这时合唱起）

我们是翻身的农民，

我们做一个人民功臣。

坚决勇敢地前进，

快呀！

把炸药一包一包送上去。

炸毁了碉堡炸楼房。

我们的炸药开了花，

声音像大海的波浪。

炸呀！炸呀！

炸掉了天主堂人人立功劳。

（歌声完了，送炸药的英雄影子，还在继续前进着）

连：同志们，快呀！眼看着绿楼就要完蛋啦！我们要立功、复仇，就在这一时呀！一排的准备好了吗？

声:好了!

连:司号员,吹冲锋号哇,一排的冲呀!

(连长的红指挥旗,在炸药声、枪声之中挥得特别有劲,队伍端着明亮的刺刀,从右边碉堡前进)

我们是人民的爆炸手。

我们是开路的先锋。

通过了开阔地,

跳过了壕沟。

我们一直向前冲。

扩大胜利的战斗,

要把绿楼变成灰。

快呀! 快呀!

推呀! 推呀!

人民的爆炸手要把绿楼变成灰。

要把敌人杀个尽。

你一包我一包,

包包都送到。

占领了教堂人人立功劳。

(队伍在继续地前进,歌声也越雄壮有力,这时红光已升满了全台,枪声、号声、杀声,可以震破天地)

(幕徐徐落)

(全剧完)

一九四八年三月十四日

东北书店 1948 年 9 月初版

存　目

丁洪

两天一夜

小波

幸福

王家乙

光荣匾

文泉

接收小员

平章

报喜

田稼

捡宝

史奔

十一运动

西虹

梁万金，决心干！

庄中

白玉江光救活了老李吗？

苍松

状元过年

李熏风

卓喜富扭秧歌

张绍杰

陈树元挂奖章

陈戈

大兵

抓俘虏

陈明

夜战大风庄

武老二

小英雄

郑文

送郎参军

赵云华

姑嫂做军鞋

胡青

李有才板话影词

胡莫臣

兄弟

昨非

机智英雄丁显荣

侯相九

灯下劝夫

铁石

铁石快板

奚子矶

义气

高水宝

自找麻烦

黄红

治病

黄耘

新小放牛

崔宝玉

翻身

鲁亚农

百战百胜

丁洪、陈戈、戴碧湘、吴雪等

抓壮丁

正平、维纲

捉害虫

合江省鲁艺农民组

王家大院

军大宣传队

天下无敌

祁继先、侯心一

演唱戴荣久

苏里、武照题、吴因

钢筋铁骨

张为、吴琼

翻身年

雪立、宁森

坚守排

韩彤、赵家襄

破除迷信

敬　　告

《1945—1949年东北解放区文学大系》为展现东北解放区文学的整体风貌而编辑出版。丛书选取此间最具代表性的作品，以纪录这段波澜壮阔的历史时期内东北解放区所发生的翻天覆地的变化。由于丛书所收录的作品众多，时代不一，加之编辑出版时间有限，至今尚有部分收录作品未能与原作者或继承人取得联系。为保护作者著作权益，我社真诚敬告：凡拥有丛书所选录作品著作权的，请与我们联系，我们将按照国家规定及时付酬。

感谢社会各界对我们的理解与支持。

黑龙江大学出版社

丛书策划：张永超　刘剑刚
本卷统筹：魏　玲
责任编辑：杨琳琳　魏　玲　高　媛　于　丹
　　　　　宋丽丽　徐晓华　范丽丽　常宇琦
封面设计：洪恩设计

全十册
ISBN 978-7-5686-0468-0
9 787568 604680 >
定价：998.00 元